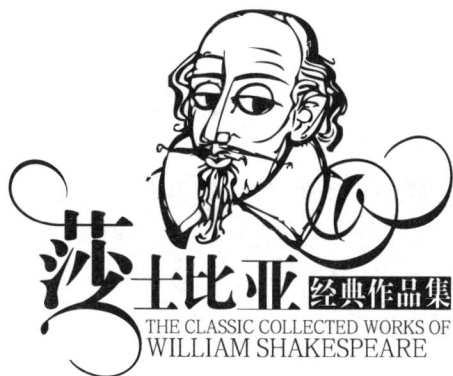

莎士比亚经典作品集
THE CLASSIC COLLECTED WORKS OF
WILLIAM SHAKESPEARE

亨利四世

【英】莎士比亚 著

朱生豪 编译

知识出版社
Knowledge Publishing House

图书在版编目（ＣＩＰ）数据

亨利四世 / （英）莎士比亚著；朱生豪编译. -- 北京：知识出版社，2016.1
（莎士比亚经典作品集）
ISBN 978-7-5015-8931-9

Ⅰ．①亨… Ⅱ．①莎… ②朱… Ⅲ．①历史剧－剧本－作品集－英国－中世纪 Ⅳ．①I561.33

中国版本图书馆CIP数据核字（2015）第315051号

亨利四世　　【英】莎士比亚 著　　朱生豪 编译

出 版 人	姜钦云
策划制作	北京和平雅华文化传播有限公司　和平雅华 HE PING YA HUA
责任编辑	朱金叶
装帧设计	罗俊南
出版发行	知识出版社
地　　址	北京市西城区阜成门北大街 17 号
邮　　编	100037
电　　话	010-88390659
印　　刷	金世嘉元(唐山)印务有限公司
开　　本	710mm×1000mm　1/16
印　　张	18.5
字　　数	306 千字
版　　次	2016 年 1 月第 1 版
印　　次	2025 年 5 月第 3 次印刷
书　　号	ISBN 978-7-5015-8931-9
定　　价	68.00 元

出版说明

　　威廉·莎士比亚（William Shakespeare，1564—1616），英国文艺复兴时期伟大的剧作家、诗人，西方文艺史上最杰出的作家之一，全世界最卓越的文学家之一。他流传下来的作品包括37部戏剧、154首十四行诗、2首长篇叙事诗和其他诗歌。他的戏剧被翻译成所有现在使用着的主要语言，并且表演次数远远超过其他任何戏剧家。马克思将他和古希腊的埃斯库罗斯并称为"人类最伟大的戏剧天才"。

　　莎士比亚的作品从20世纪初首次出现在中国戏剧舞台上开始，就成为中国人心目中的戏剧经典。后来，在胡适的组织下，众多翻译家们，如梁实秋、闻一多、徐志摩等人一起翻译了莎士比亚戏剧全集。在此期间；取得翻译成就最大的是朱生豪。

　　朱生豪（1912—1944），著名的莎士比亚戏剧翻译家、诗人，浙江嘉兴人。曾就读于杭州之江大学中国文学系和英文系。1933年毕业后在上海世界书局任英文编辑。他从24岁起，以宏大的气魄、坚韧的毅力，经数年呕心沥血，译稿3次被毁，翻译出版了《莎士比亚戏剧全集》，共31部剧。他打破了英国牛津版按写作年代编排的次序，将莎剧分为喜剧、悲剧、史剧、杂剧4类，自成体系，从而更加方便中国读者阅读。迄今，他所译的《莎士比亚戏剧全集》是中国莎士比亚翻译作品中最完整的、质量较好的译本。唯一遗憾的是，朱生豪未能完成莎士比亚全部作品的翻译。

　　本套"莎士比亚经典作品集"以1947年世界书局出版的朱生豪译本为底本，分8卷对其进行编辑整理，共收录了包括莎士比亚四大喜剧、四大悲剧在内的31部经典作品。编辑过程中，编者仅对个别字词、标点符号及原稿中的剧名、人名、地名进行修正，最大限度地保持了朱生豪译本的原貌。如有不当之处，敬请读者朋友指正。

编　者

译者自序

　　于世界文学史中，足以笼罩一世，凌越千古，卓然为词坛之宗匠，诗人之冠冕者，其唯希腊之荷马，意大利之但丁，英之莎士比亚，德之歌德乎。此四子者，各于其不同之时代及环境中，发为不朽之歌声。然荷马史诗中之英雄，既与吾人之现实生活相去过远，但丁之天堂地狱，复与近代思想诸多抵牾；歌德去吾人较近，彼实为近代精神之卓越的代表。然以超脱时空限制一点而论，则莎士比亚之成就，实远在三子之上。盖莎翁笔下之人物，虽多为古代之贵族阶级，然彼所发掘者，实为古今中外贵贱贫富人人所同具之人性。故虽经三百余年以后，不仅其书为全世界文学之士所耽读，其剧本且在各国舞台与银幕上历久搬演而弗衰，盖由其作品中具有永久性与普遍性，故能深入人心如此耳。

　　中国读者闻莎翁大名已久，文坛知名之士，亦尝将其作品译出多种，然历观坊间各译本，失之于粗疏草率者尚少，失之于拘泥生硬者实繁有徒。拘泥字句之结果，不仅原作神味荡焉无存，甚且艰深晦涩，有若天书，令人不能卒读，此则译者之过，莎翁不能任其咎者也。

　　余笃嗜莎剧，尝首尾研诵全集至十余遍，于原作精神，自觉颇有会心。廿四年春，得前辈同事詹文浒先生之鼓励，始着手为翻译全集之尝试。越年战事发生，历年来辛苦搜集之各种莎集版本，及诸家注释考证批评之书，不下一二百册，悉数毁于炮火，仓促中唯携出牛津版全集一册，及译稿数本而已，厥后转辗流徙，为生活而奔波，更无暇晷，以续未竟之志。及三十一年春，目睹世变日亟，闭户家居，摈绝外务，始得专心一志，致力译事。虽贫穷疾病，交相煎迫，而埋头伏案，握管不辍。凡前后历十年而全稿完成（按译者撰此文时，原拟在半年后可以译竟。讵意体力不支，厥功未就，而因病重辍笔），夫以译莎工作之艰巨，十年之功，不可云久，然毕生精力，殆已尽注于兹矣。

　　余译此书之宗旨，第一在求于最大可能之范围内，保持原作之神韵，必不得已而求其次，亦必以明白晓畅之字句，忠实传达原文之意趣；而于逐字逐句对照式之硬译，则未敢赞同。凡遇原文中与中国语法不合之处，往往再四咀嚼，不惜全部更易原文之结构，务使作者之命意豁然呈露，不为晦涩之字句所掩蔽。每译一段竟，必先自拟为读者，察阅译文中有无暧昧不明之处。又必自拟为舞台上之演员，审辨语调之是否顺口，音节之是否调和，一字一句之未惬，往往苦思累日。然才力所限，未能尽符思想，乡居僻陋，既无参考之书籍，又鲜质疑之师友。谬误之处，自知不免。所望海内学人，惠予纠正，幸甚幸甚！

原文全集在编次方面，不甚惬当，兹特依据各剧性质，分为喜剧、悲剧、杂剧、史剧四辑，每辑各自成一系统。读者循是以求，不难获见莎翁作品之全貌。昔卡莱尔尝云："吾人宁失百印度，不愿失一莎士比亚。"夫莎士比亚为世界的诗人，固非一国所独占；倘因此集之出版，使此大诗人之作品，得以普及中国读者之间，则译者之劳力，庶几不为虚掷矣。知我罪我，唯在读者。

生豪书于三十三年四月

目 录
Contents

K约翰王
KING JOHN ——

❧ 对一件做了会引起恶果的事情,
不予以履行恰恰是忠信的表现。

导　读

　　本剧是莎士比亚史剧集的"序曲"，主要讲述了约翰王一生的主要经历，如他和法国王室间的两次战争，他对王位合法继承人的迫害，他对教会的掠夺和他与罗马教廷的冲突，贵族们对他的叛离和归顺以及他被僧侣毒害致死等。

　　本剧人物形象鲜明，如约翰的卑怯、自私，法王的伪善，路易的奸诈，利摩琪斯的趋炎附势，潘杜尔夫的纵横捭阖，庶子的忠诚和坦率等。剧中主要人物形象都能通过他们自己的行为表露无遗。如约翰王命令赫伯特杀害亚瑟，到最后兵临城下的时候又怪罪赫伯特；法王腓力普时而进攻英国，时而与之媾和，随后又屈服于教廷压力而撕毁和议，再度兴兵；法太子路易先是赞扬萨立斯伯雷伯爵的背叛，随后又阴谋杀害他们；潘杜尔夫大主教为了教会的利益挑起法国与英国的争战，先是鼓动法国并称其背盟有理，之后在得到约翰归顺教皇后又去劝说法军停止进攻，等等。

　　剧中也有许多动人的情景。如当康斯丹丝遭到法王的背弃和爱子被俘时，她所倾诉的怨愤和悲哀使人不由得对她产生同情；亚瑟王子在恳求赫伯特不要伤害他的双目时发出的近乎绝望的哀号真能催人泪下；而当贵族们得知亚瑟遇害后，他们对约翰的义愤和叛离使人不禁为贵族们的义举感到振奋。

　　本剧不仅显示了莎士比亚塑造人物的高超技巧，也揭露了约翰王时代命运、上帝和道德作用的消失，以及人们对现实利益的追求。

剧中人物

约翰王

亨利亲王　约翰王之子

亚　瑟　布列塔尼公爵，约翰王之侄

彭勃洛克伯爵

爱塞克斯伯爵

萨立斯伯雷伯爵

俾高特勋爵

赫伯特·德·勃格

罗伯特·福康勃立琪　老罗伯特·福康勃立琪爵士之子

庶子腓力普　罗伯特之庶兄

詹姆士·葛尼　福康勃立琪夫人之仆

彼得·邦弗雷特　预言者

腓力普王　法国国王

路　易　法国太子

利摩琪斯　奥地利公爵

潘杜尔夫主教　教皇使臣

茂伦伯爵　法国贵族

夏提昂　法国使臣

艾莉诺　约翰王之母

康斯丹丝　亚瑟之母

白兰绮　西班牙郡主，约翰王之侄女

福康勃立琪夫人

群臣、侍女、安及尔斯市民、郡吏、传令官、军官、兵士、使者及其他
侍从等

地　点

英国，法国

第一幕

第一场　宫中大厅

【约翰王、艾莉诺太后、罗勃洛克伯爵、爱塞克斯伯爵、萨立斯伯雷伯爵等及夏提昂同上。

约翰王　说吧，夏提昂，法兰西对我们有何见教？

夏提昂　我奉法兰西国王之命，向英国的僭王致以问候。

艾莉诺　奇怪，怎么叫作僭王？

约翰王　先不要说话，母后，听这使臣怎么说。

夏提昂　法王腓力普代表你的已故王兄吉弗雷的世子亚瑟·普兰塔琪纳特，向你提出最合法的要求，追还这一座美丽的岛屿和其他的全部领土，包括爱尔兰、波亚叠、安佐、妥伦和缅因；他要求你放弃这些用武力霸占的权利，把它们交还给你的侄儿，合法的君王，少年的亚瑟手里。

约翰王　要是我拒绝这个要求，那便怎样？

夏提昂　那么残暴而流血的战争，将要强迫你放弃这些霸占的权利。

约翰王　那么，我们将不得不用战争对付战争，流血对付流血，压迫对付压迫，就这样去答复法兰西吧。

夏提昂　那么从我的口中接受我们王上的挑战吧，这是我的使命赋予我的权力的极限。

约翰王　把我的答复带给他，好好离开我们的国境。愿你的行动快如闪电，因为不等你有时间回去报告，我就要踏上你们的国土，让我的巨炮的雷鸣声传入你们的耳中。去吧！愿你像号角一般，宣告我们的愤怒，预言你们自己悲哀的没落。让他得到使臣应有的礼遇；彭勃洛克，你护送他安全出境。再会，

夏提昂。（夏提昂、彭勃洛克同下）

艾莉诺　嘿！我的儿，我不是早就说过，那野心勃勃的康斯丹丝一定会把法兰西和整个世界都煽动起来，帮助她的儿子争权夺利才肯甘休吗？这种事情本来只要说几句好话，就可以避免决裂，现在却必须出动两国的兵力，用可怕的流血解决一切了。

约翰王　我们有坚强的据守和合法的权利，这些都是我们的保障。

艾莉诺　你有的是坚强的据守，若指望合法的权利做保障，你和我就要遭殃了。这是我的良心在你耳边说的话，除了上天和你我以外，谁也不能让他听见。

　　　　【一郡吏上，向爱塞克斯耳语。

爱塞克斯　陛下，有一件从乡间来的非常奇怪的讼案，要请您判断一下，我从来没有听见过这种古怪的事情。要不要把他们叫上来？

约翰王　叫他们来吧。（郡吏下）我们的寺庙庵院将要替我们筹措这一次出征的费用。

　　　　【郡吏率罗伯特·福康勃立琪及其庶兄腓力普重上。

约翰王　你们是些什么人？

庶　子　启禀陛下，我是您忠实的臣民，一个出生在诺桑普敦郡的绅士，自认为是罗伯特·福康勃立琪的长子；我的父亲是一个军人，曾经跟随狮心王①作战，还从他溥施恩荣的手里受到了骑士的册封。

约翰王　你又是什么人？

罗伯特　我就是那位已故的福康勃立琪的嫡子。

约翰王　他是长子，你又是嫡子，那么看来你们不是同母所生的。

庶　子　陛下，我们的的确确是同母所生，这是大家都知道的。我想我们也是一个父亲的儿子，可是这一点究竟靠得住靠不住，那可只有上天和我的母亲知道。我自己是有点儿怀疑的，正像每个人的儿子都有同样的权利怀疑一样。

艾莉诺　呸，无礼的家伙！你怎么可以用这种猜疑的言语污辱你的母亲，毁坏她的名誉？

庶　子　我吗，娘娘？不，我没有抱这种猜疑的理由，这是我弟弟所说的，不是我自己的意思。要是他能够证实他的说法，他就可以使我失去至少每年五百

---

① 狮心王，即英王理查一世，曾参加第三次十字军。

镑的大好收入。愿上天保卫我母亲的名誉和我的田地！

约翰王　一个出言粗鲁的老实汉子。他既然是幼子，为什么要争夺你的继承权？

庶　子　我不知道为什么，只知道他要抢夺我的田地。可是他曾经造谣诽谤，说我是个私生子；究竟我是不是我的父母堂堂正正生下来的儿子，那只好去问我的母亲；可是陛下，您只要比较比较我们两人的面貌，就可以判断我有什么地方不及他——愿生养我的人尸骨平安！要是我们两人果然都是老罗伯特爵士所生，他是我们两人的父亲，而只有这一个儿子像他的话，老罗伯特爵士，爸呀，我要跪在地上，感谢上天，我没有生成你那副模样！

约翰王　哎哟，我们这儿来了一个多么莽撞的家伙！

艾莉诺　他的面貌有些像狮心王的样子，他说话的音调也有点儿像他。你看这汉子的庞大的身体上，不是存留着几分我的亡儿的特征吗？

约翰王　我已经仔细打量过他的全身，果然和理查十分相像。喂，小子，说，你为什么要争夺你兄长的田地？

庶　子　因为从侧面看，他那半边脸正像我父亲一样。凭着那半边脸，他要占有我的全部田地；难不成一枚半边脸的银圆也值一年五百镑的收入！

罗伯特　陛下，先父在世的时候，曾经多蒙您的王兄重用——

庶　子　嘿，弟弟，你说这样的话是不能得到我的田地的；你应该告诉陛下他怎样重用我的母亲才是。

罗伯特　有一次他奉命出使德国，和德皇接洽公要；先王趁着这个机会，就驾幸我父亲的家里；其中经过的暧昧情形，我也不好意思说出来，可是事实总是事实。当我的母亲怀上这位勇壮的哥儿的时候，广大的海陆隔离着我的父亲和母亲，这是我从我的父亲嘴里亲耳听到的。他在临终之际，遗命把他的田地传授给我，发誓说我母亲的这一个儿子并不是他的，否则他不应该早生下来十四个星期。所以，陛下，让我遵从先父的意旨，得到我所应得的这一份田地吧。

约翰王　小子，你的哥哥是合法的；他是你父亲的妻子婚后所生，即使她有和外人私通的情事，那也是她的过错，这是每一个娶了妻子的丈夫无法保证的。告诉我，要是果然如你所说，我的王兄曾经费过一番辛苦生下这个儿子，假如他向你的父亲索讨起他这儿子来，那便怎样？老实说，好朋友，既然这头小牛是他的母牛生下来的，听凭全世界来索讨，你的父亲也可以坚决不给。

真的，他可以这样干。那么即使他是我王兄的种，我的王兄也无权索讨；虽然他不是你父亲的骨肉，你的父亲也无须否认了。总而言之，我母亲的儿子生下你父亲的嫡嗣，你父亲的嫡嗣就必须得到你的父亲的田地。

罗伯特　那么难道我父亲的遗嘱没有力量摈斥一个并不是他所生的儿子吗？

庶　子　兄弟，当初生下我来，既不是他的主意；承认我，拒绝我，也由不得他做主。

艾莉诺　你是愿意像你兄弟一样，做一个福康勃立琪家里的人，享有你父亲留下的田地呢，还是愿意被人认作是狮心王的儿子，除了自己之外，什么田地也没有呢？

庶　子　娘娘，要是我的兄弟长得像我一样，我长得像他——罗伯特爵士一样；要是我的腿是这样两根给小孩子当马骑的竹竿，我的手臂是这样两条塞满柴草的鳗鲡皮，我的脸瘦得使我不敢在我的耳边插一朵玫瑰花，因为恐怕人家说："瞧，这不是一个三分的小钱①吗？"要是我必须长成这么一副模样才能够继承到我父亲的全部田地，那么我宁愿一辈子站在这儿，宁愿放弃每一尺的土地，跟他交换这一张面庞，再也不要做什么劳什子的爵士。

艾莉诺　我很喜欢你；你愿意放弃你的财产，把你的田地让给他，跟着我走吗？我是一个军人，现在要出征法国去了。

庶　子　弟弟，你把我的田地拿去吧，我要试一试我的运气。你的脸已经使你得到每年五百镑的收入，可是把你的脸卖五个便士，还嫌太贵了些。娘娘，我愿意跟随您直到死去。

艾莉诺　不，要是死的话我倒希望你比我先走一步呢。

庶　子　按照我们乡下的规矩，卑幼者是应该让尊长先走的。

约翰王　你叫什么名字？

庶　子　启禀陛下，我的名字叫腓力普；腓力普，老罗伯特爵士的妻子的长子。

约翰王　从今以后，顶着那赋予你这副形状的人的名字吧。腓力普，跪下来，当你站起来的时候，你将要比现在更高贵；起来，理查爵士，你也是普兰塔琪纳特一家的人了。

庶　子　我的同母的兄弟，把你的手给我；我的父亲给我荣誉，你的父亲给你田地。

---

　　① 这种三分的小钱与二分、四分的小钱类似，因此在钱面上的皇后像耳后添一朵玫瑰花，以资识别。

　　不论黑夜或白昼，有福的是那个时辰，当罗伯特爵士不在家里，我母亲的腹中有了我！

艾莉诺　　正是普兰塔琪纳特的精神！我是你的祖母，理查，你这样叫我吧。

庶　子　　娘娘，这也是偶然的机会，未必合于正道；可是那有什么关系呢？略微走些弯斜的歪路，干些钻穴逾墙的把戏，并不是不可原谅的；不敢在白昼活动，就只好在黑夜偷偷摸摸；只要目的达到，何必管它用的是什么手段？不论距离远近，射中的总是好箭；私生也好，非私生也好，我总是这么一个我。

约翰王　　下去吧，福康勃立琪，你已经满足了你的愿望；一个没有寸尺之地的骑士使你成为一个有田有地的乡绅。来，母后；来，理查；我们必须火速出发到法国去，不要耽误了我们的要事。

庶　子　　兄弟，再会；愿幸运降临到你身上！因为你是你的父母堂堂正正生下来的。（除庶子外均下）牺牲了许多的田地，换到这寸尺的荣誉。好，现在我可以叫无论哪一个村姑做起夫人来了。"晚安，理查爵士！""你好，朋友！"假如他的名字是乔治，我就叫他彼得；因为做了新贵，是会忘记人们的名字的；身份转变之后，要是还记得每个人的名字，就显得太恭敬或是太跟人家亲密了。要是有什么旅行的人带着他的牙签陪我这位爵士大人进餐，等我酒足饭饱以后，我就要咂咂我的嘴，向这位游历各国的人发问；把上身斜靠在臂肘上，我要这样开始："足下，我想要请教，"——这就是问题，于是回答来了，就像会话入门书上所写的一样："啊，阁下，"这是回答，"您有什么吩咐，鄙人随时愿效犬马之劳。""岂敢岂敢，"这是问题，"足下如有需用鄙人之处，鄙人无不乐于尽力。"照这样扯上了一大堆客套的话，谈谈阿尔卑斯山，亚平宁山，比利牛斯山和波河的风景，就这样在还没有进入实质性的问题前就到了晚餐的时候了。可是这样才是上流社会，适合于像我自己这样向上的精神；因为谁要是不懂得适应潮流，他就是一个时代的私生子。我正是一个私生子，不管我适应得好不好。不单凭着服装、容饰、外形和徽纹，我还要从内心发出一些甜甜蜜蜜的阿谀之词来，让世人受我的麻醉；虽然我不想有意欺骗世人，可是为了防止受人欺骗起见，我要学习学习这一套手段，因为在我飞黄腾达的路途上一定会铺满这一类谄媚的花朵。那是谁穿了骑马的装束，这样急急忙忙地跑来啦？这是什么报急信的女公差？难道她竟没有一个丈夫，可以替她在前面做吹喇叭的乌龟吗？

【福康勃立琪夫人及詹姆士·葛尼上。

庶　子　哎哟！那是我的母亲。啊，好太太！您为什么这样急急忙忙上宫廷里来？

福康勃立琪夫人　你那畜生般的兄弟呢？他到处破坏我的名誉，他到哪儿去了？

庶　子　我的弟弟罗伯特吗？老罗伯特爵士的儿子吗？那个三头六臂的巨人，那
　　　　个了不得的英雄吗？您找的是不是罗伯特爵士的儿子？

福康勃立琪夫人　罗伯特爵士的儿子！唉，你这不敬尊长的孩子！罗伯特爵士的
　　　　儿子；为什么你要瞧不起罗伯特爵士？他是罗伯特爵士的儿子，你也是。

庶　子　詹姆士·葛尼，你可以走开一下吗？

葛　尼　可以可以，好腓力普。

庶　子　什么鬼腓力普！詹姆士，事情好玩着呢，等一会儿我告诉你。(葛尼下)母亲，
　　　　我不是老罗伯特爵士的儿子；罗伯特爵士可以在耶稣受难日吃下他在我身上
　　　　的肉都不算破了斋戒。罗伯特爵士是个有能耐的人；嘿，老实说，他能够生
　　　　下我来吗？罗伯特爵士没有这样的本领；我们知道他的能耐。所以，好妈妈，
　　　　究竟我这身体是谁给我的？罗伯特爵士可制造不出这么一条好腿来。

福康勃立琪夫人　你也和你的兄弟串通了来跟我作对吗？为了你自己的利益，你
　　　　是应该竭力维护我的名誉的。这种讥笑的话是什么意思，你这不孝的畜生？

庶　子　是骑士，好妈妈；就像巴西利斯柯①所说的一样。嘿！我已经受了封啦，
　　　　主上的剑头已经碰过我的肩了。可是，妈，我不是罗伯特爵士的儿子；我已
　　　　经否认罗伯特爵士，放弃我的田地；法律上的嫡子地位、名义，什么都没有了。
　　　　所以，我的好妈妈，让我知道谁是我的父亲；我希望是个很体面的人；他是
　　　　谁，妈？

福康勃立琪夫人　你已经否认你是福康勃立琪家里的人了吗？

庶　子　正像我否认跟魔鬼有什么关系一般没有虚假。

福康勃立琪夫人　狮心王理查是你的父亲；在他长时期的热烈追求之下，我一时
　　　　受到诱惑，让他登上了我丈夫的眠床。上天饶恕我的过失！我不能抵抗他强
　　　　力的求欢，你便是我那一次销魂的罪恶中所结下的果实。

庶　子　天日在上，母亲，要是我重新投胎，我也不希望有一个更好的父亲。有
　　　　些罪恶在这世上是有它们的好处的，您的也是这样；您的过失不是您的愚蠢。

_____

① 巴西利斯柯，当时一出流行戏里的人物，在受辱的时候还要求人称他为"骑士"。

在他君临一切的爱情之前，您不能不俯首臣服，掏出您的心来呈献给他，他的神威和无比的强力，曾经使无畏的雄狮失去战斗的勇气，让理查剖取它的高贵的心。他既然能够凭着勇力夺去狮子的心，赢得一个女人的心当然也是易如反掌的。哦，我的妈妈，我用全心感谢您给我这样一位父亲！哪一个活着的人嘴里胆敢说您在怀着我的时候干了坏事，我就要送他的灵魂下地狱。来，太太，我就要带您去给我的亲属引见引见；他们将要说，当理查留下我这种子的时候，要是您拒绝了他，那才是一件罪恶；照现在这样，谁要说您犯了罪，他就是说谎；我说：这算不了罪恶。（同下）

第二幕

第一场 法国。安及尔斯城

【奥地利公爵利摩琪斯率军队自一方上；法王腓力普率军队及路易、康斯丹丝、亚瑟、侍从等自另一方上。

腓力普王　英勇的奥地利公爵，今天在安及尔斯城前和你相遇，真是幸会。亚瑟，那和你同血统的伟大的前驱者理查，那曾经攫取狮心、在巴勒斯坦指挥圣战的英雄，就是在这位英勇的公爵手里丧生的；为了向他的后裔补偿前愆起见，他已经听从我的敦请，到这儿来共举义旗，为了你的权利，孩子，向你的逆叔英王约翰声讨篡窃之罪。用拥抱和爱，欢迎他的到来吧。

亚　瑟　上帝将要宽宥你杀害狮心王的罪愆，因为你把生命给予他的后裔，用你武力的羽翼庇护他们的权利。我举起我孱弱的手来欢迎你，可是我的心里充满着强烈的爱；欢迎你驾临安及尔斯城前，公爵。

腓力普王　多么高贵的孩子！谁不愿意为你出力呢？

利摩琪斯　我把这一个热烈的吻加在你的颊上，作为我的爱心的印证；我誓不归返我的故国，直到安及尔斯和你在法国所有的权利，连同那惨淡苍白的海岸——它的巨足踢回大洋汹涌的潮汐，把那岛国的居民隔离在世界之外——还有那为海洋所围护的英格兰，那未遭外敌侵凌的以水为城的堡垒，那海角极西的国土，全都敬奉你为国王；直到那时以前，可爱的孩子，我要坚持我的武器，决不思念我的家乡。

康斯丹丝　啊！请接受他的母亲——一个寡妇的感谢，直到你的坚强的手给他充分的力量，可以用更大的报酬答谢你的盛情。

利摩琪斯　在这样正义的战争中举起宝剑来的人，上天是会赐予他们平安的。

腓力普王　那么好，我们动手吧。我们的大炮将要向这顽抗的城市轰击。叫我们
　　那些最熟谙军事的人来，商讨安置火器的合宜地点。我们不惜在城前横陈我
　　们尊严的骸骨，踏着法兰西人的血迹向市中前进，我们一定要使它向这孩子
　　屈服。

康斯丹丝　等候你的使臣回来，看他带给你什么答复吧；不要轻率地让热血玷污
　　了你们的刀剑。夏提昂大人也许会用和平的手段，从英国带来了我们现在要
　　用武力争取的权利；那时我们就要因为在一时的鲁莽中徒然轻掷的每一滴血
　　液而悔恨了。

　　　　　【夏提昂上。

腓力普王　怪事，夫人！瞧，你刚提起，我们的使者夏提昂就到了。简单一点告
　　诉我，贤卿，英格兰怎么说；我们在冷静地等候着你；夏提昂，说吧。

夏提昂　命令你们的军队停止这场无谓的围攻，鼓动他们准备更重大的厮杀吧。
　　英格兰已经拒斥您公正的要求了，并把她自己武装起来了。逆风延误了我的
　　行程，可是给了英王一个机会，使他能够带领他的大军跟我同时登陆；他的
　　行军十分迅速，就快要到达这座城市了；他的兵力强盛，他的士卒都抱着必
　　胜的信心。跟着他来的是他的母后，像一个复仇的女神，怂恿他从事这一场
　　流血和争斗；她的侄孙女，西班牙的白兰绮郡主，也跟着同来了；此外还有
　　一个前王的庶子，和全国一切年少的好事之徒，浮躁、轻率而勇猛的志愿军人，
　　他们有的是妇女的容貌和猛龙的性情，卖去了故乡的田产，骄傲地挺着他们
　　了无牵挂的身子，到这儿来冒险寻求新的运气。总而言之，这次从英国渡海
　　而来的，全是最精锐的部队，从来没有比他们更勇敢而无畏的战士曾经凌风
　　破浪，前来蹂躏过基督教的国土。（内鼓声）他们粗暴的鼓声阻止我做更详细
　　的叙述；他们已经到来，要是谈判失败，就要进行决战，所以准备起来吧。

腓力普王　他们来得这样快，倒是意想不到的。

利摩琪斯　越是出于意外，我们越是应该努力加强我们的防御，因为勇气是在磨
　　炼中生长的。让我们欢迎他们到来，我们已经准备好了。

　　　　　【约翰王、艾莉诺、白兰绮、庶子、群臣及军队同上。

约翰王　愿和平归于法兰西，要是法兰西容许我们和平进入我们自己的城市；不
　　然的话，流血吧，法兰西，让和平升上天空；我们将要躬行天讨，惩罚这蔑

视神意、拒斥和平的罪人。

腓力普王　愿和平归于英格兰，要是你们愿意偃旗息鼓，退出法兰西的领土，在你们本国安享和平的幸福。我们是爱英国的；为了英国的缘故，我们才不辞劳苦而来，在甲胄的重压之下流汗。这本来是你的责任，不该由我们越俎代庖；可是你不但不爱英国，反而颠覆她合法的君主，斩断绵绵相承的王统，睥睨幼弱的朝廷，玷污纯洁的王冠。瞧瞧你的兄长吉弗雷的脸吧：这一双眼睛，这两条眉毛，都是照他的模型塑成的；这一个小小的雏形，具备着随吉弗雷同时死去的种种特征，时间之手将会把他塑成一个同样雄伟的巨人。那吉弗雷是你的长兄，这是他的儿子；英格兰的主权是应该属于吉弗雷和他的后嗣的。凭着上帝的名义，他应该戴上这一顶被你篡窃的王冠，热血还在他的脑中跳动，你有什么权力擅自称王？

约翰王　谁给你这样伟大的使命，法兰西，我凭什么必须答复你的质问呢？

腓力普王　我的权力得自那至高无上的法官，那在权威者的心中激发正直的思想，使他鉴照一切枉法背义的行为的神明；这神明使我成为这孩子的保护人；因为遵奉他的旨意，所以我来纠责你的过失，凭借他的默助，我要给不义者以应得的惩罚。

约翰王　唉！你这是篡窃上天的威权。

腓力普王　请原谅我，我的目的是要击倒篡窃的奸徒。

艾莉诺　法兰西，你骂谁是篡窃的奸徒？

康斯丹丝　让我回答你吧，就是你那篡位的儿子。

艾莉诺　呸，骄悍的妇人！你那私生子做了国王，你就可以做起太后来，把天下一手操纵了。

康斯丹丝　我对你的儿子恪守贞节，正像你对你的丈夫一样；虽然你跟约翰在举止上十分相像，就像雨点和流水，魔鬼和他的母亲一般难分彼此，可是还不及我这孩子在容貌上和他父亲吉弗雷那样相似。我的孩子是个私生子？！凭着我的灵魂起誓，我想他的父亲生下来的时候，也不会比他更光明正大；有了像你这样一位母亲，什么都是说不定的。

艾莉诺　好一位母亲，孩子，把你的父亲都侮辱起来了。

康斯丹丝　好一位祖母，孩子，她要把你侮辱哩。

利摩琪斯　静些！

庶　子　听传令官说话。

利摩琪斯　你是个什么鬼东西？

庶　子　我是个不怕你、还能剥下你的皮来的鬼东西。你正是俗话所说的那只兔子，它的胆量只够拉拉死狮子的胡须。要是我把你捉住了，我一定要剥你的皮。嘿，留点神吧，我是不会骗你的。

白兰琦　啊！他穿着从狮子身上剥下来的皮衣，那样子是多么威武！

庶　子　看上去是很体面的，就像一头蒙着狮皮的驴子一样；可是，驴子，我要剥下您的狮皮，要不然就敲碎您的肩骨。

利摩琪斯　这是哪儿来的吹法螺的狂徒，用他满口胡言震聋我们的耳朵？王兄，——路易，赶快决定我们应该采取怎样的行动吧。

腓力普王　妇女们和无知的愚人们，不要多说。约翰王，我唯一的目的，就是代表亚瑟，向你要求归还英格兰、爱尔兰、安佐、妥伦和缅因的各部分领土。你愿意放弃它们，放下你的武器吗？

约翰王　我宁愿放弃我的生命。接受我的挑战吧，法兰西。布列塔尼的亚瑟，赶快归降；凭着我对你的眷宠，我要给你极大的恩典，远过于怯懦的法兰西所能为你赢得的。投降吧，孩子。

艾莉诺　到你祖母的身边来，孩子。

康斯丹丝　去吧，孩子，到你祖母的身边去，孩子；把王国送给祖母，祖母会赏给你一颗梅子、一粒樱桃和一枚无花果。好一位祖母！

亚　瑟　我的好妈妈，别说了吧！我宁愿自己躺在坟墓里，也不愿意你们为我闹起这一场纠纷来的。

艾莉诺　他的母亲丢尽了他的脸，可怜的孩子，他哭了。

康斯丹丝　别管他的母亲，你才丢脸呢！是他祖母给他的损害，不是他母亲给他的耻辱，从他可怜的眼睛里激起了那些感动上天的珠泪，上天将要接受这一份礼物，是的，这些晶莹的珠玉将要贿赂上天，为他主持公道，向你们报复他的仇恨。

艾莉诺　你这诽谤天地的恶妇！

康斯丹丝　你这荼毒神人的妖媪！不要骂我诽谤天地；你跟你的儿子篡夺了这被迫害的孩子的领土、王位和主权；这是你长子的嫡子，他有的是生来的富贵，都是因为你才遭逢这样的不幸。这可怜的孩子头上顶着你的罪恶，因为他和你的淫邪的血液相去只有两代，所以他必须担负你不祥的戾气。

约翰王　疯婆子，闭嘴！

康斯丹丝　我只有这一句话要说，他不但因为她的罪恶而受难，而且上帝已经使
　　她的罪恶和她自己本身把灾难加在她这隔代的孙儿身上；他必须为她受难，
　　又必须担负她的罪恶；一切的惩罚都降在这孩子的身上，全是因为她的缘故。
　　愿她不得好死！

艾莉诺　你这狂妄的悍妇，我可以给你看一张遗嘱，上面写明了取消亚瑟继承的
　　权利。

康斯丹丝　嗯，那是谁也不能怀疑的。一张遗嘱！一张奸恶的遗嘱！一张妇人的
　　遗嘱！一张坏心肠的祖母的遗嘱！

腓力普王　静下来，夫人！停止你的吵闹，安静点儿吧；当着这么多人的面前，
　　尽是这样反复嚷叫，未免有失体统。吹起喇叭来，叫安及尔斯城里的人们出
　　来讲话；让我们听听他们怎么说，究竟他们承认谁是他们合法的君王，亚瑟
　　还是约翰。

　　　　【吹喇叭。市民若干人在城墙上出现。

市民甲　是谁呼唤我们到城墙上来的？

腓力普王　法兰西的国王，代表英格兰向你们说话。

约翰王　英格兰有她自己的代表。安及尔斯的人们，我亲爱的臣民——

腓力普王　亲爱的安及尔斯的人们，亚瑟的臣民，我们的喇叭呼唤你们来做这次
　　和平的谈判——

约翰王　为了英国的利益，所以先听我们说吧。这些招展在你们城市之前的法
　　国的旌旗，原是到这里来害你们的；这些法国人的大炮里满装着愤怒，已
　　经高高架起，要向你们的城墙喷出凶暴的铁弹。他们准备在你们的眼前，
　　和这些紧闭的城门之前，进行一场流血的围攻和残酷的屠杀；倘不是因为
　　我们来到，这些像腰带一般围绕在你们四周的酣睡的石块，在他们炮火的
　　威力之下，早已四散纷飞，脱离它们用泥灰胶固的眠床，凶恶的暴力早已
　　破坏了你们的和平，造成混乱的恐怖了。我们好容易用最快的速度，赶到
　　你们的城前，方才及时阻止了他们的暴行，保全了你们这一座受威胁的城
　　市的完整；瞧，这些法国人看见了我，你们的合法的君王，就吓得愿意举
　　行谈判了；现在他们不再用包裹在火焰中的弹丸使你们的城墙震颤，只是

016

放射一些蒙蔽在烟雾里的和平的字句，迷惑你们的耳朵，使你们把没有信义的欺骗误认为真。所以，善良的市民们，不要相信那套话，让我，你们的君王，进来吧；我的劳苦的精神因为这次马不停蹄的长途跋涉而疲惫，需要在你们的城内暂息征骖。

腓力普王　等我说完以后，你们再答复我们两人吧。瞧！在这右边站着年轻的普兰塔琪纳特，保护他的权利是我对上天发下的神圣誓言，他就是这个人的长兄的儿子，按照名分，他应该是这个人和其所占有的一切的君王。为了伸张被蹂躏的正义，我们才整饬师旅，涉足在你们的郊野之上；除了被扶弱济困的热情所激动，使我们向这被迫害的孩子伸出援手以外，对你们绝对没有任何的敌意。所以，向这位少年王子致献你们的忠诚吧，这是你们对他应尽的天职。那时候我们的武器就像套上口罩的巨熊一样，只剩下一副狰狞的外形，它们的凶气将会收藏起来；我们的炮火将向不可摧毁的天空的白云发出徒然的轰击；我们将要全师而退，刀剑无缺，盔甲完好，那准备向你们的城市溅洒的热血，依然保留在我们的胸腔里，无恙而归，让你们和妻子儿女安享和平。可是你们要是执迷不悟，轻视我们的提议，那么即使这些久经征战的英国人都在你们的围城之内，这些古老的城墙也不能保护你们避免战争的荼毒。所以告诉我们，你们愿不愿意接受你们合法的君王，向我们献城投降？还是我们必须发出愤怒的号令，踏着战死者的血迹把你们的城市占领？

市民甲　简单一句话，我们是英格兰国王的子民；为了他和他的权利，我们才坚守着这一座城市。

约翰王　那么承认你们的君王，让我进去吧。

市民甲　那可不能；只有谁能够证明他是真正的国王，我们才愿意向他致以我们的忠诚；否则我们将要继续向全世界紧闭我们的门户。

约翰王　英格兰的王冠不能证明我是你们的国王吗？要是那还不足凭信，我给你们带来了见证，三万个生长在英国的壮士——

庶　子　私生子也包括在内。

约翰王　可以用他们的生命证明我的权利。

腓力普王　我也有同样多的出身高贵的健儿——

庶　子　也有几个私生子在内。

腓力普王　他们可以站在他的面前驳斥他的僭妄。

市民甲　在你们还没有决定谁的权利更合法以前，为了保持合法者的权利，我们只好同时拒绝你们双方进入。

约翰王　那么在夕露未降以前，为了用残酷的手段证明谁是这王国的合法君主，许多人的灵魂将要奔向他们永久安息的所在，愿上帝宽恕他们的一切罪愆！

腓力普王　阿门，阿门！上马，骑士们！拿起武器来！

庶　子　圣乔治①啊，你自从打死了那条恶龙以后，就一直骑在马背上，被悬挂在酒店老板娘的门前，现在快教给我们一些剑法吧！（向奥地利公爵）喂，要是我在你的窝里，跟你那头母狮在一起，我定要在你的狮皮上安一个牛头，让你变成一头四不像的怪妖精。

利摩琪斯　住口！别胡说。

庶　子　啊！发抖吧，你听，狮子在怒吼了。

约翰王　到山上去，让我们占据有利地形。

庶　子　那么赶快吧，还是先下手为强。

腓力普王　就这样办；（向路易）你在另外一个山头指挥余众，叫他们坚守阵地。上帝和我们的权利保卫我们！（各下）

　　　　【号角声，两军交锋；随即退却，一名法国传令官率喇叭手至城门前。

法传令官　安及尔斯的人民，打开你们的城门，让布列塔尼公爵，少年的亚瑟进来吧；他今天借着法兰西的帮助，已经造成许多的惨剧，无数英国的母亲将要为她们僵毙在血泊中的儿子们哭泣，无数寡妇的丈夫倒卧地上，拥抱着变了色的冰冷的泥土。法兰西飘扬的旗帜夸耀着他们损失轻微的胜利，在一片奏凯声中，他们就要到来，以战胜者的身份长驱直进，宣布布列塔尼的亚瑟为英格兰和你们的君王。

　　　　【英国传令官率喇叭手上。

英传令官　欢呼吧，安及尔斯的人们，敲起你们的钟来；约翰王，你们和英格兰的君王，今天这一场恶战中的胜利者，快要到来了。当他们从这儿出发的时候，他们的盔甲是那样闪耀着银光，现在他们整队而归，染满了法兰西人的鲜血；没有一片英国人盔上的羽毛被法国的枪尖挑下；高举着我们的旗帜出发的人

---

①　圣乔治，圣徒之一，英国守护神，传说曾杀恶龙。

018

们，依旧高举着我们的旗帜回来；像一队快乐的猎人，我们这些勇壮的英国人带着一双双殷红的血手，从战场上杀敌回来了。打开你们的城门，让胜利者进来。

市民甲　两位传令官，我们从城楼上，可以从头到尾很清楚地看到你们两军进退的情形；即使用我们最敏锐的眼光，也不能判断双方的优劣；流血交换流血，打击回答打击，实力对付实力，两边都是旗鼓相当，我们也不能对任何一方意存偏袒。必须有一方面证明它的势力是更强大的；既然你们不分胜败，我们就只好闭门固守，拒绝你们进来，同时也就是为你们双方守住这一座城市。

　　　　【二王各率军队重上。

约翰王　法兰西，你还有更多的血可以溅洒吗？说，我们合法的权利是否应该畅行无阻？像一道水流一样，因为横遭你的阻碍，我们的愤怒将要泛滥横决，淹没你的堤岸，除非你放任它的银色的波涛顺流直下，倾注在大洋之中。

腓力普王　英格兰，你在这一次激烈的比试里，并没有比我们法国人多保全一滴血；你们的损失比我们更大。我现在凭着我这一只统治这一方土地的手起誓，我们向你举起我们正义的武器，在我们放下武器之前，我们一定要使你屈服，或是在战死者的名单上多添一个国王的名字。

庶　子　嘿，君主的威严！当国王们高贵的血液燃烧起来的时候，那将是怎样的光芒万丈！啊！现在死神的嘴里满插着兵器，士兵们的刀剑便是他的利齿，他的毒牙；在两个国王未决胜负的争战中，他现在要撕碎人肉供他大快朵颐了。为什么你们两人相对，大家都这样呆呆地站着不动？高声喊杀吧，国王们！回到血染的战场上去，你们这些势均力敌、燃烧着怒火的勇士们！让一方的溃乱奠定另一方的和平；直到那时候，让刀剑、血肉和死亡决定一切吧！

约翰王　哪一方面是市民们所愿意接纳的？

腓力普王　说吧，市民们，为了英格兰的缘故，谁是你们的君王？

市民甲　英格兰的国王是我们的君王，可是我们必须知道谁是真正的国王。

腓力普王　我是他的代表，他的主权就是我现在所要支持的。

约翰王　我就是英王本人，亲自驾临你们的城前，是唯我独尊的君主，也是你们安及尔斯城的主人。

市民甲　一种比我们伟大的力量否认这一切；在我们的怀疑没有消释以前，我们仍然要保持原来的审慎，紧锁我们坚强的城门，让疑虑做我们的君王；除非另有一个确凿的君王来到，这个疑虑的君王是不能被推翻废黜的。

庶　子　天哪，这些安及尔斯的贱奴们在玩弄你们哩，两位王上；他们安安稳稳地站在城楼上，就像在戏园子里瞧热闹一般，指手画脚地看你们表演杀人流血的戏剧。请两位陛下听从我的计策，像耶路撒冷城里的暴动分子①一样，暂时化敌为友，用你们联合的力量，向这城市施行你们最严厉的惩罚。让东西两方同时架起英法两国满装着弹药的攻城巨炮，直到它们那使人心惊胆裂的吼声震碎了这傲慢的城市的坚硬肋骨，把这些贱奴们所倚赖的垣墙摧为平地，使他们像在露天的空气中一般没有保障。这以后你们就可以分散你们联合的力量，举起各自的旗帜，脸对着脸，流血的剑锋对着剑锋，拼一个你死我活；那时候命运之神就可以在片刻之间选择她所宠爱的一方作为她施恩的对象，使他得到光荣的胜利。伟大的君王们，对于这一个狂妄的意见，你们觉得怎样？这不是一个很巧妙的策略吗？

约翰王　苍天在上，我很喜欢这一个计策。法兰西，我们要不要集合我们的力量，把这安及尔斯摧为平地，然后再用战争决定谁是它的君王？

庶　子　你也像我们一样受到这愚蠢的城市的侮辱，要是你有一个国王的胆气，把你的炮口转过来对着这傲慢的城墙吧，我们也会和你们一致行动；等我们把它踏成平地以后，那时我们可以再来一决雌雄，杀它一个天昏地暗、日月无光。

腓力普王　就这样吧。说，你们准备向什么地方进攻？

约翰王　我们从西方直捣这城市的心脏。

利摩琪斯　我从北方进攻。

腓力普王　我们将要从南方向这城市抛下我们火雷的弹丸。

庶　子　啊，聪明的策略！从北方到南方，奥地利和法兰西彼此对准了各人发射；我要怂恿他们这样干。来，去吧，去吧！

市民甲　请听我们说，伟大的君王们；俯从我们的请求，暂驻片刻，我将要给你们贡献一个和平合作的方案；不损一剑，不伤一卒，就可以使你们得到这一座城市，让这些准备捐躯在战场上的活跃的生命将来还能寿终正寝。不要固执，听我说，伟大的君王们。

---

① 公元70年罗马军攻打耶路撒冷的时候，城里正在进行内战的暴动分子，曾联合起来共同抵御侵略。

约翰王　说吧，我们愿意听一听你的意见。

市民甲　那位西班牙的女儿，白兰绮郡主，是英王的近亲；瞧吧，路易太子和那位可爱的女郎正是年龄相当的一对。要是英勇的情郎想要物色一位美貌的佳人，什么地方可以找得到比白兰绮更娇艳的？要是忠诚的情郎想要访求一位贞淑的贤媛，什么地方可以找得到比白兰绮更纯洁的？要是有野心的情郎想要匹配一位名门的贵女，谁的血管里流淌着比白兰绮郡主更高贵的血液？正像她一样，这位少年的太子在容貌、德行和血统上，也都十全十美。要是他有缺陷的话，那就是缺少了这样一个她；她唯一的美中不足，也就是缺少了这样一个他。他只是半个幸福的人，需要她去把他补足；她是一个美妙的一部分，必须有了他方才完满。啊！像这样两道银色的水流，当它们合而为一的时候，是会使两旁的河岸倍添光彩；两位国王，你们就是汇聚这两道水流的两道堤岸，要是你们促成了这位王子和这位郡主的良缘。这一个结合对于我们紧闭的城门将要成为比炮火更有力的武器；因为这段婚姻实现以后，无须弹药的威力，我们就会迅速打开我们的门户，欢迎你们进来。要是没有这一段婚姻，我们就要固守我们的城市；怒海不及我们顽强，雄狮不及我们自信，山岩不及我们坚定，不，残暴的死神也不及我们决绝。

庶　子　这可真是一个意外的变化，把死神腐烂的尸骸上披着的破碎的衣服都吓得掉下来了！好大的一张嘴，死、山岳、岩石、海水，都被它一口气喷了出来，它讲起怒吼的雄狮，就像十三岁的小姑娘谈到小狗一般熟悉。哪一个炮手生下这强壮的汉子？他的话简直就是冒着浓烟、威力惊人的炮火；他用舌头殴打我们，我们的耳朵都受到他的痛击；他所说的每一个字，都比法国人的拳头更有力量。他妈的！自从我第一次叫我兄弟的父亲做爸爸以来，我从不曾给人家用话打得这样不能动弹过。

艾莉诺　（向约翰王旁白）我儿，听从这一个结合的建议，成全了这门婚事吧；给我的孙女一笔大大的嫁妆；因为凭着这次联姻，可以巩固你现在基础尚未稳定的王位，让那乳臭未干的小儿得不到阳光的照耀，像一朵富于希望的鲜花，结不出灿烂的果实。我看见法王的脸上好像有允从的意思；瞧他们在怎样交头接耳。趁他们心中活动的时候，竭力怂恿怂恿吧，免得一时被婉转的陈词和天良的愧悔所感动的热诚，在瞬息之间又会冷淡下来，变得和从前一样。

市民甲　两位陛下为什么不答复我们这危城所提出的这一个善意的建议？

腓力普王　让英格兰先说吧，他是最先向这城市发言的。你怎么说？

约翰王　要是这位太子，你的尊贵的令郎，能够在这本美貌的书卷上读到"我爱"的字样，她的嫁妆的价值将要和一个女王的相等；安佐和美好的妥伦、缅因、波亚叠以及为我们王冠的威权所及的大海这一边的全部领土，除了现在被我们所包围的这一个城市以外，将要成为她新床上的盛饰，使她拥有无限的尊荣富贵，正像她在美貌、教养和血统上，可以和世上任何一个公主相比一样。

腓力普王　你怎么说，孩子？瞧瞧这位郡主的脸吧。

路　易　我在瞧着呢，父王；在她的眼睛里我发现一个奇迹，我看见她的一汪秋水之中，荡漾着我自己的影子，它不过是您儿子的影子，可是化为一轮太阳，使您的儿子反倒成为它的影子。我平生从不曾爱过我自己，现在在她眼睛的美妙的画板上，看见我自己粉饰的肖像，却不禁顾影自怜了。（与白兰绮耳语）

庶　子　粉饰的肖像在她眼睛的美妙的画板上！悬挂在她眉梢的颦蹙的皱纹上！站守在她的心头！他等于供认自己是爱情的叛徒，因为他已经被"分尸""悬挂"和"斩首"了。可惜高谈着这样的爱情的，却是像他这么一个凡夫俗子。

白兰琦　在这件事上，我叔父的意志就是我的意志；要是他在您的身上发现有可以使他喜欢您的地方，我也一定会对他表示同意；更适当地说，我会毫不勉强地喜爱它们。我不愿恭维您，殿下，说我所看到的您的一切都是值得喜爱的；可是我可以这样说一句，即使让鄙俗的思想来评判您，我也找不出您身上有哪一点是值得憎恨的。

约翰王　这一对年轻人怎么说？你怎么说，我的侄女？

白兰琦　一切听凭叔父的高见；您怎么吩咐，我就怎么做，这是我的职责。

约翰王　那么说吧，太子，你能够爱这个女郎吗？

路　易　不，您还是问我能不能不去爱她吧；因为我是最真诚地爱着她的。

约翰王　那么我就给你伏尔克森、妥伦、缅因、波亚叠和安佐五州作为她的妆奁，另外再加增英国国币三万马克①。法兰西的腓力普，要是你满意这样的处置，命令你的佳儿佳妇互相握手吧。

腓力普王　我很满意。我儿和这位年轻的郡主，你们握手吧。

---

① 英古币名，合十三先令四便士。

利摩琪斯　把你们的嘴唇也接合起来；因为我记得清清楚楚，当我订婚的时候，我也来过这么一下的。

腓力普王　现在，安及尔斯的市民们，打开你们的城门，你们已经促成我们的和好，让我们双方同时进来吧；因为我们就要在圣玛丽教堂举行婚礼。康斯丹丝夫人不在我们的队伍里吗？我知道她不在这里，否则她一定会多方阻挠这一桩婚姻的。她和她的儿子在什么地方？有谁知道，请告诉我。

路　易　她在陛下的营帐里，非常悲哀愤恨。

腓力普王　凭良心说，我们这次缔结的联盟，是不能疗治她的悲哀的。英格兰王兄，我们应该怎样安慰安慰这位寡居的夫人？我本来是为了争取她的权利而来，可是上帝知道，我转换了方向，谋求我自身的利益了。

约翰王　我可以和解一切，因为我要封少年的亚瑟为布列塔尼公爵兼里士满伯爵，同时使他成为这一座富庶的城市的主人。请康斯丹丝夫人过来；差一个腿快的使者去叫她来参加我们的婚礼。我相信即使我们不能充分满足她的心愿，至少也可以使她感到相当的满意，停止她的不平的叫嚣。去吧，让我们尽快举行这一次出人意外的盛典。（除庶子外均下；市民们退下城内）

庶　子　疯狂的世界！疯狂的国王！疯狂的和解！约翰为了阻止亚瑟夺取他的全部的权利，甘心把他一部分的权利割舍放弃；法兰西，他是因为受到良心的驱策而披上盔甲的，义侠和仁勇的精神引导着他，使他以上帝的军人自命而踏上战场，却会勾搭上了那个惯会使人改变决心的狡猾的魔鬼，那个专事出卖信义的掮客，那个把国王、乞丐、老人、青年玩弄于股掌之间的毁盟的能手，那个使可怜的姑娘们失去她们一身仅有的"处女"两字空衔的骗子，那个笑脸迎人的绅士，使人心痒骨酥的"利益"。"利益"，这颠倒乾坤的势力；这世界本来是安放得好好的，循着平稳的轨道平稳前进，都是这"利益"，这引人作恶的势力，这动摇不定的"利益"，使它脱离了不偏不颇的正道，迷失了它正当的方向、目的和途径；就是这颠倒乾坤的势力，这"利益"，这牵线的淫媒，这掮客，这变化无常的咒语，蒙蔽了反复成性的法兰西的肉眼，使他放弃了他援助弱小的决心，从一场坚决的正义的战争，转向一场卑鄙恶劣的和平。为什么我要辱骂这"利益"呢？那只是因为他还没有垂青到我的身上。并不是当灿烂的金银引诱我的手掌的时候，我会有紧握拳头的力量；

只是因为我的手还不曾受过引诱，所以才像一个穷苦的乞儿一般，向富人发出他的咒骂。好，当我是一个穷人的时候，我要信口谩骂，说只有富有是唯一的罪恶；要是有了钱，我就要说，只有贫穷才是最大的坏事。既然国王们也会因"利益"而背弃信义；那么，也让"利益"做我的君主吧，因为我要崇拜你！（下）

第三幕

第一场 法国。法王营帐

【康斯丹丝、亚瑟及萨立斯伯雷上。

康斯丹丝 去结婚啦！去缔结和平的盟约啦！虚伪的血和虚伪的血结合，去做起
朋友来啦！路易将要得到白兰绮，白兰绮将要得到这几州的领土吗？不会有
这样的事；你一定说错了，听错了。想明白了，再把你的消息重新告诉我。
那是不可能的；你不过这样说说罢了。我想我不能信任你，因为你的话不过
是一个庸人的妄语。相信我，先生，我不相信你；我也有一个国王的盟誓，
那是恰恰和你的话相反的。你这样恐吓我，应该得到惩罚，因为我是个多病
之人，受不起惊吓；我受尽人家的欺凌，所以我的心里是充满着惊恐的；一
个没有丈夫的寡妇，时时刻刻害怕被人暗算；一个女人，天生的惊弓之鸟；
即使你现在承认刚才不过向我开了个玩笑，我激动的心灵也不能就此安定下
来，它将要整天惊惶而战栗。你这样摇头是什么意思？为什么你用这样悲哀
的神情瞧着我的儿子？你把你的手按在你的胸前，这又是什么意思？为什么
你的眼睛里噙着满眶的伤心之泪，就像一条水涨的河流，泛滥到它的堤岸之
上？这些悲哀的表现果然可以证实你所说的话吗？那么你再说吧；我不要你
把刚才所说的全部复述，只要你回答我一句话，你的消息是不是确实的。

萨立斯伯雷 它是全然确实的，正像你说的那班人是全然虚伪的一样；他们的所
作所为可以证明我的话全然确实。

康斯丹丝 啊！要是你让我相信这种悲哀的消息，还是让这种悲哀把我杀死了吧。
让我的心和生命，像两个不共戴天的仇人狭路相逢，在遭遇的片刻之间就同

时倒地死去吧。路易要娶白兰绮！啊，孩子！哪里还有你的立足之处呢？法兰西和英格兰做了朋友，那我可怎么办好呢？先生，去吧！我见了你的脸就生气，这消息已经使你变成一个最丑恶的人。

萨立斯伯雷　好夫人，我不过告诉您别人所干的坏事，我自己可没有干错什么呀。

康斯丹丝　那坏事的本身是那样罪大恶极，谁要是说起了它，也会变成一个坏人。

亚　瑟　母亲，请您宽心点儿吧。

康斯丹丝　你还叫我宽心哩！要是你长得又粗恶，又难看，丢尽你母亲的脸；你的身上满是讨厌的斑点和丑陋的疤痕，跛脚、曲背、又黑、又笨，活像个妖怪，东一块西一块的全是些肮脏的黑痣和刺目的肉瘤，那我就可以用不着这样操心；因为我不会爱你，你也有忝你的高贵的身世，不配戴上一顶王冠。可是你长得这样俊美；在你出世的时候，亲爱的孩子，造化和命运协力使你成为一个伟大的人物。百合花和半开的玫瑰是造化给你的礼物；可是命运，啊！她变了心肠，把你中途抛弃。她时时刻刻都在和你的叔父约翰卖弄风情；她还用她金色的手臂操纵着法兰西，使她蹂躏了君主的尊严，甘心替他们勾引成奸。法兰西是替命运女神和约翰王牵线的淫媒，那无耻的娼妇"命运"，那篡位的僭王约翰！告诉我，法兰西不是背弃了他的盟誓吗？用恶毒的话把他痛骂一顿，否则你还是去吧，让我一个人独自忍受着这些悲哀。

萨立斯伯雷　请您原谅我，夫人，您要是不跟我同去，叫我怎么回复两位王上呢？

康斯丹丝　你可以一个人回去，你必须一个人回去；我是不愿跟你同去的。我要让我的悲哀骄傲起来；因为忧愁是骄傲成性的，它甚至能压倒它的主人。让国王们聚集到我的面前来吧，因为我的悲哀是如此沉重，除了坚实的大地以外，什么也不能把它载负起来。我在这儿和悲哀坐在一起；这便是我的宝座，叫国王们来向它敬礼吧。（坐于地上）

　　　　【约翰王、腓力普王、路易、白兰绮、艾莉诺、庶子、奥地利公爵及侍从等上。

腓力普王　真的，贤媳；这一个幸福的日子将要在法兰西永远成为欢乐的节日。为了庆祝今天的喜事，光明的太阳也停留在半空之中，做起炼金的术士来，用他宝贵的眼睛的灵光，把寒碜的土壤变成灿烂的黄金。年年岁岁，这一天永远是一个值得纪念的日子。

康斯丹丝　（起立）一个邪恶的日子，说什么吉日良辰！这一个日子有些什么值得纪念的？它干了些什么好事，值得在日历上用金字标明，和四时的佳节并列？不，还是把这一天从一周之中除去了吧，这一个耻辱、迫害、背信的日子。

要是它必须继续存在的话，让怀孕的妇人们祈祷她们腹中的一块肉不要在这一天呱呱坠地，免得她们的希望横遭摧残；除了这一天以外，让水手们不用担忧海上的风波；一切的交易只要不是在这一天缔结的，都可以顺利完成；无论什么事情，凡是在这一天开始的，都要得到不幸的结果，就是真理也会变成空虚的欺诳！

腓力普王　苍天在上，夫人，你没有理由诅咒我们今天美满的成就；我不是早就用我的君主的尊严向你担保过了吗？

康斯丹丝　你用虚有其表的尊严欺骗我，它在一经试验以后，就证明毫无价值。你已经背弃了盟誓，背弃了盟誓；你武装而来，为的是要溅洒我的仇人的血，可是现在你用你自己的血增强我仇人的力量；战争的猛烈的铁掌和狰狞的怒容，已经在粉饰的和平和友好之下松懈消沉，我们所受的迫害，促成了你们的联合。举起你们的武器来，诸天的神明啊，惩罚这些背信的国王们！一个寡妇在向你们呼吁；天啊，照顾我这没有丈夫的妇人吧！不要让这亵渎神明的日子在和平中安然度过；在日没以前，让这两个背信的国王发生争执而再动干戈吧！听我的话！啊，听我的话！

利摩琪斯　康斯丹丝夫人，安静点儿吧。

康斯丹丝　战争！战争！没有安静，没有和平！和平对于我也是战争。啊，利摩琪斯！啊，奥地利！你披着这一件战利品的血袍，不觉得惭愧吗？你这奴才，你这贱汉，你这懦夫！你这怯于明枪、勇于暗箭的奸贼！你这借他人声势，长自己威风的恶徒！你这投机取巧、助强凌弱的小人！你只知道趋炎附势，你也是个背信的家伙。好一个傻瓜，一个激昂慷慨的傻瓜，居然也会向我大言不惭，举手顿足，指天誓日地愿意为我尽力！你这冷血的奴才，你不是曾经用怒雷一般的音调慷慨声言，站在我这一方面吗？你不是发誓做我的兵士吗？你不是叫我信赖你的星宿，你的命运和你的力量吗？现在你却转到我的敌人那边去了？你披着雄狮的毛皮！羞啊！快把它剥下来，套一张小牛皮在你那卑怯的肢体上吧！

利摩琪斯　啊！要是一个男人向我说这种话，我可是不答应的。

庶　子　套一张小牛皮在你那卑怯的肢体上吧！

利摩琪斯　你敢这样说，混蛋，你不要命了吗？

庶　子　套一张小牛皮在你那卑怯的肢体上吧！

约翰王　我不喜欢你这样胡说，你忘记你自己是谁了。

【潘杜尔夫上。

腓力普王　教皇的圣使来了。

潘杜尔夫　祝福，你们这两位受命于天的人君！约翰王，我要向你传达我的神圣
的使命。我，潘杜尔夫，米兰的主教，奉英诺森教皇的钦命来此，以他的名义，
向你提出严正的质问，为什么你对教会，我们的圣母，这样存心藐视；为什
么你要用威力压迫那被选为坎特伯雷大主教的史蒂芬·兰顿，阻止他就任圣
职？凭着我们圣父英诺森教皇的名义，这就是我所要向你质问的。

约翰王　哪一个世人可以向一个不受任何束缚的神圣的君王提出质难？主教，你
不能提出一个比教皇更卑劣猥琐荒谬的名字来要求我答复他的讯问了。你就
这样回报他；从英格兰的嘴里，再告诉他这样一句话：没有一个意大利的教
士可以在我们的领土之内抽取捐税；在上帝的监临之下，我是最高的元首，
凭借主宰一切的上帝所给予我的权力，我可以独自统治我的国土，无须凡人
的协助。你就把对教皇和他篡窃的权力的崇敬放在一边，这样告诉他吧！

腓力普王　英格兰王兄，你说这样的话是亵渎神圣的。

约翰王　虽然你和一切基督教国家的君主都被这好管闲事的教士所愚弄，害怕那
可以用金钱赎回的诅咒，凭着那万恶的金钱的力量，向一个擅自出卖赦罪文
书的凡人购买一纸豁免罪恶的符咒；虽然你和一切被愚弄的君主不惜用捐税
维持这一种欺人的巫术，可是我要用独自的力量反对教皇，把他的友人也认
作我的仇敌。

潘杜尔夫　那么，凭着我所有的合法的权力，你将要受到上天的诅咒，被摈于教
门之外。凡是与你为敌的人，上天将要赐福于他；不论何人，能够用任何秘
密的手段取去你的可憎的生命的，将被称为圣教的功臣，死后将要升入圣徒
之列。

康斯丹丝　啊！让我陪着罗马发出我的诅咒，让我的诅咒也成为合法的吧。好主
教神父，在我的刻毒的诅咒以后，请你高声回应阿门；因为没有谁受到像我
所受的屈辱，谁也没有力量可以给他适当的诅咒。

潘杜尔夫　我的诅咒，夫人，是法律上所许可的。

康斯丹丝　让法律也许可我的诅咒吧；当法律不能主持正义的时候，至少应该让
被害者有倾吐不平的合法权利。法律不能使我的孩子得到他的王国，因为占
据着他的王国的人，同时也一手把持着法律。所以，法律的本身既然是完全
错误的，法律又怎么能够禁止我的舌头诅咒呢？

潘杜尔夫　法兰西的腓力普，要是你不愿受诅咒，赶快放开那异教元凶的手，集
　　合法国的军力向他讨伐，除非他向罗马降服。

艾莉诺　你脸色变了吗，法兰西？不要放开你的手。

康斯丹丝　留点儿神，魔鬼，要是法兰西悔恨了，缩回手去，地狱里就要失去一
　　个灵魂。

利摩琪斯　腓力普王，听从主教的话。

庶　子　套一张小牛皮在他那卑怯的肢体上。

利摩琪斯　好，恶贼，我必须暂时忍受这样的侮辱，因为——

庶　子　你可以把这些侮辱藏在你的裤袋里。

约翰王　腓力普，你对这位主教怎么说？

康斯丹丝　他除了依从主教以外，还有什么话好说？

路　易　想一想吧，父亲；我们现在所要抉择的，是从罗马取得一个重大的诅咒呢，
　　还是失去英国的轻微的友谊。在这两者之间，我们应该舍轻就重。

白兰琦　轻的是罗马的诅咒，重的是英国的友谊。

康斯丹丝　啊，路易，抱定你的主见！魔鬼化成一个长发披肩的新娘的样子，在
　　这儿诱惑你了。

白兰琦　康斯丹丝夫人所说的话，并不是从良心里发出来的，只是出于她自己的
　　私怨。

康斯丹丝　啊，如果你承认我确有私怨，这种私怨的产生正是由于良心的死亡，
　　因此你可以得出这样的结论：在我的私怨死去后，良心会重生；那么把我的
　　私怨压下去，让良心振作起来吧；在我的私怨还在发作的时候，良心是受到
　　践踏的。

约翰王　法王的心里有些动摇，他不回答这一个问题。

康斯丹丝　啊！离开他吧，给大家一个好的答复。

利摩琪斯　决定吧，腓力普王，不要再犹疑不决了。

庶　子　还是套上一张小牛皮吧，最可爱的蠢货。

腓力普王　我全然迷惑了，不知道应该怎么说才好。

潘杜尔夫　要是你被逐出教，受到诅咒，那时才更要心慌意乱哩。

腓力普王　好神父，请你设身处地替我想一想，告诉我要是你站在我的地位上，
　　将要采取怎样的措施。这一只尊贵的手跟我的手是新近紧握在一起的，我们
　　互相结合的灵魂，已经凭着神圣盟誓的一切庄严的力量联系起来；我们最近

所发表的言语，是我们两国之间和我们两王本人之间永矢不渝的忠诚、和平、友好和信爱；当这次和议成立不久以前，天知道，我们释嫌修好的手上还染着没有洗去的战血，无情的屠杀在我们手上留下了两个愤怒的国王可怕的斗争痕迹；难道这一双新近涤除血腥气、在友爱中紧握的同样强壮的手，现在就必须要松开，放弃它们悔祸的诚意吗？难道我们必须以誓言为儿戏，欺罔上天，使自己成为出尔反尔、背信弃义的小人，让和平的合欢枕席为大军的铁蹄所蹂躏，使忠诚的和蔼的面容含羞掩泣？啊！圣师，我的神父，不要让我们有这样的事！求你大发慈悲，收回成命，考虑一个比较温和的办法，使我们乐于遵从你的命令，同时可以继续保持我们的友谊。

潘杜尔夫　除了和英国敌对以外，一切命令都是不存在的。所以拿起武器来吧！为保卫我们的教会而战，否则让教会，我们的母亲，向她叛逆的儿子说出她的诅咒，一个母亲的诅咒。法兰西，你可以握住毒蛇的舌头，怒狮的脚掌，饿虎的牙齿，可是和这个人握手言欢，是比那一切更危险的。

腓力普王　我可以收回我的手，可是不能取消我的誓言。

潘杜尔夫　那你就是要使忠信成为忠信的敌人，使盟誓和盟誓自相残杀，使你的舌头反对你的舌头。啊！你应该最先履行你最先向上天所发的誓，那就是做保卫我们教会的战士。你后来所发的盟誓是违反你的本心的，你没有履行它的义务；因为一个人发誓要干的假如是一件坏事，那么反过来做好事就不能算是罪恶；对一件做了会引起恶果的事情，不予以履行恰恰是忠信的表现。与其向着错误的目标前进，不如再把这目标认错了，也许可以从间接的途径达到正当的大道，欺诳可以医治欺诳，正像火焰可以使一个新患热病的人浑身的热气冷却。宗教的信心是使人遵守誓言的唯一的力量，可是你所发的誓言，和宗教作对；你既然发誓反对你原来的信誓，现在竟还想以誓言做你忠信的保证吗？当你不能肯定所发的誓言是否和忠信有矛盾的时候，那么一切誓言就要以不背弃原来的信誓为前提！不然发誓岂不成了一桩儿戏！但你所发的誓却恰恰背弃了原来的信誓；要再遵守它就是进一步的背信弃义。那样自相矛盾的誓言，是对于你自身的叛变，你应该秉持你的忠贞正大的精神，征服这些轻率谬妄的诱惑，我们将要用祈祷作为你的后援，如果你肯于听从。不然的话，我们沉重的诅咒将要降临在你身上，使你无法摆脱，在它们黑暗的重压下绝望而死。

利摩琪斯　叛变，全然的叛变！

庶　子　怎么？一张小牛皮还堵不了你的嘴吗？

路　易　父亲，开战吧！

白兰琦　在你结婚的日子，向你妻子的亲人作战吗？什么！我们的喜宴上将要充满被杀的战士吗？叫嚣的喇叭，粗暴的战鼓，这些地狱中的喧声，将要成为我们的婚乐吗？啊，丈夫，听我说！唉！这丈夫的称呼，在我的嘴里是多么新鲜，直到现在，我的舌头上还不曾发出过这两个字眼；即使为了这一个名义的缘故，我向你跪下哀求，不要向我的叔父开战吧。

康斯丹丝　啊！我屈下我那因久跪而僵硬的膝盖向你祈求，你贤明的太子啊，不要变更上天预定的判决。

白兰琦　现在我可以看出你的爱情来了；什么力量对于你比你妻子的名字更能左右你的行动？

康斯丹丝　那支持着他，也就是你所倚为支持的人的荣誉。啊！你的荣誉，路易，你的荣誉！

路　易　陛下，这样有力的理由敦促着您，您还像是无动于衷，真叫我奇怪。

潘杜尔夫　我要向他宣告一个诅咒。

腓力普王　你没有这样的必要。英格兰，我决定和你绝交了。

康斯丹丝　啊，已失的尊严光荣地挽回了！

艾莉诺　啊，反复无常的法兰西的卑劣的叛变！

约翰王　法兰西，你将要在这个时辰内悔恨你这时所造成的错误。

庶　子　时间老人啊，你这钟匠，你这秃顶的掘墓人，你真能随心所欲地摆弄一切吗？那么好，法兰西将要悔恨自己的错误。

白兰琦　太阳为一片血光所笼罩，美好的白昼，再会吧！我应该跟着哪一边走呢？我是两边的人，两方的军队各自握着我的一只手；任何一方我都不能松手，在他们像旋风一般的暴怒之中，他们南北分驰，肢裂了我的身体。丈夫，我不能为你祈祷胜利；叔父，我必须祈祷你的失败；公公，我的良心不容许我希望你得到幸运；祖母，我不希望你的愿望得到满足。无论是谁得胜，我将要在得胜的那一方失败；决战还没有开始，早已注定了我的不幸的命运。

路　易　妻子，跟我走；你的命运是寄托在我的身上的。

白兰琦　我的命运存在之处，也就是我的生命沦亡的所在。

约翰王　侄儿，你去把我们的军队集合起来。（庶子下）法兰西，我的胸中燃烧着熊熊的怒火，除了血，法兰西的最贵重的血以外，什么也不能平息它的烈焰。

腓力普王　在我们的血还没有把你的火浇灭以前，你自己的怒气将要把你烧成灰烬。小心点儿，你的末日就在眼前了。

约翰王　说这样的话恫吓人，他自己的死期怕也不远了。让我们各自去准备厮杀吧！（各下）

第二场　同前。安及尔斯附近平原

【号角声；两军交锋。庶子提奥地利公爵首级上。

庶　子　哎哟，今天热得好厉害！天空中一定有什么魔鬼在跟我们故意捣乱。奥地利公爵的头在这儿，腓力普却还好好地活着。

【约翰王、亚瑟及赫伯特上。

约翰王　赫伯特，把这孩子看守好了。腓力普，快去，我的母亲在我们营帐里被敌人攻袭，我怕她已经被他们掳去了。

庶　子　陛下，我已经把太后救出了；她老人家平安无恙，您放心吧。可是得冲上去，陛下；不用再费多大力气，我们就可以取得胜利了。（同下）

第三场　同　前

【号角声；两军交锋；吹号归队。约翰王、艾莉诺、亚瑟、庶子、赫伯特及群臣等上。

约翰王　（向艾莉诺）就这样吧；请母后暂时留守，坚强的兵力可以保卫您的安全。（向亚瑟）侄儿，不要满脸不高兴，你的祖母疼你，你的叔父像你的父亲一样爱护你。

亚　瑟　啊！我的母亲一定要伤心死了。

约翰王　（向庶子）侄儿，你先走一步，赶快到英国去吧！在我们没有到来以前，你要把那些聚敛的僧侣们的肥满的私囊一起倒空，让被幽囚的财神重见天日；他们靠着国家升平的福，养得肠肥脑满，现在可得把他们的肉拿出来给饥饿的人们吃了。全力执行我的命令，不要轻饶了他们。

庶　子　当金子银子招手叫我上前的时候，丧钟、《圣经》和蜡烛都不能让我退却。陛下，我去了。祖母，要是我有时也会想起上帝，我会祈祷您的平安的；

让我向您吻手辞别。

艾莉诺　再会，贤孙。

约翰王　侄儿，再会。（庶子下）

艾莉诺　过来，小亲人，听我说句话。（携亚瑟至一旁）

约翰王　过来，赫伯特。啊，我的好赫伯特，我受你的好处太多啦；在这肉体的围墙之内，有一个灵魂是把你当作他的债主的，他预备用加倍的利息报偿你的忠心。我的好朋友，你的发自肺腑的誓言，深深地铭刻在我的心头。把你的手给我。我有一件事要说，还是等适当的时候再说吧。苍天在上，赫伯特，我简直不好意思说我是多么看重你。

赫伯特　我的一切都是陛下的恩赐。

约翰王　赫伯特，你现在还没有理由说这样的话，可是有一天你将会有充分的理由这样说；不论时间爬行得多么迂缓，总有一天我要大大地奖赏你。我有一件事情要说，还是先缓一下吧。太阳高悬在天空，骄傲的白昼耽于世间的欢娱，正在嬉戏醼游，不会听我的话；要是午夜的寒钟启动它的铜唇铁舌，向昏睡的深宵发出一声嘹亮的鸣声；要是我们所站的这一块土地是一块墓地；要是你的心头藏着一千种的冤屈，或者那阴沉的忧郁凝结了你的血液，使它停止轻快的跳动，使你的脸上收敛了笑容，而那痴愚无聊的笑容，对于我是可憎而不相宜的；或者，要是你能够不用眼睛看我，不用耳朵听我，不用舌头回答我，除了用心灵的冥会传达我们的思想以外，全然不凭借眼睛、耳朵和有害的言语的力量；那么，即使在众目昭彰的白昼，我也要向你倾吐我的衷肠；可是，啊！我不愿。然而我是很喜欢你的；凭良心说，我想你对我也是一样。

赫伯特　苍天在上，陛下无论吩咐我干什么事，即使因此而不免一死，我也决不推辞。

约翰王　我难道不知道你会这样吗？好赫伯特！赫伯特，赫伯特，转过你的眼去，瞧瞧那个孩子。我告诉你，我的朋友，他是挡在我路上的一条蛇；无论我的脚踏到什么地方，他总是横卧在我的前面。你懂得我的意思吗？你是他的监守人。

赫伯特　我一定尽力监守他，不让他得罪陛下。

约翰王　我要的是死。

赫伯特　陛下？

约翰王　一个坟墓。

赫伯特　我不会留他活命的。

约翰王　好了。我现在可以快乐起来了。赫伯特，我喜欢你；好，我不愿说我将
　　　　要给你怎样的重赏；记着吧。母后，再会；我就去召集那些军队来听候您的
　　　　支配。

艾莉诺　我的祝福一路跟随着你！

约翰王　到英国去，侄儿，去吧。赫伯特会侍候你的，他会尽力照料你的一切。喂！
　　　　传令向卡莱进发！（同下）

第四场　同前。法王营帐

　　　　　【腓力普王、路易、潘杜尔夫及侍从等上。

腓力普王　海上掀起一阵飓风，一整队失利的战舰就这样被吹得四散溃乱了。

潘杜尔夫　不要灰心！一切还有转机。

腓力普王　我们失利到这步田地，还有什么转机？我们不是被打败了吗？安及尔
　　　　斯不是失守了吗？亚瑟不是给掳去了吗？好多亲爱的朋友不是战死了吗？凶
　　　　恶的约翰王不是冲破了法军的阻碍，回到英国去了吗？

路　易　凡是他所征服的土地，他都设下了牢固的防御；行动那么迅速，布置又
　　　　那么周密，在这样激烈的鏖战之中，能够有这样镇静的调度，真是极少有前
　　　　例的。谁曾经从书本上读到过，或是从别人的嘴里听到过与此类似的行动？

腓力普王　我可以容忍英格兰得到这样的赞美，只要我们也能够替我们的耻辱找
　　　　到一些先例。

　　　　　【康斯丹丝上。

腓力普王　瞧，谁来啦！一个灵魂的坟墓；虽然她已厌弃生命，却不得不把那永
　　　　生的精神锁闭在痛苦喘息的牢狱之中。夫人，请你跟我去吧。

康斯丹丝　瞧！现在瞧你们和平的结果。

腓力普王　忍耐，好夫人！安心，温柔的康斯丹丝！

康斯丹丝　不，我蔑视一切的劝告，一切的援助；我只欢迎那终结一切劝告的真
　　　　正的援助者，死亡，死亡。啊，和蔼可爱的死亡！你芬芳的恶臭！健全的腐朽！
　　　　从那永恒之夜的卧榻上起来吧，你的憎恨和恐怖！我要吻你丑恶的尸骨，把

我的眼球嵌在你那空洞的眼眶里，让蛆虫绕在我的手指上，用污秽的泥土塞住这呼吸的门户，使我自己成为一个和你同样腐臭的怪物。来，对我狞笑吧；我只当你在微笑，像你的妻子一样吻你！受难者的爱人，啊！到我身边来！

腓力普王　啊，苦恼的好人儿，安静点儿吧！

康斯丹丝　不，不，只要有一口气可以呼喊，我是不愿意安静下来的。啊！但愿我的舌头装在雷霆的嘴里！那时我就要用巨声震惊世界；把那听不见一个女人的微弱的声音，不受凡人召唤的狰狞的枯骨从睡梦中唤醒。

潘杜尔夫　夫人，你说的话全然是疯狂，不是悲哀。

康斯丹丝　你是一位神圣的教士，不该这样冤枉我；我没有疯。我扯下的这绺头发是我的；我的名字叫作康斯丹丝；我是吉弗雷的妻子；小亚瑟是我的儿子，可是我已经失去他了！我没有疯；我巴不得祈祷上天，让我真的疯了！因为那时候我多半会忘了我自己；啊！要是我能够忘了我自己，我将要忘记多少悲哀！教我一些使我疯狂的哲理吧，主教，你将因此而被封为圣徒；因为我现在还没有疯，还有悲哀的感觉，我的理智会劝告我怎样可以解除这些悲哀，教我或是自杀，或是上吊。假如我疯了，我就会忘记我的儿子，或是疯狂地把一个布片缝成的娃娃当作是他。我没有疯。每一次灾祸的不同的痛苦，我都感觉得太清楚、太清楚了。

腓力普王　把你的头发束起来。啊！在她这一根根美好的头发之间，存在着怎样的爱意！只要偶然有一颗银色的泪点落在它们上面，一万缕亲密的金丝就会胶合在一起，表示它们共同的悲哀；正像忠实而不可分的恋人们一样，在患难之中也不相遗弃。

康斯丹丝　杀到英国去吧，我恳求您。

腓力普王　把你的头发束起来。

康斯丹丝　是的，我要把它们束起来。为什么我要把它们束起来呢？当我扯去它们的束缚的时候，我曾经高声呼喊："啊！但愿我这一双手也能够救出我的儿子，正像它们使这些头发得到自由一样！"可是现在我妒恨它们的自由，我要把它们重新束缚起来，因为我那可怜的孩子也是一个囚犯。主教神父，我曾经听见你说，我们将要在天堂里会见我们的亲友。假如那句话是真的，那么我将会重新看见我的儿子；因为自从第一个男孩子该隐诞生起，直到在昨天降生的婴儿为止，世上从来不曾生下过这样一个美好的人。可是现在悲哀的蛀虫将要侵蚀我的娇蕊，逐去他脸上天然的美丽；他将要形销骨立，像一个幽魂或是一个患疟病的人；他将要这样死去；当他从坟墓中起来，我在天堂里会见他的时候，我再也不会认识他了；所以我永远、永远也不能再看见我的可爱的亚瑟了！

潘杜尔夫　你把悲哀过分夸大了。

康斯丹丝　从来不曾生过儿子的人，才会向我说这样的话。

腓力普王　你喜欢悲哀，就像喜欢你的孩子一样。

康斯丹丝　悲哀代替了不在我眼前的我的孩子的地位；它躺在他的床上，陪着我到东到西，装扮出他的美妙的神情，复述他的言语，提醒我他一切可爱的优点，使我看见他的遗蜕的衣服，就像看见他的形体一样，所以我是有理由喜欢悲哀的。再会吧；要是你们也遭到像我这样的损失，我可以用更动听的言语安慰你们。我不愿梳理我头上的乱发，因为我的脑海里是这样紊乱混杂。主啊！我的孩子，我的亚瑟，我的可爱的儿！我的生命，我的欢乐，我的粮食，我的整个的世界！我的寡居的安慰，我的消愁的药饵！（下）

腓力普王　我怕她会干出些什么意外的事情来，我要跟上去瞧瞧她。（下）

路　易　这世上什么也不能使我快乐。人生就像一段重复叙述的故事一般可厌，扰乱一个倦怠者的懒洋洋的耳朵；辛酸的耻辱已经损害了人世的美味，除了耻辱和辛酸以外，它便一无所有。

潘杜尔夫　在一场大病痊愈以前，就在开始复原的时候，那症状是最凶险的；灾祸临去之时，它的毒焰也最为可怕。你们今天战败了，有些什么损失呢？

路　易　失去了一切光荣、快乐和幸福的日子。

潘杜尔夫　要是你们这次得到胜利，这样的损失倒是免不了的。不，不，当命运有心眷顾世人的时候，她会故意向他们怒目而视。约翰王在这次他自以为大获全胜的战争中，已经遭到了多大的损失，恐怕谁也意想不到。你不是因为亚瑟做了他的俘虏而伤心吗？

路　易　我从心底里悲伤，正像捉了他去的人满心喜欢一样。

潘杜尔夫　你的思想正像你的血液一样年轻。现在听我用预言者的精神宣告吧；因为从我的言语中所发出的呼吸，也会替你扫除你平坦的前途上的每一粒尘土、每一根草秆和每一个小小的障碍，使你安然抵达英国的王座；所以听着吧。约翰已经捉住了亚瑟，当温暖的生命活跃在那婴孩的血管里的时候，窃据王位的约翰绝对不会有一小时、一分钟或是一口气的安息。用暴力攫取的威权必须用暴力维持；站在易于滑跌的地面上的人，不惜抓住一根枯朽的烂木支持他的平稳。为要保全约翰的地位，必须让亚瑟倾覆；这是必然的结果，就让它这样吧。

路　易　可是亚瑟倾覆以后，对我有什么利益呢？

潘杜尔夫　凭着你妻子白兰绮郡主所有的权利，你可以提出亚瑟所提的一切要求。

路　易　像亚瑟一样，王位没有夺到，却把生命和一切全都牺牲了。

潘杜尔夫　你在这一个古老的世界上是多么少不更事！约翰在替你设谋定计；时势在替你造成机会；因为他为了自身的安全而溅洒了纯正的血液，他将会发现他的安全是危险而不可靠的。这一件罪恶的行为将会冷淡了全体人民对他的好感，使他失去他们忠诚的拥戴；他们将会抓住任何微细的机会，打击他的治权。每一次天空中星辰的运转，每一种自然界的现象，每一个雷雨阴霾的日子，每一阵平常的小风，每一件惯有的常事，他们都要附会曲解，说那些都是流星陨火、天灾地变、非常的预兆以及上帝的垂示，在明显地宣布对约翰的惩罚。

路　易　也许他不会伤害小亚瑟的生命，只是把他监禁起来。

潘杜尔夫　啊！殿下，当他听见你的大军压境的时候，小亚瑟倘不是早已殒命，这一个消息也会使他不免于一死。那时候他的民心就要离弃他，欢迎新来的主人，从约翰的流血的指尖，挑出叛变和怨怒的毒脓来了。我想这一场骚乱已经近在眼前；啊！对于你还有什么比这更好的机会？那福康勃立琪家的庶子正在搜掠教会，不顾人道的指责；只要有十二个武装的法国人到了那边，振臂一呼，就会有一万个英国人前来归附他们，就像一个小小的雪块，在地上滚了几滚，立刻变成一座雪山一样。啊，尊贵的太子！跟我去见国王吧。现在他们的灵魂里已经充满罪恶，从他们内部的不安之中，我们可以造成一番怎样惊人的局面！到英国去吧；让我先去鼓动你的父王。

路　易　雄辩的理由造成有力的行动；我们去吧。只要您说一声"是"，我的父王绝不会说"不"的。（同下）

第四幕

第一场　诺桑普敦。堡中一室

【赫伯特及二侍从上。

赫伯特　把这两块铁烧红了，站在这帷幕的后面；听见我一跺脚，你们就出来，把那孩子缚紧在椅上，不可有误。去，留心候着。

侍从甲　我希望您确实得到了指令，叫我们这样干。

赫伯特　卑劣的猜疑！你放心吧，听我的好了。（二侍从下）孩子，出来；我有话跟你说。

【亚瑟上。

亚　瑟　早安，赫伯特。

赫伯特　早安，小王子。

亚　瑟　我这王子确实很小，因为我的名分本来应该使我大得多的。怎么？你看来不大高兴。

赫伯特　喂，我今天确实没有平常那么高兴。

亚　瑟　哎哟！我想除了我以外，谁也不应该不快乐的。可是我记得我在法国的时候，少年的公子哥儿们往往只会因为游荡过度的缘故，变得像黑夜一般忧郁。凭着我的基督徒身份起誓，要是我出了监狱做一个牧羊人，我一定会一天到晚快快乐乐地不知道有什么忧愁。我在这里本来也可以很开心，可是我疑心我的叔父会加害于我；他怕我，我也怕他。我是吉弗雷的儿子，这难道是我的错吗？不，不是的；我但愿上天使我成为您的儿子，要是您愿意疼我的话，赫伯特。

038

赫伯特　（旁白）要是我跟他谈下去，他这种天真的饶舌将会唤醒我那已死的怜悯；所以我必须把事情赶快办好。

亚　瑟　您不舒服吗，赫伯特？您今天的脸色不大好看。真的，我希望您稍微有点儿不舒服，那么我就可以终夜坐在您床边陪伴您了。我敢说我爱您是胜过您爱我的。

赫伯特　（旁白）他的话已经打动了我的心。——读一读这儿写着的字句吧，小亚瑟。（出示文书，旁白）怎么，愚蠢的眼泪！你要把无情的酷刑撵出去吗？我必须赶快动手，免得我的决心化成温柔的妇人之泪，从我的眼睛里滚下来——你不能读吗？它不是写得很清楚吗？

亚　瑟　像这样邪恶的主意，赫伯特，是不该写得这样清楚的。您必须用烧热的铁把我的两只眼睛一起烫瞎吗？

赫伯特　孩子，我必须这样做。

亚　瑟　您真会这样做吗？

赫伯特　真会。

亚　瑟　您能忍心这样吗？当您不过有点儿头痛的时候，我就把我的手帕替您扎住额角，那是我所拥有的一块最好的手帕，一位公主亲手织成送我的，我也从不曾问您要回过；半夜里我还用我的手捧住您的头，像不息的分钟用它嘀嗒的声音安慰那沉重的时辰一样，我不停地问着您，"您要些什么？""您什么地方难受？"或是"我可以帮您做些什么事？"许多穷人家的儿子会独自睡觉，不来向您说一句好话；可是您有一个王子侍候您的疾病。呃，您也许以为我的爱出于假意，说它是狡猾的做作，那也随您的便吧。要是您必须虐待我是上天的意旨，那么我只好悉听您的处置。您要烫瞎我的眼睛吗？这一双从来不曾、也永远不会向您怒视的眼睛？

赫伯特　我已经发誓这样干了；我必须用热铁烫瞎你的眼睛。

亚　瑟　啊！只有这顽铁时代的人才会干这样的事！铁块它自己虽然烧得通红，当它接近我的眼睛的时候，也会吸下我的眼泪，让这些无罪的水珠浇熄它的怒焰；而且它将要生锈而腐烂，只是因为它曾经容纳着谋害我的眼睛的烈火。难道您比锤打的顽铁还要冷酷无情吗？要是一位天使下来告诉我，赫伯特将要烫瞎我的眼睛，我也绝对不会相信他，只有赫伯特亲口所说的话才会使我相信。

赫伯特　（顿足）出来！

　　　　　【二侍从持绳、烙铁等重上。

赫伯特　照我吩咐你们的做吧。

亚　瑟　啊！救救我，赫伯特，救救我！这两个恶汉的凶暴的面貌，已经把我的
　　　　眼睛吓得睁不开了。

赫伯特　喂，把那烙铁给我，把他绑在这儿。

亚　瑟　唉！你们何必这样凶暴呢？我又不会挣扎；我会像石头一般站住不动。
　　　　看在上天的面上，赫伯特，不要绑我！不，听我说，赫伯特，把这两个人赶出去，
　　　　我就会像一头羔羊似的安静坐下；我会一动不动，不躲避，也不说一句话，
　　　　也不向这块铁怒目而视。只要您把这两个人撵走，无论您给我怎样的酷刑，
　　　　我都可以宽恕您。

赫伯特　去，站在里边；让我一个人处置他。

侍从甲　我巴不得不参加这种事情。（二侍从下）

亚　瑟　唉！那么我倒把我的朋友赶走了；他的面貌虽然凶恶，他的心肠却是善
　　　　良的。叫他回来吧，也许他的恻隐之心可以唤醒您的同情。

赫伯特　来，孩子，准备着吧。

亚　瑟　没有挽回的余地了吗？

赫伯特　没有，你必须失去你的眼睛。

亚　瑟　天啊！要是您的眼睛里有了一粒微尘、一点粉屑、一颗泥沙、一只小小
　　　　的飞虫、一根飘荡的游丝，妨碍了您那宝贵的视觉，您就会感到这些微细的
　　　　东西也会给人怎样的困扰，那么像您现在这一种罪恶的决意，应该显得多么
　　　　残酷。

赫伯特　这就是你给我的允许吗？得了，你的舌头不要再动了。

亚　瑟　为一双眼睛请命，是需要两条舌头同时说话的。不要叫我停住我的舌头；
　　　　不要，赫伯特！或者您要是愿意的话，赫伯特，割下我的舌头，让我保全我
　　　　的眼睛吧。啊！饶赦我的眼睛，即使它们除了对您瞧看以外，没有任何别的
　　　　用处。瞧！不骗您，那刑具也冷了，它也不愿意伤害我。

赫伯特　我可以把它烧热的，孩子。

亚　瑟　不，真的，那炉中的火也已经因为悲哀而死去了；上天造下它来本来是
　　　　要给人温暖，你们却利用它做酷刑的工具。不信的话，您自己瞧吧：这块燃

烧的煤毫无恶意，上天的气息已经吹灭了它的活力，把忏悔的冷灰撒在它的头上了。

赫伯特　可是我可以用我的气息把它重新吹旺，孩子。

亚　瑟　要是您把它吹旺了，赫伯特，您不过使它对您的行为感觉羞愧而涨得满脸通红。也许它的火星会跳进您的眼里，正像一头不愿争斗的狗，反咬那唆使它上去的主人一样。一切您所用来伤害我的工具，都拒绝执行它们的工作；凶猛的火和冷酷的铁，谁都知道它们是残忍无情的东西，也会大发慈悲，只有您才没有一点怜悯之心。

赫伯特　好，做一个亮眼的人活着吧；即使你的叔父把他所有的钱财一起给我，我也不愿碰一碰你的眼睛；尽管我已经发过誓，孩子，的确预备用这烙铁烫瞎它们。

亚　瑟　啊！现在您才像个赫伯特，刚才那一会儿您都是喝醉的。

赫伯特　安静些！别说了。再会。你的叔父必须知道你已经死去；我要用虚伪的消息告诉这些追踪的密探。可爱的孩子，安安稳稳地睡吧，整个世界的财富，都不能使赫伯特加害于你。

亚　瑟　天啊！我谢谢您，赫伯特。

赫伯特　住口！别说了，悄悄地跟我进去。我为你担着莫大的风险呢！（同下）

第二场　同前。宫中大厅

【约翰王戴王冠，彭勃洛克、萨立斯伯雷及群臣等上。约翰王就座。

约翰王　我在这儿再度升上我的宝座，再度戴上我的王冠，我希望再度为欢悦的目光所瞻仰。

彭勃洛克　这"再度"两字，虽然为陛下所乐用，其实是多余的；您已经加过冕了，您的至高的威权从来不曾失坠，臣民拥戴的忠诚从来不曾动摇；四境之内，没有作乱的阴谋，也没有人渴望着新的变化和改革。

萨立斯伯雷　所以，炫耀着双重的豪华，在尊贵的爵号之上添加饰美的谀辞，把纯金镀上金箔，替纯洁的百合花涂抹粉彩，紫罗兰的花瓣上浇洒人工的香水，研磨光滑的冰块，或是替彩虹添上一道颜色，或是企图用微弱的烛火增加那灿烂的太阳的光辉，实在是浪费而可笑的多事。

彭勃洛克　倘不是陛下的旨意，这一种举动正像重讲一则古老的故事，因不合时宜，而在复述中显得絮烦可厌。

萨立斯伯雷　那为众人所熟识的旧日的仪式，已经在这次典礼中毁损了它纯真的面目；像扯着满帆的船遇到风势的转变一样，它迷惑了人们思想的方向，引起种种的惊疑猜虑，不知道披上这一件崭新的衣裳是什么意思。

彭勃洛克　当工人们拼命想把他们的工作做得格外精巧的时候，因为贪心不足的缘故，反而给他们原有的技能带来损害；为一件过失辩解，往往使这过失显得格外重大，正像用布块缝补一个小小的窟窿眼儿，反而欲盖弥彰一样。

萨立斯伯雷　在陛下这次重新加冕以前，我们就已经提出过这样的劝告；可是陛下不以为然，那我们当然只有仰体宸衷，不敢再持异议，因为在陛下的天聪独断之前，我们必须捐弃一切个人的私见。

约翰王　这一次再度加冕的一部分理由，我已经对你们说过了，我想这些理由都是很有力的；等我的忧虑减除以后，我还可以告诉你们一些更有力的理由。现在你们只要向我提出任何改革的建议，你们就可以看出我是多么乐于采纳你们的意见，接受你们的要求。

彭勃洛克　那么我就代表这里的一切人们，说出他们心里所要说的话；为我自己、为他们，但更重要的是为了我们大家都密切关怀的陛下的安全，我们诚意地要求将亚瑟释放；他的拘禁已经引起啧啧不满的人言，到处都在发表这样危险的议论：照他们说起来，只有做了错事的人，才会心怀戒惧，要是您所据有的一切都是您的合法的权益，那么为什么您的戒惧之心要使您把您幼弱的亲人幽禁起来，用愚昧的无知闭塞他的青春，不让他享受一切发展身心活动的利益？为了不让我们的敌人利用这一件事实作为借口，我们敬如陛下所命，提出这一个要求：请给他自由；这并不是为了我们自身的利益，我们的幸福是有赖于陛下的，他的自由才是陛下的幸福。

　　　　　　【赫伯特上。

约翰王　那么很好，我就把这孩子交给你们教导。赫伯特，你有些什么消息？（招赫伯特至一旁）

彭勃洛克　这个人就是原定要执行那流血惨案的凶手，他曾经把他的密令给我的一个朋友看过。他的眼睛里隐现着一件万恶的重罪的影子；他那阴郁的脸上透露着烦躁不安的心情。我担心我们所害怕的事情他已经奉命执行了。

萨立斯伯雷　王上的脸色因为私心和天良交战的缘故，一会儿变红，一会儿变白，正像信使们在兵戎相见的两阵之间不停地奔跑。他的感情已经紧张到快要爆发了。

彭勃洛克　当它爆发的时候，我怕我们将要听到一个可爱的孩子惨遭毒手的消息。

约翰王　我们不能拉住死亡的铁手；各位贤卿，我虽然有意允从你们的要求，可惜你们所要求的对象已经不在人世；他告诉我们亚瑟昨晚死了。

萨立斯伯雷　我们的确早就担心他的病是无药可医的。

彭勃洛克　我们的确早就听说这孩子在自己还没有觉得害病以前，就已经与死为邻了。这件事情不管是在今生，还是在来生，总会遭到报应的。

约翰王　你们为什么向我这样横眉怒目的？你们以为我有操纵命运的力量，支配生死的威权吗？

萨立斯伯雷　这显然是奸恶的阴谋；可惜身居尊位的人，却会干出这种事来。好，愿你王业昌隆！再会！

彭勃洛克　等一等，萨立斯伯雷伯爵；我也要跟你同去，找寻这可怜的孩子的遗产，一座被迫葬身的坟墓便是他的小小的王国。他的血统应该统治这岛国的全部，现在却只占有三英尺的土地；好一个万恶的世界！这件事情是不能这样忍受下去的；我们的怨愤将会爆发，我怕这一天不久就会到来。（群臣同下）

约翰王　他们一个个怒火中烧。我好后悔。建立在血泊中的基础是不会稳固的，靠着他人的死亡换到的生命也绝对不会太过长久。

　　　　　【一使者上。

约翰王　你的眼睛里充满着恐怖，你脸上的血色到哪儿去了？这样阴沉的天空是必须等一场暴风雨来把它廓清的；把你的暴风雨倾吐出来吧。法国怎么样啦？

使　者　法国到英国来啦。从来不曾有一个国家为了侵伐邻邦，征集过这样一支雄厚的军力。他们已经学会了您的敏捷的行军；因为您还没有听见他们在准备动手，已经传来了他们兵临城下的消息。

约翰王　啊！我们这方面的探子都在什么地方喝醉了？他们到哪儿睡觉去了？我的母亲管些什么事，这样一支军队在法国调集，她却没有听到消息？

使　者　陛下，她的耳朵已经为黄土所掩塞；太后是在四月一日崩驾的。我还听人说，陛下，康斯丹丝夫人就在太后去世的三天以前发疯而死；可是这是

043

我偶然听到的流言，不知道是真是假。

约翰王　停止你飞快的脚步吧，惊人的变故！啊！让我和你做一次妥协，等我先平息了我的不平的贵族们的怒气。什么！母后死了！那么我在法国境内的领邑都要保不住了！你说得这样确确实实的在这儿登陆的那些法国军队是受谁节制的？

使　者　他们都受法国太子的节制。

约翰王　你这些坏消息已经使我心神无主了。

【庶子及彼得·邦弗雷特上。

约翰王　呀，世人对于你所干的事有些什么反响？不要用更多的坏消息塞进我的头脑，因为我的头脑已经充满了坏消息。

庶　子　要是您害怕听见最坏的消息，那么就让那最不幸的祸事不声不响地降在您的头上吧。

约翰王　原谅我，侄儿，意外的祸事像怒潮般冲来，使我一时失去了主意；可是现在我的头已经伸出水面，可以自由呼吸了，无论什么人讲的什么话，我都可以耐心听下去。

庶　子　我所搜集到的金钱的数目，可以说明我在教士们中间工作取得的成绩。可是当我一路上回来的时候，我发现到处的人民都怀着诞妄的狂想，谣言和无聊的怪梦占据在他们的心头，不知道害怕些什么，可是充满了恐惧。这儿有一个预言者，是我从邦弗雷特的街道上带来的；我看见几百个人跟在他的身后，他用粗劣刺耳的诗句向他们歌唱，说是在升天节①的正午之前，陛下将要被迫交出王冠。

约翰王　你这愚妄的梦想者，为什么你要这样说？

彼　得　因为我预知这会成为事实。

约翰王　赫伯特，带他下去；把他关起来。他说我将要在那天正午交出我的王冠，让他自己也就在那时候上绞架吧。留心把他看押好了，再回来见我，因为我还要差遣你。（赫伯特率彼得下）啊，我的好侄儿，你听见外边的消息，知道是谁到了吗？

庶　子　法国人，陛下；人们嘴里都在谈论这件事。我还遇见俾高特勋爵和萨立

---

①　升天节，耶稣死后升天的一日，即复活节后第四十日。

044

斯伯雷伯爵，他们的眼睛都像赤热的火球，带领着其余的许多人，要去找寻亚瑟的坟墓；据他们说，他是昨晚被您下密令杀掉的。

约翰王　好侄儿，去，想办法混在他们的中间。我有法子可以挽回他们的好感；带他们来见我。

庶　子　我就去找他们。

约翰王　好，可是事不宜迟，越快越好。啊！当异邦的敌人用他们强大的军队侵凌我的城市的时候，不要让我自己的臣民也成为我的仇敌。愿你做一个脚上插着羽翼的墨丘利，像思想一般迅速地带着他们的情报飞回到我的身边。

庶　子　我可以从这激变的时世学会怎样迅速行动的方法。

约翰王　说这样的话，真不愧为一个富有朝气的壮士。（庶子下）你也跟他同去；因为也许他需要一个使者在我和那些贵族之间传递消息，你就去担任这件工作吧。

使　者　好的，陛下。（下）

约翰王　我的母亲死了！

　　　　【赫伯特重上。

赫伯特　陛下，他们说昨晚有五个月亮同时出现：四个静止不动，还有一个围绕着那四个飞快地旋转。

约翰王　五个月亮！

赫伯特　老头儿和老婆子们都在街道上对这种怪现象发出危险的预言。小亚瑟的死是他们纷纷谈论的话题；当他们讲起他的时候，他们摇着头，彼此窃窃私语；那说话的人紧紧握住听话的人的手腕，那听话的人一会儿皱皱眉，一会儿点点头，一会儿滚动着眼珠，做出种种惊骇的表情。我看见一个铁匠提着锤这样站着不动，他的铁已经在砧上冷了，他却张开了嘴恨不得把一个裁缝所说的消息一口吞咽下去；那裁缝手里拿着剪刀尺子，脚上趿着一双拖鞋，因为一时匆忙，把它们左右穿反了，他说起好几千善战的法国人已经在肯特安营立寨；这时候旁边就有一个瘦瘦的肮脏的工匠打断他的话头，提到亚瑟的死。

约翰王　为什么你要用这种恐惧充塞我的心头？为什么你老是开口闭口地提到亚瑟的死？他是死在你手里的；我有极大的理由希望他死，可是你没有杀死他的理由。

赫伯特　没有，陛下！难道您没有指使我吗？

约翰王　国王们最不幸的事，就是他们的身边追随着一群逢迎献媚的奴才，把他们一时的喜怒当作了神圣的谕旨，狐假虎威地杀戮无辜的生命；这些佞臣们往往会在君王的默许之下曲解法律，窥承主上的意志，虽然也许那只是未经熟虑的一时的愤怒。

赫伯特　这是您亲笔写下的敕令，亲手盖下的御印，指示我怎样行动的。

约翰王　啊！当上天和人世举行最后清算的时候，这笔迹和这钤记将要成为使我沦于永劫的铁证。看见了罪恶的工具，那是多么容易使人犯下罪恶！假如那时你不在我的身旁，一个天造地设的适宜于干这种卑鄙的恶事的家伙，这一个谋杀的念头就不会在我的脑中发生；可是我因为注意到你的凶恶的面貌，觉得你可以担当这一件流血的暴行，特别适宜执行这样危险的使命，所以我才向你略微吐露杀死亚瑟的意思，而你却因为取媚一个国王的缘故，居然也就恬不知耻地伤害了一个王子的性命。

赫伯特　陛下——

约翰王　当我隐隐约约提到我心里所蓄的念头的时候，你只要摇一摇头，或者略示踌躇，或者用怀疑的眼光瞧着我，好像要叫我说得明白一些似的，那么深深的羞愧就会使我说不出话来，我就会中止我的话头，也许你的恐惧会引起我自己心中的恐惧；可是你从我的暗示中间懂得我的意思，并且用暗示跟我进行罪恶的谈判，毫不犹豫地接受我的委托，用你那粗暴的手干下了那为我们两人所不敢诉诸唇舌的卑劣行为。你走开，我再也不要看见你！我的贵族们抛弃了我；外国的军队已经威胁到我的国门之前；在我这肉体的躯壳之内，战争和骚乱也在破坏这血液与呼吸之王国的平和，我的天良因为我杀死我的侄儿，正在向我兴起问罪之师。

赫伯特　准备抵抗您那其余的敌人吧，我可以替您和您的灵魂缔结和平。小亚瑟并没有死；我这手还是纯洁而无罪的，不曾染上一点殷红的血迹。在我这胸膛之内，从来不曾进入过杀人行凶的恶念；您单凭着我的外貌，已经冤枉了好人，虽然我的面貌生得这般丑恶，可是它包藏着一颗善良的心，断不会举起屠刀，杀害一个无辜的小孩。

约翰王　亚瑟还没有死吗？啊！你赶快到那些贵族们的地方去，把这消息告诉他们，让他们平息怒火，重尽他们顺服的人臣之道。原谅我在一时气愤之中对你的面貌做了错误的批评；因为我的恼怒是盲目的，在想象之中，我的谬误的眼睛看你满身血迹，因此把你看得比你实际的本人更为可憎。啊！不要回答；快去把那些愤怒的贵族们带到我的密室里来，一分钟也不要耽搁。我吩咐得太慢了；你快飞步前去。（各下）

第三场 同前。城堡前

【亚瑟上，立城墙上。

亚　瑟　城墙很高，可是我决心跳下去。善良的大地啊，求你大发慈悲，不要伤害我！不会有什么人认识我；即使有人认识，穿着这一身船童的服装，也可以遮掩我的真相。我很害怕；可是我要冒险一试。要是我下去了，没有跌坏我的肢体，我一定要千方百计离开这地方；即使走了也不免一死，总比留着等死好些。（跳下）哎哟！这些石头上也有我叔父的精神；上天收去我的灵魂，英国保藏我的尸骨！（死）

【彭勃洛克、萨立斯伯雷及俾高特上。

萨立斯伯雷　两位大人，我要到圣爱德蒙兹伯雷去和他相会。那是我们的万全之计，在这扰攘的时世中，这样一个善意的建议是不可推却的。

彭勃洛克　那封主教的信是谁送来的？

萨立斯伯雷　茂伦伯爵，一位法国的贵人，他在给我的私信里所讲起的太子的盛情，要比这信上所写的广大得多哩。

俾高特　那么让我们明天早上去会会他吧。

萨立斯伯雷　我们应该说在明天早上出发；因为，两位大人，我们要赶整整两天的路程，才可以谈得上相会哩。

【庶子上。

庶　子　难得我们今天又碰见了，诸位愤愤不平的大人们！我奉王上之命，请列位立刻前去。

萨立斯伯雷　王上已经用不着我们了；我们不愿用我们纯洁的荣誉，文饰他那纤薄而污秽的外衣，更不愿追随在那到处留下血印的足跟之后。你回去这样告诉他吧；我们已经知道这件事的丑恶真相了。

庶　子　随你们怎样想都可以，我总以为最好还是说两句好话。

萨立斯伯雷　替我们说话的是我们的悲哀，不是我们的礼貌。

庶　子　可是你们的悲哀是没有理由的，所以你们应该保持你们的礼貌。

彭勃洛克　足下，足下，愤怒是有它的权利的。

庶　子　不错，它唯一的权利是伤害它自己的主人。

萨立斯伯雷　这儿就是监狱。（见亚瑟）什么人躺在这儿？

彭勃洛克　死神啊！你把这纯洁而美好的王子攫夺了去，你可以骄傲起来了。地
　　上没有一个窟窿可以隐藏这一件恶事。

萨立斯伯雷　那杀人的凶手好像也痛恨他自己所干的事，有意把它暴露在众目之
　　前，鼓动人们为死者复仇。

俾高特　也许当他准备把这绝妙的姿容投下坟墓的时候，忽然觉得那寒碜的坟墓
　　不配容纳这样一具高贵的尸身。

萨立斯伯雷　理查爵士，你觉得怎样？你有没有看到过、读到过，或是听到过这
　　样的事？你能够想到这样的事吗？虽然你已经亲眼看见了，你能够想象果然
　　会有这样的事在你眼前发生吗？要是你没有看见这种情形，你能够想象一件
　　同样的事实吗？这是突破一切杀人罪案的最高峰，瞪目的愤怒呈献于怜悯的
　　泪眼之前的一场最可耻的惨剧、一件最野蛮的暴行、一个最卑劣的打击。

彭勃洛克　过去的一切杀人罪案，在这一件暴行之前都要被赦为无罪，这一件空
　　前无比的暴行，将要使未来的罪恶蒙上圣洁的面目；有了这一件惊人的惨案
　　作为前例，杀人流血都不过是一场儿戏。

庶　子　这是一种不可饶恕的残忍的行为；不知哪一个人下这样无情的毒手，要
　　是他果然是遭人毒手的话。

萨立斯伯雷　要是他果然是遭人毒手的话！我们早就预料到会有怎样的事发生；
　　这是赫伯特干的可耻的行径，那国王是主使授意的人；我的灵魂永远不再服
　　从他的号令。跪在这可爱的生命的残迹之前，我燃起一瓣心香，向他无言的
　　静穆呈献一个誓言，一个神圣的誓言，自今以往，我要摈斥世间的种种欢娱，
　　决不耽于逸乐，苟安游惰，直到我这手上染着光荣的复仇之血为止。

彭勃洛克、俾高特　我们的灵魂虔诚地为你的誓言做证。

　　　　　　【赫伯特上。

赫伯特　诸位大人，我正在忙着到处寻找你们哩。亚瑟没有死；王上叫你们去。

萨立斯伯雷　啊！他好大胆，当着死人的面前还会厚脸撒谎。滚开，你这可恨的

恶人！滚！

赫伯特　我不是恶人。

萨立斯伯雷　（拔剑）我必须僭夺法律的威权吗？

庶　子　您的剑是很干净的，大人；把它收起来吧。

萨立斯伯雷　等我把它插到一个杀人犯的胸膛里去再说。

赫伯特　退后一步，萨立斯伯雷大人，退后一步。苍天在上，我想我的剑是跟您的剑同样干净的。我希望您不要忘记您自己，也不要强迫我采取正当的防卫，那对于您是一件危险的事，因为我在您的盛怒之下，也许会忘记您的高贵尊荣的身份和地位。

俾高特　呸，下贱的东西！你敢向贵人挑战吗？

赫伯特　那我怎么敢？可是即使在一个皇帝的面前，我也敢保卫我的无罪的生命。

萨立斯伯雷　你是一个杀人凶手。

赫伯特　不要用您自己的生命证实您的话；我不是杀人凶手。谁说着和事实相反的话，他就是说谎。

彭勃洛克　把他碎尸万段！

庶　子　我说，你们还是不要争吵吧。

萨立斯伯雷　站开，否则莫怪我的剑没长眼睛伤到了你，福康勃立琪。

庶　子　你还是去向魔鬼的身上碰碰吧，萨立斯伯雷。要是你向我蹙一蹙眉，抬一抬脚，或是逞着你的暴躁的脾气，给我一点儿侮辱，我就当场结果你的生命。赶快收好你的剑；否则我要把你和你那炙肉的铁刺一起剁个稀烂，让你以为魔鬼从地狱里出来了。

俾高特　你想怎样呢，声名卓著的福康勃立琪？帮助一个恶人和凶手吗？

赫伯特　俾高特大人，我不是什么恶人凶手。

俾高特　谁杀死这位王子的？

赫伯特　我在不到一小时前离开他，他还是好好的。我尊敬他，我爱他；为了他可爱的生命的夭亡，我要在哭泣中度过我的残生。

萨立斯伯雷　不要相信他眼睛里这种狡猾的泪水，奸徒们是不会缺少这样的伎俩的；他玩惯了这一套把戏，所以能够做作得好像真是出于一颗深情而无罪的心中的滔滔的泪河一样。跟我去吧，你们这些从灵魂里痛恨屠场中的血腥气的人们；我已经为罪恶的臭气所窒息了。

俾高特　向伯雷出发，到法国太子那里去！

彭勃洛克　告诉国王，他可以到那里去打听我们的下落。（彭勃洛克、萨立斯伯雷、俾高特同下）

庶　子　好一个美妙世界！你知道这件好事是谁干的吗？假如果然是你把他杀死的，赫伯特，你的灵魂就要被打下地狱，即使上帝最博大为怀的悲悯也不能使你超生了。

赫伯特　听我说，大人。

庶　子　嘿！我告诉你吧：你要永坠地狱，什么都比不上你的黑暗；你比魔王路锡福还要罪加一等；你将要成为地狱里最丑的恶鬼，如果这个孩子真的是你杀死的话。

赫伯特　凭着我的灵魂起誓——

庶　子　即使你对于这件无比残酷的行为不过表示了你的同意，你也没有得救的希望了。要是你缺少一根绳子，从蜘蛛肚子里抽出来的最细的蛛丝也可以把你绞死；一根灯芯草可以作为吊死你的梁木；要是你愿意投水的话，只要在汤匙里略微放一点水，就可以抵得过整个的大洋，把你这样一个恶人活活溺死。我对于你这个人是信不过的。

赫伯特　要是我曾经实行、与谋，或是起意劫夺这美丽的躯壳里的温柔的生命，愿地狱里所有的酷刑都不足以惩罚我的罪恶。我离开他的时候，他确实还是好好的。

庶　子　去，把他抱起来。我简直都惊呆了，在这遍地荆棘的多难的人世之上，我已经迷失了我的方向。你把整个英国多么轻易地举了起来！全国的生命、公道和正义已经从这死了的王裔的躯壳里飞到天上去了；英国现在所剩下的，只有一个强大繁荣的国家的无主的权益，供有力者的争持攫夺。为了王权这一根啃剩的肉骨，蛮横的战争已经耸起它的愤怒的羽毛，当着和平的温柔的眼前大肆咆哮；外侮和内患同时并发，广大的混乱正在等候着威权的迅速崩溃，正像一只饿鸦眈眈注视着濒死的病兽一般。能够束紧腰带，拉住衣襟，冲过这场暴风雨的人是有福的。把这孩子抱着，赶快跟我见王上去。要干的事情多着呢，上天也在向这国土蹙紧它的眉头。（同下）

第五幕

第一场　诺桑普敦。宫中一室

【约翰王、潘杜尔夫持王冠及侍从等上。

约翰王　现在我已经把我的荣冠交在你的手里了。

潘杜尔夫　（以王冠授约翰王）从我这代表教皇的手里，重新领回你的尊荣和威权吧。

约翰王　现在请你遵守你的神圣的诺言，到法国人那儿去，运用教皇圣上给你的全部权力，在战火烧到我们身上之前，阻止他们进军。我们那些怨愤不平的州郡都在纷纷叛变，我们的人民都不愿服从王命，反而向异族的君主输诚纳款。这一种人心思乱的危局，只能仰仗你的大力才能安定下来。所以千万不要耽搁了；因为这是一个重病的时世，必须赶快设法医治，否则就要不可救药了。

潘杜尔夫　这场风波原是我因为你轻侮教皇而掀动起来的，现在你既已诚心悔改，我这三寸不烂之舌仍旧可以使这场风波化险为夷，让你这风云险恶的国土重见晴和的气象。记住，在今天升天节，因为你已经向教皇宣誓效忠，我要去叫法国人放下他们的武器。（下）

约翰王　今天是升天节吗？那预言者不是说过，在升天节正午以前，我要摘下我的王冠吗？果然有这样的事。我还以为我将被迫放弃我的王冠；可是，感谢上天，这一回却是自愿的。

【庶子上。

庶　子　肯特已经全城降敌，只有多佛的城堡还在我军手中。伦敦像一个好客的主人一样，已经开门迎接法国太子和他的军队进去。您那些贵族们不愿接受您的命令，全都投奔您的敌人去了；剩下来的少数站在您这一边的人们，也都吓得惊慌失措，一个个存着观望的心理。

约翰王　那些贵族听见了亚瑟未死的消息，还不肯回来吗？

庶　子　他们发现他的尸身被人丢在街上，就像一具空空的宝箱，那藏在里面的生命的珠宝，已经不知被哪一个恶人劫夺去了。

约翰王　赫伯特那混蛋对我说他没有死。

庶　子　凭着我的灵魂起誓，他是这样说的，因为他并不知情。可是您为什么这样意志消沉？您的脸色为什么郁郁寡欢？您一向是雄心勃勃的，请在行动上表现您的英雄气概吧；不要让世人看见恐惧和悲观的疑虑主宰着一位君王的眼睛。愿您像这动乱的时代一般活跃；愿您自己成为一把火，去抵御那燎原的烈焰；给威胁者以威胁，用无畏的眼光把夸口的恐吓者吓退；那些惯于模仿大人物的行为的凡庸群众，将要看着您的榜样而增加勇气，鼓起他们不屈不挠的精神。去！像庄严的战神一样，在战场上大显您的神威，充分表现您的勇气和必胜的信心。嘿！难道我们甘心让他们直入狮穴，难道我们这一头雄狮将要在他们的威吓之下战栗吗？啊！我们不要给人笑话。我们应该先发制人，趁着敌人还没有进门，赶快跑出门外去给他迎头痛击。

约翰王　教皇的使节刚才来过，我已经和他达成了圆满的和解；他答应劝告法国太子撤退他率领的军队。

庶　子　啊，可耻的联盟！难道我们在敌军压境的时候，还想依仗别人主持公道，向侵略的武力妥协献媚，和它谈判卑劣的和议吗？难道一个乳臭未干的小儿，一个娇养的纨绔少年，居然可以在我们的土地上耀武扬威，在这个久经战阵的国家里横行无忌，把他那招展的旌旗遮蔽我们的天空，如入无人之境吗？陛下，让我们武装起来；也许那主教无法斡旋你们的和平；即使他有这样的力量，至少也要让他们看看我们是有防御的决心的。

约翰王　那么你全权指挥吧。

庶　子　好，去吧，拿出勇气来！哪怕敌人比现在更猖狂，我敢说我们的力量也足以应付。（同下）

第二场　圣爱德蒙兹伯雷附近平原。法军营地

【路易、萨立斯伯雷、茂伦、彭勃洛克、俾高特各穿武装及兵士等同上。

路　易　茂伦伯爵，把这件文书另外抄录一份，留作存案；原件仍旧交还给这几位大人。我们的意旨已经写在它上面，凭着这一纸盟约，可以使他们和我们都明白为什么要立下这庄严的盟誓，并且保持双方坚定不变的忠诚。

萨立斯伯雷　它在我们这方面是永远不会遭破坏的。尊贵的太子，虽然我们宣誓对于您的行动竭诚效忠，自愿掬献我们的一片赤心，可是相信我，殿下，像这样创巨痛深的时代的疮痍，必须让叛逆的卑鄙的手替它敷上药膏，为了医治一处陈年的肿痛，又造成了许多新的伤口，这是我十分痛心的。啊！我满怀悲伤，因为我必须拔出我腰间的利剑，使人间平添多少寡妇；我那被蹂躏的祖国，却在高呼着萨立斯伯雷的名字，要求我的援助和保卫！可是这时代已经染上了重大的沉疴，为了救护我们垂死的正义，只有以乱戡乱，用无情的暴力摧毁暴力。啊，我悲哀的朋友们！我们都是这岛国的儿子，现在却会看到这样不幸的一天，追随在外族的铁蹄之后，踏上它温柔的胸膛，这不是一件可痛的事吗？当我一想到为了不得已的原因，我们必须反颜事仇，和祖国的敌人为伍，借着异邦的旌旗的掩护来到这里，我就恨不得为这番耻辱痛哭一场。什么！来到这里？啊，我的祖国！要是你能够迁移一个地方，要是那环抱你的海神的巨臂，在不知不觉中把你搬到了异教徒的海岸之上，那么这两支基督徒的军队也许可以消除敌意，握手合作，不再自相残杀了！

路　易　你这一番慷慨陈词，已经充分表现了你的忠义的精神；在你胸中交战的高贵的情绪，是可以惊天地而泣鬼神的。啊！你在不得已的情势和正义的顾虑之间，已经做过一次多么英勇的战争！让我替你拭去你颊上的高贵的泪珠；我的心曾经在一个妇人的眼泪之前融化，那不过是一场普通的感情的横溢；可是像这样滔滔倾泻的男儿热泪，这样从灵魂里迸发出来的狂风暴雨，却震惊了我的眼睛，比看见穹隆的天宇上充满了吐火的流星更使我惊愕感叹。扬起你的眉来，声名卓著的萨立斯伯雷，用你伟大的心把这场暴风雨逐去；让那些从未见过一个被激怒的巨人世界的，除了酒食醉饱、嬉戏闲谈以外，不知尚有何事的婴儿的眼睛去流它们的眼泪吧。来，来；你将要伸手探取无穷的幸运，正像路易自己一样，你们各位出力帮助了我，也都要跟我同享富贵。

　　　　　【潘杜尔夫率侍从上。

路　易　我想是一个天使方才在说话。瞧，教皇的圣使来向我们传达上天的旨意，
　　　　用神圣的诏语宣布我们的行动为正义了。

潘杜尔夫　祝福你，法兰西尊贵的王子！我来此非为别事，就是要告诉你约翰王
　　　　已经和罗马复和了；他的灵魂已经返归正道，不再敌对神圣的教会，罗马的
　　　　伟大的圣廷。所以现在你可以卷起你那耀武的旌旗，把横暴的战争的野性压
　　　　服下去，让它像一头受人豢养的雄狮，温驯地伏在和平的足前，不再伤害生灵，
　　　　只留着一副凶猛的外貌吧。

路　易　请阁下原谅，我不愿回去。我是堂堂大国的储君，不是可以给人利用、
　　　　听人指挥的；世上无论哪一个政府都不能驱使我做它的忠仆和工具。您最初
　　　　鼓唇弄舌，煽旺了这一个被讨伐的王国跟我自己之间的已冷的战灰，替它添
　　　　薪加炭，燃起这一场燎原的烈火；现在火势已旺，又想凭着您嘴里这一口微
　　　　弱的气息把它吹灭，这是怎么也办不到的了。您指教我认识我的权利，让我
　　　　明白我对于这国土可以提出些什么要求；我这一次冒险的雄心是被您激起的，
　　　　现在您却来告诉我约翰已经和罗马缔结和平了吗？那样的和平跟我有什么关
　　　　系？我凭着我的婚姻而取得的资格，继亚瑟之后，要求这一个国土的主权；
　　　　现在它已经被我征服了一半，我却必须撤兵回去，就因为约翰已经和罗马缔
　　　　结和平吗？我是罗马的奴隶吗？罗马花费过多少金钱，供给过多少人力，拿
　　　　出过多少军械，支持这一场战役？不是我一个人独当全责吗？除了我以及隶
　　　　属于我的统治的人们以外，谁在这次战争里流过一滴汗，出过一点力？这些
　　　　岛国的居民，当我经过他们的城市的时候，不是都向我高呼"吾王万岁"吗？
　　　　我在这一场争夺王冠的赌博之中，不是已经稳操胜算了吗？难道我现在必须
　　　　自毁前功？不，不，凭着我的灵魂发誓，我决不干那样的事。

潘杜尔夫　你所看见的只是事实的表面。

路　易　表面也好，内在也好，我这次征集这一支精锐的雄师，遴选这些全世界
　　　　最勇猛的战士，本来就是要从危险和死亡的巨口之下，博取胜利的光荣，在
　　　　我的目的没有达到以前，我决不愿空手空归。（喇叭声）什么喇叭这样高声地
　　　　叫唤我们？

　　　　　【庶子率侍从上。

庶　子　按照正当的平等原则，请你们听我说几句话；我是奉命来此传言的。神

圣的米兰主教阁下，敝国王上叫我来探问您替他干的事情进行得怎样。我听
了您的答复就可以凭着我所受的权力，宣布我们王上的旨意。

潘杜尔夫　太子一味固执，不肯接受我的调停；他坚决表示不愿放下武器。

庶　子　凭着愤怒所吞吐的热血起誓，这孩子说得不错。现在听我们英国的国王
说话吧，因为我是代表他发言的。他已经准备好了；这是他当然而应有的对
策。对于你们这一次猴子学人般的无礼的进兵，这一场全武行的化装舞会，
这一出轻举妄动的把戏，这一种不懂事的放肆，这一支孩子气的军队，我们
的王上唯有置之一笑；他已经充分准备好把这场儿戏的战争和这些侏儒的武
力扫荡出他的国境以外。他的强力的巨掌曾经在你们的门前把你们打得不敢
伸出头来，有的像吊桶一般跳下井里，有的蹲伏在马棚里的柴草上，有的把
自己关在箱里橱里，有的钻在猪圈里，有的把地窖和牢狱作为他们安全的藏
身之处，一听到你们国家的乌鸦叫，都以为是一个英国兵士的声音而吓得瑟
瑟发抖；难道这一只曾经在你们的巢穴之内给你们重创的胜利的铁手，会在
这儿减弱它的力量吗？不，告诉你们吧，那勇武的君王已经穿起武装，像一
只盘旋在高空的猛鹰，目光灼灼地注视着它巢中的雏鸟，随时准备翻身突下，
打击那意图侵犯的敌人。你们这些堕落的、忘恩的叛徒，你们这些剖开你们
亲爱的英格兰母亲的肚腹的残酷的尼禄①，害羞吧；因为你们自己国中的妇
人和面色苍白的少女，都像女战士一般踏着鼓声前进；她们已经脱下顶针，
套上臂鞲，放下针线，捐起长枪，她们温柔的心，都凝成铁血一般的意志了。

路　易　你的恐吓已经完毕，可以平安回去了；我承认你骂人的本领比我高强。
再会吧；我们的时间是宝贵的，不能浪费口舌，跟你这种人争吵。

潘杜尔夫　让我说一句话。

庶　子　不，我还有话说哩。

路　易　你们两人的话我都不要听。敲起鼓来；让战争的巨舌申说我的权利、报
告我的到来吧。

庶　子　不错，你们的鼓被人一打，就会叫喊起来；正像你们被我们痛打以后，
也会叫喊起来一样。只要用你的鼓激起一下回声，你就可以听见另一面鼓向
它发出同样巨大的反响；把你的鼓再打一下，那一面鼓也会紧接着它的震惊

---

① 尼禄，罗马暴君，曾弑亲母。

天耳的鸣声，发出雷霆般的怒吼；因为勇武的约翰不相信这位朝三暮四的圣使。——他本来不需要他的协助，不过把他玩弄玩弄而已。——他已经带领大军逼近了；他的额上高坐着白骨的死神，准备在今天饱餐千万个法兰西人的血肉。

路　易　敲起你们的鼓来，让我们领略领略你们的威风。

庶　子　你放心吧，太子，今天总要教你看看我们的颜色。（各下）

第三场　同前。战场

【号角声。约翰王及赫伯特上。

约翰王　今天我们胜负如何？啊！告诉我，赫伯特。

赫伯特　形势恐怕很不利。陛下御体觉得怎样？

约翰王　这场缠绕了我很久的热病，使我痛苦异常。啊！我的心头怪难受的。

【一使者上。

使　者　陛下，您那勇敢的亲人福康勃立琪请陛下急速离开战场，他还叫我回去告诉他您准备到哪一条路上去。

约翰王　对他说，我就到史温斯丹去，在那儿的寺院里暂时安息。

使　者　请宽心吧，因为法国太子所盼望的大量援军，三天之前已经在古德温沙滩上触礁沉没。这消息是理查爵士刚刚得到的。法军士气消沉，已经在开始撤退了。

约翰王　唉！这一阵凶恶的热病焚烧着我的身体，这一个大好的消息也不能令我振奋。向史温斯丹出发；赶快把我抬上舁床；衰弱占据我的全身，我要昏过去了。（同下）

第四场　同前。战场的另一部分

【萨立斯伯雷、彭勃洛克、俾高特及余人等上。

萨立斯伯雷　我想不到英王还会有这么多支持者。

彭勃洛克　重新振作起来吧；鼓励鼓励法军的士气；要是他们打了败仗，我们也就跟着完了。

萨立斯伯雷　那个鬼私生子福康勃立琪不顾死活，到处冲杀，是他一个人支撑了今天的战局。

彭勃洛克　人家说约翰王病得很厉害，已经离开战场了。

　　　　　　【若干兵士扶茂伦负伤上。

茂　伦　搀着我到那些英国的叛徒跟前去。

萨立斯伯雷　我们得势的时候，人家可不是这样称呼我们的。

彭勃洛克　这是茂伦伯爵。

萨立斯伯雷　他受了重伤，快要死了。

茂　伦　逃走吧，高贵的英国人；你们是像商品一样被人买卖的；从叛逆的错误的迷途上找寻一个出口，重新收回你们所抛掉的忠诚吧。访寻约翰王的下落，跪在他的足前；因为路易要是在这扰攘的一天得到胜利，他是会割下你们的头颅来酬答你们的辛劳的。他已经在圣爱德蒙兹伯雷的圣坛之前发过这样的誓了，我和许多人都跟他在一起；就是在那个圣坛之前，我们向你们宣誓亲密的合作和永久的友好。

萨立斯伯雷　这样的事是可能的吗？这句话是真的吗？

茂　伦　丑恶的死亡不是已经近在我的眼前了吗？我不是仅仅延续着一丝生命的残喘，在流血中逐渐淹灭，正像一个蜡像在火焰之旁逐渐融化一样吗？一切欺骗对于我都已毫无用处，这世上现在还有什么事情可以使我向人说欺骗的话？我必须死在这里，靠着真理而永生，这既然是一件千真万确的事实，为什么我还要以虚伪对人呢？我再说一遍，要是路易得到胜利，除非他毁弃了誓言，你们的眼睛是再也看不见一个新的白昼在东方透露它的光明了。就在这一个夜里，它的黑暗的有毒的气息早已吞吐在那衰老无力、厌倦于长昼的夕阳的脸上，就在这一个罪恶的夜里，你们将要停止你们的呼吸，用你们各人的生命偿付你们叛逆的代价；要是路易借着你们的助力得到胜利的话。为我向你们王上身边的一位赫伯特致意；因为我想到我与他的交情，同时因为我的祖父是个英国人，所以激动天良，向你们招认了这一切。我所要向你们要求的唯一的报酬，就是请你们搀扶我到一处僻静的地方，远离战场的喧嚣，让我在平和中思索我残余的思想，使我的灵魂借着冥想和虔诚的祈愿的力量脱离我的躯壳。

萨立斯伯雷　我们相信你的话。我真心欢迎这一个大好的机会，可以让我们从罪恶的歧途上回过身去，重寻我们的旧辙；像一阵势力减弱的退潮一样，让我们离弃我们邪逆反常的故径，俯就为我们所蔑视的堤防，驯顺而安静地归返我们的海洋、我们伟大的约翰王的足前。让我助你一臂之力，搀扶你离开这里，因为我看见死亡的残酷的苦痛已经显现在你的眼中。走吧，我的朋友们！让我们再做一次新的逃亡；这新的逃亡是幸运的，因为它趋向的目的是旧日的正义。（众扶茂伦同下）

第五场　同前。法军营地

【路易率扈从上。

路　易　当英国人拖着他们沉重无力的脚步从他们自己的阵地上退却的时候，太阳仿佛还不愿沉没，继续停留在空中，使西天染满了一片羞红。啊！我们今天好不威风，在这样惨烈的血战以后，我们放射一阵示威的炮声，向光荣的白昼道别，卷起我们凌乱的旌旗，在空旷的战场上整队归来；这一片血染的平原，几乎已经为我们所控制了。

【一使者上。

使　者　太子殿下在什么地方？

路　易　这儿。什么消息？

使　者　茂伦伯爵已经阵亡；英国的贵族们听从他的劝告，又向我们倒戈背叛；您长久盼望着的援军，在古德温沙滩上一起触礁沉没了。

路　易　啊，恶劣的消息！你真是罪该万死！我今晚满腔的欢喜都被你一扫而空了。哪一个人对我说过在昏暗的夜色还没有分开我们疲乏的两军的时候，约翰王已经在一两小时以前逃走了？

使　者　不管是谁说的这句话，它倒是千真万确的，殿下。

路　易　好，今晚大家好生休息，加倍提防；我将要比白昼起身得更早，试一试明天的运气。（同下）

第六场　史温斯丹庵院附近的广场

【庶子及赫伯特自相对方向上。

赫伯特　那边是谁？喂，报出名来！快说，否则我要放箭了。

庶　子　一个朋友。你是什么人？

赫伯特　我是英格兰方面的。

庶　子　你到哪里去？

赫伯特　那干你什么事？你可以问我，为什么我不可以问你？

庶　子　你是赫伯特吧？

赫伯特　你猜得不错；我可以相信你是我的朋友，因为你这样熟悉我的声音。你是谁？

庶　子　随你认为我是谁都行；要是你愿意抬举我的话，你也可以把我当作普兰塔琪纳特家的旁系子孙。

赫伯特　好坏的记性！再加上模糊的夜色，使我有眼无珠，失礼了。英勇的战士，我的耳朵居然会辨别不出它所熟悉的声音，真要请你原谅。

庶　子　算了，算了，不用客气。外边有什么消息？

赫伯特　我正在这黑夜之中东奔西走，寻找您哩。

庶　子　那么闲话少说，有什么消息？

赫伯特　啊！我的好殿下，只有一些和这暮夜相称的黑暗、阴郁、惊人而可怖的消息。

庶　子　让我看看这坏消息所造成的伤口吧；我不是女人，不会见了它发晕的。

赫伯特　王上恐怕已经误服了一个寺僧的毒药；我离开他的时候，差不多已经不能说话了。因为我怕你突然知道了这件事情，会手忙脚乱，所以急忙出来向你报告这个噩耗，让你对于这变故可以有个准备。

庶　子　他怎么服下去的？谁先替他尝过？

赫伯特　一个寺僧，我告诉你；一个蓄意弑君的奸徒；他尝了一口药，不一会儿，他的脏腑就突然爆裂了。王上还会说话，也许还可以救治。

庶　子　你离开王上的时候，有谁在旁边看护他？

赫伯特　呀，你不知道吗？那些贵族们都回来了，他们还把亨利亲王也一同带来了。王上听从了亨利亲王的请求，已经宽恕了他们；他们现在都在王上的左右。

庶　子　抑制你的愤怒吧，尊严的上天，不要叫我们忍受我们所不能忍受的打击！我告诉你，赫伯特，我的军队今晚经过林肯沼地的时候，被潮水卷去了一半；我自己骑在马上，总算保住了性命。你先走吧！带我见王上去；我怕他等不到见我一面，就已经死了。（同下）

第七场　史温斯丹庵院的花园

　　　　【亨利亲王、萨立斯伯雷及俾高特上。

亨利亲王　已经太迟了。他的血液完全中了毒；他那清明的头脑，那被某些人认为灵魂的脆弱的居室的，已经在发出毫无伦次的谵语，预示着生命的终结了。

　　　　【彭勃洛克上。

彭勃洛克　王上还在说话；相信要是把他带到露天的地方去，或许可以减轻一些在他身体内部燃烧着的毒药的热性。

亨利亲王　把他带到这儿花园里来吧。（俾高特下）他还在说胡话吗？

彭勃洛克　他已经比您离开他的时候安静得多了；刚才他还唱过歌。

亨利亲王　啊，疾病中的幻觉！剧烈的痛苦在长时间的延续之中，可以使人失去痛苦的感觉。死亡已经侵袭过他的外部，那无形的毒手正在向心灵进攻，用无数诞妄的幻想刺击它，它们在包围进占这一个最后据点的时候，挤成了混乱的一团。奇怪的是死亡也会歌唱。我是这一只惨白无力的天鹅的雏鸟，目送着他为自己唱着悲哀的挽歌而死去，从生命的脆弱的簧管里，奏出安魂的乐曲，使他的灵魂和肉体得到永久的安息。

萨立斯伯雷　宽心吧，亲王；因为您天赋的使命，是整顿他所遗留下来的这一个混杂凌乱的局面。

　　　　【俾高特率侍从等抬约翰王座椅中重上。

约翰王　哦，现在我的灵魂可以有一点儿回旋的余地了；它不愿从窗子里或是从门户里出去。在我的胸头是这样一个炎热的盛夏，把我的脏腑都一起烧成了灰；我是一张写在羊皮纸上的文书，受着这样烈火的烘焙，全身都皱缩而焦枯了。

亨利亲王　陛下御体觉得怎样？

约翰王　毒侵骨髓，病入膏肓；死了，被舍弃，被遗忘了；你们也没有一个人肯去叫冬天来，把他冰冷的手指探进我的喉中，或是让我的国内的江河流过我的火热的胸口，或是请求北方的寒风吻一吻我的焦躁的嘴唇，用寒冷给我一些安慰。我对你们并没有多大的要求；我只恳求一些寒冷的安慰；你们却这样各啬无情，连这一点也拒绝了我。

亨利亲王　啊！但愿我的眼泪也有几分力量，能够解除您的痛苦。

约翰王　你眼泪中的盐也是热的。在我的身体之内是一座地狱，那毒药就是狱中的魔鬼，对那不可救赎的罪恶的血液横加凌虐。

【庶子上。

庶　子　啊！我满心焦灼，恨不得插翅飞到陛下的跟前。

约翰王　啊，侄儿！你是来闭上我的眼睛的。像一艘在生命的大海中航行的船只，我的心灵的缆索已经碎裂焚毁，只留着仅余的一线，维系着这残破的船身；等你向我报告过你的消息以后，它就要漂荡到不可知的地方去了；你所看见的眼前的我，那时候将要变成一堆朽骨，毁尽了它的君主的庄严。

庶　子　法国太子正在准备向这儿进攻，天知道我们有些什么力量可以对付他；因为当我向有利的地形移动我的军队，在经过林肯沼地的时候，一夜之间一阵突然冲来的潮水把我大部分的人马都卷去了。（约翰王死）

萨立斯伯雷　你把这些致命的消息送进了一只失去生命的耳中。我的陛下！我的主上！刚才还是一个堂堂的国王，现在已经变成这么一副模样。

亨利亲王　我也必须像他一样前进，像他一样停止我的行程。昔为君王，今为泥土；这世上还有什么保障，什么希望，什么凭借？

庶　子　您就这样去了吗？我还要留在世上，为您报仇雪恨，然后我的灵魂将会去到天上侍候您，正像在地上我是您的仆人一样。现在，现在，你们这些复返正轨的星辰，你们的力量呢？现在你们可以表现你们悔悟的诚意了。立刻跟我回到战场上去，把毁灭和永久的耻辱推出我们衰弱的国土之外。让我们赶快去迎击敌人，否则敌人立刻就要找到我们头上来了；那法国太子正在我们的背后张牙舞爪呢。

萨立斯伯雷　这样看来，你所知道的还不及我们详细。潘杜尔夫主教正在里边休息，他在半小时以前从法国太子那儿来到这里，代表太子向我们提出求和的建议，宣布他们准备立刻撤兵停战的决意；我们认为那样的建议是并不损害我们的荣誉而不妨加以接受的。

庶　子　我们必须格外加强我们的防御，他才会知难而退。

萨立斯伯雷　不，他们可以说已经在开始撤退了；因为他已经把许多车辆遣发到
　　海滨去，并且把他的争端委托主教代行处理。要是你同意的话，今天下午，你、
　　我，还有其他的各位大人，就可以和这位主教举行谈判，商议出一个圆满的
　　结果来。

庶　子　就这样吧。您，我的尊贵的亲王，还有别的各位不用出席会议的王子们，
　　必须亲临主持您的父王的葬礼。

亨利亲王　他的遗体必须在华斯特安葬，因为这是他临终的遗命。

庶　子　那么就在那里安葬吧。愿殿下继承先王的遗统，肩负祖国的光荣，永享
　　无穷的洪福！我用最卑恭的诚意跪在您的足前，向您掬献我的不变的忠勤和
　　永远的臣服。

萨立斯伯雷　我们也敬向殿下呈献同样的忠诚，永远不让它沾上丝毫污点。

亨利亲王　我有一个仁爱的灵魂，要向你们表示它的感谢，可是除了流泪以外，
　　不知道还有什么其他的方式。

庶　子　啊！让我们仅仅把应有的悲伤留给这时代吧，因为它早就收受过我们的
　　哀痛了。我们的英格兰从来不曾，也永远不会屈服在一个征服者的骄傲的足
　　前，除非我们自己的手把自己伤害。现在它的这些儿子们已经回到母亲的怀
　　抱里，尽管全世界都是我们的敌人，向我们三面进攻，我们也可以击退他们。
　　只要英格兰对它自己尽忠，天大的灾祸都不能震撼我们的心胸。（同下）

R ICHARD II
理查二世

❋ 什么都比不上厄运更能磨炼人的德行。

导　读

　　本剧是莎士比亚史剧第二个四部曲的第一部，主要写了理查二世被废黜和亨利四世篡夺王位的故事。

　　理查二世，1377年到1399年在位，黑太子爱德华之子。本剧讲述理查二世为避免一场血腥的决斗，将决斗的两位公爵毛勃雷与波林勃洛克放逐出境。不久，波林勃洛克的父亲冈特伯爵过世，理查二世为了取得攻打爱尔兰的军费，竟剥夺了波林勃洛克继承产业的权利和名分，没收了冈特伯爵的所有钱财。此举也成了波林勃洛克（后来的亨利四世）日后攻打理查二世的借口。

　　莎士比亚从人文主义思想出发，总结理查二世丧国失身的历史教训，对莎士比亚生活的时代有警世意义。莎士比亚先写了被理查二世杀害的葛罗斯特公爵夫人的苦痛，再通过约翰·冈特从爱国主义的高度痛斥理查的乱政等一系列事件，从而否定了理查和他的君权神授的理论，以此说明维护正义、关心民疾是当国者的重任。此外，莎士比亚也写了一个软弱、伤感、敏感，带有诗人气质的亡国之君的惨痛心理。

剧中人物

理查二世

约翰·冈特　兰开斯特公爵 ⎫
爱德蒙·兰格雷　约克公爵 ⎬ 理查王之叔父

亨利·波林勃洛克　海瑞福德公爵，约翰·冈特之子，即位后称亨利四世

奥墨尔公爵　约克公爵之子

托马斯·毛勃雷　诺福克公爵

萨立公爵

萨立斯伯雷伯爵

勃克雷勋爵

布　希 ⎫
巴各特 ⎬ 理查王之近侍
格　林 ⎭

诺森伯兰伯爵

亨利·潘西·霍茨波　诺森伯兰伯爵之子

洛斯勋爵

威罗比勋爵

费兹华特勋爵

卡莱尔主教

威斯敏斯特长老

司礼官

皮厄斯·艾克斯顿爵士

史蒂芬·斯克鲁普爵士

威尔士军队长

王　后

葛罗斯特公爵夫人

约克公爵夫人

宫　女

群臣、传令官、军官、兵士、园丁、狱卒、使者、马夫及其他侍从等

地　点

英格兰及威尔士各地

第一幕

第一场　伦敦。宫中一室

【理查王率侍从、约翰·冈特及其他贵族等上。

理查王　高龄的约翰·冈特，德高望重的兰开斯特公爵，你有没有遵照你的誓约，把亨利·海瑞福德，你的勇敢的儿子带来，证实他上次对诺福克公爵托马斯·毛勃雷所提出的激烈的控诉？那时我因为政务忙碌，没有听他说下去。

冈　特　我把他带来了，陛下。

理查王　再请你告诉我，你有没有试探过他的口气，究竟他控诉这位公爵，是出于私人的宿怨呢，还是因为尽一个忠臣的本分，知道他确实有谋逆的行动？

冈　特　据我从他嘴里所能探听出来的，他的动机的确是因为看到公爵在进行不利于陛下的阴谋，而不是出于内心的私怨。

理查王　那么叫他们来见我吧。让他们当面对质，怒目相视，我要听一听原告和被告双方无拘束的争辩。（若干侍从下）他们两个都是意气高傲、秉性刚强的人；在盛怒之中，他们就像大海一般聋聩，烈火一般躁急。

【侍从等率波林勃洛克及毛勃雷重上。

波林勃洛克　愿无数幸福的岁月降临于我的宽仁慈爱的君王！

毛勃雷　愿陛下的幸福与日俱增，直到上天嫉妒人世的幸福，把一个不朽的荣名加在您的王冠之上！

理查王　我谢谢你们两位。可是你们两人之中，有一个人不过向我假意诌媚，因为你们今天来此的目的，是要彼此互控对方叛逆的重罪。海瑞福德贤弟，你对于诺福克公爵托马斯·毛勃雷有什么不满？

波林勃洛克　第一——愿上天记录我的言语！——我今天来到陛下的御座之前，
　　　提出这一控诉，完全是出于一个臣子关怀他主上安全的一片忠心，绝对没有
　　　什么恶意的私仇。现在，托马斯·毛勃雷，我要和你当面对质，听着我的话吧；
　　　我的身体将要在这人世担保我所说的一切，否则我的灵魂将要在天上负责它
　　　的真实。你是一个叛徒和奸贼，辜负国恩，死有余辜。天色越是晴朗空明，
　　　越显得浮云的混浊。让我再用奸恶的叛徒的名字塞在你的嘴里。请陛下允许
　　　我，在我离开这儿以前，我要用我正义的宝剑证明我的说话。

毛勃雷　不要因为我言辞的冷淡而责怪我情虚气馁。这不是一场妇人的战争，可
　　　以凭着唇枪舌剑解决我们两人之间的争端；热血正在胸膛里沸腾，随时准备
　　　因此而溅洒。可是我并没有唾面自干的耐性，能够忍受这样的侮辱而不发一
　　　言。首先因为当着陛下的天威之前，不敢不抑制我的口舌，否则我早就把这
　　　些叛逆的名称加倍掷还给他了。要不是他的身体里流着高贵的王族的血液，
　　　要不是他是陛下的亲属，我就要向他公然挑战，把唾涎吐在他的身上，骂他
　　　是一个造谣诽谤的懦夫和恶汉。为了证实他是这样一个人，我愿意让他先占
　　　一点上风，然后再和他决一雌雄，即使我必须徒步走到阿尔卑斯山的冰天雪
　　　地之间，或是任何英国人所敢于涉足的遥远的地方和他决斗，我也决不畏避。
　　　现在我要凭着决斗为我的忠心辩护，凭着我的一切希望发誓，他说的全然是
　　　虚伪的谎话。

波林勃洛克　脸色惨白的战栗的懦夫，这儿我掷下我的手套，声明放弃我的国王
　　　亲属的身份；你的恐惧，不是你的尊敬，使你以我的血统的尊严作为借口。
　　　要是你的畏罪的灵魂里还残留着几分勇气，敢接受我的荣誉的信物，那么俯
　　　身下去，把它拾起来吧；凭着它和一切武士的礼仪，我要和你彼此用各人的
　　　武器决战，证实你的罪状，揭穿你的谎话。

毛勃雷　我把它拾起来了。凭着那轻按我的肩头、使我受到骑士荣封的御剑起誓，
　　　我愿意接受一切按照骑士规矩的正当的挑战。假如我是叛徒，或者我的应战
　　　是不义的，那么，但愿我一上了马，就不再留着命下来！

理查王　我的贤弟控诉毛勃雷的，究竟是一些什么罪名？像他那样为我们所倚畀
　　　的人，倘不是果然犯下昭彰的重罪，是绝对不会引起我们丝毫恶意的猜疑的。

波林勃洛克　瞧吧，我所说的话，我的生命将要证明它的真实。毛勃雷曾经借着
　　　补助王军军饷的名义，领到八千金币；正像一个奸诈的叛徒、误国的恶贼一样，

他把这一笔饷款全数填充了他私人的欲壑。除了这一项罪状以外，我还要说，并且准备在这儿或者在任何英国人目光所能及的最远的边界，用决斗来证明，这十八年来，我们国内一切叛逆的阴谋，追本穷源，都是出于毛勃雷的主动。不但如此，我还要凭着他的罪恶的生命，肯定地指出葛罗斯特公爵是被他设计谋害的，像一个卑怯的叛徒，他唆使葛罗斯特公爵的轻信的敌人用暴力溅洒了公爵的无辜的血液；正像被害的亚伯一样，他的血正在从无言的墓穴里向我高声呼喊，要求我替他伸冤雪恨，痛惩奸凶。凭着我的光荣的家世起誓，我要手刃他的仇人，否则宁愿丧失我的生命。

理查王　他的决心多么大呀！托马斯·诺福克，你对于这番话有些什么辩白？

毛勃雷　啊！请陛下转过脸去，暂时塞住您的耳朵，让我告诉这侮辱他自己血统的人，上帝和善良的世人是多么痛恨像他这样一个说谎的恶徒。

理查王　毛勃雷，我的眼睛和耳朵是大公无私的。他不过是我的叔父的儿子，即使他是我的同胞兄弟，或者是我的王国的继承者，凭着我的御杖的威严起誓，这一种神圣的血统上的关联，也不能给他任何的特权，或者使我不可摇撼的正直的心对他略存偏袒。他是我的臣子，毛勃雷，你也是我的臣子，我允许你大胆说话。

毛勃雷　那么，波林勃洛克，我就说你这番诬蔑的狂言，完全是从你虚伪的心头经过你的奸诈的喉咙所发出的欺人的谎话。我所领到的那笔饷款，四分之三已经分发给驻在卡莱的陛下的军队；其余的四分之一是我奉命留下的，因为我上次到法国去迎接王后的时候，陛下还欠我一笔小小的旧债。现在把你那句谎话吞下去吧。讲到葛罗斯特，他并不是我杀死的；可是我很惭愧那时我没有尽我应尽的责任。对于您，高贵的兰开斯特公爵，我的敌人的可尊敬的父亲，我确曾一度企图陷害过您的生命，为了这一次过失，使我的灵魂感到极大的疚恨；可是在我最近一次领受圣餐以前，我已经坦白自认，要求您的恕宥，我希望您也已经不记旧恶了。这是我的错误。至于他所控诉我的其余的一切，全然出于一个卑劣的奸人，一个丧心的叛徒的恶意；我要勇敢地为我自己辩护，在这傲慢的叛徒的足前也要掷下我的挑战的信物，凭着他胸头最优良的血液，证明我的耿耿不二的忠贞。我诚心请求陛下替我们指定一个决斗的日期，好让世人早一些判断我们的是非曲直。

理查王　你们这两个燃烧着怒火的骑士，请听从我的旨意：让我们用不流血的方式，消除彼此的愤怒。我虽然不是医生，却可以下这样的诊断：深刻的仇恨会造成太深的伤痕。劝你们捐嫌忘怨，言归于好，我们的医生说这一个月内是不应该流血的。好叔父，让我们赶快结束这一场刚刚开始的争端；我来劝解诺福克公爵，你去劝解你的儿子吧。

冈　特　像我这样年纪的人，做一个和事佬是最合适不过的。我的儿，把诺福克公爵的手套掷下吧。

理查王　诺福克，你也把他的手套掷下来。

冈　特　怎么，哈利①，你还不掷下来？做父亲的不应该向他的儿子发出第二次的命令。

理查王　诺福克，我吩咐你快掷下；争持下去是没有好处的。

毛勃雷　尊敬的陛下，我愿意把自己投身在您的足前。您可以支配我的生命，可是不能强迫我容忍耻辱；为您尽忠效命是我的天职，可是即使死神高踞在我的坟墓之上，您也不能使我的美好的名誉横遭污毁。我现在在这儿受到这样的羞辱和诬蔑，有毒的谗言之枪刺透了我的灵魂，只有他那吐着毒瘴的心头的鲜血，才可以医治我的创伤。

理查王　一切意气之争必须停止，把他的手套给我。雄狮的神威可以使豹子慑服。

毛勃雷　是的，可是不能改变它身上的斑点。要是您能够取去我的耻辱，我就可以献上我的手套。我的好陛下，无瑕的名誉是世间最纯粹的珍宝：失去了名誉，人类不过是一些镀金的粪土，染色的泥块。忠贞的胸膛里那一颗勇敢的心灵，就像藏在十重锁的箱中的珠玉。我的荣誉就是我的生命，二者互相结为一体；取去我的荣誉，我的生命也就不再存在。所以，我的好陛下，让我为我的荣誉而战吧；我为着荣誉而生，也愿为荣誉而死。

理查王　贤弟，你先掷下你的手套吧。

波林勃洛克　啊！上帝保佑我的灵魂不要犯这样的重罪！难道我要在我父亲的面前垂头丧气，怀着卑劣的恐惧，向这理屈气弱的懦夫低头服罪吗？在我的舌头用这种卑怯的侮辱伤害我的荣誉、发出这样可耻的求和的声请以前，我的牙齿将要把这种自食前言的懦怯的畏惧嚼为粉碎，把它带血唾在那无耻的毛勃雷脸上。（冈特下）

———

①　亨利的爱称。

理查王　我是天生发号施令的人，不是惯于向人请求的。既然我不能使你们成为友人，那么准备着吧，圣兰勃特日①在考文垂，你们将要以生命为赌注，你们的短剑和长枪将要替你们解决你们势不两立的争端。你们既然不能听从我的劝告而和解，我只好信任冥冥中的公道，把胜利的光荣判归无罪的一方。司礼官，传令执掌比武仪式的官吏准备起来，导演这一场同室的内讧。（同下）

第二场　同前。兰开斯特公爵府中一室

【冈特及葛罗斯特公爵夫人上。

冈　特　唉！那在我血管里流着的伍德斯托克的血液，比你的呼吁更有力地要求我向那杀害他生命的屠夫复仇。可是矫正这一个我们所无能为力的错案的权力，既然操之于造成这错案的人的手里，我们就只有把我们的不平委托于上天的意志，到了时机成熟的一天，它将会向作恶的人们降下严厉的惩罚。

葛罗斯特公爵夫人　难道兄弟之情不能给你一点儿更深的刺激吗？难道你衰老的血液里的爱火已经不再燃烧了吗？你是爱德华七个儿子中的一个，你们兄弟七人，就像盛着他的神圣的血液的七个宝瓶，又像同一棵树上茁长的七条美好的树枝。七人之中，有的因短命而枯萎，有的被命运所摧残。可是托马斯，我亲爱的夫君，我的生命，我的葛罗斯特，满盛着爱德华的神圣的血液的一个宝瓶，从他的最高贵的树根上茁长的一条繁茂的树枝，却被嫉妒的毒手击破，被凶徒的血斧斩断，倾尽了瓶中的宝液，凋落了枝头的茂叶。啊，冈特！他的血也就是你的血，你和他同胞共体，同一的模型铸下了你们。虽然你还留着一口气活在世上，可是你的一部分生命已经跟着他死去了。你眼看着人家杀死你那不幸的兄弟，等于默许凶徒们谋害你的父亲，因为他的身上存留着你父亲生前的遗范。不要说那是忍耐，冈特，那是绝望。你容忍你的兄弟被人这样屠戮，等于把你自己的生命开放一条道路，向凶恶的暴徒指示杀害你的门径。在卑贱的人们中间我们所称为忍耐的，在尊贵者的胸中就是冷血的怯懦。我应该怎么说呢？为了保卫你自己的生命，最好的方法就是为我的

---

① 圣兰勃特日，九月十七日，纪念圣兰勃特的节日。

072

葛罗斯特复仇。

冈　特　这一场血案应该由上帝解决，因为促成他的死亡的祸首是上帝的代理人，一个受到圣恩膏沐的君主。要是他死非其罪，让上天平反他的冤屈吧，我是不能向上帝的使者举起愤怒的手臂来的。

葛罗斯特公爵夫人　那么，唉！什么地方可以让我申诉我的冤屈呢？

冈　特　向上帝申诉，他是寡妇的保卫者。

葛罗斯特公爵夫人　好，那么我要向上帝申诉。再会吧，年老的冈特。你到考文垂去，瞧我的侄儿海瑞福德和凶狠的毛勃雷决斗吧。啊！但愿我丈夫的冤魂依附在海瑞福德的枪尖上，让它穿进屠夫毛勃雷的胸中；万一刺不中，愿毛勃雷的罪恶压住他的全身，使他那流汗的坐骑因不胜重负而把他掀翻在地上，像一个卑怯的懦夫匍匐在我的侄儿海瑞福德的足下！再会吧，年老的冈特，你的已故的兄弟的妻子必须带着悲哀终结她的残生了。

冈　特　弟媳，再会；我必须到考文垂去。愿同样的幸运陪伴着你，跟随着我！

葛罗斯特公爵夫人　可是还有一句话。悲哀落在地上，还会重新跳起，不是因为它的空虚，而是因为它的重量。我的谈话都还没有开始，就已要向你告别，因为悲哀看上去好像已经止住，其实却永远没有完结。替我向我的兄弟爱德蒙·约克致意。瞧！这就是我所要说的一切。不，你不要就这样走了；虽然我只有这一句话，不要走得这样匆忙，我还要想起一些别的话来。请他——啊，什么？——赶快到普拉希看我一次。唉！善良的老约克到了那里，除了空旷的房屋、萧条的四壁、无人的仆舍、苔封的石级以外，还看得到什么？除了我的悲苦呻吟以外，还听得到什么欢迎的声音？所以替我向他致意；叫他不要到那里去，找寻那到处充斥着的悲哀。孤独的、孤独的我要饮恨而死；我的流泪的眼睛向你做最后的诀别。（各下）

第三场　考文垂附近旷地

【设围场及御座，传令官等侍立场侧，司礼官及奥墨尔上。

司礼官　奥墨尔大人，亨利·海瑞福德武装好了没有？

奥墨尔　是的，他已经装束齐整，恨不得立刻进场。

司礼官　诺福克公爵精神抖擞，勇气百倍，专等原告方面的喇叭声召唤。

奥墨尔　既然决斗的双方都已经准备好了，只要王上一到，就可以开始啦。

【喇叭奏花腔。理查王上，就御座；冈特、布希、巴各特、格林及余人等随上，各自就座。
喇叭高鸣，另一喇叭在内相应。被告毛勃雷穿甲胄上，一传令官前导。

理查王　司礼官，问一声那边的骑士他穿着甲胄到这儿来的原因；问他叫什么名字，按照法定的手续，叫他宣誓他的动机是正直的。

司礼官　凭着上帝的名义和国王的名义，说出你是什么人，为什么穿着骑士的装束到这儿来，你要跟什么人决斗，你们的争端是什么。凭着你的骑士身份和你的誓言，从实说来；愿上天和你的勇气保卫你！

毛勃雷　我是诺福克公爵托马斯·毛勃雷。遵照我所立下的不可毁弃的骑士的誓言，到这儿来和控诉我的海瑞福德当面对质，向上帝、我的君王和他的后裔表白我的忠心和诚实；凭着上帝的恩惠和我这手臂的力量，我要一面洗刷我的荣誉，一面证明他是一个对上帝不敬、对君王不忠、对我不义的叛徒。我为正义而战斗，愿上天佑我！（就座）

【喇叭高鸣。原告波林勃洛克穿甲胄上，一传令官前导。

理查王　司礼官，问一声那边穿着甲胄的骑士，他是谁，为什么全副戎装到这儿来；按照我们法律上所规定的手续，叫他宣誓声明他的动机是正直的。

司礼官　你的名字叫什么？为什么你敢当着理查王的面，到这皇家的校场里来？你要和什么人决斗？你们的争端是什么？像一个正直的骑士，你从实说来。愿上天保佑你！

波林勃洛克　我是兼领海瑞福德、兰开斯特和德比三处采邑的亨利；今天武装来此，准备在这围场之内，凭着上帝的恩惠和我身体的勇力，证明诺福克公爵托马斯·毛勃雷是一个对上帝不敬、对王上不忠、对我不信不义的奸诈险恶的叛徒。我为正义而战斗，愿上天佑我！

司礼官　除了司礼官和奉命监视这次比武仪典的官员以外，倘有大胆不逞之徒，擅敢触动围场界线，立处死刑，绝不宽贷。

波林勃洛克　司礼官，让我吻一吻我的君王的手，在他的御座之前屈膝致敬；因为毛勃雷跟我就像两个朝圣的人立誓踏上漫长而艰苦的旅途，所以让我们按照正式的礼节，各自向我们的亲友们做一次温情的告别吧。

司礼官　原告恭顺地向陛下致敬，要求一吻御手，申达他告别的诚意。

理查王　（下座）我要亲下御座，把他拥抱在我的怀里。海瑞福德贤弟，你的动机既然是正直的，愿你在这次庄严的战斗里获得胜利！再会吧，我的亲人；要是你今天洒下你的血液，我可以为你悲恸，可是不能代你报复杀身之仇。

波林勃洛克　啊！要是我被毛勃雷的枪尖所刺中，不要让您高贵的眼睛为我流下一滴泪水。正像猛鹰追逐一只小鸟，我对毛勃雷抱着必胜的自信。我的亲爱的王上，我向您告别了；别了，我的奥墨尔贤弟；虽然我要去和死亡搏斗，可是我并没有病，我还年轻力壮，愉快地呼吸着空气。瞧！正像在英国的宴席上，最美味的佳肴总是放在最后，留给人们一个无限美好的回忆。（转向冈特）我最后才向你告别，啊，我的生命的创造者！您的青春的精神复活在我的心中，用双重的巨力把我凌空举起，攀取那高不可及的胜利；愿您用祈祷加强我的甲胄的坚实，用祝福加强我的枪尖的锋锐，让它刺入毛勃雷的蜡制的战袍之内，借着您儿子的勇壮的行为，使约翰·冈特的名字闪耀出新的光彩。

冈　特　上帝保佑你的正义行为得胜！愿你的动作像闪电一般敏捷，你的八倍威力的打击，像惊人的雷霆一般降在你的恶毒的敌人的盔上；振起你的青春的精力，勇敢地活着吧。

波林勃洛克　愿我无罪的灵魂和圣乔治帮助我得胜！（就座）

毛勃雷　（起立）不论上帝和造化给我安排下怎样的命运，或生或死，我都是尽忠于理查王陛下的一个赤心正直的臣子。从来不曾有一个囚人用这样奔放的热情脱下他的缚身的锁链，拥抱那无拘束的黄金的自由，像我的雀跃的灵魂一样接受这一场跟我的敌人互决生死的鏖战。最尊严的陛下和我的各位同僚，从我的嘴里接受我的虔诚的祝福。像参加一场游戏一般，我怀着轻快的心情挺身赴战；正直者的胸襟永远是坦荡的。

理查王　再会，公爵。我看见正义和勇敢在你的眼睛里闪耀。司礼官，传令开始比武。（理查王及群臣各就原座）

司礼官　海瑞福德、兰开斯特和德比的亨利，过来领你的枪；上帝保佑正义的人！

波林勃洛克　（起立）抱着像一座高塔一般坚强的信心，我应着"阿门"。

司礼官　（向一官吏）把这支枪送给诺福克公爵。

传令官甲　这儿是海瑞福德、兰开斯特和德比的亨利，站在上帝、他的君王和他自己的立场上，证明诺福克公爵托马斯·毛勃雷是一个对上帝不敬、对君王不忠、对他不义的叛徒；倘使所控不实，他愿意蒙上奸伪卑怯的恶名，永远受世人唾骂。他要求诺福克公爵出场，接受他的挑战。

传令官乙　这儿站着诺福克公爵托马斯·毛勃雷，准备表白他自己的无罪，同时证明海瑞福德、兰开斯特和德比的亨利是一个对上帝不敬、对君王不忠、对他不义的叛徒；倘使所言失实，他愿意蒙上奸伪卑怯的恶名，永远受世人唾骂。他勇敢地怀着满腔热望，等候着决斗开始的信号。

司礼官　吹起来，喇叭；上前去，比武的人们。（吹战斗号）且慢，且慢，王上把他的御杖掷下来了。

理查王　叫他们脱下战盔，放下长枪，各就原位。诸位跟我退下去；在我向这两个公爵宣布我的判决之前，让喇叭高声吹响。（喇叭奏长花腔，向决斗者）过来，倾听我们会议的结果。因为我们的国土不应被它所滋养的宝贵的血液所玷污；因为我们的眼睛痛恨同室操戈所造成的内部的裂痕；因为你们各人怀着凌云的壮志，冲天的豪气，造成各不相下的敌视和憎恨，把我们那像婴儿一般熟睡着的和平从它的摇篮中惊醒；那战鼓的喧阗的雷鸣，那喇叭的刺耳的噪叫，那刀枪的愤怒的击触，也许会把美好的和平吓退出我们安谧的疆界，使我们的街衢上横流着我们自己亲属的血：所以我宣布把你们放逐出境。你，海瑞福德贤弟，必须在异国踏着流亡的征途，在十个夏天给我们的田地带来丰收以前，不准归返我们美好的国土，倘有故违，立处死刑。

波林勃洛克　谨遵您的旨意。我必须用这样的思想安慰我自己，那在这儿给您温暖的太阳，将要同样照在我的身上；它的金色的光辉照耀着您的王冠，也会用光明的希望渲染我的流亡岁月。

理查王　诺福克，你所得到的是一个更严重的处分，虽然我很不愿意向你宣布这样的判决：狡狯而迟缓的光阴不能决定你的无期放逐的终限；"永远不准回来"，这一句绝望的话，就是我对你所下的宣告；倘有故违，立处死刑。

毛勃雷　一个严重的判决，我的无上尊严的陛下；从陛下的嘴里发出这样的宣告，是全然出于意外的；陛下要是顾念我过去的微劳，不应该把这样的处分加在我的身上，使我远窜四荒，和野人顽民呼吸着同样的空气。现在我必须放弃我在这四十年来所学习的语言，我的本国的英语；现在我的舌头对我一无用处，正像一架无弦的古琴，或是一具被密封在匣子里的优美的乐器，或者匣子虽然开着，但是放在一个不谙音律者的手里。您已经把我的舌头幽禁在我的嘴里，让我的牙齿和嘴唇成为两道闸门，使冥顽不灵的愚昧做我的狱卒。我太大了，不能重新做一个牙牙学语的婴孩；我的学童的年龄早已被我蹉跎过去。您现在禁止我的舌头说它故国的语言，这样的判决岂不等于是绞杀语言的死刑吗？

理查王　悲伤对于你无济于事；判决已下，叫苦也太迟了。

毛勃雷　那么我就这样离开我的故国的光明，在无穷的黑夜的阴影里栖身吧。(欲退)

理查王　回来，你们必须再宣一次誓。把你们被放逐的手按在我的御剑之上，虽然你们对我应尽的忠诚已经随着你们自己同时被放逐，可是你们必须凭着你们对上帝的信心，立誓遵守我所要向你们提出的誓约。愿真理和上帝保佑你们！你们永远不准在放逐期间，接受彼此的友谊；永远不准互相见面；永远不准暗通声气，或是蠲除你们在国内时的嫌怨，言归于好；永远不准图谋不轨，企图危害我、我的政权、我的臣民或是我的国土。

波林勃洛克　我宣誓遵守这一切。

毛勃雷　我也同样宣誓遵守。

波林勃洛克　诺福克，我认定你是我的敌人；要是王上允许我们，我们两人中，一人的灵魂这时候早已飘荡于太虚之中，从我们这肉体的脆弱的坟墓里被放逐出来，正像现在我们的肉体被放逐出这国境之外一样了。趁着你还没有进出祖国的领土，赶快承认你的奸谋吧；因为你将要走一段辽远的路程，不要让一颗罪恶的灵魂的重担沿途拖累着你。

毛勃雷　不，波林勃洛克，要是我曾经起过叛逆的二心，愿我的名字从生命的册籍上注销；愿我从天堂被放逐，正像从我的本国放逐一样！可是上帝、你、我，都知道你是一个什么人；我怕转眼之间，王上就要自悔他的失着了。再会，我的陛下。现在我绝对不会迷路；除了回到英国以外，全世界都是我的去处。

（下）

理查王　叔父，从您晶莹的眼珠里，我可以看到您的悲痛的心；您的愁惨的容颜，已经从他放逐的期限中减去四年的时间了。(向波林勃洛克)度过六个寒冬后，你再在祖国的欢迎声中回来吧。

波林勃洛克　一句短短的言语里，藏着一段多么悠长的时间！四个沉滞的冬天，四个轻狂的春天，都在一言之间化为乌有：这就是君王的纶音。

冈　特　感谢陛下的洪恩，为了我的缘故，缩短我的儿子四年放逐的期限；可是这种额外的宽典，并不能使我沾到什么利益，因为在他六年放逐的岁月尚未完毕之前，我这一盏油干焰冷的灯，早已在无边的黑夜里熄灭，我这径寸的残烛早已烧尽，盲目的死亡再也不让我看见我的儿子了。

理查王　啊，叔父，您还能活许多年哩。

冈　特　可是，王上您不能赐给我一分钟的寿命。您可以假手阴沉的悲哀缩短我的昼夜，可是不能多借我一个清晨；您可以帮助时间刻画我额上的皱纹，可是不能中止它的行程，把我的青春留住；您的一言可以置我于死地，可是一死之后，您的整个的王国买不回我的呼吸。

理查王　您的儿子是在郑重的考虑之下被判放逐的，您自己也曾表示同意；那时为什么您对我们的判决唯唯从命呢？

冈　特　美味的食物往往不宜消化。您要求我站到法官的立场上发言，可是我宁愿您命令我用一个父亲的身份为他的儿子辩护。啊！假如他是一个不相识的人，不是我的孩子，我就可以用更温和的语调，设法减轻他的罪状；可是因为避免徇私偏袒的指责，我却宣判了我自己的死刑。唉！当时我希望你们中间有人会说，我把自己的儿子宣判放逐，未免太忍心了；可是你们同意了我的违心之言，使我违反我的本意，给我自己这样重大的伤害。

理查王　贤弟，再会吧；叔父，你也不必留恋了。我判决他六年的放逐，他必须立刻就走。（喇叭奏花腔。理查王及扈从等下）

奥墨尔　哥哥，再会吧；虽然不能相见，请你常通书信，让我们知道你在何处安身。

司礼官　大人，我并不向您道别，因为我要和您并辔同行，一直送您到陆地的尽头。

冈　特　啊！你为什么缄口无言，不向你的亲友们说一句答谢的话？

波林勃洛克　我的舌头只能大肆倾吐我心头的悲哀，所以我已经没有话可以向你们表示我的离怀了。

冈　特　你的悲哀不过是暂时的离别。

波林勃洛克　离别了欢乐，剩下的只有悲哀。

冈　特　六个冬天算得什么？它们很快就过去了。

波林勃洛克　对于欢乐中的人们，六年只是一段短促的时间；可是悲哀使人度日如年。

冈　特　就当它是一次陶情的游历吧。

波林勃洛克　要是我用这样谬误的名称欺骗自己，我的心将要因此而叹息，因为它知道这明明是一次强制的放逐。

冈　特　你的征途的忧郁将要衬托出你的还乡的快乐，正像箔片烘显出宝石的光辉一样。

波林勃洛克　不，每一个沉重的步伐，不过使我记起我已经多么迢遥地远离了我所珍爱的一切。难道我必须在异邦忍受学徒的辛苦，当我最后期满的时候，除了给悲哀做过短工之外，再没有什么别的可以向人夸耀？

冈　特　凡是日月所照临的所在，在一个智慧的人看来都是安身的乐土。你应该用这样的思想宽解你的厄运；什么都比不上厄运更能磨炼人的意志。不要以为国王放逐了你，你应该设想你自己放逐了国王。越是缺少担负悲哀的勇气，悲哀压在心头越是沉重。去吧，就算这一次是我叫你出去追寻荣誉，不是国王把你放逐；或者你可以假想噬人的疠疫弥漫在我们的空气之中，你是要逃到一个健康的国土里去。凡是你的灵魂所珍重热爱的事物，你应该想象它们是在你的未来的前途中，不是在你离开的故土上；想象鸣鸟在为你奏着音乐，芳草为你铺起地毯，鲜花是向你微笑的美人，你的每一步都是愉快的舞蹈；谁要是能够把悲哀一笑置之，悲哀也会减弱它的咬人的力量。

波林勃洛克　啊！谁能把一团火握在手里，想象他是在寒冷的高加索群山之上？或者空想着一席美味的盛宴，满足他久饿的枵腹？或者赤身在严冬的冰雪里打滚，想象盛暑的骄阳正在当空烤炙？啊，不！美满的想象不过使人格外感觉到命运的残酷。当悲哀的利齿只管咬人，却不能挖出病疮的时候，伤口的腐烂疼痛最难忍受。

冈　特　来，来，我的儿，让我送你上路。要是我也像你一样年轻，处在和你同样的地位，我是不愿留在这儿的。

波林勃洛克　那么英国的大地，再会吧；我的母亲，我的保姆，我现在还在您的怀抱之中，可是从此刻起，我要和您分别了！无论我在何处流浪，至少可以这样自夸：虽然被祖国所放逐，我还是一个纯正的英国人。（同下）

第四场　伦敦。国王堡中一室

【理查王、巴各特及格林自一门上；奥墨尔自另一门上。

理查王　我早就看明白了。奥墨尔贤弟，你把高傲的海瑞福德送到了什么地方？

奥墨尔　我把高傲的海瑞福德——要是陛下喜欢这样叫他的话——送上了最近的一条大路，就和他分手了。

理查王　说，你们流了多少临别的眼泪？

奥墨尔　说老实话，我是流不出什么眼泪来的；只有向我们迎面狂吹的东北风，偶或刺激我们的眼睛，逼出一两滴无心之泪，点缀我们漠然的离别。

理查王　你跟我那位好兄弟分别的时候，他说了些什么话？

奥墨尔　他向我说"再会"。我因为不愿让我的舌头亵渎了这两个字眼，故意装出悲不自胜，仿佛连话都说不出来的样子，回避了我的答复。嘿，要是"再会"这两个字有延长时间的魔力，可以增加他的短期放逐的年限，那么我一定不会吝惜向他说千百声的"再会"；可是既然它没有这样的力量，我也不愿为他浪费我的唇舌。

理查王　贤弟，他是我们同祖的兄弟，可是当他放逐的生涯终结的时候，我们这一位亲人究竟能不能回来重见他的朋友，还是一个大大的疑问。我自己和这儿的布希、巴各特、格林三人，都曾注意到他向平民怎样殷勤献媚，用谦卑而亲昵的礼貌竭力博取他们的欢心；他会向下贱的奴隶浪费他的敬礼，用诡诈的微笑和一副身处厄境毫无怨言的神气取悦穷苦的工匠，简直像要把他们思慕之情一起带走。他会向一个叫卖牡蛎的女郎脱帽；两个运酒的车夫向他说了一声上帝保佑他，他就向他们弯腰答礼，说"谢谢，我的同胞，我的亲爱的朋友们"，好像我治下的英国已经操在他的手里，他是我的臣民所仰望的未来的君王一样。

格　林　好，他已经去了，我们也不必再想起这种事情。现在我们必须设法平定爱尔兰的叛乱；事不宜迟，陛下，否则坐延时日，徒然给叛徒们发展势力的机会，对于陛下却是一个莫大的威胁。

理查王　这一次我要御驾亲征。我们的金库因为维持这一个宫廷的浩大支出和巨量的赏赍，已经不大充裕，所以不得不找人包收王家的租税，靠他们预交的款项补充这次出征的费用。要是再有不敷的话，我可以给我留在国内的摄政者几道空白的诏敕，只要知道什么人有钱，就可以命令他们捐献巨额的金钱，接济我的需要；因为我现在必须立刻动身到爱尔兰去。

　　　　　　【布希上。

理查王　布希，什么消息？

布　希　陛下，年老的约翰·冈特突患重病，刚才差过急使来请求陛下去见他一面。

理查王　他现在在什么地方？

布　希　在伊里别邸。

理查王　上帝啊，但愿他的医生们把他早早送下坟墓！他的金库里收藏的货色足可以使我那些出征爱尔兰的兵士们一个个披上簇新的战袍。来，各位，让我们大家去瞧瞧他；求上帝使我们去得尽快，到得太迟。

众　人　阿门！（同下）

第二幕

第一场　伦敦。伊里别邸中一室

【冈特卧于榻上，约克公爵及余人等旁立。

冈　特　国王会不会来，好让我对他少年浮薄的性情提出我最后的忠告？

约　克　不要烦扰你自己，省些说话的力气吧，他的耳朵是听不见忠告的。

冈　特　啊！可是人家说，一个人的临死遗言，就像深沉的音乐一般，有一种自然吸引注意的力量；到了奄奄一息的时候，他的话绝对不会白费，因为真理往往是在痛苦呻吟中说出来的。一个从此以后不再说话的人，他的意见总是比那些少年浮华之徒的甘言巧辩更能被人听取。正像垂暮的斜阳、曲终的余奏和最后一口啜下的美酒留给人们最温馨的回忆一样，一个人的结局也总是比他生前的一切格外受人注目。虽然理查对于我生前的谏劝充耳不闻，我的垂死的哀音也许可以惊醒他的聋聩。

约　克　不，他的耳朵已经被一片歌功颂德之声塞住了。他爱听的是淫靡的诗句和豪奢的意大利流行什么时尚的消息，它的一举一动，我们这落后的效颦的国家总是亦步亦趋地追随模仿。这世上哪一种浮华的习气，不管它是多么恶劣，只要是新近出现的，不是都很快地就传进了他的耳中？当理性的顾虑全然为倔强的意志所蔑弃的时候，一切忠告都等于白说。不要指导那一意孤行的人；你现在呼吸都感到乏力，何必苦苦地浪费你的唇舌。

冈　特　我觉得自己仿佛是一个新获到灵感的先知，在临死之际，这样预言出他的命运：他的轻躁狂暴的乱行绝对不能持久，因为火势越是猛烈，越容易顷刻烧尽；绵绵的微雨可以落个不断，倾盆的阵雨一会儿就会停止；策马飞驰的人，很快就觉得精疲力尽；吃得太急了，难保食物不会哽住喉咙；轻浮的虚荣是一个不知餍足的饕餮者，它在吞噬一切之后，结果必然牺牲在自己的贪欲之下。这一个君王们的御座，这一个统于一尊的岛屿，这一片庄严的大地，这一个战神的别邸，这一个新的伊甸——地上的天堂，这一个造化女神为了防御毒害和战祸的侵入而为她自己造下的堡垒，这一个英雄豪杰的诞生之地，这一个小小的世界，这一个镶嵌在银色的海水之中的宝石（那海水就像是一堵围墙，或是一道沿屋的壕沟，杜绝了别国的觊觎），这一个幸福的国土，这一个英格兰，这一个保姆，这一个繁育着明君贤主的母体（他们的诞生为世人所侧目，他们仗义卫道的功业远震寰宇），这一个像救世主的圣墓一样驰名、孕育着这许多伟大的灵魂的国土，这一个声誉传遍世界、亲爱又亲爱的国土，现在却像一幢房屋、一块田地一般出租了——我要在垂死之际，宣布这样的事实。英格兰，它的周遭是为汹涌的怒涛所包围着的，它的岩石的崖岸击退海神的进攻，现在却笼罩在耻辱、墨黑的污点和卑劣的契约之中，那一向征服别人的英格兰，现在已经可耻地征服了它自己。啊！要是这耻辱能够随着我的生命同时消失，我的死该是多么幸福！

【理查王与王后、奥墨尔、布希、格林、巴各特、洛斯及威罗比同上。

约　克　国王来了；他是个年少气盛之人，你要对他温和一些，因为激怒了一匹血气方刚的小马，它的野性将更加难以驯服。

王　后　我的叔父兰开斯特贵体怎样？

理查王　你好，衰老而憔悴的冈特怎么样啦？

冈　特　啊！那几个字加在我的身上多么合适；衰老而憔悴的冈特，真的，我是因为衰老而憔悴了。悲哀在我的心中守着长期的斋戒，断绝肉食的人怎么能不憔悴？为了酣睡的英格兰，我已经长久不眠，不眠是会使人消瘦而憔悴的。望着儿女们的容颜，是做父亲的人们最大的快慰，我却享不到这样的满足；你隔绝了我们父子的亲谊，所以我才会这样憔悴。我这憔悴的一身不久就要进入坟墓，让那空空的洞穴收拾我的一堆枯骨吧。

理查王　病人也会这样长篇大论吗？

冈　特　不，一个人在困苦之中只会揶揄自己而已；因为我的名字似乎为你所嫉视，所以，伟大的君王，为了奉承你，我才做这样的自嘲。

理查王　临死的人应该奉承活着的人吗？

冈　特　不，不，活着的人奉承临死的人。

理查王　你现在快要死了，你说你奉承我。

冈　特　啊，不！虽然我比你病重，你才是将死的人。

理查王　我很健康，我在呼吸，我看见你病在垂危。

冈　特　那造下我来的上帝知道我看见你的病症多么险恶。我的眼力虽然因久病而衰弱，但我看得出你已走上邪途。你负着你的重创的名声躺在你的国土之上，你的国土就是你的毙命的卧床；像一个过分粗心的病人，你把你那仰蒙圣恩膏沐的身体交给那些最初伤害你的庸医诊治；在你那仅堪覆顶的王冠之内，坐着一千个谄媚的佞人，他们凭借这小小的范围，侵蚀你的广大的国土。啊！要是你的祖父能够预先看到他的孙儿将要怎样摧残他的骨肉，他一定会早早把你废黜，免得耻辱降临到你的身上，可是现在耻辱已经占领了你，你的王冠将要丧失在你自己的手里。嘿，侄儿，即使你是全世界的统治者，出租这一块国土也是一件可羞的事；可是只有这一块国土是你所享有的世界，这样的行为不是羞上加羞吗？你现在是英格兰的地主，不是它的国王；你在法律上的地位是一个必须受法律拘束的奴隶，而且——

理查王　而且你是一个疯狂糊涂的呆子，依仗你疾病的特权，胆敢用你冷酷的讥讽骂得我面无人色。以我的王座的尊严起誓，倘不是因为你是伟大的爱德华的儿子的兄弟，你这一条不知忌惮的舌头将要使你的头颅从你那目无君上的肩头落下。

冈　特　啊！不要饶恕我，我的哥哥爱德华的儿子；不要因为我是他父亲爱德华的儿子的缘故而饶恕我。像那啄饮母体血液的鹈鹕①一般，你已经痛饮过爱德华的血；我的兄弟葛罗斯特是个忠厚诚实的好人——愿他在天上和那些有福的灵魂同享极乐！——他就是一个前例，证明你对于溅洒爱德华的血是毫无顾恤的。帮着我的疾病杀害我吧；愿你的残忍像无情的衰老一般，快快摘下这一朵久已凋萎的枯花。愿你在你的耻辱中生存，可是不要让耻辱和你同归于尽！愿我的言语永远使你的灵魂痛苦！把我搬到床上去，然后再把我送下坟墓；享受着爱和荣誉的人，才会感到生存的乐趣。（侍从等抬冈特下）

理查王　让那些年老而满腹牢骚的人去死吧；你正是这样的人，这样的人是只配

---

①　鹈鹕，一种水鸟，据传以自己的血喂养幼雏，此处比喻忘恩负义。

在坟墓里的。

约　克　请陛下原谅他的年迈有病，出言不逊；凭着我的生命发誓，他爱您就像他的儿子海瑞福德公爵亨利一样，要是他在这儿的话。

理查王　不错，你说得对；海瑞福德爱我，他也爱我；他们怎样爱我，我也怎样爱他们。让一切就这样安排着吧。

【诺森伯兰上。

诺森伯兰　陛下，年老的冈特向您致意。

理查王　他怎么说？

诺森伯兰　不，一句话都没有；他的话已经说完了。他的舌头现在是一具无弦的乐器；年老的兰开斯特已经消耗了他的言语、生命和一切。

约　克　愿约克也追随在他的后面同归毁灭！死虽然是苦事，却可以结束人生的惨痛。

理查王　最成熟的果子最先落地，他正是这样；他的寿命已尽，我们却还必须继续我们的旅程。别的话不必多说了。现在，让我们讨论讨论爱尔兰的战事。我们必须扫荡那些粗暴蓬发的爱尔兰步兵，他们像毒蛇猛兽一般，所到之处，除了他们自己以外，谁也没有生存的权利。因为这一次战事规模巨大，需要大笔费用，为了补助我们的军需起见，我决定没收我的叔父冈特生前所有的一切金银、钱币、收益和动产。

约　克　我应该忍耐到什么时候呢？啊！恭顺的臣道将要使我容忍不义的乱行到什么限度呢？葛罗斯特的被杀，海瑞福德的放逐，冈特的受责，国内人心的怨愤，可怜的波林勃洛克在婚事上遭到的阻挠，我自己身受的耻辱，这些都从不曾使我镇静的脸上勃然变色，或者当着我的君王的面前皱过一回眉头。我是高贵的爱德华的最小的儿子，你的父亲威尔士亲王是我的长兄，在战场上他比雄狮还凶猛，在和平的时候他比羔羊还温柔。他的面貌遗传给了你，因为他在你这样的年纪，正和你一般模样；可是当他发怒的时候，他是向法国人而不是向自己人；他的高贵的手付出了代价，可总是取回重大的收获，他却没有把他父亲手里挣下的产业供他自己挥霍；他没有溅洒过自己人的血，他的手上只染着他的仇人的血迹。啊，理查！约克太伤心了，否则他绝对不会做这样的比较。

理查王　嗨，叔父，这是怎么一回事？

约　克　啊！陛下，您愿意原谅我就原谅我，否则我也不希望得到您的宽恕。您要把被放逐的海瑞福德的产业和权利抓在您自己的手里吗？冈特死了，海瑞福德不是还活着吗？冈特不是一个正直的父亲，亨利不是一个忠诚的儿子吗？那样一位父亲不应该有一个后嗣吗？他的后嗣不是一个克绍家声的令子吗？剥夺了海瑞福德的权利，就是破坏传统的正常的惯例；明天可以不必跟在今天的后面，您也不必是您自己，因为倘不是按着父子祖孙世世相传的合法的王统，您怎么会成为一个国王？当着上帝的面，我要说这样的话——愿上帝使我的话不致成为事实！——要是您用非法的手段，攫夺了海瑞福德的权利，从他的法定代理人那儿取得他的产权证书，要求全部产业的移让，把他的善意的敬礼蔑弃不顾，您将要招引一千种危险到您的头上，失去一千颗爱戴的赤心，刺激我的温和的耐性，使我想起一个忠心的臣子所不该想到的念头。

理查王　随你怎样想吧，我还是要没收他的金银财物和土地。

约　克　那么我只好暂时告退；陛下，再会吧。谁也不知道什么事情将会接着发生，可是我们可以预料到，不由正道，绝对不会有好的结果。（下）

理查王　去，布希，立刻去找威尔特郡伯爵，叫他到伊里别邸来见我，帮我处理这件事情。明天我们就要到爱尔兰去，再不能耽搁了。我把我的叔父约克封为英格兰总督，代我摄理国内政务；因为他为人公正，一向对我很忠心。来，我的王后，明天我们必须分别了；快乐些吧，因为供我们留恋的时间已经十分短促。（喇叭奏花腔。理查王、王后、布希、奥墨尔、格林、巴各特等同下）

诺森伯兰　各位大人，兰开斯特公爵就这样死了。

洛　斯　不，兰开斯特公爵还没有死，因为现在他的儿子应该承袭爵位。

威罗比　他所承袭的不过是一个空洞的名号，毫无实际的收益。

诺森伯兰　要是世上还有公道，他应该名利兼收。

洛　斯　我的心快要胀破了；可是我宁愿让它在沉默中爆裂，也不让一条没遮拦的舌头泄露它的秘密。

诺森伯兰　不，把你的心事说出来吧；谁要是把你的话转告别人，使你受到不利，愿他的舌头连根烂掉！

威罗比　你要说的话和海瑞福德公爵有关系吗？如果是的话，放胆说吧，朋友；我的耳朵急于要听听对于他有利的消息呢。

洛　斯　除了因为他的世袭财产横遭侵占我对他表示同情以外，我不能给他一点什么其他帮助。

诺森伯兰　在上帝的面前发誓，像他这样一位尊贵的王孙，必须忍受这样的屈辱，真是一件可叹的事；而且在这堕落的国土里，还有许多血统高贵的人都遭过类似的命运。国王已经不是他自己了，他完全被一群谄媚的小人所愚弄；要是他们对我们中间无论哪一个人有一些嫌怨，只要说几句坏话，国王就会对我们、我们的生命、我们的子女和继承者严加究办。

洛　斯　平民们因为他苛征暴敛，已经全然对他失去好感；贵族们因为他睚眦必报，也已经全然对他心怀不满。

威罗比　每天都有新的苛税设计出来，什么空头券、德政税，我也说不清这许多；可是凭着上帝的名义，这样下去怎么得了呢？

诺森伯兰　战争并没有消耗他的资财，因为他并没有正式上过战场，却用卑劣的妥协手段，把他祖先一刀一枪换来的产业轻易断送。他在和平时的消耗，比他祖先在战时的消耗更大。

洛　斯　威尔特郡伯爵已经奉命包收王家的租税了。

威罗比　国王已经破产了，像一个破落的平民一样。

诺森伯兰　他的行为已经造成了民怨沸腾、人心瓦解的局面。

洛　斯　虽然捐税这样繁重，他这次出征爱尔兰还是缺少军费，一定要劫夺这位被放逐的公爵，拿来救他的燃眉之急。

诺森伯兰　他的同宗的兄弟；好一个下流的昏君！可是，各位大人，我们听见这一场可怕的暴风雨在空中歌唱，却不去找一个藏身的地方；我们看见逆风打着我们的帆篷，却不知道收帆转舵，只是袖手旁观，坐待着覆舟的惨祸。

洛　斯　我们可以很清楚地看到我们必然会遭受覆亡的命运；因为我们容忍这一种祸根乱源而不加纠正，这样的危险现在已经是无法避免的了。

诺森伯兰　那倒未必；即使从死亡的空洞的眼穴里，我也可以望见生命的迹象；可是我不敢说我们的好消息何时才会到来。

威罗比　啊，让我们共有你的思想，正像你共有着我们的思想一样。

洛　斯　放心说吧，诺森伯兰。我们三人就像你自己一样；你告诉了我们，等于把你自己的思想藏在你自己的心里；所以你尽管大胆说好了。

诺森伯兰　那么你们听着：我从勃朗港，布列塔尼的一个海湾那里得到消息，说是海瑞福德公爵亨利，最近和爱克塞特公爵决裂的雷诺德·考勃汉勋爵、前任坎特伯雷大主教、托马斯·欧平汉爵士、约翰·兰斯登爵士、约翰·诺勃雷爵士、罗伯特·华特登爵士、弗兰西斯·夸因特，他们率领着所部人众，由布列塔尼公爵供给巨船八艘，战士三千，向这儿迅速开进，准备在短时间内登上我们北方的海岸。他们有心等候国王到爱尔兰去了，然后伺隙进犯，否则也许这时候早已登陆了。要是我们决心摆脱奴隶的桎梏，用新的羽毛补葺我们祖国残破的肢翼，把受污的王冠从当铺里赎出，拭去那遮掩我们御杖上的金光的尘埃，使庄严的王座恢复它旧日的光荣，那么赶快跟我到雷文斯泊去吧；可是你们倘若缺少这样的勇气，那么还是留下来，保守着这一个秘密，让我一个人前去。

洛　斯　上马！上马！叫那些胆小怕事的人去犹豫吧。

威罗比　把我的马牵出来，我要第一个到达那里。（同下）

第二场　同前。宫中一室

【王后、布希及巴各特上。

布　希　娘娘，您伤心过度了。您跟王上分别的时候，您不是答应他您一定高高兴兴的，不让沉重的忧郁摧残您的生命吗？

王　后　为了叫王上高兴，我才说这样的话；可是我实在没有法子叫我自己高兴起来。我不知道为什么我要欢迎像"悲哀"这样的一位客人，除了因为我已经跟我的亲爱的理查告别；可是我仿佛觉得有一种尚未产生的不幸，已经在命运的母胎里成熟，正在向我逼近，我的灵魂因为一种并不存在的幻影而战栗；不仅是为了跟我的君王离别，才勾起了我心底的悲哀。

布　希　每一个悲哀的本体都有二十个影子，它们的形状都和悲哀本身一样，但它们并没有实际的存在；因为镀着一层泪液的愁人之眼，往往会把一件整个的东西化成无数的形象。就像凹凸镜一般，从正面望去，只见一片模糊，从侧面观看，却可以辨别形状；娘娘因为把这次和王上分别的事情看偏了，所以才会感到超乎离别以上的悲哀，其实从正面看去，它只不过是一些并不存在的幻影。所以，大贤大德的娘娘，不要因为离别以外的事情而悲哀；您其实没看到什么，即使看到了，那也只是悲哀的眼中的虚伪的影子，这种幻影往往使人把想象误为真实而为它流泪。

王　后　也许是这样，可是我的灵魂使我相信它并不是这么一回事。无论如何，我不能不悲哀；我的悲哀是如此沉重，即使在我努力想一无所思的时候，空虚的重压也会使我透不过气来。

布　希　那不过是一种意念罢了，娘娘。

王　后　绝不是什么意念；意念往往会从某种悲哀中产生；我的确不是这样，因为我的悲哀是凭空而来的，也许我空虚的悲哀有实际的根据，等时间到了就会传递给我；谁也不知道它的性质，我也不能给它一个名字；它是一种无名的悲哀。

　　　　　　【格林上。

格　林　上帝保佑陛下！两位朋友，你们好。我希望王上还没有上船到爱尔兰去。

王　后　你为什么这样希望？我们应该希望他快一点去，因为他这次远征的计划，必须迅速进行，才有胜利的希望；那么你为什么希望他还没有上船呢？

格　林　因为他是我们的希望，我们希望他撤回他的军队，以此挫败另一个敌人的希望，那敌人已经凭借强大的实力，踏上我们的国土；被放逐的波林勃洛克已经回国，带着大队人马，安然到达雷文斯泊了。

王　后　上帝不允许有这样的事！

格　林　啊！娘娘，可这是千真万确的。更坏的是诺森伯兰伯爵和他的儿子，少年的亨利·潘西·霍茨波，还有洛斯、波蒙德、威罗比这一批勋爵们，带着他们势力强大的朋友，全都投奔到他的麾下去了。

王　后　你们为什么不宣布诺森伯兰和那些逆党们的叛国的罪名？

格　林　我们已经这样宣布了；华斯特伯爵听见这消息，就折断了他的指挥杖，辞去内府总管的职位，所有内廷的仆役都跟着他一起投奔波林勃洛克去了。

王　后　格林，你是我的悲哀的助产妇，波林勃洛克却是我的忧郁的可怕的后嗣，现在我的灵魂已经产出了她的变态的胎儿，我，一个临盆不久的喘息的产妇，已经把悲哀和悲哀联结，忧愁和忧愁糅合了。

布　希　不要绝望，娘娘。

王　后　谁阻止得了我？我要绝望，我要和欺人的希望为敌；他是一个佞人，一个食客；当死神将要温柔地替人解除生命的羁绊的时候，虚伪的希望却拉住他的手，使人在困苦之中苟延残喘。

【约克上。

格　林　约克公爵来了。

王　后　他年老的颈上挂着战争的标记！啊！他满脸都是心事！叔父，为了上帝的缘故，说几句叫人听了安心的话吧。

约　克　要是我说那样的话，那就是言不由衷。安慰是在天上，我们都是地上的人，除了忧愁、困苦和悲哀以外，这世间再没有其他的事物存在。你的丈夫到远处去保全他的疆土，别人却走进他的家里来打劫他的财产，留下我这年迈衰弱、连自己都照顾不了的老头儿替他支撑门户。像一个过度醉饱的人，现在到了他感到胸腹作呕的时候；现在他可以试试那些向他献媚的朋友是不是真心对待他了。

【一仆人上。

仆　人　爵爷，我还没有到家，公子已经去了。

约　克　他去了？哎哟，好！大家各奔前程吧！贵族们都出逃了，平民们都抱着冷淡的态度，我怕他们会帮着海瑞福德作乱。喂，你到普拉希去替我问候我的嫂子葛罗斯特夫人，请她立刻给我送来一千镑钱。这指环你拿去作为凭证。

仆　人　爵爷，我忘记告诉您，今天我经过那里的时候，曾经进去探望过；可是说下去您听了一定会伤心的。

约　克　什么事，小子？

仆　人　在我进去的一小时以前，这位公爵夫人已经死了。

约　克　慈悲的上帝！怎样一阵悲哀的狂潮，接连不断地向这不幸的国土冲来！我不知道应该做些什么事；我真希望上帝让国王把我的头跟我的哥哥的头同时砍去，只要他杀我不是因为我有什么不忠之心。什么！没有急使派到爱尔兰去吗？我们应该怎样处置这些战费？来，嫂子——恕我，我应该说侄妇。去，小子，你到家里去，准备几辆车子，把那里所有的甲胄一起装来。(仆人下)列位朋友，你们愿不愿意去征集一些士兵？我实在不知道怎样料理这些像一堆乱麻一般丢在我手里的事务。两方面都是我的亲族：一个是我的君王，按照我的盟誓和我的天职，我都应该尽力保卫他；那一个是我的同宗的侄儿，他被国王所亏待，按照我的天良和我的亲属之谊，我也应该替他主持公道。好，我们总要想个办法。来，侄妇，我要先把你安顿好了。列位朋友，你们去把兵士征集起来，立刻到勃克雷的城堡里跟我相会。我应该再到普拉希去一趟，可是没时间了。一切全是一团糟，什么事情都弄得七颠八倒。(约克公爵及王后下)

布　希　派到爱尔兰去探听消息的使者，一路上有顺风照顾他们，可是谁也不见回来。叫我们征募一支可以和敌人抗衡的军队是全然不可能的事。

格　林　而且我们和王上的关系这样密切，格外容易引起那些对王上不满的人的仇视。

巴各特　那就是这班反复成性的平民群众；他们的爱是在他们的钱袋里的，谁倒空了他们的钱袋，就等于把恶毒的仇恨注满在他们的胸膛里。

布　希　所以国王才受到一般人的指斥。

巴各特　要是他们有判罪的权力，那么我们也免不了同样的罪名，因为我们一向和王上十分亲密。

格　林　好，我要立刻到勃列斯托尔堡去躲避躲避；威尔特郡伯爵已经先到达那里了。

布　希　我也跟你同去吧；因为怀恨的民众除了像恶狗一般把我们撕成碎块以外，是不会给我们什么好处的。你也愿意跟我们同去吗？

巴各特　不，我要到爱尔兰见王上去。再会吧；要是心灵的预感并非虚妄，那么我们三人在这儿分手以后，恐怕重见无期了。

布　希　这要看约克能不能打退波林勃洛克了。

格　林　唉，可怜的公爵！他所担负的工作简直是数沙饮海；一个人在他旁边作战，就有一千个人转身逃走。再会吧，我们从此永别了。

布　希　呃，也许我们还有相见的一天。

巴各特　我怕是不会的了。（各下）

第三场　葛罗斯特郡的原野

【波林勃洛克及诺森伯兰率军队上。

波林勃洛克　伯爵，到勃克雷还有多远？

诺森伯兰　不瞒您说，殿下，我在这葛罗斯特郡全然是一个陌生人；这些高峻的荒山和崎岖不平的道路，使我们的途程显得格外悠长而累人；幸亏一路上饱聆着您的清言妙语，使我津津有味，乐而忘倦。我想到洛斯和威罗比两人从雷文斯泊到考茨华德去，缺少了像殿下您这样一位同行的良伴，他们的路途该是多么令人厌倦；但是他们可以用这样的希望安慰自己，他们不久就可以享受到我现在所享受的幸福；希望中的快乐是不下于实际享受的快乐的，凭着这样的希望，这两位辛苦的贵人可以忘记他们道路的迢遥，正像我因为追随您的左右而不知疲劳一样。

波林勃洛克　你太会说话了，未免把我的价值过分抬高了。可是谁来啦？

【亨利·潘西上。

诺森伯兰　那是我的小儿亨利·潘西，我的兄弟华斯特叫他来的，虽然我不知道他现在在什么地方。亨利，你的叔父好吗？

亨利·潘西　父亲，我正要向您问讯他的安好呢。

诺森伯兰　怎么，他不在王后那儿吗？

亨利·潘西　不，父亲，他折断了他的指挥仗，把王室的仆人都遣散后离开了宫廷。

诺森伯兰　他为什么这样做呢？我最近一次跟他谈话的时候，他并没有这样的决心啊。

亨利·潘西　他是因为听见他们宣布您是叛徒，所以才气愤离职的。可是，父亲，他已经到雷文斯泊，向海瑞福德公爵投诚去了；他叫我路过勃克雷，探听约克公爵在那边征集了多少军力，然后再到雷文斯泊去。

诺森伯兰　孩子，你忘记海瑞福德公爵了吗？

亨利·潘西　不，父亲；我的记忆中要是不曾有过他的印象，那就说不上忘记；我生平还没有见过他一面。

诺森伯兰　那么现在你可以认识认识他了，这位就是海瑞福德公爵。

亨利·潘西　殿下，我向您掬献我的忠诚；现在我还只是一个少不更事的孩子，可是岁月的磨炼将会使我成长起来，不负所望的。

波林勃洛克　谢谢你，善良的潘西。相信我吧，我所唯一引为骄傲的事，就是我有一颗不忘友情的灵魂；要是我借着你们善意的协助而安享富贵，我绝对不会辜负你们的盛情。我的心订下这样的盟约，我的手向你们做郑重的保证。

诺森伯兰　这儿距离勃克雷还有多远？善良的老约克带领他的战士在那里做些什么呢？

亨利·潘西　那儿有一簇树木的所在就是城堡，照我所探听到的，堡中一共有三百兵士；约克、勃克雷和西摩这几位勋爵都在里边，此外就没有什么有名望的人了。

【洛斯及威罗比上。

诺森伯兰　这儿来的是洛斯勋爵和威罗比勋爵，他们因为急着赶路，马不停蹄，跑得满脸通红，连脸上的血管都爆起来了。

波林勃洛克　欢迎，两位勋爵。我知道你们一片忠爱之心，追逐着一个亡命的叛徒。我现在所有的财富，不过是空言的感谢；等我囊橐充实以后，你们的好意和劳苦将会得到它们的酬报。

洛　斯　能够看见殿下的尊颜，已经是我们莫大的幸运了。

威罗比　能够与您当面交谈，足以抵偿我们的劳苦而有余。

波林勃洛克　感谢是穷人唯一的资本，在我幼稚的命运成熟以前，我只能用感谢充当慷慨的赐赠。又是谁来啦？

　　　　　【勃克雷上。

诺森伯兰　我想这是勃克雷勋爵。

勃克雷　海瑞福德公爵，我是奉命来给您传信的。

波林勃洛克　大人，我的答复是，这里只有兰开斯特公爵。我来的目的，就是要向英国要求这一个名号；我必须从你嘴里听到这样的称呼，才可以回答你的问话。

勃克雷　不要误会，殿下，我并没有擅自取消您的尊号的意思。随便您是什么公爵都好，我是奉着这国土内最仁慈的摄政约克公爵之命，来问您究竟为了什么原因，趁着这国中无主的时候，您要同室操戈来惊扰我们国内的和平？

　　　　　【约克率侍从上。

波林勃洛克　我不需要你转达我的话了；他老人家亲自来了。我尊贵的叔父！（跪）

约　克　让我看看你谦卑的心；不必向我屈膝，那是欺人而虚伪的敬礼。

波林勃洛克　我仁慈的叔父——

约　克　咄！咄！不要向我说什么仁慈，更不要叫我什么叔父；我不是叛徒的叔父；"仁慈"两字也不应该出于一个残暴者的嘴里。为什么你敢让你这双被放逐摈斥的脚践踏英格兰的泥土？为什么你敢长驱直入，蹂躏它和平的胸膛，用战争和可憎的武器来炫耀、惊吓它胆怯的乡村？你是因为受上天敕封的君王不在国中，所以想来窥伺神器吗？哼，傻孩子！王上并没有离开他的国土，他的权力都已经交托给了我。当年你的父亲，勇敢的冈特跟我两人曾经从千万法军的重围之中，把那人间的少年战神黑王子①搭救出来；可惜现在我的手臂已经瘫痪无力，再也提不起少年时的勇气，否则它将要多么迅速地惩

————————————

① 黑王子，英王爱德华三世之子，以其甲胄为黑色，故名。

罚你的过失！

波林勃洛克　我仁慈的叔父，让我知道我的过失；什么是我的罪名，在哪一点上我犯了错误？

约　克　你犯的是乱国和谋叛的极恶重罪，你是一个被放逐的流徒，却敢在年限未满以前，举兵回国，反抗你的君上。

波林勃洛克　当我被放逐的时候，我是以海瑞福德的名义被放逐的；现在我回来，却是以兰开斯特的爵号。尊贵的叔父，请您用公正的眼光看看我所受的屈辱吧；您是我的父亲，因为我仿佛看见年老的冈特活现在您的身上。啊！那么，我的父亲，您忍心让我做一个漂泊的流浪者，我的权利和财产被人用暴力劫夺，拿去给那些幸臣亲贵挥霍吗？为什么我要生到这世上来？要是我那位王兄是英格兰的国王，我当然也是名正言顺的兰开斯特公爵。您有一个儿子，我的奥墨尔贤弟；要是您先死了，他被人这样凌辱，他一定会从他的伯父冈特身上找到一个父亲，替他申雪不平。虽然我有产权证明书，他们却不准我申请掌管我父亲的遗产；他生前所有的一切，都已被他们没收的没收，变卖的变卖，全部充作不正当的用途了。您说我应该怎么办？我是一个国家的臣子，要求法律的救援；可是没有一个辩护士替我仗义执言，所以我不得不亲自提出我的世袭继承权的要求。

诺森伯兰　这位尊贵的公爵的确是被欺得太甚了。

洛　斯　殿下应该替他主持公道。

威罗比　卑贱的小人因为窃据他的财产，已经身价十倍。

约　克　各位英国的贵爵，让我告诉你们这一句话：对于我这位侄儿所受的屈辱，我也是很同情的，我曾经尽我所有的能力保障他的权利；可是像这样气势汹汹地兴师动众而来，用暴力打开自己的路，凭不正义的手段来寻求正义，这种行为是万万不能容许的；你们帮助他做这种举动的人，也都是助逆的乱臣，国家的叛徒。

诺森伯兰　这位尊贵的公爵已经宣誓他这次回国的目的，不过是要求他所原有的应得的权利；为了帮助他达到这个目的，我们都已经郑重宣誓给他充分的援助；谁要是毁弃了那一个誓言，愿他永远得不到快乐！

约　克　好，好，我知道这一场干戈将会导致怎样的结果。我承认我已经无力挽回大局，因为我的军力是疲弱不振的；可是凭着那给我生命的造物主发誓，要是我有能力的话，我一定要把你们一起抓住，使你们在王上的御座之前匍匐乞命；可是我既然没有这样的力量，我只能向你们宣布，我继续站在中立者的地位。再会吧；要是你们愿意的话，我很欢迎你们到我们堡里来安度一宵。

波林勃洛克　叔父，我们很愿意接受您的邀请；可是我们必须先劝您陪我们到勃列斯托尔堡去一次；据说那一处城堡现在为布希、巴各特和他们的党徒所占领，这些都是祸国殃民的蠹虫，我已经宣誓要把他们歼灭。

约　　克　也许我会陪你们同去；可是我不能不踟蹰，因为我不愿破坏我们国家的法律。我既不能把你们当作友人来迎接，也不能当作敌人。无可挽救的事，我只好置之度外了。（同下）

第四场　威尔士。营地

【萨立斯伯雷及一队长上。

队　　长　萨立斯伯雷大人，我们已经等了十天之久，好容易把弟兄们笼络住了，没有让他们一哄而散；可是直到现在，还没有听见王上的消息，所以我们只好把队伍解散了。再会。

萨立斯伯雷　再等一天吧，忠实的威尔士人；王上把他全部的信任寄托在你的身上哩。

队　　长　人家都以为王上死了；我们不愿意再等下去。我们国里的月桂树已经全部枯萎；流星震撼着天空的星座；脸色苍白的月亮用一片血光照射大地；形容瘦瘠的预言家们交头接耳地传述着惊人的灾变；富人们愁眉苦脸，害怕失去他们所享有的一切；无赖们鼓舞雀跃，因为他们可以享受到战争和劫掠的利益：这种种都是国王死亡没落的预兆。再会吧，我们那些弟兄因为相信他们的理查王已经不在人世，早已纷纷走散了。（下）

萨立斯伯雷　啊，理查！凭着我沉重的心灵之眼，我看见你的光荣像一颗流星，从天空中降落到卑贱的地上。你的太阳流着泪向西方沉没，看到即将到来的风暴、不幸和扰乱。你的朋友都投奔你的敌人去了，命运完全站在和你对立的地位。（下）

第三幕

第一场　勃列斯托尔。波林勃洛克营地

【波林勃洛克、约克、诺森伯兰、亨利·潘西、威罗比、洛斯同上；军官等押被俘之布希、格林随上。

波林勃洛克　把这两人带上来。布希、格林，你们的灵魂不久就要和你们的身体分别了，我不愿过分揭露你们生平的罪恶，使你们的灵魂痛苦，因为这是不人道的；可是为了从我的手上洗去你们的血，证明我没有冤杀无辜起见，我要在这儿当众宣布把你们处死的几个理由。你们把一个堂堂正统的君王导入歧途，使他陷于不幸的境地，在众人心目中全然失去了君主的尊严；你们引诱他昼夜嬉游，流连忘返，隔绝了他的王后和他两人之间的恩爱，使一个美貌的王后孤眠独宿，因为你们的罪恶而终日以泪洗面。我自己是国王近支的天潢贵胄，都是因为你们的离间中伤，挑拨是非，才使我失去他的眷宠，忍受着难堪的屈辱，在异邦的天空之下吐出我的英国人的叹息，咀嚼那流亡生活的苦味；同时你们却侵占我的领地，毁坏我的苑囿，砍伐我的树林，从我自己的窗户上扯下我家族的纹章，刮掉我的图印，使我除了众人的公论和我的血液以外，再也没有证据可以向世间表明我是一个贵族。这一切还有其他不止两倍于此的许多罪状，以此判定了你们的死刑。来，把他们带下去立刻处决。

布　希　我欢迎死亡的降临，甚于英国欢迎波林勃洛克。列位大人，再会了。

格　林　我所引为自慰的是上天将会接纳我们的灵魂，用地狱的酷刑谴责那些屈害忠良的罪人。

波林勃洛克　诺森伯兰伯爵，你去监视他们的处决。（诺森伯兰伯爵及余人等押布希、
　　格林同下）叔父，您说王后现在暂住在您的家里；因为上帝的缘故，让她得到
　　优厚的待遇；告诉她我问候她的安好，千万不要忘了替我向她致意。

约　　克　我已经差人去给她送信，告诉她您的好意了。

波林勃洛克　谢谢，好叔父。来，各位勋爵，我们现在要去向葛兰道厄和他的党
　　徒作战；暂时辛苦你们一下，过后就可以坐享安乐了。（同下）

第二场　威尔士海岸。一城堡在望

【喇叭奏花腔；鼓角齐鸣。理查王、卡莱尔主教、奥墨尔及兵士等上。

理查王　前面这一座城堡，就是他们所说的巴克洛利堡吗？

奥墨尔　正是，陛下。陛下经过这一次海上的风波，您觉得这儿的空气怎样？

理查王　我不能不喜欢它；因为我重新站在我的国土之上，快乐得要流下泪来了。
　　亲爱的大地，虽然叛徒们用他们的铁骑蹂躏你，我要向你举手致敬；像一个
　　和她的儿子久别重逢的母亲，疼爱的眼泪里夹着微笑，我也是含着泪含着笑
　　和你相会，我的大地，并且用我至尊的手抚爱着你。不要供养你君王的敌人，
　　我温柔的大地，不要用你甘美的蔬果滋润他饕餮的肠胃；让那吮吸你的毒液
　　的蜘蛛和臃肿不灵的蛤蟆挡住他的去路，螫刺那用僭逆的步伐践踏你的奸人
　　的脚。为我的敌人多生一些刺人的荆棘；当他们从你的胸前采下一朵鲜花
　　的时候，请你让一条蜷伏的毒蛇守卫它，那毒蛇的双叉的舌头也许可以用致
　　命的一击把你君王的敌人杀死。不要讥笑我的无意义的诅咒，各位贤卿；这
　　大地将会激起它的义愤，这些石块都要成为武装的兵士，保卫它们祖国的君
　　王，使他不至于屈服在万恶的叛徒的武力之下。

卡莱尔　不用担心，陛下；那使您成为国王的神明的力量，将会替您扫除一切障碍，
　　维持您的王位。我们应该勇于接受而不该蔑弃上天所给予我们的机会，否则
　　如果逆天行事，就等于拒绝了上天赐给我们的转危为安的良机。

奥墨尔　陛下，他的意思是说，我们太疏忽懈怠了；波林勃洛克乘我们不备，他
　　的势力一天一天强大起来，响应他的人一天一天多起来了。

理查王　贤弟，你说话太丧气了！你不知道当那洞察一切的天眼隐藏在地球的背

后照耀着下方的世界的时候，盗贼们是会在黑暗中到处横行，干他们杀人流血的恶事的；可是当太阳从地球的下面升起，把东山上的松林照得一片通红，它的光辉探照到每一处罪恶的巢窟的时候，暗杀、叛逆和种种可憎的罪恶，因为失去了黑夜的遮蔽，就会在光天化日之下无所遁形，向着自己的影子战栗吗？现在我正在地球的另一端漫游，放任这窃贼，这叛徒，波林勃洛克，在黑夜之中肆意猖狂，可是他不久将要看见我从东方的宝座上升起，他的奸谋因为经不起日光的照射，就会羞形于色，因为他自己的罪恶而战栗了。汹涌的怒海中所有的水，都洗不掉涂在一个受命于天的君王顶上的圣油；世人的呼吸绝不能吹倒上帝所挑选的代表。每一个在波林勃洛克的威压之下，向我的黄金的宝冠举起利刃来的兵士，上帝为了他的理查的缘故，会派遣一个光荣的天使把他们击退；当天使们参加作战的时候，弱小的凡人必归于失败，因为上天是永远保卫正义的。

　　　　【萨立斯伯雷上。

理查王　　欢迎，伯爵；你的军队驻在什么地方？

萨立斯伯雷　　说近不近，说远不远，陛下，除了我这一双无力的空手以外，我已经没有一兵一卒了；烦恼控制着我的唇舌，使我只能说一些绝望的话。仅仅迟了一天的时间，陛下，我怕已经使您终身的幸福蒙上一层阴影了。啊！要是时间能够倒流，我们能够把昨天召唤回来，您就可以有一万两千个战士；今天，今天，不幸的日子，却把您的欢乐、您的朋友、您的命运和您的尊荣一起摧毁了；因为所有的威尔士人听说您已经死去，有的投奔波林勃洛克，有的四散逃走，一个都不剩了。

奥墨尔　　宽心点儿，陛下！您的脸色为什么这样惨白？

理查王　　就在刚才，还有两万个战士的血充溢在我的脸上，现在它们都已经离我而去了；在同样多的血回到我脸上之前，我的脸色怎么会不惨白如死？爱惜生命的人，你们都离开我吧，因为时间已经在我的尊荣上留下了一个不可洗刷的污点。

奥墨尔　　宽心，陛下！记着您是什么人。

理查王　　我已经忘记我自己了。我不是国王吗？醒来，你这懒惰的国王！不要再贪睡了。国王的名字不是可以抵得上两万个名字吗？武装起来，我的名字！一个微贱的小臣在打击你伟大的光荣了。不要垂头丧气，你们这些被国王眷宠的人们；我们不是高出别人之上吗？让我们重新振作起来。我知道我的叔父约克还有相当的军力，可以帮我们打退敌人。又是谁来啦？

【史蒂芬·斯克鲁普爵士上。

斯克鲁普　愿健康和幸福降于陛下，忧虑锁住了我的舌头，使我说不出其他颂祷的话来。

理查王　我的耳朵张得大大的，我的心理也有了准备；你所能向我宣布的最不幸的灾祸，不过是人世间的损失。说吧，我的王国灭亡了吗？它本来是我烦恼的根源；从此解除烦恼，那又算得了什么损失？波林勃洛克想要和我争雄夺霸吗？他不会强过我；要是他敬奉上帝，我也敬奉上帝，在上帝之前，我们的地位是同等的。我的臣民叛变吗？那是我无能为力的事；他们不仅背叛了我，也同样背叛了上帝。高喊着灾祸、毁灭、丧亡和没落吧；死是最不幸的结局，它总是会得到它的胜利。

斯克鲁普　我很高兴陛下能够用这样坚毅的精神，忍受这些灾祸的消息。像一阵违反天时的暴风雨，使浩浩的河水淹没了它们的堤岸，仿佛整个世界都融化为眼泪一般，波林勃洛克的盛大的声威已经超越了它的限度，您所恐惧丢失的国土已经为他的坚硬而明亮的刀剑和他那比刀剑更坚硬的军心所吞没了。白须的老翁在他们枯瘦而光秃的头上顶起了战盔反对您；喉音娇嫩的儿童拼命讲着夸大的话，在他们柔弱的身体上披起了坚硬而笨重的战甲反对您；即使受您恩施的贫民，也学会了弯起他们的杉木弓反对您；甚至于纺线的妇女们也挥舞着锈腐的戈矛反对您：年轻的年老的一起叛变，一切比我所能说出来的情形还坏许多。

理查王　你把一段恶劣的故事讲得太好，太好了。威尔特郡伯爵呢？巴各特呢？布希怎么样啦？格林到哪儿去了？为什么他们竟会让危险的敌人兵不血刃地踏进我们的国界？要是我得胜了，看他们保得住保不住他们的头颅。我敢说他们一定跟波林勃洛克讲和啦。

斯克鲁普　他们是跟他讲和了，陛下。

理查王　啊，奸贼，恶人，万劫不赦的东西！向任何人都会摇尾乞怜的狗！借着我的心头的血取暖，反而把我的心咬了一口的毒蛇！三个犹大，每一个都比犹大恶三倍！他们会讲和吗？为了这一件过失，愿可怕的地狱向他们有罪的灵魂宣战！

斯克鲁普　亲密的情爱一旦受到刺激，是会变成最深切的怨恨的。撤销您对他们的灵魂所做的诅咒吧；他们是用头，不是用手讲和的；您所诅咒的这几个人，都已经领略到死亡的最大的惨痛，在地下瞑目长眠了。

奥墨尔　布希、格林和威尔特郡伯爵都死了吗？

斯克鲁普　是的，他们都在勃列斯托尔失去了他们的头颅。

奥墨尔　我的父亲约克公爵和他的军队呢？

理查王　不必问他在什么地方。谁也不准讲那些安慰的话，让我们谈谈坟墓、蛆虫和墓碑吧；让我们以泥土为纸，用我们淋雨的眼睛在大地的胸膛上写下我们的悲哀；让我们找几个遗产管理人，商议我们的遗嘱——可是这也不必了，因为我们除了把一具尸骸还给大地以外，还有什么可以遗留给后人的？我们的土地、我们的生命，一切都是波林勃洛克的，只有死亡和掩埋我们骨骼的一抔黄土，才可以算是属于我们自己的。为了上帝，让我们坐在地上，讲些关于国王们的死亡的悲惨的故事。有些是被人废黜的，有些是在战场上阵亡的，有些是被他们所废黜的鬼魂们缠绕着的，有些是被他们的妻子所毒毙的，有些是在睡梦中被杀的，全都不得善终；因为在那围绕着一个凡世的国王头上的这顶空洞的王冠之内，正是死神驻节的宫廷，这妖魔高坐在里边，揶揄他的尊严，讪笑他的荣华，给他一段短短的呼吸的时间，让他在舞台上露一露脸，使他君临万民，受尽众人的敬畏，一眨眼就可以置人于死地，把妄自尊大的思想灌注在他的心头，仿佛这包藏着我们生命的血肉的皮囊，是一堵不可摧毁的铜墙铁壁一样；当他这样志得意满的时候，却不知道他的末日已经临近眼前，一枚小小的针就可以刺破他的壁垒，于是再会吧，国王！戴上你们的帽子；不要把严肃的敬礼施在一个凡人的身上；丢开传统的礼貌，仪式的虚文，因为你们一向都把我认错了；像你们一样，我也靠着面包生活，我也有欲望，我也懂得悲哀，我也需要朋友；既然如此，你们怎么能对我说我是一个国王呢？

卡莱尔　陛下，聪明人绝对不会袖手闲坐，嗟叹他们的不幸；他们总是立刻起来，防御当前的祸患。畏惧敌人徒然沮丧了自己的勇气，也就是削弱自己的力量，增加敌人的声势，等于让自己的愚蠢攻击自己。畏惧并不能免于一死，战争的结果大不了也就是一死。奋战而死，是以死亡摧毁死亡；而畏怯而死，则是做了死亡的奴隶。

奥墨尔　我的父亲还有一支军队；探听探听他的下落，也许我们还可以收拾残部，重整旗鼓。

理查王　你责备得很对。骄傲的波林勃洛克，我要来和你亲自交锋，一决我们的生死存亡。这一阵像疟疾发作一般的恐惧已经消失了；争回我们自己的权利，这并不是一件艰难的事。说，斯克鲁普，我的叔父和他的军队驻扎在什么地方？说得好听一些，小子，虽然你的脸色这样阴沉。

斯克鲁普　人们看着天色，就可以判断当日的气候；您也可以从我黯淡而沉郁的眼光之中，知道我只能告诉您一些不幸的消息。我正像一个用苛刑拷问的酷吏，尽用支吾延宕的手段，把最坏的消息留在最后说出。您的叔父约克已经和波林勃洛克联合了，您北部的城堡已经全部投降，您南方的战士也已经全体归附他的麾下了。

理查王　你已经说得够了。（向奥墨尔公爵）兄弟，我本来已经万念俱灰，你却又把我领到了绝望的路上！你现在怎么说？我们现在还有些什么希望？苍天在上，谁要是再劝我安心宽慰，我要永远恨他。到弗林特堡去，我要在那里忧郁而死。我，一个国王，将要成为悲哀的奴隶；悲哀是我的君王，我必须服从他的号令。我手下所有的兵士，让他们解散了吧；让他们回去耕种自己的田地，那也许还有几分收获的希望，因为跟着我是再也没有什么希望的了。谁也不准说一句反对的话，一切劝告都是徒然的。

奥墨尔　陛下，听我说一句话。

理查王　谁要是用谄媚的话刺伤我的心，那就是给了我双重的伤害。解散我的随从人众，让他们赶快离开这儿，从理查的黑夜踏进波林勃洛克的光明的白昼。

（同下）

第三场　威尔士。弗林特堡前

【旗鼓前导，波林勃洛克率军队上；约克、诺森伯兰及余人等随上。

波林勃洛克　从这一个情报中，我们知道威尔士军队已经解散，萨立斯伯雷和国王会合去了；据说国王带了少数的心腹，最近已经在这儿的海岸登陆。

诺森伯兰　这是一个大好的消息，殿下；理查一定躲在离此不远的地方。

约　克　诺森伯兰伯爵似乎应该说"理查王"才是；唉，想不到一位神圣的国王必须把他自己躲藏起来！

诺森伯兰　您误会我的意思了；只是因为说起来简便一些，我才略去了他的尊号。

约　克　要是在以往的时候，你敢对他这样简略无礼，他准会简单干脆地把你的头取了下来的。

波林勃洛克　叔父，您不要过分猜疑。

约　克　贤侄，你也不要过分僭越，不要忘了老天就在我们的头上。

波林勃洛克　我知道，叔父；我决不违抗上天的意旨。那是谁来啦？

　　　　　　【亨利·潘西上。

波林勃洛克　欢迎，亨利！怎么，这一座城堡不愿投降吗？

亨利·潘西　殿下，一个最尊贵的人守卫着这座城堡，拒绝您的进入。

波林勃洛克　最尊贵的！啊，国王不在里边吗？

亨利·潘西　殿下，正是有一个国王在里边；理查王就在那边灰石的围墙之内，跟他在一起的是奥墨尔公爵、萨立斯伯雷伯爵、史蒂芬·斯克鲁普爵士，此外还有一个道貌岸然的教士，我不知道他是什么人。

诺森伯兰　啊！那多半是卡莱尔主教。

波林勃洛克　（向诺森伯兰伯爵）贵爵，请你到那座古堡的顽强的墙壁之前，用铜角把谈判的信号吹进它的残废的耳中，为我这样传言：亨利·波林勃洛克屈下他的双膝，敬吻理查王的御手，向他最尊贵的本人致献臣服的诚意和不二的忠心；就在他的足前，我准备放下我的武器，遣散我的军队，只要他能答应撤销放逐我的判决，归还我应得的土地。不然的话，我要利用我的军力的优势，让那从被屠杀的英国人的伤口中流下的血雨浇溉夏天的泥土；可是我的谦卑的忠顺将会证明用这种猩红的雨点浸染理查王的美好的青绿的田野，绝不是波林勃洛克的本意。去，这样对他说；我们就在这儿平坦的草原上整队前进。让我们进军的时候不要敲起惊人的鼓声，这样可以让他们从那城堡的摇摇欲坠的雉堞之上，看看我们雄壮的军容。我想理查王跟我上阵的时候，将要像水火的交攻一样骇人，那彼此接触时的雷鸣巨响，可以把天空震破。让他做火，我愿意做柔顺的水；雷霆之威是属于他的，我只向地上浇洒我的雨露。前进！看看理查王的反应如何。

　　　　　　【吹谈判信号，内吹喇叭相应。喇叭奏花腔。理查王、卡莱尔主教、奥墨尔、斯克鲁普及萨立斯伯雷登城。

亨利·潘西　瞧，瞧，理查王亲自出来了，正像那赧颜而含愠的太阳，因为看见嫉妒的浮云要来侵蚀他的荣耀，污毁他那到西天去的光明的道路，所以从东方的火门里探出脸来了。

约　　克　可是他的神气多么像一个国王！瞧，他的眼睛，像鹰眼一般明亮，射放出慑人的威光。唉，唉！这样庄严的仪表是不应该被任何的损害所污毁的。

理查王　（向诺森伯兰）你的无礼使我惊愕；我已经站了这一会儿工夫，等候你惶恐地屈下你的膝来，因为我想我是你的合法的君王；假如我是你的君王，你怎么敢当着我的面，忘记你的君臣大礼？假如我不是你的君王，请给我看那解除我的君权的上帝的敕令；因为我知道，除了用偷窃和篡夺的手段以外，没有一只凡人的血肉之手可以攫夺我的神圣的御杖。虽然你们以为全国的人心正像你们一样，都已经离弃了我，我现在众叛亲离，孤立无助；可是告诉你吧，我的君侯，万能的上帝正在他的云霄之中为我召集降散瘟疫的天军；你们这些向我举起卑劣的手，威胁我的庄严的宝冕的叛徒们，可怕的天谴将要波及在你们尚未诞生的儿孙的身上。告诉波林勃洛克——我想在那边的就是他——他在我的国土上践踏着的每一步都是重大的叛逆的行为；他要来展开一场猩红的血战，可是当那被他所追求的王冠安然套上他的头顶以前，一万颗血污的头颅将要毁损了英格兰的如花美颜，使她那处女一般苍白的和平的面容变成赤热的愤怒，把忠实的英国人的血液浇洒在她的牧场的青草上。

诺森伯兰　上帝绝不容许任何暴力侵犯我们的君主！您的高贵的兄弟亨利·波林勃洛克谦卑地吻您的手；凭着您伟大的祖父的光荣的陵墓，凭着你们两人系出同源的王族的血统，凭着他的先人冈特的勇武的英灵，凭着他自己的身价和荣誉，以及一切可发的约誓和可说的言语——他宣誓此来的目的，不过是希望归还他的先人的遗产，并且向您长跪请求立刻撤销他的放逐令；王上要是能够答应他这两项条件，他愿意收起他的辉煌的武器，让它们生起锈来，把他的战马放归厩舍，他的一片忠心，愿意永远为陛下尽瘁效劳。这是他凭着一个王子的身份所发的正直的誓言，我相信他绝对没有虚伪。

理查王　诺森伯兰，你去传话，国王的答复是这样的：他竭诚欢迎他的高贵的兄弟回来；他的一切正当的要求，都可以毫无异议地接受下来。请你运用你的美妙的口才，替我向他殷勤致意。（诺森伯兰伯爵退下至波林勃洛克处。向奥墨尔公爵）

贤弟，我这样卑颜谄语，不是太有失身份了吗？你说我要不要叫诺森伯兰回来，对他宣告我向那叛贼挑战的意思，让我们拼着一战而死？

奥墨尔　不，陛下，让我们暂时用温和的言语作战，等我们有了可以用实力帮助我们的朋友以后，再来洗雪今天的耻辱吧。

理查王　上帝啊！上帝啊！想不到我的舌头向那骄傲的伙计宣布了严厉的放逐的判决，今天却要用柔和的字句撤销我的前言。啊！我希望我是一个像我的悲哀一样庞大的巨人，或者是一个比我的名号远为渺小的平民；但愿我能够忘记我以往的尊严，或者茫然于我的目前的处境。高傲的心灵啊，你是充满了怒气吗？我将让你放纵地跳跃，因为敌人正在对你和对我耀武扬威。

奥墨尔　诺森伯兰从波林勃洛克那里回来了。

理查王　国王现在应该怎么办？他必须屈服吗？国王就屈服吧。他必须被人废黜吗？国王就逆来顺受吧。他必须失去国王的名义吗？凭着上帝的名义，让它去吧。我愿意把我的珍宝换一串祈祷的念珠，把我豪华的宫殿换一所隐居的茅庵，把我富丽的袍服换一件贫民的布衣，把我的雕花的酒杯换一只粗劣的木盏，把我的王节换一根游僧的手杖，把我的人民换一对圣徒的雕像，把我广大的王国换一座小小的坟墓，一座小小的小小的坟墓，一座荒僻的坟墓；或者我愿意埋葬在国王的大道之中，商旅来往频繁的地方，让人民的脚每时每刻践踏在他们君王的头上，因为当我现在活着的时候，他们尚且在蹂躏着我的心，那么我一旦埋骨地下，为什么不可以践踏我的头呢？奥墨尔，你在流泪了，我的软心肠的兄弟！让我们用可憎的眼泪和叹息造成一场狂风暴雨，摧折那盛夏的谷物，使这叛变的国土之内到处饥荒。或者我们要不要玩弄我们的悲哀，把流泪作为我们的游戏？我们可以让我们的眼泪尽流在同一个地面之上，直到它们替我们冲成了一对墓穴，上面再刻着这样的文字："这儿长眠着两个亲人，他们用泪眼掘成他们的坟墓。"这不也是苦中求乐吗？好，好，我知道我不过在说些无聊的废话，你们都在笑我了。最尊严的君侯，我的诺森伯兰大人，波林勃洛克王怎么说？他允许让理查活命，直到理查寿命告终的一天吗？你只要弯一弯腿，波林勃洛克就会点头答应的。

诺森伯兰　陛下，他在阶下恭候着您，请您下来吧。

理查王　下来，下来，我来了；就像驾驭日轮的腓通，因为他的马儿不受羁勒，从云端翻身坠落一般。在阶下？阶下，那正在堕落的国王奉着叛徒的呼召，

颠倒向他致敬的所在。在阶下？下来？下来吧，国王！因为冲天的云雀的歌鸣，已经被夜枭的叫声所代替了。（自上方下）

波林勃洛克　王上怎么说？

诺森伯兰　悲哀和忧伤使他言语痴迷，像一个疯子一般。可是他来了。

　　　　　　【理查王及侍从等上。

波林勃洛克　大家站开些，向王上敬礼。（跪）我的仁慈的陛下——

理查王　贤弟，你这样未免有屈你的贵膝，使卑贱的泥土因为吻着它而自傲了；我宁愿我的心感到你的温情，我的眼睛却并不乐于看见你的敬礼。起来，兄弟，起来；虽然你低屈着你的膝，我知道你有一颗奋起的雄心，至少奋起到——这儿。（指头上王冠）

波林勃洛克　陛下，我不过是来要求我自己的权利。

理查王　你自己的一切是属于你的，我也是属于你的，一切全都是属于你的。

波林勃洛克　我的最尊严的陛下，但愿我的微诚能够辱邀眷顾，一切都是出于陛下的恩赐。

理查王　你尽可以受之无愧；谁要是知道用最有力而最可靠的手段取得他所需要的事物，谁就有充分享受它的权利。叔父，把你的手给我；不，揩干你的眼睛；眼泪虽然可以表示善意的同情，却不能挽回已成的事实。兄弟，我太年轻了，不配做你的父辈，虽然按照年龄，你很有资格做我的后嗣。你要什么我都愿意心悦诚服地送给你，因为我们必须顺从环境压力的支配。现在我们要向伦敦进发，贤弟，是不是？

波林勃洛克　正是，陛下。

理查王　那么我就不能说一个不字。（喇叭奏花腔。同下）

第四场　兰雷。约克公爵府中花园

　　　　　　【王后及二宫女上。

王　后　我们在这儿园子里面，应该想出些什么游戏来排遣我们的忧思呢？

宫女甲　娘娘，我们来滚木球玩吧。

王　后　它会使我想起这是一个障碍重重的世界，我的命运已经逸出了它的正轨。

宫女甲　娘娘，我们来跳舞吧。

王　后　我的可怜的心头充满了无限的哀愁，我的脚下再也跳不出快乐的节奏；所以不要跳舞，姑娘，想些别的玩意儿吧。

宫女甲　娘娘，那么我们来讲故事好不好？

王　后　悲哀的还是快乐的？

宫女甲　娘娘，悲哀的也要讲，快乐的也要讲。

王　后　悲哀的我也不要听，快乐的我也不要听；因为假如是快乐的故事，我是一个全然没有快乐的人，它会格外引起我的悲哀；假如是悲哀的故事，我的悲哀已经太多了，它会使我在悲哀之上再加悲哀。我已经有的，我无须反复絮说；我所缺少的，抱怨也没有用处。

宫女甲　娘娘，让我唱支歌儿给您听听。

王　后　你要是有那样的兴致，那也很好；可是我倒宁愿你对我哭泣。

宫女甲　娘娘，要是哭泣可以给您安慰，我也会哭一下的。

王　后　要是哭泣可以给我安慰，我也早就会唱起歌来，用不着告借你的眼泪了。可是且慢，园丁们来了；让我们躲进这些树木的阴影里去。我可以打赌，他们一定会谈到国家大事；因为每次政局发生变化的时候，谁都会对国事发一些议论，在值得慨叹的日子来到之前，先慨叹一番。（王后及宫女等退后）

　　　　【一园丁及二仆人上。

园　丁　去，你把那边垂下来的杏子扎起来，它们像顽劣的孩子一般，使它们的老父因为不胜重负而弯腰屈背；那些弯曲的树枝你要把它们支撑住了。你去做一个刽子手，斩下那些长得太快的小枝的头，它们在咱们的国度里显得太高傲了，咱们国土上一切都应该平等的。你们去做各人的事，我要去割下那些有害的莠草，它们本身没有一点用处，却会吸收土壤中的肥料，阻碍鲜花的生长。

仆　甲　我们何必在这小小的围墙之内保持着法纪、秩序和有条不紊的布置，夸耀我们这小小的功绩；你看我们那座以大海为围墙的花园，我们整个的国土，不也是莠草蔓生吗？她的最美的鲜花全都窒息而死，她的果树无人修剪，她的篱笆东倒西歪，她的花池凌乱不堪，她的佳卉异草，不是都被虫儿蛀得枝叶凋残吗？

园　丁　不要胡说。那容忍着这样一个凌乱不堪的春天的人，自己已经遭到落叶飘零的命运；那些托庇于他的广布的枝叶之下，名为拥护他，实则在吮吸他的养分的莠草，全都被波林勃洛克连根拔起了；我的意思是说威尔特郡伯爵和布希、格林那些人们。

仆　甲　什么！他们死了吗？

园　丁　他们都死了；波林勃洛克已经捉住了那个浪荡的国王。啊！可惜他不曾像我们治理这座花园一般治理他的国土！我们每年按着时节，总要略微割破我们果树的外皮，因为恐怕它们过于肥茂，反而结不出果子；要是他能够用同样的手段，对付那些威权日盛的人们，他们就可以自知戒饬，他也可以尝到他们忠心的果实。对于多余的旁枝，我们总是毫不吝惜地把它们剪去，让那结果的干枝繁荣滋长；要是他也能够采取这样的办法，他就可以保全他的王冠，不至于在嬉戏游乐之中把它轻易断送了。

仆　甲　呀！那么你想国王将要被他们废黜了吗？

园　丁　他现在已经被人挟制，说不定他们会把他废黜的。约克公爵的一位好朋友昨晚得到那边的来信，信里提到的都是一些很坏的消息。

王　后　啊！我再不说话就要闷死了。（上前）你这地上的亚当，你是来治理这座花园的，怎么敢摆弄你粗鲁放肆的舌头，说出这些不愉快的消息？哪一个夏娃，哪一条蛇，引诱着你，想造成被诅咒的人类第二次的堕落？为什么你要说理查王被人废黜？你这比无知的泥土略胜一筹的蠢物，你竟敢预言他的没落吗？说，你是在什么地方，什么时候，怎样听到这些恶劣的消息的？快说，你这贱奴。

园　丁　请原谅我，娘娘；说出这样的消息，对于我并不是一件快乐的事，可是我所说的都是事实。理查王已经在波林勃洛克的强力的挟持之下；他们两人的命运已经称量过了：在您的主上这一方面，除了他自己本身以外一无所有，只有他那一些随身的虚骄的习气，使他显得格外轻浮；可是在伟大的波林勃洛克这一方面，除了他自己以外，有的是全英国的贵族；这样两相比较，就显得轻重悬殊，把理查王的声势压下去了。您赶快到伦敦去，就可以亲自看个明白；我所说的不过是每一个人都知道的事实。

王　后　捷足的灾祸啊，你的消息本应该是给我的，但你直到最后才让我知道吗？啊！你所以最后告诉我，一定是想让悲哀折磨我更久一些吧。来，姑娘们，我们到伦敦去，会一会伦敦的不幸的君王吧。唉！难道我活了这一辈子，现

106

在必须用我的悲哀的脸色，欢迎伟大的波林勃洛克的凯旋吗？园丁，因为你告诉我这些不幸的消息，但愿上帝使你种下的草木永远不能生长。（王后及宫女等下）

园　丁　可怜的王后！要是你能够保持你的尊严的地位，我也甘心受你的诅咒，牺牲我的毕生的技能。这儿她落下过一滴眼泪；就在这地方，我要种下一列苦味的芸香；这象征着忧愁的芳草不久将要发芽长叶，纪念一位哭泣的王后。

（同下）

第四幕

第一场　伦敦。威斯敏斯特大厅

【中设御座，诸显贵教士列坐右侧，贵族列坐左侧，平民立于阶下。波林勃洛克、奥墨尔、萨立、诺森伯兰、亨利·潘西、费兹华特、另一贵族、卡莱尔主教、威斯敏斯特长老及侍从等上。警吏等押巴各特随上。

波林勃洛克　叫巴各特上来。巴各特，老实说吧，你知道尊贵的葛罗斯特是怎么死的；谁在国王面前挑拨是非，造成那次惨案；谁是动手干这件流血的暴行，使他死于非命的正凶主犯？

巴各特　那么请把奥墨尔公爵叫到我的面前来。

波林勃洛克　贤弟，站出来，瞧瞧那个人。

巴各特　奥墨尔公爵，我知道您的勇敢的舌头绝不会否认它过去所说的话。那次阴谋杀害葛罗斯特的时候，我曾经听见您说："我的手臂不是可以从这安静的英国宫廷里，一直伸到卡莱，取下我的叔父的首级来吗？"同时在其他许多谈话之中，我还听见您说，您宁愿拒绝十万克郎的厚赠，也不让波林勃洛克回到英国来；您还说，要是您这位族兄死了，对于国家是一件多大的幸事。

奥墨尔　各位贵爵，各位大人，我应该怎样答复这个卑鄙的小人？我必须自贬身份，站在同等的地位上给他以严惩吗？我必须这样做，否则我的荣誉就要被他的谗口所污毁。在此，我掷下我的手套，它是一道催命的令牌，注定把你送到地狱里去。我说你说的都是谎话，我要用你心头的血证明你的言辞的虚伪，虽然像你这样下贱的人，杀了你也会污了我的骑士的宝剑。

波林勃洛克　巴各特，住手！不准把它拾起来。

奥墨尔　他激起了我满腔的怒气；除了一个人之外，我倒希望他是这儿在场众人之中地位最高的人。

费兹华特　要是你只肯向同等地位的人表现你的勇气，那么奥墨尔，现在我向你掷下我的手套。凭着那照亮你的嘴脸的光明的太阳起誓，我曾经听见你大言不惭地说过，尊贵的葛罗斯特是死在你手里的。就算你二十次否认这一句话，也免不了谎言欺人的罪名，我要用我的剑锋把你的谎话送还到你那充满着奸诈的心头。

奥墨尔　懦夫，你没有那样的胆量。

费兹华特　凭着我的灵魂起誓，我希望现在就和你决一生死。

奥墨尔　费兹华特，你这样诬害忠良，你的灵魂要永堕地狱了。

亨利·潘西　奥墨尔，你说谎；他对你的指斥全然是他的忠心的流露，不像你一身都是奸伪。这儿我掷下我的手套，我要在殊死的决斗里证明你是怎样一个家伙；你有胆量就把它拾起来吧。

奥墨尔　要是我不把它拾起来，愿我的双手一起烂掉，永远不能再向我的敌人的辉煌的战盔挥动复仇的血剑！

贵　族　我也向地上掷下我的手套，背信的奥墨尔；为了要激恼你，我要从早到晚，不断地向你奸诈的耳边高呼着"说谎"。这儿是我的荣誉的信物；要是有胆量的话，你就该接受我的挑战。

奥墨尔　还有谁要向我挑战？凭着上天起誓，我要向一切人掷下我的手套。在我的身体内，藏着一千个勇敢的灵魂，两万个像你们这种家伙我都对付得了。

萨　立　费兹华特大人，我记得很清楚那一次奥墨尔跟您的谈话。

费兹华特　不错不错，那时候您也在场；您可以证明我的话是真的。

萨　立　苍天在上，你的话全然是假的。

费兹华特　萨立，你说谎！

萨　立　卑鄙无耻的孩子！我的宝剑将要重重地惩罚你，叫你像你父亲的尸骨一般，带着你的谎话长眠地下。为了证明你的虚伪，这是代表我的荣誉的手套；要是你有胆量，接受我的挑战吧。

费兹华特　一头奔马是用不着你的鞭策的。要是我有敢吃、敢喝、敢呼吸、敢生活的胆量，我就敢在旷野里和萨立决斗，把唾沫吐在他的脸上，说他说谎，说谎，说谎。这儿是我的应战的信物，凭着它我要给你一顿结实的教训。我重视我的信誉，因为我希望在这新天地内扬名显达；我所指控的奥墨尔的罪状毫无虚假。而且我还听见被放逐的诺福克说过，他说是你，奥墨尔，差遣你手下的两个人到卡莱去把那尊贵的公爵杀死的。

奥墨尔　哪位正直的基督徒借我一只手套？这儿我向诺福克掷下我的信物，因为他说了谎话；要是他遇赦回来，我要和他做一次荣誉的决斗。

波林勃洛克　你们已经接受各人的挑战，可是你们的争执必须等诺福克回来以后再行决定。他将要被赦回国，虽然是我的敌人，但他的土地产业都要归还给他。等他回来了，我们就可以叫他和奥墨尔进行决斗。

卡莱尔　那样的好日子是再也见不到的了。流亡国外的诺福克曾经好多次在光荣的基督徒的战场上，为了耶稣基督而奋战，向黑暗的异教徒、土耳其人、撒拉逊人招展着基督教的十字圣旗；后来他因为不堪鞍马之劳，在意大利退隐闲居，就在威尼斯他把他的身体奉献给了那可爱的国土，把他纯洁的灵魂奉献给了他的主帅基督，在基督的旗帜之下，他曾经做过这样长期的苦战。

波林勃洛克　怎么，主教，诺福克死了吗？

卡莱尔　正是，殿下。

波林勃洛克　愿温柔的和平把他善良的灵魂接引到亚伯拉罕老祖的怀抱！各位互相控诉的贵爵们，你们且各自信守你们的誓约，等我替你们指定决斗的日期，再来解决你们的争执。

　　　　　【约克率侍从上。

约　克　伟大的兰开斯特公爵，我奉铩羽归来的理查之命，向你传达他的意旨；他已经全心乐意地把你立为他的嗣君，把他至尊的御杖交在你的庄严的手里。他现在已经退位让贤，升上他的宝座吧；亨利四世万岁！

波林勃洛克　凭着上帝的名义，我要升上御座。

卡莱尔　哎哟，上帝不允许这样的事！在这济济多才的诸位贵人之间，也许我的钝口拙舌，只会遭人嗔怪，可是我必须凭着我的良心说话。你们都是为众人所仰望的正人君子，可是我希望在你们中间能够找得出一个真有资格审判尊贵的理查的公平正直的法官！要是真有那样的人，他的高贵的精神一定不会使他犯下这样重大的错误。哪一个臣子可以判定他的国王有罪？在座的众人，哪一个不是理查的臣子？窃贼们即使罪状确凿，审判的时候也必须让他亲自出场，难道一位代表上帝的威严，为天命所选定而治理万民、受圣恩的膏沐而顶戴王冠、已经秉持多年国政的赫赫君王，却可以由他的臣下们任意判断他的是非，而不让他自己有当场辩白的机会吗？上帝啊！这是一个基督教的国土，千万不要让这些文明优秀的人士干出这样一件无道、黑暗、卑劣的行为！我以一个臣子的身份向臣子们说话，受到上帝的鼓励，才这样大胆地为他的君王辩护。这位被你们称为国王的海瑞福德公爵是一个欺君罔上的奸恶叛徒；要是你们把王冠加在他的头上，就让我预言英国人的血将要滋润英国的土壤，后世的子孙将要为这件罪行而痛苦呻吟；和平将要安睡在土耳其人和异教徒的国内，扰攘的战争将要破坏我们这和平的乐土，以致骨肉至亲自相残杀；混乱、恐怖、惊慌和暴动将要在这里驻留，我们的国土将要被称为各各他①，堆积骸髅的荒场。啊！要是你们帮助一个家族倾覆他的同族的君王，结果将会造成这世界上最不幸的分裂。阻止它，防免它，不要让它实现，免得你们的子孙和你们子孙的子孙向你们呼冤叫苦。

诺森伯兰　你说得很好，主教；为了报答你这一番唇舌之劳，我们现在要以叛国的罪名逮捕你。威斯敏斯特长老，请你把他看押起来，等我们定期审判他。各位大人，你们愿不愿意接受平民的请愿？

波林勃洛克　把理查带来，让他当着众人之前俯首服罪，我们也可以免去擅权僭越的嫌疑。

约　克　我去领他来。（下）

波林勃洛克　各位贵爵，你们中间凡是有犯罪嫌疑而应该受到逮捕处分的人，必须各自具保，静候裁判。（向卡莱尔主教）我们不能感佩你的好意，也不希望你给我们什么帮助。

【约克率理查王及众吏捧王冠等物重上。

理查王　唉！我还没有忘记我是一个国王，为什么就要叫我来参见新君呢？我简直还没有开始学习逢迎献媚、弯腰屈膝这一套本领；你们应该多给我一些时间，让悲哀教给我这些表示恭顺的方法。可是我很记得这些人的面貌，他们不都是我的臣子吗？他们不是曾经向我高呼"万福"吗？犹大也是这样对待基督的；可是在基督的十二门徒之中，只有一个人不忠于他；我在一万两千个臣子中间，却找不到一个忠心的人。上帝保佑吾王！没有一个人说"阿门"

---

① 各各他，耶稣被钉于十字架之处，意为髑髅地。

吗？我必须又当祭司又当执事吗？那么好，阿门。上帝保佑吾王！虽然我不是他，可是我还是要说阿门，也许在上天的心目之中，还以为他就是我。你们叫我到这儿来，有些什么吩咐？

约　克　请你履行你的自动倦勤的诺言，把你的政权和王冠交卸给亨利·波林勃洛克。

理查王　把王冠给我。这儿，贤弟，把王冠拿住了；这边是我的手，那边是你的手。现在这一顶黄金的宝冠就像一口深井，两个吊桶一上一下地向这井中汲水；那空的一桶总是在空中跳跃，满的一桶却在底下不被人瞧见；我就是那下面的吊桶，充满着泪水，在那儿饮泣吞声，你却在高空之中顾盼自雄。

波林勃洛克　我以为你是自愿让位的。

理查王　我愿意放弃我的王冠，可是我的悲哀仍然是我自己的。你可以解除我的荣誉和尊严，却不能夺去我的悲哀；我仍然是我的悲哀的君王。

波林勃洛克　你把王冠给了我，同时也把你的一部分的忧虑交卸给我了。

理查王　你的新添的忧虑并不能抹杀我的旧有的忧虑。我的忧虑是因为我失去了作为国王而操心的地位；你的忧虑是因为你做了国王要分外操心。虽然我把忧虑给了你，我仍然占有着它们；它们追随着王冠，可是永远不会离开我的身边。

波林勃洛克　你愿意放弃你的王冠吗？

理查王　是，不；不，是；我是一个没用的废人，一切听从你的意思。现在瞧我怎样毁灭我自己：从我的头上卸下这千斤的重压，从我的手里放下这粗笨的御杖，从我的心头丢弃了君主的威权；我用自己的泪洗去我的圣油，用自己的手送掉我的王冠，用自己的舌头否认我的神圣地位，用自己的嘴唇免除一切臣下的敬礼；我摒绝一切荣华和尊严，放弃我的采地、租税和收入，撤销我的诏谕、命令和法律；愿上帝宽宥一切对我毁弃的誓言！愿上帝使一切对你所做的盟约永无更改！让我这一无所有的人为了一无所有而悲哀，让你这享有一切的人为了一切如愿而满足！愿你千秋万岁安坐在理查的宝位之上，愿理查早早长眠在黄土的垅中！上帝保佑亨利王！失去王冠的理查这样说；愿他享受无数阳光灿烂的岁月！还有什么别的事情没有？

诺森伯兰　(以一纸示理查王)没有，就是请你读读这些人家控诉你宠任小人祸国殃民的重大的罪状；你亲口招认以后，世人就可以明白你的废黜是罪有应得的。

112

理查王　我必须这样做吗？我必须一丝一缕地剖析我的错综交织的谬误吗？善良的诺森伯兰，要是你的过失也被人家记录下来，叫你当着这些贵人朗声宣读，你会自知羞愧吗？在你的罪状之中，你将会发现一条废君毁誓的极恶重罪，它是用黑点标出、揭载在上天降罚的册籍里的。嘿，你们这些站在一旁，瞧着我被困苦所窘迫的人们，虽然你们中间有些人和彼拉多①一同洗过手，表示你们表面上的慈悲，可是你们这些彼拉多们已经在这儿把我送上了苦痛的十字架，没有水可以洗去你们的罪恶。

诺森伯兰　我的王上，快些，把这些条款读下去。

理查王　我的眼睛里满是泪，我瞧不清这纸上的文字；可是眼泪并没有使我完全盲目，我还看得见这儿一群叛徒们的面貌。不，要是我把我的眼睛转向自己，我会发现自己也是叛徒的同党，因为我曾经亲自答应把一个君王的庄严供人凌辱，造成这种尊卑倒置、主奴易位、君臣失序、朝野混乱的现象。

诺森伯兰　我的王上——

理查王　我不是你的什么王上，你这盛气凌人的家伙，我也不是任何人的主上；我是一个无名无号的人，连我在洗礼盘前领受的名字，也被人篡夺去了。唉，不幸的日子！想不到我枉度了这许多岁月，现在却不知道应该用什么名字称呼我自己。啊！但愿我是一尊用白雪堆成的国王塑像，站在波林勃洛克的阳光之下，全身化水而融解！善良的国王，伟大的国王——虽然你不是一个盛德之君——要是我的话在英国还能发生效力，请吩咐他们立刻拿一面镜子到这儿来，让我看一看我在失去君主的威严以后，还有一张怎样的面孔。

波林勃洛克　哪一个人去拿一面镜子来。（一侍从下）

诺森伯兰　镜子已经去拿了，你先把这纸上的文字念完吧。

理查王　魔鬼！我还没有下地狱，你就这样折磨我。

波林勃洛克　不要逼迫他了，诺森伯兰伯爵。

诺森伯兰　那么平民们是不会满足的。

理查王　他们将会得到满足；当我看见那本记载着我的一切罪恶的书册，也就是当我看见我自己的时候，我将要从它上面读到许多事情。

　　　　【侍从持镜重上。

---

①　彼拉多，将耶稣钉死于十字架之罗马总督。

理查王　把镜子给我，我要借着它阅读我自己。还不曾有深一些的皱纹吗？悲哀把这许多打击加在我的脸上，却没有留下深刻的伤痕吗？啊，谄媚的镜子！正像在我荣盛的时候跟随我的那些人们一样，你欺骗了我。这就是每天有一万个人托庇于他的广厦之下的那张脸吗？这就是像太阳一般使人不敢仰视的那张脸吗？这就是曾经"赏脸"给许多荒唐的愚行、最后却在波林勃洛克之前黯然失色的那张脸吗？一道脆弱的光辉闪耀在这脸上，这脸也正像不可恃的荣光一般脆弱，（以镜猛掷地上）瞧它经不起用力一掷，就碎成片片了。沉默的国王，注意这一场小小的游戏中所含的教训吧，瞧我的悲哀怎样在片刻之间毁掉了我的容颜。

波林勃洛克　你的悲哀的影子毁灭了你的面貌的影子。

理查王　把那句话再说一遍。我的悲哀的影子！哈！让我想一想。一点也不错，我的悲哀都在我的心里；这些外表上的伤心恸哭，不过是那悄悄地充溢在受难的灵魂中的不可见的悲哀的影子，它的本体是在内心潜藏着的。国王，谢谢你广大的恩典，你不但给了我哀伤的原因，并且教给了我怎样悲恸的方法。我还要请求一个恩典，然后我就向你告辞，不再烦扰你了。你能不能答应我？

波林勃洛克　说吧，亲爱的王兄。

理查王　"亲爱的王兄"！我比一个国王更伟大，因为当我做国王的时候，向我谄媚的人不过是一群臣子；现在我自己做了臣子，却有一个国王向我谄媚。既然我是这样一个了不得的人，我也不必开口求人了。

波林勃洛克　还是说出你的要求来吧。

理查王　你会答应我的要求吗？

波林勃洛克　我会答应你的。

理查王　那么请准许我离去。

波林勃洛克　到哪儿去？

理查王　随便你叫我到哪儿去都好，只要不让我再看见你的脸。

波林勃洛克　来几个人把他送到塔里去。

理查王　啊，很好！你们都是送往迎来的人，靠着一个真命君王的没落捷足高升。

（若干卫士押理查王下）

波林勃洛克　下星期三我们将要郑重举行加冕的典礼；各位贤卿，你们就去准备起来吧。（除卡莱尔主教、威斯敏斯特长老及奥墨尔外均下）

长　老　我们在这儿看到了一幕伤心的惨剧。

卡莱尔　悲惨的事情还在后面；我们后世的子孙将会觉得这一天对于他们来说就像荆棘一般刺人。

奥墨尔　你们两位神圣的教士，难道没有计策可以从我们这国土之上除去这罪恶的污点吗？

长　老　大人，在我大胆地向您吐露我的衷曲以前，您必须郑重宣誓，不但为我保守秘密，并且还要尽力促成我的计划。我看见你们的眉宇之间充满了不平之气，你们的心头填塞着悲哀，你们的眼中洋溢着热泪。跟我回去晚餐；我要制定一个计划，它会使我们重见快乐的日子。（同下）

第五幕

第一场　伦敦。直达塔狱之街道

【王后及宫女等上。

王　后　王上将要到这一条路上来；这就是通到裘力斯·凯撒所造下的那座万恶
的高塔去的路，我的主已经被骄傲的波林勃洛克判定在那高塔的顽石之中做
一个囚人。让我们在这儿休息片刻，要是这叛逆的大地还有尺寸之土，可以
容许它的真正的国君的王后歇足的话。

【理查王及卫士上。

王　后　可是且慢，瞧；不，还是转过脸去，不要瞧我那美丽的蔷薇凋谢吧；可
是抬起头来，看看他，也许怜悯会使你们融为甘露，用你们真挚的眼泪重新
润泽他的容颜。啊！你这往昔特洛亚的残墟，你这旧日荣誉的草图，你是理
查王的墓碑，不是理查王自己；你这富丽的旅舍，为什么你容留丑陋的悲哀
寄住，却让胜利的欢乐去做下等酒肆中的顾客呢？

理查王　不要和悲哀携手，美人，不要加重我的悲哀，那样会使我太早结束我的
生命。记着，好人儿，你应该想我们过去的荣华不过是一场美妙的幻梦；现
在从梦里醒来，才发现了我们真实的处境。我是冷酷的"无可奈何"的结盟
兄弟，爱人，他跟我将要到死厮守在一起。你快到法国去，找一所庵院栖隐吧；
我的尘世的王冠已经因为自己的荒唐而失去了，从今以后，我们圣洁的生涯
将要为我们赢得一顶新世界的冠冕。

王　后　什么！我的理查在外形和心灵上都已经换了样子，变得这样孱弱了吗？
难道波林勃洛克把你的理智也剥夺去了并占据着你的心吗？狮子在临死的时

候，要是找不到其他复仇的对象，也会伸出它的脚爪挖掘泥土，发泄它的战败的愤怒；你是一头狮子，万兽中的君王，却甘心像一个学童一般，俯首帖耳地受人鞭挞，奴颜婢膝地向人乞怜吗？

理查王　万兽之王！真的我不过做了一群畜类的首脑；要是他们稍有人心，我至今还是一个人类中的幸福的君王。我的旧日的王后，你快准备准备到法国去吧；你不妨以为我已经死了，就在这儿，你在我的临终的床前向我做了最后的诀别。在冗长寒冬的夜里，你和善良的老妇们围炉闲坐，让她们讲给你听一些古昔悲惨的故事；你在向她们道晚安以前，为了酬谢她们的悲哀，就可以告诉她们我的一生的痛史，让她们听了流着眼泪回去睡觉；即使无知的火炬听了你动人的怨诉，也会流下同情的泪水，把它的火焰浇熄，有的在寒灰中哀悼，有的披上焦黑的丧服，追念一位被废黜的合法的君王。

　　　　【诺森伯兰率侍从上。

诺森伯兰　大人，波林勃洛克已经改变他的意旨；您必须到邦弗雷特，不用到塔里去了。娘娘，这儿还有对您所发的命令；您必须尽快动身到法国去。

理查王　诺森伯兰，你是野心的波林勃洛克登上我的御座的阶梯，你们早已恶贯满盈，不久就要在你们中间出现分化。你的心里将要这样想，虽然他把国土一分为二，把一半给了你，可是你有帮助他君临全国的大功，这样的报酬还嫌太轻；他的心里是这样想，你既然知道怎样扶立非法的君王，当然也知道怎样从僭窃的御座上把他推倒。恶人的友谊一下子就会变成恐惧，恐惧会引起彼此的憎恨，憎恨的结果，总有一方或双方得到咎有应得的死亡或祸报。

诺森伯兰　我的罪恶由我自己承担，不需要您操心。你们互相道别吧；因为您和娘娘，必须马上动身。

理查王　二度的离婚！恶人，你破坏了一段双重的婚姻；你使我的王冠离开了我，又要让我离开我的结发妻子。让我用一吻撤销你我之间的盟誓；可是不，因为那盟誓是用一吻缔结的。分开我们吧，诺森伯兰。我向北方去，凛冽的寒风和瘴疠在那里逞弄它们的淫威；我的妻子向法国去，她从那里初到这儿来的时候，艳妆华服，正像娇艳的五月，现在悄然归去，却像寂无生趣的寒冬。

王　后　我们一定要分手吗？我们不能再在一起了吗？

理查王　是的，我的爱人，我们的手儿不再相触，我们的心儿不再相通。

王　后　把我们两人一起放逐，让我跟着王上去吧。

诺森伯兰　虽然那可以表示你们的恩爱，可是不是最妥当的办法。

王　后　那么他到什么地方去，我也到什么地方去。

理查王　要是这样的话，我们两人就要相对流泪，使彼此的悲哀合而为一了。还是你在法国为我流泪，我在这儿为你流泪吧；与其近而多愁，不如彼此远离。去，用叹息计算你的路程，我将用痛苦的呻吟计算我的路程。

王　后　那么最长的路程将要听到最长的呻吟。

理查王　我的路是短的，每一步我将要呻吟两次，再用一颗沉重的心补充它的不足。来，来，当我们向悲哀求婚的时候，我们应该越快越好，因为和它结婚以后，我们将要忍受长期的痛苦。让一个吻堵住我们俩的嘴，然后默默地分别；凭着这一个吻，我把我的心给了你，也把你的心取了来了。（二人相吻）

王　后　把我的心还我；你不应该把你的心交给我保管，因为它将会在我的悲哀之中憔悴而死。（二人重吻）现在我已经得到我自己的心了，去吧，我要竭力用一声惨叫把它杀死。

理查王　我们这样痴心地的留恋，简直是在玩弄着痛苦。再会吧，让悲哀代替我们诉说一切不尽的余言。（各下）

第二场　同前。约克公爵府中一室

【约克及其夫人上。

约克公爵夫人　夫君，您刚才正要告诉我我们那两位侄子到伦敦来的情形，可是您讲了一半就哭了起来，没有把这段话说下去。

约　克　我讲到什么地方了？

约克公爵夫人　您刚说到那些粗暴而无礼的手从窗口里把泥土和秽物丢到理查王的头上；说到这里，悲哀就使您停住了。

约　克　我已经说过，那时候那位公爵，伟大的波林勃洛克，骑着一匹勇猛的骏马，它似乎认得它的雄心勃勃的骑士，用缓慢而庄严的步伐徐徐前进，所有的人们都齐声高呼："上帝保佑你，波林勃洛克！"你会觉得窗子都在开口说话；那么多的青年和老人的贪婪的眼光，从窗口向他的脸上投射他们热烈的目光；所有的墙壁都仿佛在异口同声地说："耶稣保佑你！欢迎，波林勃洛克！"

他呢，一会儿向着这边，一会儿向着那边，对两旁的人们脱帽点首，他的头垂得比那骄傲的马的颈项更低，他向他们这样说，"谢谢你们，各位同胞"；这样一路上打着招呼过去。

约克公爵夫人　唉，可怜的理查！这时候他骑着马在什么地方呢？

约　　克　正像在一座戏院里，当一个红角下场以后，观众用冷淡的眼光注视着之后登台的伶人，觉得他的饶舌十分讨厌一般；人们的眼睛也正是这样，或者用更大的轻蔑向理查怒视。没有人高呼"上帝保佑他"；没有一个快乐的声音欢迎他回来；只有泥土掷在他的神圣的头上，他是那样柔和而凄婉地把它们轻轻挥去，他的眼睛里噙着泪水，他的嘴角含着微笑，表示出他的悲哀和忍耐，倘不是上帝为了某种特殊的目的，使人们的心变得那样冷酷，谁见了他都不能不为之深深感动，最野蛮的人也会同情于他。可是这些事情都有上天做主，我们必须俯首顺从它崇高的意旨。现在我们是向波林勃洛克宣誓尽忠的臣子了，他的尊严和荣誉将永远被我所护拥。

约克公爵夫人　我的儿子奥墨尔来了。

约　　克　他过去是奥墨尔，可是因为他是理查的党羽，已经失去他原来的爵号；夫人，你现在必须称他为鲁特兰了。我在议会里还替他担保过一定对新王矢忠效命呢。

　　　　　【奥墨尔上。

约克公爵夫人　欢迎回来，我的儿子；新的春天来到了，哪些人是现在当令的鲜花呢？

奥墨尔　母亲，我不知道，我也懒得关心；上帝知道我羞于和他们为伍。

约　　克　呃，在这新的春天，你得格外注意你的行动，免得还没有到开花结实的时候，你就给人剪去了枝叶。牛津有什么消息？他们还在那里举行着各种比武和竞赛吗？

奥墨尔　据我所知，父亲，这些仍旧在照常举行。

约　　克　我知道你要到那里去。

奥墨尔　要是上帝允许我，我是准备去的。

约　　克　那在你的胸前露出的是一封什么书信？哦，你的脸色变了吗？让我瞧瞧上面写着些什么话。

奥墨尔　父亲，那没有什么。

约　克　那么就让人家瞧瞧也不妨。我一定要知道它的内容；给我看写了些什么。

奥墨尔　求父亲大人千万原谅我；那不过是一件无关重要的小事，但因为某种理由，我不能让其他人瞧见。

约　克　为了某种理由，伙计，我一定要瞧瞧。我怕，我怕——

约克公爵夫人　您怕些什么？那看来不过是因为他想要在比武的日子穿几件华丽的服装，欠下人家一些款项的借据罢了。

约　克　哼，借据！他借了人家的钱，会自己拿着借据吗？夫人，你是一个傻瓜。孩子，让我瞧瞧上面写着些什么话。

奥墨尔　请您原谅，我不能给您看。

约　克　我非看不可；来，给我。（夺盟书阅看）反了！反了！混蛋！奸贼！奴才！

约克公爵夫人　什么事，我的夫君？

约　克　喂！里边有人吗？

　　　　　【一仆人上。

约　克　替我备马。慈悲的上帝！这是什么叛逆的阴谋！

约克公爵夫人　哎哟，什么事，我的夫君！

约　克　喂，把我的靴子给我；替我备马。嘿，凭着我的荣誉、我的生命、我的良心起誓，我要告发这奸贼去。（仆人下）

约克公爵夫人　究竟是怎么一回事呀？

约　克　闭嘴，愚蠢的妇人。

约克公爵夫人　我偏不闭嘴。到底什么事，奥墨尔？

奥墨尔　好妈妈，您安心吧；没有什么事，反正拼着我这一条命就是了。

约克公爵夫人　拼着你那一条命！

约　克　把我的靴子拿来；我要见国王去。

　　　　　【仆人持靴重上。

约克公爵夫人　打他，奥墨尔。可怜的孩子，你全然吓呆了。（向仆人）滚出去，狗奴才！再也不要走近我的面前。（仆人下）

约　克　喂，把我的靴子给我。

约克公爵夫人　唉，约克，你要怎样呢？难道你自己的儿子犯了一点过失，你都不肯替他遮盖吗？我们还有别的儿子，或者还会生下一男半女吗？我的生育的时期不是早已过去了吗？我现在年纪老了，只有这一个好儿子，你却要生

120

生把我们拆开，害我连一个快乐的母亲的头衔都不能保全吗？他不是很像你吗？他不是你自己的亲生骨肉吗？

约　克　你这痴心的疯狂的妇人，你想把这黑暗的阴谋隐匿起来吗？这儿写着他们有十来个同党已经互相结盟，要在牛津刺杀国王。

约克公爵夫人　他一定不会去参加；我们叫他待在家里就是了，那不就和他不相干了吗？

约　克　走开，糊涂的妇人！即使他跟我有二十重的父子关系，我也要告发他。

约克公爵夫人　要是你也像我一样曾经为他忍受生育之苦，你就会仁慈一些的。可是现在我明白你的意思了；你一定疑心我曾经对你不贞，以为他是一个私生的野种，不是你的儿子。亲爱的约克，我的好丈夫，不要那样想；他的面貌完全和你一个模样，不像我，也不像我的亲属，而且我那么爱他。

约　克　让开，放肆的妇人！（下）

约克公爵夫人　追上去，奥墨尔！骑上他的马，加鞭疾驰，赶在他的前头去见国王，趁他没有控诉你以前，先向国王请求宽恕你的过失。我立刻就会来的；虽然老了，我相信我骑起马来，还可以像约克一样快。我会长跪不起，直到波林勃洛克宽恕了你。去吧！（各下）

第三场　温莎。堡中一室

【波林勃洛克冕服上；亨利·潘西及众臣随上。

波林勃洛克　谁也不知道我那放荡的儿子的下落吗？自从我上次看见他一面以后，到现在足足三个月了。他是我的唯一的祸根。各位贤卿，我巴不得赶紧把他找到才好。到伦敦各家酒店里打听打听，因为人家说他每天都要带着一群胡作非为的狐朋狗友到那种地方去；他所交往的那些人，甚至于会在狭巷之中殴辱巡丁，劫掠路人，这荒唐而柔弱的孩子却会不顾自己的身份，支持这群流氓的行为。

亨利·潘西　陛下，大约在两天前，我曾经见过王子，并且告诉他在牛津举行的这些盛大的赛会。

波林勃洛克　那他怎么说？

亨利·潘西　他的回答是，他要到妓院里去，从一个最丑的娼妇手上拉下一只手套，戴着作为纪念；凭着那手套，他要把最勇猛的挑战者掀下马来。

波林勃洛克　这简直太胡闹了；可是从他的胡闹之中，我可以看见一些希望的光芒，也许等他年纪大了点儿后，他的行为就会改善的。那是谁来啦？

　　　　　【奥墨尔上。

奥墨尔　王上在什么地方？

波林勃洛克　贤弟为什么这样神色慌张？

奥墨尔　上帝保佑陛下！请陛下允许我跟您独自说句话。

波林勃洛克　你们退下去吧，让我们两人在这儿谈话。（亨利及众臣下）贤弟有什么事情？

奥墨尔　（跪）愿我的双膝在地上生了根，我的舌头永远粘在颚上发不出声音来，要是您不先宽恕了我，我就一辈子不起来，一辈子不说话。

波林勃洛克　你的过失仅仅是一种企图呢，还是一件已经犯下的罪恶？假如还只是图谋未遂的案件，无论案情怎样重大，只要你日后对我效忠，我都可以宽恕你。

奥墨尔　那么准许我把门锁了，在我的话没有说完以前，谁也不要让他进来。

波林勃洛克　随你的便吧。（奥墨尔锁门）

约　克　（在内）陛下，留心！不要被人暗算；有个叛徒站在你的面前呢。

波林勃洛克　（拔剑）奸贼，你动一动就没命。

奥墨尔　愿陛下息怒；我不会加害于您。

约　克　（在内）开门，你这粗心的不知利害的国王；难道我为了尽忠的缘故，必须向你说失敬的话吗？开门，否则我要破门而入了。（波林勃洛克开门）

　　　　　【约克上。

波林勃洛克　（将门重新锁上）什么事，叔父？说吧。安静一会儿，让您的呼吸回复过来。告诉我危险离我们还有多远，让我们好去准备抵御它。

约　克　读一读这儿写着的文字，你就可以知道他们在进行着怎样叛逆的阴谋。

奥墨尔　当您读着的时候，请记住您给我的允许。我已经忏悔我的错误，不要在那上面读出我的名字；我的手虽然签署盟约，我的心却并没有表示同意。

约　克　奸贼，你有了谋叛的祸心，才会亲手签下你的名字。这片纸是我从这叛徒的怀里抢下来的，国王；恐惧使他忏悔，并不是他真有悔悟的诚心。不要

122

怜悯他，免得你的怜悯变成一条毒蛇而攻击了你的心。

波林勃洛克　啊，万恶的大胆的阴谋！啊，一个叛逆儿子的忠心的父亲！您是一
道清净无垢的洁白的泉源，他这一条溪水就从您的源头流出，却在淤泥之中
玷污了他自己！您的大量的美德在他身上都变成了奸恶，可是您的失足的儿
子这一个罪该万死的过失，将要因为您的无限的善良而获得宽宥。

约　克　那么我的德行将要成为他作恶的护符，他的耻辱将要败坏我的荣誉，正
像浪子们挥霍他们父亲辛苦积聚下来的金钱一样了。他的耻辱死了，我的荣
誉才可以生存；否则我就要在他的耻辱之中度我含羞蒙垢的生活。你让他活
命，等于把我杀死；赦免了叛徒，就等于把忠臣处了死刑。

约克公爵夫人　（在内）喂，陛下！为了上帝的缘故，让我进来。

波林勃洛克　什么人尖声尖气地在外边嚷叫？

约克公爵夫人　（在内）一个妇人，您的婶娘，伟大的君王；是我。对我说话，可
怜我，开开门吧；一个从来不曾向人请求过的乞丐在请求您。

波林勃洛克　我们这一出庄严的戏剧，现在却变成"乞丐与国王"了。我的包藏
祸心的兄弟，让你的母亲进来；我知道她要来为你的罪恶求恕。（奥墨尔开门）

约　克　要是您听从了无论什么人的求告把他宽恕，更多的罪恶将要因此而横行
无忌。割去腐烂的关节，才可以保全身体上其余各部分的完好；要是听其自然，
它的脓毒就要四散蔓延，使全身陷于不可救治的地步。

　　　　　【约克公爵夫人上。

约克公爵夫人　啊，国王！不要相信这个狠心的人；他不爱自己，又怎么能爱别
人呢？

约　克　你这疯狂的妇人，你到这儿来干什么？难道你衰老的乳头还要喂哺一个叛
徒吗？

约克公爵夫人　亲爱的约克，不要生气。（跪）听我说，仁慈的陛下。

波林勃洛克　起来，好婶娘。

约克公爵夫人　不，我还不能起来。我要永远跪在地上匍匐膝行，我将永远看不
见幸福的人们所见的白昼，直到您把快乐给了我，那就是宽恕了鲁特兰，我
那一时失足的孩子。

奥墨尔　求陛下俯从我母亲的祷请，我也在这儿跪下了。（跪）

约　克　我也屈下我忠诚的膝骨，求陛下不要听从他们。（跪）要是您宽恕了他，

您将要招致无穷的后患！

约克公爵夫人　他的请求是真心的吗？瞧他的脸吧；他的眼睛里没有流出一滴泪，他的祈祷是没有诚意的。他的话从他的嘴里出来，我们的话却发自我们的衷心；他的请求不过是虚晃了事，心里但愿您把它拒绝，我们却用整个的心灵和一切向您祈求；我知道他的疲劳的双膝巴不得早些站起，我们却甘心长跪不起，直到我们的膝盖在地上生了根。我们真诚热烈的祈求胜过他假惺惺的作态，所以让我们得到虔诚的祈祷者所应该得到的慈悲吧。

波林勃洛克　好婶娘，起来吧。

约克公爵夫人　不，不要叫我起来；您应该先说"宽恕"，然后再说"起来"。假如我是您的保姆，我在教您说话的时候，一定先教您说"宽恕"二字。我从来不曾像现在这样渴望着听见这两个字；说"宽恕"吧，国王，让怜悯教您怎样把它们说出口来。这不过是两个短短的字眼，听上去却是那么可爱；没有别的字比"宽恕"更适合于君王之口了。

约　克　您用法文说吧，国王；说"pardonne moy"①。

约克公爵夫人　你要让宽恕毁灭宽恕吗？啊，我冷酷的丈夫，我狠心的主！按照我们国内通用的语言，说出"宽恕"这两个字来吧；我们不懂得那种扭扭捏捏的法文。您的眼睛在开始说话了，把您的舌头装在您的眼眶里吧；或者把您的耳朵插在您怜悯的心头上，让它听见我们的哀诉和祈祷怎样刺透您的心灵，也许怜悯会感动您把"宽恕"二字吐露出来。

波林勃洛克　好婶娘，站起来。

约克公爵夫人　我并不要求您叫我站起；宽恕是我唯一的请愿。

波林勃洛克　我宽恕他，正像上帝将要宽恕我一样。

约克公爵夫人　啊，屈膝的幸福的收获！可是我还是满腔忧惧；再说一遍吧，把"宽恕"说了两次，并不是把宽恕分而为二，这样才会格外加强宽恕的力量。

波林勃洛克　我用全心宽恕他。

约克公爵夫人　您是一个地上的天神。

波林勃洛克　可是对于我们那位忠实的姻兄和那位长老，以及一切他们的同党，灭亡的命运将要立刻追踪在他们的背后。好叔父，帮助我调遣几支军队到牛

---

① 婉言谢绝的习惯用语，意即："对不起，不行。"

124

津或者凡是这些叛徒们所寄足的无论什么地方去；我发誓决不让他们活在世上，只要知道他们的下落，一定要叫他们落在我的手里。叔父，再会吧。兄弟，再会；你的母亲太会求情了，愿你从此以后做一个忠心的人。

约克公爵夫人　来，我儿；求上帝让你改过自新。（各下）

第四场　堡中另一室

【艾克斯顿及一仆人上。

艾克斯顿　你没有注意到王上说些什么话吗？"难道我没有一个朋友，愿意替我解除这一段活生生的忧虑吗？"他不是这样说吗？

仆　人　他正是这样说的。

艾克斯顿　他说："难道我没有一个朋友吗？"他把这句话接连说了两次，不是吗？

仆　人　正是。

艾克斯顿　当他说这句话的时候，他故意瞧着我，仿佛在说："我希望你是愿意为我解除我的心病的人。"他的意思当然是指那幽居在邦弗雷特的废王而说的。来，我们去吧；我是王上的朋友，我要替他除去他的敌人。（同下）

第五场　邦弗雷特。堡中监狱

【理查王上。

理查王　我正在研究怎样可以把我所栖身的这座牢狱和整个的世界两相比较；可是因为这世上充满了人类，而这儿除了我一人之外，没有其他的生物，所以它们是无法比较的；虽然这样说，我还要仔细思考一下。我要证明我的头脑是我心灵的伴侣，我的心灵是我思想的父亲；它们两个产下了一代生生不息的思想，这些思想充斥在这小小的世界之上，正像世上的人们一般互相倾轧，因为没有一个思想是满足的。比较好的那些思想，例如关于宗教方面的思想，却和怀疑互相间杂，往往援用经文的本身攻击经文；譬如说，"来吧，小孩子们"；可是接着又这么说："到天国去是像骆驼穿过针孔一般艰难的。"

野心勃勃的思想总在计划不可能的奇迹；凭着这些脆弱无力的指爪，怎样从这冷酷的世界的坚硬的肋骨——我的凹凸不平的囚墙上，抓破一条出路；可是因为它们没有这样的能力，所以只能在它们自己的盛气之中死去。安分自足的思想却用这样的话安慰自己：它们并不是命运的最初的奴隶，也不会是它的最后的奴隶；正像愚蠢的乞丐套上了枷，自以为在他以前许多人都套过枷，在他以后，也还有别的人要站在他现在所站的地方，用这样的思想掩饰他们的羞辱一样。凭着这一种念头，它们获得了精神上的宽裕，假借过去的人们同样的遭际来背负它们不幸的灾祸。这样我一个人扮演着许多不同的角色，没有一个能够满足他自己的命运：有时我是国王；叛逆的奸谋使我希望我是一个乞丐，于是我就变成了乞丐；可是压人的穷困劝诱我还不如做一个国王，于是我又变成了国王；一会儿忽然想到我的王位已经被波林勃洛克所推翻，那时候我又变得什么都不是了；可是无论我是什么人，无论是我还是别人，只要是一个人，在他没有彻底化为乌有之前，是什么也不能使他感到满足的。我听见的是音乐吗？（乐声）嘿，嘿！不要错了拍子。美妙的音乐失去了和谐的节奏，听上去该是多么可厌！人们生命中的音乐也正是这样。我的耳朵能够辨别一根琴弦上错乱的节奏，却听不出我的地位和时间已经整个失去了和谐。我曾经消耗时间，现在时间却在消耗着我；时间已经使我成为他计时的钟；我的每一个思想代表着每一分钟，它的叹息代替了嘀嗒的声音，一声声打进我的眼里；那不断地揩拭着眼泪的我的手指，正像钟面上的时针，指示着时间的行进；那叩击我的心灵的沉重的叹息，便是报告时间的钟声。这样我用叹息、眼泪和呻吟代表一分钟一小时的时间；可是我的时间在波林勃洛克的得意的欢娱中飞驰过去，我像一个钟里的机器人一样站在这儿，替他无聊地看守着时间。这音乐使我发疯；不要再奏下去了，因为虽然它可以帮助疯人恢复理智，对于我，却似乎能够使头脑清醒的人变成疯狂。可是祝福那为我奏乐的人！因为这总是好意的表示，在这充满着敌意的世上，好意对于理查是一件珍奇的宝物。

【马夫上。

马　夫　祝福，庄严的君王！

理查王　谢谢，尊贵的卿士；我们中间最微贱的人，也会高抬他自己的身价。你是什么人？这儿除了给我送食物来、延长我不幸的生命的那个可恶的家伙以外，从来不曾有人来过；你是怎么来的，伙计？

马　夫　王上，从前您还是一个国王的时候，我是你的御厩里的一个卑微的马夫；这次我因为到约克那里去，路过这里，好容易向他们千求万告，总算见到我的旧日的王上一面。啊！那天波林勃洛克加冕的日子，我在伦敦街道上看见他骑着那匹斑色的巴巴里马，我想起从前常常骑着它，我替它梳刷的时候，也总是特别用心，现在马儿已经换了主人，看着它我的心就痛了。

理查王　他骑着巴巴里马吗？告诉我，好朋友，它载着波林勃洛克时是什么样的？

马　夫　昂首阔步，就像它瞧不起脚下的土地一般。

理查王　它是因为波林勃洛克在它的背上而这样骄傲的！那畜生曾经从我尊贵的手里吃过面包，它曾经享受过御手抚拍的光荣。它怎么不颠踬吗？骄傲必然会遭到倾覆，它怎么不失足倒地，跌断那骑着它的身体的骄傲的家伙的头颈呢？请原谅我，马儿！你是造下来受制于人，天生供人坐骑的东西，为什么我要把你责骂呢？我并不是一匹马，却像驴子一般背负着重担，被波林勃洛克鞭策得遍体鳞伤。

　　　　【狱卒持一盆食物上。

狱　卒　（向马夫）伙计，走开；你不能再留在这儿了。

理查王　要是你爱我，现在你可以走了。

马　夫　我的舌头所不敢说的话，我的心将要代替它诉说。（下）

狱　卒　大人，请用餐吧。

理查王　按照平日的规矩，你应该先尝一口再给我。

狱　卒　大人，我不敢；艾克斯顿的皮厄斯爵士刚从王上那里来，吩咐我不准尝食。

理查王　魔鬼把亨利·兰开斯特和你一起抓了去！我再也无法忍受了。（打狱卒）

狱　卒　救命！救命！救命！

　　　　【艾克斯顿及从仆等武装上。

理查王　呀！这一场杀气腾腾的进攻是什么意思？恶人，让你自己手里的武器结果你自己的生命。（自一仆人手中夺下兵器，将其杀死）你也到地狱去吧！（杀死另一仆人，艾克斯顿击倒理查王）那击倒我的手将要在永远不熄的烈火中焚烧。艾克斯顿，你的凶暴的手已经用国王的血玷污了国王自己的土地。飞升吧，飞升吧，我的灵魂！你的位置是在高高的天上，我污浊的肉体却在要这儿死去，沉埋于地底。（死）

127

艾克斯顿　　他满身都是勇气，正像他满身都是高贵的血液一样。我已经溅洒他的
　　　血液，毁灭了他的勇气；啊！但愿这是一件好事，因为那夸奖我干得不错的
　　　魔鬼，现在却对我说这件行为已经记载在地狱的黑册之中。我要把这死了的
　　　国王带到活着的国王那里去。把其余的尸体搬去，就在这儿找一处地方埋了。

（同下）

第六场　　温莎。堡中一室

【喇叭奏花腔。波林勃洛克、约克及群臣侍从等上。

波林勃洛克　　好约克叔父，我们最近听到的消息，说叛徒们已经纵火焚烧我们葛
　　　罗斯特郡的西斯特镇；可是他们有没有被擒被杀，还没有听到下文。

【诺森伯兰上。

波林勃洛克　　欢迎，贤卿。有什么消息没有？

诺森伯兰　　第一，我要向陛下恭祝万福。第二，我要报告我已经把萨立斯伯雷、
　　　斯宾塞、勃伦特和肯特这些人的首级送到伦敦去了。他们怎样被捕的，这封
　　　书信上写得很详细。

波林勃洛克　　谢谢你的勤劳，善良的潘西，我一定要重重奖赏你的大功。

【费兹华特上。

费兹华特　　陛下，我已经把勃洛卡斯和班纳特·西利爵士的首级从牛津送到伦敦
　　　去了，他们两人也是企图在牛津向您行刺的同谋逆犯。

波林勃洛克　　费兹华特，你的辛劳是不会被我忘却的；我知道你这次立功不小。

【亨利·潘西率卡莱尔主教上。

亨利·潘西　　那谋逆的主犯威斯敏斯特长老因为忧愧交集，已经得病身亡；可是
　　　这儿还有活着的卡莱尔，等候您宣判，惩戒他不法的妄图。

波林勃洛克　　卡莱尔，这是我给你的判决：找一处僻静的地方，打扫一间清净庄
　　　严的精舍，在那儿度过你逍遥自在的余生；平平安安地活着，无牵无挂地死去。
　　　虽然你是我的敌人，我却可以从你身上看到忠义正直的光辉。

【艾克斯顿率仆从抬棺上。

艾克斯顿　　伟大的君王，在这棺材内，我向您呈献您已埋葬了的恐惧；在这儿无

声无息地躺着您最大的敌人，波尔多的理查，他已经被我带来了。

波林勃洛克　艾克斯顿，我不能感谢你的好意，因为你已经用你的毒手干下一件毁坏我的荣誉、玷辱我们整个国土的恶事。

艾克斯顿　陛下，我可是因为听了您亲口所说的话，才去干这件事的。

波林勃洛克　需要毒药的人，并不喜爱毒药，我对你也是这样；虽然我希望他死，乐意看到他被杀，我却痛恨杀死他的凶手。你把一颗负罪的良心拿去作为你的辛劳的报酬吧，可是你不能得到我的嘉许和眷宠；愿你跟着该隐在暮夜的黑暗中徘徊，再不要在光天化日之下显露你的容颜。各位贤卿，我郑重声明，凭着鲜血浇溉成的我今日的地位，这一件事会使我的灵魂抱恨终生。来，赶快披上阴郁的丧袍，陪着我哀悼吧，因为我是真心的悲恸。我还要参谒圣地，洗去我这罪恶的手上的血迹。现在让我们用沉痛的悲泣，肃穆地护送这死于非命的遗骸。（同下）

H ENRY IV, PART 1
亨利四世第一篇

❋ 一个人活在世上，应该时时刻刻说真
话羞辱魔鬼！

导　读

　　《亨利四世第一篇》主要写了曾拥护波林勃洛克登上王位的潘西父子的叛乱。

　　波林勃洛克成为亨利四世，由于是用不光彩手段夺得王位，所以激起很多贵族的不满。威尔士贵族葛兰道厄首先起兵叛乱，然后是苏格兰贵族道格拉斯伯爵趁机侵入英格兰。这次英国方面由年轻的亨利·潘西·霍茨波带兵把叛军打得一败涂地。根据当时风俗，战俘可以用赎金释放，拥有战俘的人可以得到一笔十分可观的赎金，所以霍茨波拒绝向亨利四世交出战俘，因而与亨利四世反目。霍茨波与父亲诺森伯兰伯爵、叔父华斯特伯爵商量决定无条件释放所有战俘，然后联合道格拉斯一同起兵反对亨利四世。

　　为了平定叛乱，亨利四世决定御驾亲征。出征前他召唤长子（也叫亨利）谈话。亨利四世长子昵称哈利或哈尔。哈尔亲王在太子时期，是个只知道吃喝玩乐、游手好闲、终日鬼混的公子哥儿。亨利四世流泪诚恳地指出他的错误，哈尔亲王终于醒悟，向父王保证用实际行动痛改前非，并参加平叛战斗。最终亨利亲王平定了叛乱，杀死了有勇无谋的霍茨波，获得了全胜。

剧中人物

亨利王

亨利　威尔士亲王 ⎫
约翰·兰开斯特 ⎬ 亨利王之子

威斯摩兰伯爵

华特·勃伦特爵士

托马斯·潘西　华斯特伯爵

亨利·潘西　诺森伯兰伯爵

亨利·潘西·霍茨波　诺森伯兰伯爵之子

爱德蒙·摩提默　马契伯爵

理查·斯克鲁普　约克大主教

阿契包尔德　道格拉斯伯爵

奥温·葛兰道厄

理查·凡农爵士

约翰·福斯塔夫爵士

迈克尔爵士　约克大主教之友

波因斯　哈尔亲王的侍从

盖兹希尔

皮　多

巴道夫

潘西夫人　霍茨波之妻，摩提默之妹

摩提默夫人　葛兰道厄之女，摩提默之妻

快嘴桂嫂　开设于依斯特溪泊之野猪头酒店主妇

群臣、军官、郡吏、酒店主、掌柜、酒保、二脚夫、旅客及侍从等

地　点

英　国

第一幕

第一场　伦敦。王宫

【亨利王、威斯摩兰及余人等上。

亨利王　在这风雨飘摇、国家多故的时候，我们惊魂初定，喘息未复，又要用我们断续的语音，宣告在遥远的海外行将开始新的争战。我们绝对不会让我们的国土用她自己子女的血涂染她的嘴唇；我们绝对不会让战壕毁坏她的田野，绝对不会让战马的铁蹄蹂躏她的花草。那些像扰乱天庭的流星般的敌对的眼睛，本来都是同种同源，虽然最近曾经演成阋墙的惨变，今后将要同仇敌忾，步伐一致，不再蹈同室操戈的覆辙；我们绝对不会再让战争的锋刃像一柄插在破鞘里的刀子一般，伤害它自己的主人。所以，朋友们，我将要立即征集一支纯粹英格兰土著的军队，开往基督的圣陵；在他那神圣的十字架之下，我是立誓为他作战的兵士，我们英国人生来的使命就是要用武器把那些异教徒从那曾经救世教主的宝足所践踏的圣地上驱逐出去，在一千四百年以前，他为了我们的缘故，曾经被钉在痛苦的十字架上。可是这是一年前就已定下的计划，无须再向你们申述我出征的决心，所以这并不是我们今天集会的目的。威斯摩兰贤卿，请你报告在昨晚的会议上，对于我们进行这次意义重大的战役有些什么决定。

威斯摩兰　陛下，我们昨晚正在热烈讨论着这个问题，并且已就各方面的指挥作出部署，不料出人意外地从威尔士来了一个急使，带来许多不幸的消息；其中最坏的消息是，那位尊贵的摩提默率领着海瑞福德郡的民众向那乱法狂悖的葛兰道厄作战，已经被那残暴的威尔士人捉去，他手下的一千兵士，都已

134

尽遭屠戮，他们的尸体被那些威尔士妇女们用惨无人道的手段横加凌辱，那种兽行简直叫人无法说出口来。

亨利王　这样看来，我们远征圣地的壮举，又要被这方面的乱事耽搁下来了。

威斯摩兰　不但如此，陛下，从北方传来了更严重的消息：在圣十字架日①那一天，少年英武的哼亨利·潘西·霍茨波和勇猛的阿契包尔德，那以善战知名的苏格兰人，在霍美敦交锋，进行了一场非常惨烈的血战；传报这消息的人，就在他们争斗得最紧张的时候飞骑南下，还不知道究竟谁胜谁败。

亨利王　这儿有一位忠勤的朋友，华特·勃伦特爵士，新近从霍美敦一路到此，征鞍甫卸，他的衣衫上还染着各地的灰尘；他给我们带来了可喜的消息。道格拉斯伯爵已经战败了；华特爵士亲眼看见一万个勇敢的苏格兰人和二十二个骑士倒毙在霍美敦战场上，他们的尸体堆积在他们自己的血泊之中。被霍茨波擒获的俘虏有法夫伯爵摩代克，他就是战败的道格拉斯的长子，还有亚索尔伯爵、茂雷伯爵、安格斯伯爵和曼梯斯伯爵。这不是赫赫的战果吗？哈，贤卿，你说是不是？

威斯摩兰　真的，这是一次值得一位君王夸耀的胜利。

亨利王　嗯，提起这件事，就使我又是伤心，又是妒忌，妒忌我的诺森伯兰伯爵居然会有这么一个好儿子，他的声名流传众口，就像众木丛中一株最挺秀卓异的佳树，他是命运的骄儿和爱宠。当我听见人家对他的赞美的时候，我就看见放荡和耻辱在我那小儿亨利的额上留下的烙印。啊！要是可以证明哪一个夜游的神仙在襁褓之中交换了我们的婴孩，使我的儿子称为潘西，他的儿子称为普兰塔琪纳特，那么我就可以得到他的亨利，让他把我的儿子领了去。可是让我不要再想起他了吧。贤卿，你觉得这个年轻的潘西是不是骄傲得太过分了？他把这次战役中捉到的俘虏一起由他自己扣留下来，却寄信给我说，除了法夫伯爵摩代克以外，其余的他都不准备交给我。

威斯摩兰　他的叔父华斯特在各方面都对您怀着恶意，他这回一定是受了他的教唆才会鼓起他的少年的意气，触犯陛下的威严。

亨利王　可是我已经召唤他来解释他这一次的用意了；为了这件事情，我们只好暂时搁置我们远征耶路撒冷的计划。贤卿，下星期三我将要在温莎举行会议，

---

① 圣十字架日，九月十四日，罗马教徒之祭日。

你去向众大臣通知一声，然后赶快回来见我，因为我在一时愤怒之中，有许多应当说的话没说、应当做的事没做哩。

威斯摩兰　我去去就来，陛下。（各下）

第二场　同前。亲王所居一室

【亲王及福斯塔夫上。

福斯塔夫　哈尔，现在什么时候啦，孩子？

亲　王　你只知道喝好酒，吃饱了晚餐把纽扣松开，一过中午就躺在长椅子上打鼾；你让油脂蒙住了心，所以才会忘记什么是你应该问的问题。见什么鬼你要问起时候来？除非每一小时是一杯白葡萄酒，每一分钟是一只阉鸡，时钟是鸨妇们的舌头，日晷是妓院前的招牌，那光明的太阳自己是一个穿着火焰色软缎的风流热情的姑娘，我不知道为什么你会这样多事，问起现在是什么时候来。

福斯塔夫　真的，你说中我的心病啦，哈尔；因为我们这种靠着偷盗过日子的人，总是在月亮和七星之下出现，从来不会在福玻斯，那漂亮的游行骑士的威光之下露脸。乖乖好孩子，等你做了国王以后——上帝保佑你殿下——不，我应当说陛下才是——其实犯不上为你祈祷——

亲　王　什么！犯不上为我祈祷？

福斯塔夫　可不是吗？就连吃鸡蛋黄油之前的那点儿祷词也不值得花在你身上。

亲　王　好，怎么样？来，快说，快说。

福斯塔夫　呃，我说，好孩子，等你做了国王以后，不要让我们这些夜间的绅士们被人称为掠夺白昼的佳丽的窃贼；让我们成为狄安娜的猎户，月亮的嬖宠；让人家说，我们都是很有节制的人，因为正像海水一般，我们受着我们高贵纯洁的女王月亮的节制，我们是在她的许可之下偷窃的。

亲　王　你说得好，一点不错，因为我们这些月亮的信徒们既然像海水一般受着月亮的节制，我们的命运也像海水一般起伏不定。举个例说，星期一晚上出了死力抢下来一袋金钱，星期二早上便会把它胡乱花去；凭着一声吆喝"放下"把它抓到手里，喊了几回"酒来"就花得一文不剩。有时潦倒不堪，可是也

136

许有一天时来运转，两脚腾空，高升绞架。

福斯塔夫　天哪，你说得有理，孩子。咱们那位酒店里的老板娘不是一个最甜蜜的女人吗？

亲　王　正像上等的蜂蜜一样，我的城堡里的老家伙。弄一件软皮外套不是最舒服的囚衣吗？

福斯塔夫　怎么，怎么，疯孩子！嘿，又要说你的俏皮话了吗？一件软皮外套跟我有什么相干？

亲　王　嘿，酒店里的老板娘跟我又有什么关系？

福斯塔夫　哦，你不是常常叫她来算账吗？

亲　王　我有没有叫你付过你自己欠下的账？

福斯塔夫　不，那倒要说句良心话，我的账都是你替我付清的。

亲　王　嗯，我有钱就替你付钱；没钱的时候，我也曾凭着我的信用替你担保。

福斯塔夫　嗯，你把你的信用到处滥用，倘不是谁都知道你是当今亲王——可是，好孩子，等你做了国王以后，英国是不是照样有绞架，老朽的法律会不会照样百般刁难刚勇的好汉？你要是做了国王，千万不要吊死一个偷儿。

亲　王　不，我让你去。

福斯塔夫　让我去，那太难得了，我当起审判官来准保威风十足。

亲　王　你现在已经审判错了。我是说让你去吊死那些贼，当个难得的刽子手。

福斯塔夫　好，哈尔，好；与其在宫廷里奔走侍候，倒不如做个刽子手更合我的胃口。

亲　王　奔走个什么劲儿？等御赏？

福斯塔夫　不，等衣裳，一当刽子手，衣囊就得肥了。他妈的，我简直像一只老雄猫或是一头给人硬拖着走的熊一般闷闷不乐。

亲　王　又像一头衰老的狮子，一把恋人的琴。

福斯塔夫　嗯，又像一支风笛的管子。

亲　王　你说你的忧郁像不像一只野兔，或是一道旷野里的荒沟？

福斯塔夫　你就会做这种无聊的比喻，真是一个坏透了的可爱的少年王子；可是，哈尔，请你不要再跟我多说废话了吧。但愿上帝指示我们什么地方有好名誉出卖。一个政府里的老大臣前天在街上当着我的面前骂你，可是我听也没有听他；然而他讲的话倒是很有理的，我就是没有理他；虽然他的话讲得很有理，而且是在街上讲的。

亲　王　你不理他很好，因为智慧在街道上高呼，谁也不会去理会它的声音。

福斯塔夫　哎哟！你满口都是些该死的格言成语，真的，一个圣人也会被你引诱坏了。我受你的害才不浅哩，哈尔；愿上帝宽恕你！我在没有认识你以前，哈尔，我是什么都不知道的；现在呢，说句老实话，我简直比一个坏人好不了多少。我必须放弃这种生活，我一定要放弃这种生活；上帝在上，要是我再不悔过自新，我就是一个恶徒，一个基督教的罪人，什么国王的儿子都不能使我免除天谴。

亲　王　杰克，我们明天到什么地方去抢些钱来？

福斯塔夫　他妈的！随你的便，孩子，我一定参加就是了；不然的话，你就骂我是个坏人，当场揭去我的脸皮好啦。

亲　王　好一个悔过自新！祷告方罢，又要打算做贼了。

　　　　　【波因斯自远处上。

福斯塔夫　嘿，哈尔，这是我的职业哩，哈尔；一个人为他的职业而工作，难道也是罪恶吗？波因斯！现在我们可以知道盖兹希尔有没有接到一桩生意啦。啊！要是人们必须靠着行善得救，像他这样的家伙，就是地狱里也没有一个够热的火洞可以安置他的灵魂的。在那些拦路行劫的强盗中间，他是一个最了不得的恶贼。

亲　王　早安，奈德。

波因斯　早安，亲爱的哈尔。忏悔先生怎么说？甜酒约翰爵士怎么说？杰克！你在上次耶稣受难那天为了一杯马得拉酒和一只冷鸡腿，把你的灵魂卖给了魔鬼，那时候你们是怎么讲定的？

亲　王　约翰爵士言而有信，绝对不会向魔鬼故弄玄虚。常言说得好，是魔鬼的东西就该归于魔鬼，他对于这句古训是服膺弗替的。

波因斯　那么你因为守着你和魔鬼所订的约，免不了要下地狱啦。

亲　王　要是他欺骗了魔鬼，他也一样要下地狱的。

波因斯　可是我的孩儿们，我的孩儿们，明儿早上四点钟，在盖兹山有一群进香人带着丰盛的祭品要到坎特伯雷去，还有骑马上伦敦的钱囊鼓鼓的商人。我已经替你们各人备下了面具；你们自己有的是马匹。盖兹希尔今晚在洛彻斯特过夜。明儿的晚餐我已经在依斯特溪泊预先订下了。咱们可以放手去干，就像睡觉一样安心。要是你们愿意去的话，我一定叫你们的口袋里塞满了闪亮的金钱；要是你们不愿意去，那么还是给我躲在家里上吊吧。

福斯塔夫　听我说，爱德华，我要是躲在家里，少不了要叫你上吊。

波因斯　你也敢，肥猪？

福斯塔夫　哈尔，你也愿意参加吗？

亲　王　什么，我去做强盗？不，那可办不到。

福斯塔夫　你这人毫无信义，既没有胆量，又不讲交情；要是这点点勇气都没有，还算得了什么王家的子孙？

亲　王　好，那么我就姑且干一回荒唐的事吧。

福斯塔夫　对了，这才像话。

亲　王　呃，无论如何，我还是躲在家里的好。

福斯塔夫　上帝在上，等你做了国王以后，我一定要造反。

亲　王　我不管。

波因斯　约翰爵士，请你让亲王跟我谈谈，我要向他提出充分的理由，使他非去不可。

福斯塔夫　好，愿上帝给你一条循循善诱的舌头，给他两只从善如流的耳朵；让你所说的话可以打动他的心，让他听了你的话，可以深信不疑；让一个堂堂的王子逢场作戏，暂时做一回贼。因为鼠窃狗盗之流，是需要一个有地位的人做他们的护法的。再见；你们到依斯特溪泊找我好了。

亲　王　再见，你迟暮的残春！再见，落叶的寒夏！（福斯塔夫下）

波因斯　听我说，我的可爱的好殿下，明儿跟我们一起上马吧。我打算开一场玩笑，可是独力不能成事。我们已经设下埋伏等候着那批客商，就让福斯塔夫、巴道夫、皮多和盖兹希尔他们去拦劫，你我却不要跟他们在一块儿；等到他们赃物到手以后，要是我们两人没能把它抢下来，您就把这颗头颅从我的肩膀上搬下来吧。

亲　王　可是我们一同出发，怎么和他们中途分道走呢？

波因斯　那很容易，我们只要比他们先一步或者晚一步出发，跟他们约定一个会面的地方，我们却偏不到那里去；他们不见我们，一定等得不耐烦，自会去干他们的事；我们一看见他们得手，就立刻上去袭击他们。

亲　王　嗯，可是他们多半会从我们的马匹、装束和其他服饰上认出我们来的。

波因斯　嘿！他们不会瞧见我们的马匹，我可以把它们拴在林子里；我们跟他们分手以后，就把我们的面具重新换过，而且我还有两套麻布衣服，可以临时套在身上，遮住我们原来的装束。

亲　王　嗯，可是我怕他们人多，我们抵挡不了。

波因斯　呃，我知道他们中间有两个人是十足的懦夫；还有一个是把生命的安全看得重于一切的，要是他会冒险跟人拼命，我愿意从此以后再不舞刀弄剑。这一场玩笑最精彩的部分，就是我们在晚餐时大家聚在一起，听听这无赖的胖汉会向我们讲些什么海阔天空的谎话；他会告诉我们，他怎样和三十个人——这是最少的数目——奋勇交战，怎样招架，怎样冲刺，怎样被敌人团团围住，受困其中；然后让我们揭穿真相，把他痛痛快快地羞辱一番。

亲　王　好，我愿意跟你去。把一切需要的物件预备好了，明儿晚上我们在依斯特溪泊会面，我就在那里进餐。再见。

波因斯　再见，殿下。（下）

亲　王　我完全知道你们，现在虽然和你们在一起无聊鬼混，可是我正在效法着太阳，它容忍污浊的浮云遮蔽它的庄严的宝相，然而当它一旦穿破丑恶的雾障，大放光明的时候，人们因为仰望已久，将要格外对它惊奇赞叹。要是一年四季，全是游戏的假日，那么游戏也会变得像工作一般令人烦厌；唯其因为它们是不常有的，所以人们才会盼望它们的到来；只有偶然难得的事件，才有勾引世人兴趣的力量。所以当我抛弃这种放荡的行为，偿还我所从来不曾允许偿还的欠债的时候，我将要推翻人们错误的成见，证明我自身的价值远在平日的言行之上；正像明晃晃的金银放在阴暗的底面上一样，我的改变因为被我往日的过失所衬托，将要格外耀人眼目，格外容易博取国人的好感。我要利用我的放荡的行为，作为一种手段，在人们意料不及的时候一反我的旧辙。（下）

第三场　同前。王宫

【亨利王、诺森伯兰、华斯特、霍茨波、华特·勃伦特及余人等上。

亨利王　我的秉性太冷静、太温和了，对于这些侮辱总是抱着默忍的态度；你们

140

见我这样，以为我是可以给你们欺凌的，所以才会放肆到这等地步。可是，告诉你们吧，从此以后，我要放出我的君主的威严，使人家见了我凛然生畏，因为我的平和柔弱的性情，已经使我失去臣下对我的敬意；只有骄傲才可以折服骄傲。

华斯特　陛下，我不知道我们家里的人犯了什么大不敬的重罪，应该俯受陛下谴责的严威；陛下能够有今天这样巍峨的地位，说起来我们也曾出过不少的力。

诺森伯兰　陛下——

亨利王　华斯特，你去吧，因为我看见奸谋和反抗在你的眼睛里闪耀着凶光。你当着我的面这样大胆而专横，一个堂堂的君主是不能忍受他的臣下怒目横眉的。请便吧；我需要你的帮助和意见的时候，会再来请教你的。（华斯特下。向诺森伯兰）你刚才正要说话。

诺森伯兰　是，陛下。陛下听信无稽的传言，以为亨利·潘西违抗陛下的命令，拒绝交出他在霍美敦擒获的战俘，其实据他自己说来，这是和事实的真相并不相符的。不是有人恶意中伤，就是出于一时的误会，我的儿子不能负这次过失的责任。

霍茨波　陛下，我并没有拒交战俘，可是我记得，就在战事完了以后，我因为苦斗多时，累得气喘吁吁，乏力不堪，正在倚剑休息，这时候来了一个衣冠楚楚的大臣，打扮得十分整洁华丽，仿佛像个新郎一般；他的颏下的胡子新剃不久，那样子就像收获季节的田亩里留着一株株割剩的断梗；他的身上像一个化妆品商人似的洒满了香水；他用两只手指撮着一个鼻烟匣子，不时放在他的鼻子上嗅着，一边笑，一边滔滔不绝地说话；他看见一队兵士抬着尸体经过他的面前，就骂他们是没有教育，不懂规矩的家伙，竟敢拿丑恶污秽的骸骨冒渎他的尊严的鼻官。他用许多文绉绉的妇人气的语句向我问这样问那样，并且代表陛下要求我把战俘交出。那时我创血初干，遍身痛楚，这饶舌的鹦鹉却向我缠扰不休，因为激于气愤，不经意地回答了他两句，自己也记不起来说了些什么话。他简直使我发疯，瞧着他那种美衣华服、油头粉面的样子，夹着一阵阵脂粉的香味，讲起话来活像一个使女的腔调，偏要高谈什么枪炮战鼓、杀人流血——上帝恕我这样说！他还告诉我鲸脑是医治内伤的特效秘方；说人们不该把制造火药的硝石从善良的大地的腹中发掘出来，使无数大好的健儿因之都遭到暗算，一命呜呼；他自己倘不是因为憎厌这些万

141

恶的炮火，也早就做一个军人了。陛下，他这一番支离琐碎的无聊废话，我
是用冷嘲热骂的口气回答他的；请陛下不要听信他的一面之词，怀疑我的耿
耿的忠诚。

勃伦特　陛下，衡情度理，亨利·潘西在那样一个地点、那样一个时候，对那样
一个人讲的无论什么话，都可以不必计较，只要他现在声明取消前言，那就
什么事情都没有了。

亨利王　嘿，可是他明明拒绝把他的战俘交给我，除非我答应他所要挟的条件，
由王家备款立刻替他的妻舅，那愚蠢的摩提默，赎回自由。从我的灵魂起誓，
这次跟随摩提默向那可恶的妖巫葛兰道厄作战的兵士，都是被他存心出卖而
牺牲了生命的；听说这位马契伯爵最近已经和葛兰道厄的女儿结婚了。难道
我们必须罄我们国库中的资财去赎回一个叛徒吗？我们必须用重价购买一个
已经失身附逆的人、留作自己心腹间的祸患吗？不，让他在荒凉的山谷之间
饿死吧；谁要是开口要求我拿出一个便士来赎回叛逆的摩提默，我将要永远
不把他当作我的朋友。

霍茨波　叛逆的摩提默！他从来不曾潜蓄二心，陛下，这次战争失利，并不是他
的过失；他遍体的鳞伤便是他的忠勇的唯一的证明，这些都是他在芦苇丛生
的温柔的塞汶河畔，单身独力，和那伟大的葛兰道厄鏖战大半个时辰所留下
的痕迹。他们曾经三次停下来喘息，经过双方的同意，三次放下武器，吸饮
塞汶河中滚滚的流水；那河水因为看见他们血污的容颜，吓得惊惶万分，急
忙向战栗的芦苇之中奔走逃窜，它的一道道的涟漪纷纷后退，向那染着这两
个英勇的斗士之血的堤岸下面躲避。卑劣而邪恶的权谋绝不会用这种致命的
巨创掩饰它的行动；忠义的摩提默要是心怀异志，也绝对不会甘心让他的身
体上蒙受这许多的伤痕；所以让我们不要用莫须有的叛逆的罪名毁谤他吧。

亨利王　潘西，你全然在用无稽的妄语替他曲意回护。他从不曾和葛兰道厄交过
一次锋；我告诉你吧，他宁愿和魔鬼面面相对，也不敢和奥温·葛兰道厄临
阵一战的。你这样公然说谎，不觉得惭愧吗？可是，小子，从此以后，让我
再也不要听见你提起摩提默的名字了。尽快把你的俘虏交给我，否则你将要
从我这里听到一些使你不愉快的事情。诺森伯兰伯爵，我允许你和你的儿子
同去。把你的俘虏交给我，免得自贻后悔。（亨利王、勃伦特及扈从等下）

霍茨波　即使魔鬼来向我大声咆哮，索取这些俘虏，我也不愿意把他们交出；我

要立刻追上去这样告诉他，因为我必须发泄我的心头的气愤，哪怕失去这一颗头颅。

诺森伯兰　什么！你气疯了吗？不要走，定一定心吧。你的叔父来了。

　　　　　【华斯特重上。

霍茨波　不准提起摩提默的名字！他妈的！我偏要提起他！我要和他同心合作，否则让我的灵魂得不到上天的恕宥。我这全身血管里的血拼着为他流尽，一点一滴地洒在泥土上，我也要把这受人践踏的摩提默高举起来，让他成为和这负心的国王、这忘恩而奸恶的波林勃洛克同样高贵的人物。

诺森伯兰　弟弟，国王把你的侄子激得发疯了。

华斯特　谁在我走了以后煽起这把火来？

霍茨波　哼，他要我交出我的全部俘虏；当我再度替我的妻舅恳求赎身的时候，他的脸就变了颜色，向我死命地瞧了一眼；一听见摩提默的名字，他就发抖了。

华斯特　我倒不能怪他；那已故的理查不是说过，摩提默是他最近的血亲吗？

诺森伯兰　正是，我听见他这样说的。说那句话的时候，这位不幸的国王——上帝恕宥我们对他所犯的罪恶！——正在出征爱尔兰的途中，可是他在半路上被人拦截回来，把他废黜，不久以后，他就死在暴徒的手里。

华斯特　因为他的死于非命，所以我们在世人悠悠之口里，永远遭到无情的毁谤和唾骂。

霍茨波　可是且慢！请问一声，理查王当时有没有宣布我的妻舅爱德蒙·摩提默是他的王冠的继承者？

诺森伯兰　他曾经这样宣布过；我自己亲耳听见的。

霍茨波　啊，那就难怪他那位做了国王的叔父恨不得要让摩提默在荒凉的山谷之间饿死了。可是你们把王冠加在这个健忘的人的头上，并且为了他的缘故，蒙上教唆行弑的万恶的罪名，难道你们就这样甘心做一个篡位者的卑鄙的帮凶，一个弑君的刽子手，受尽无穷的诅咒吗？啊！恕我这样不知忌讳，直言指出你们在这狡诈的国王手下充任了何等的角色。难道你们愿意让当世的舆论和未来的历史提起这一件可羞的事实，说是像你们这样两个有地位有势力的人，却会做出那样不义之事——上帝恕宥你们的罪恶！——把理查，那芬芳可爱的蔷薇拔了下来，却扶植起波林勃洛克，这一棵刺人的荆棘？难道你们愿意让它们提起这一件更可羞的事实，说是你们为了那个人蒙受这样的耻辱，结果却被他所愚弄、摈斥和抛弃？不，现在你们还来得及赎回你们被放逐的荣誉，恢复世人对你们的好感；报复这骄傲的国王所加于你们的侮蔑吧，他每天每晚都在考虑着怎样酬答你们的辛劳，他是不会吝惜用流血的手段把你们处死的。所以，我说——

华斯特　静下来，侄儿！别说了。现在我要展开一卷禁书，向你愤激不平的耳中诵读一段秘密而危险的文字，正像踏着一杆枪渡过汹涌的急流一样惊心动魄。

霍茨波　要是我们跌到水里，那就完了，不论是沉是浮。让危险布满在自东至西的路上，荣誉却从北至南与之交错，让它们互相搏斗！啊！激怒一头雄狮比追赶一只野兔更使人热血沸腾。

诺森伯兰　他幻想着一件轰轰烈烈的行动，全然失去了耐性。

霍茨波　凭着上天起誓，我觉得从脸色苍白的月亮上摘下光明的荣誉，或是跃入深不可测的海底，揪住溺死的荣誉的头发，把它拉出水面，这不算是一件难事；只是：这样把荣誉夺了回来的，就该独享它的一切的尊严，谁也不能参与瓜分。可是谁稀罕这种假惺惺的合作！

华斯特　他正在耽于想象，所以才会这样忘形。好侄儿，听我说几句话吧。

霍茨波　请您原谅我。

华斯特　被你俘获的那些高贵的苏格兰人——

霍茨波　我要把他们一起留下；凭着上帝起誓，他不能得到这些苏格兰人中间的一个。不，要是他的灵魂必须依仗一个苏格兰人得救，他也不能得到他。我举手为誓，我要把他们留下。

华斯特　你又说下去了，不肯听听我有些什么话说。你可以留下这些俘虏。

霍茨波　哼，我要留下他们，那是不用说的。他说他不愿意赎出摩提默；他不许我提起摩提默的名字，可是我要等他熟睡的时候，在他的耳旁高呼"摩提默！"哼，我要养一只能言的鹦鹉，仅仅教会它说"摩提默"三个字，然后把这鸟儿送给他，让它一天到晚撩拨他的怒火。

华斯特　侄儿，听我说一句话。

霍茨波　我现在郑重声明我要抛弃一切的学问，用我的全副心力思索一些谑弄这波林勃洛克的方法；还有他那个荒唐胡闹的亲王，倘不是我相信他的父亲不爱他，但愿他遭到什么灾祸，我一定要用一壶麦酒把他毒死。

华斯特　再见，侄儿；等你的火气平静一点的时候，我再来跟你谈吧。

诺森伯兰　哎哟，哪一只黄蜂刺痛了你，把你激成了这么一个暴躁的傻瓜，像一个老婆子似的唠唠叨叨，只顾说你自己的话！

霍茨波　嘿，你们瞧，我一听见人家提起这个万恶的政客波林勃洛克，就像受到一顿鞭挞，浑身仿佛给虫蚁咬着似的难受。在理查王的时候——该死！你们把那地方叫作什么名字？它就在葛罗斯特郡，鲁莽的公爵，他的叔父约克镇守的所在；就在那地方，我第一次向这满脸堆笑的国王，这波林勃洛克，屈下我的膝盖，他妈的！那时候你们跟他刚从雷文斯泊回来。

诺森伯兰　那是在勃克雷堡。

霍茨波　您说得对。嘿，那时候这条摇尾乞怜的猎狗用一股怎样的甜蜜劲儿向我曲献殷勤！瞧，"万一我有得志的一天"，什么"亲爱的亨利·潘西"，什么"好兄弟"。啊！魔鬼把这些骗子抓了去！上帝恕我！好叔父，说您的话吧，我已经说完了。

华斯特　不，要是你还有话说，请再说下去吧；我们等着你就是了。

霍茨波　我真的已经说完了。

华斯特　那么再来谈你的苏格兰的俘虏吧。把他们立刻释放，也不要勒索什么赎金，单单留下道格拉斯的儿子，作为要求苏格兰出兵的条件；为了种种的理由，我可以担保他们一定乐于从命，其中的缘故，等一天我会写信告诉你的。（向诺森伯兰）你，我的伯爵，当你的儿子在苏格兰进行他的任务的时候，你就悄悄地设法取得那位被众人所敬爱的尊贵的大主教的信任。

霍茨波　是约克大主教吗？

华斯特　正是；他因为他的兄弟斯克鲁普爵士在勃列斯托尔被杀，怀着很大的怨恨。这并不是我的任意猜测，我知道他已经在那儿处心积虑，蓄谋报复，之所以迟迟未发，不过是等待适当的机会而已。

霍茨波　我已经嗅到战争的血腥味了。凭着我的生命发誓，这一次一定要闹得日月无光，风云变色。

诺森伯兰　事情还没有动手，你总是这样冒冒失失地泄露机密。

霍茨波　哈，这没得说，准是一个绝妙的计策。那么苏格兰和约克都要集合他们的军力，策应摩提默吗，啊？

华斯特　正是。

霍茨波　妙极，妙极！

华斯特　就是为了保全我们自己的头颅，我们也有充分的理由督促我们赶快举兵起事；因为无论我们怎样谨慎小心，那国王总以为他欠了我们的债，疑心我们自恃功高，意怀不满。你们瞧，他现在已经不再用和颜悦色对待我们了。

霍茨波　他正是这样，他正是这样！我们非得向他报复不可。

华斯特　侄儿，再会吧。你不要轻举妄动，一切必须依照我在书信上吩咐你的办法做去。等到时机成熟——那一天是不会远的——我就悄悄地到葛兰道厄和摩提默伯爵那儿去；你和道格拉斯以及我们的军队，将要按照我的布置，在那里同时集合；我们现在前程未卜的命运，将要被我们用坚强的腕臂把它稳定下来。

诺森伯兰　再会吧，兄弟，我相信我们一定会成功的。

霍茨波　叔父，再会！啊！但愿时间赶快过去，让我们立刻听见刀枪的交触，人马的嘶号，为我们喝彩助威！（同下）

第二幕

第一场　洛彻斯特。旅店庭院

【一脚夫提灯笼上。

脚夫甲　嗨！我敢打赌现在一定有四点钟啦；北斗星已经高悬在新烟囱上，咱们的马儿却还没有套好。喂，马夫！

马　夫　（在内）就来，就来。

脚夫甲　汤姆，请你把马鞍拍一拍，放点儿羊毛进去，这可怜的畜生几乎把肩骨都压断了。

【另一脚夫上。

脚夫乙　这儿的豌豆蚕豆全都是潮湿霉烂的，可怜的马儿吃了这种东西，怎么会不长疮呢？自从马夫罗宾死了以后，这家客店简直糟得不成样子啦。

脚夫甲　可怜的家伙！自从燕麦涨价以后，他就没有快乐过一天；他是为这件事情急死的。

脚夫乙　我想在整个伦敦，只有这一家客店里的跳蚤是最凶的；我被它们咬得简直没法活了。

脚夫甲　嘿，自从第一遍鸡叫以后，它们就把我拼命乱叮，这滋味真够难受。

脚夫乙　房里连一把便壶也没有，咱们只好往火炉里撒尿；让尿里生出很多很多的跳蚤来。

脚夫甲　喂，马夫！快来吧，该死的！

脚夫乙　我有一只火腿，两块生姜，一直要送到查林克洛斯去呢。

脚夫甲　他妈的！我筐子里的火鸡都快要饿死了。喂，马夫！遭瘟的！你头上不

147

长眼睛吗？你聋了吗？要是打碎你的脑壳不是一件跟喝酒同样痛快的事，我就是个大大的恶人。快来吧，该死的！你不相信上帝吗？

　　　　　【盖兹希尔上。

盖兹希尔　早安，伙计们。几点钟啦？

脚夫甲　我想是两点钟吧。

盖兹希尔　谢谢你，把你的灯笼借我用一用，让我到马棚里去瞧瞧我的马。

脚夫甲　不，且慢；老实说吧，你这套戏法是瞒不了我的。

盖兹希尔　谢谢你，把你的借我吧。

脚夫乙　哼，你倒想得不错。把灯笼借给你，说得挺容易，嘿，我看你还是去上吊吧。

盖兹希尔　脚夫大哥，你们预备什么时候到伦敦？

脚夫乙　告诉你吧，咱们到了伦敦，还可以点起蜡烛睡觉哩。来，马格斯伙计，咱们去把那几位客人叫醒；他们必须结伴同行，因为他们带着不少的财物呢。

　　（二脚夫下）

盖兹希尔　喂！掌柜的！

掌　柜　（在内）我在呢，偷儿怎么说。

盖兹希尔　说起来掌柜和偷儿还不是一样，你怎么吩咐，别人怎么做；咱们不是全靠您设谋定计吗？

　　　　　【掌柜上。

掌　柜　早安，盖兹希尔大爷。我昨晚就告诉你的，有一个从肯特乡下来的小地主，身边带着三百个金马克；昨天晚餐的时候，我听见他这样告诉他的一个随行的同伴；那家伙像是个查账的，也有不少货色，不知是些什么东西。他们早已起来，嚷着要鸡蛋牛油，吃完了就要赶路的。

盖兹希尔　伙计，要是他们在路上碰不到圣尼古拉斯的信徒①，我就让你把我这脖子拿了去。

掌　柜　不，我不要；你还是留下来，预备将来送给刽子手吧；因为我知道你就是一个虔诚地信仰圣尼古拉斯的坏人。

盖兹希尔　你跟我讲什么刽子手不刽子手？要是我上刑场，可得预备一双结实一点的绞架；因为我不上绞架则已，要上，老约翰爵士总要陪着我的，你知道

──────────
　　① 圣尼古拉斯的信徒，拦路行劫的强盗。

148

他可不是一个皮包骨头的饿鬼哩。嘿！咱们一伙里还有几个大大有名的好汉，你做梦也想不到的，他们为了逢场作戏的缘故，愿意赏给咱们这一个天大的面子，真是咱们这一行弟兄们的光荣；万一官府查问起来，他们为了自己的名誉，也会设法周旋，不会闹出事情来的。我可不跟那些光杆儿的土贼，那些抢长棍的鼠窃狗盗，那些留着大胡子的青面酒鬼们在一起鬼混。跟我来往的人，全都是些达官贵人，他们都是很有涵养的，未曾开口就打人，不等喝酒就谈天，没有祷告就喝酒；可是我说错了，他们时时刻刻都在为国家人民祈祷，虽然一方面他们也把国家人民放在脚底下踩，就像是他们的靴子一般。

掌　柜　什么！国家人民是他们的靴子吗？要是路上潮湿泥泞，这双靴子会不会进水？

盖兹希尔　不会的，不会的；法律已经替它上了保险。咱们做贼就像安坐在城堡里一般万无一失；咱们已经得到羊齿草子的秘方，可以隐身来去。

掌　柜　不，凭良心说，我想你的隐身妙术，还是靠着黑夜的遮盖，未必是羊齿草子的功劳。

盖兹希尔　把你的手给我；我用我的正直的人格向你担保，咱们这笔买卖成功以后，不会缺少你的一份。

掌　柜　不，我倒宁愿你用你的臭贼的身份向我担保的好。

盖兹希尔　算了吧，圣人也好，大盗也好，都是一样的人，何分彼此。叫那马夫把我的马儿牵出来。再会，你这糊涂的家伙！（各下）

第二场　盖兹山附近公路

【亲王及波因斯上。

波因斯　来，躲起来，躲起来。我已经把福斯塔夫的马儿偷走，他的脸气得像一块上了胶的毛茸茸的天鹅绒一般。

亲　王　你快躲起来。

【福斯塔夫上。

福斯塔夫　波因斯！波因斯，该死的！波因斯！

亲　王　别闹，你这胖汉！大惊小怪地吵些什么呀？

福斯塔夫　波因斯呢，哈尔？

亲　王　他到山顶上去了；我去找他。（伪作寻波因斯状，退至隐处）

福斯塔夫　算我倒霉，结了这么一个贼伴儿；那坏蛋偷了我的马去，不知把它拴在什么地方了。我只要多走四步路，就会喘得透不过气来。好，我相信要是现在我把这恶贼杀了，万一幸逃法网，为了这一件功德，一定可以寿终正寝。这二十二年以来，我时时刻刻都想和他断绝来往，可是总是像着了鬼迷似的离不开这恶棍。我敢打赌，这坏蛋一定给我吃了什么迷魂药，叫我不能不喜欢他；准是这个缘故；我已经吃了迷魂药了。波因斯！哈尔！愿瘟疫抓了你们两人去！巴道夫！皮多！我宁愿挨饿，再也不愿多走一步路，做他妈的什么鬼强盗了。从此以后，我要做个规规矩矩的好人，不再跟这些恶贼们在一起，这跟喝酒一样，是件好事。否则我就是有齿之物中间一个最下贱的奴才。八码高低不平的路，对于我就像徒步走了七十英里的长途一般，这些铁石心肠的恶人们不是不知道的。做贼的人这样不顾义气，真该天诛地灭！（亲王及波因斯吹口哨）嗨！让瘟疫把你们一起抓了去！把我的马给我，你们这些恶贼；把我的马给我，再去上吊吧。

亲　王　（上前）别闹，胖家伙！躺下来，把你的耳朵靠在地上，听听有没有行路人的脚步声。

福斯塔夫　你叫我躺了下去，那你有没有什么杠子可以重新把我抬起来？他妈的！即使把你父亲国库里的钱一起给我，我也发誓再不走这么多的路了。你们这不是无理欺人吗？

亲　王　胡说，不是我们要"欺人"，是你要"骑马"。

福斯塔夫　谢谢你，好哈尔亲王，帮帮忙，把我的马牵了来吧，国王的好儿子！

亲　王　呸，混账东西！我是你的马夫吗？

福斯塔夫　去，把你自己吊死在你那王位继承人的袜带上吧！要是我被官家捉去了，我一定要控诉你们欺人太甚。要是我不替你们编造一些歌谣，用下流的调子把它们唱出来，那就让一杯葡萄酒成为我的毒药吧。我最恨那种开得太过分的玩笑，尤其可恶的是叫我靠着两只脚走路！

　　　　　【盖兹希尔上。

盖兹希尔　站住！

福斯塔夫　站住就站住，不愿意也没有办法。

150

波因斯　啊！这是我们的眼线；我听得出他的声音。

　　　　　【巴道夫及皮多上。

巴道夫　打听到什么消息没有？

盖兹希尔　戴上你们的面具，戴上你们的面具；有一批国王的钱打这儿山下经过；
　　　　它是要送到国王的金库里去的。

福斯塔夫　说错了，你这混蛋；那是要送到国王的酒店里去的。

盖兹希尔　咱们抢到了这笔钱，大家可以发财了。

福斯塔夫　大家可以上绞架了。

亲　王　各位听着，你们四个人就在那条狭路上迎着他们；奈德•波因斯跟我两
　　　　人在下边把守；要是他们从你们的手里逃走了，我们会把他们拦住的。

皮　多　他们一共有多少人？

盖兹希尔　大概八到十个的样子。

福斯塔夫　他妈的！咱们不会反倒给他们抢了吧？

亲　王　嘿！你胆怯了吗，大肚子约翰爵士？

福斯塔夫　虽然我不是你的祖父约翰•冈特，可是我也不是一个懦夫哩，哈尔。

亲　王　好，咱们等着瞧吧。

波因斯　杰克，你那马就在那篱笆的后面，你需要它的时候，可以到那里去找它。
　　　　再见，不要退却。

福斯塔夫　如果我得上绞架，想揍他也揍不着了。

亲　王　（向波因斯旁白）奈德，我们化装的物件在什么地方？

波因斯　就在那里；来吧。（亲王及波因斯下）

福斯塔夫　现在，弟兄们，大家试试各自的运气吧；每一个人都要出力。

　　　　　【众旅客上。

旅客甲　来，伙计；叫那孩子把我们的马牵到山下去；我们步行一会儿，舒展舒
　　　　展我们的腿骨。

众　盗　站住！

众旅客　耶稣保佑我们！

福斯塔夫　打！打倒他们！割断这些恶人们的咽喉！婊子生的毛虫！大鱼肥肉吃
　　　　得饱饱的家伙！他们恨的是我们年轻人。打倒他们！把他们的银钱抢下来！

众旅客　啊！我们这就算完了！

福斯塔夫　哼，你们这些大肚子的恶汉，你们完了吗？不，你们这些胖胖的蠢货；我但愿你们的家当都在这儿！来，肥猪们，来！嘿！混账东西，年轻人也是要活命的。你们作威作福作够了，现在可掉在咱们的手里啦。（众盗劫旅客钱财，并缚其手足，同下）

【亲王及波因斯重上。

亲　　王　强盗们已经把良善的人们缚起来了。你我要是能够从这批强盗的手里抢下他们的贼赃，快快活活地回到伦敦去，这件事情一定可以成为整整一个星期的话题，足足一个月的笑柄，而且永远是一场绝妙的玩笑。

波因斯　躲一躲；我听见他们来了。

【众盗重上。

福斯塔夫　来，弟兄们；让我们各人分一份去，然后趁着天色还没有大亮，大家上马出发。亲王和波因斯倘不是两个大大的懦夫，这世上简直没有公道了。那波因斯就是一只十足的没有胆量的野鸭。

亲　　王　留下你们的钱来！

波因斯　混账东西！（众盗分赃时，亲王及波因斯突前袭击；盗党逃下；福斯塔夫略一交手后亦遗弃赃银逃走。）

亲　　王　得来全不费工夫。现在让我们高高兴兴地上马回去。这些强盗们已经四散逃走，吓得心惊胆战，看见自己的同伴，也会疑心他是警士啦。走吧，好奈德。福斯塔夫流着满身的臭汗，一路上浇肥了那瘦瘠的土地，倘不是瞧着他太可笑了，我一定会怜悯他的。

波因斯　听那恶棍叫得多么惨！（同下）

第三场　华克渥斯。堡中一室

【霍茨波上，读信。

霍茨波　“弟与君家世敦友谊，本当乐于从命。”既然乐于从命，为什么又变了卦？说什么世敦友谊；他是把他的仓房看得比我们的家更重的。让我再看下去。“唯阁下此举，未免过于危险——”嘿，那还用说吗？受寒、睡觉、喝酒，哪一件事情不是危险的？可是我告诉你吧，我的傻瓜老爷子，我们要从危险

152

的荆棘里采下完全的花朵。"唯阁下此举，未免过于危险；尊函所称之各友
人，大多未可深恃；目前又非适于行动之时机，全盘谋略可以'轻率'二字
尽之，以当实力雄厚之劲敌，窃为阁下不取也。"你这样说吗？你这样说吗？
我再对你说吧，你是一个浅薄懦怯的蠢材，你说谎！好一个没有头脑的东西！
上帝在上，我们的计策是一个再好没有的计策，我们的朋友是忠心而可靠的；
一个好计策，许多好朋友，希望充满着我们的前途；绝妙的计策，很好的朋友。
好一个冷血的家伙！嘿，约克大主教也赞成我们的计策，同意我们的行动方
案哩。他妈的！要是现在我就在这混蛋的身边，我只要拿起他太太的扇子来，
就可以敲破他的脑袋。我的父亲，我的叔父，不是都跟我在一起吗？还有爱
德蒙·摩提默伯爵、约克大主教、奥温·葛兰道厄？此外不是还有道格拉斯
也在我们这边吗？他们不是都已经来信约定在下月九日跟我武装相会，有几
个不是早已出发了吗？好一个不信神明的恶汉，一个异教徒！嘿！你们看他
抱着满心的恐惧，就要到国王面前去告发我们的全部计划了。啊！我恨不得
把我的身体一分为二，自己把自己痛打一顿，因为我瞎了眼睛，居然会劝诱
这么一个渣滓废物参加我们的壮举。哼！让他去向国王告密吧；我们已经准
备好了。我今晚就要出发。

　　　【潘西夫人上。

霍茨波　啊，凯蒂！在两小时以内，我就要和你分别了。

潘西夫人　啊，我的夫君！为什么您这样耽于孤独？我究竟犯了什么过失，这半
个月来我的亨利没有跟我同衾共枕？告诉我，亲爱的夫君，什么事情使你废
寝忘食，失去了一切的兴致？为什么你的眼睛老是瞧着地上，一个人坐着的
时候，常常突然惊跳起来？为什么你的脸上失去了鲜润的血色，不让我享受
你的温情的抚爱，却去和两眼蒙眬的沉思，怏怏不乐的忧郁做伴？在你小睡
的时候，我曾经坐在你的旁边看守着你，听见你梦中的呓语，讲的都是关于
战争方面的事情，有时你会向你奔跃的战马呼叱，"放出勇气来！上战场去！"
你讲着进攻和退却，什么堑壕、营帐、栅栏、防线、土墙，还有各色各样的
战炮、俘虏的赎金、阵亡的兵士以及一场血战中的种种情形。你的内心在进
行着猛烈的交战，使你在睡梦之中不得安宁，你的额上满是一颗颗的汗珠，
正像一道被激动的河流乱泛着泡沫一般；你的脸上现出奇异的动作，仿佛人
们在接到了突如其来的非常的命令的时候屏住了他们呼吸的那种神情。啊！

这些预兆着什么呢？我的主一定有些什么重要的事情要做，我必须知道它的究竟，否则他就是不爱我。

霍茨波　　喂，过来！

　　　　　【仆人上。

霍茨波　　吉廉斯带着包裹走了没有？

仆　人　　回大爷，他在一小时以前就走了。

霍茨波　　勃特勒有没有从郡吏那里把那些马带来？

仆　人　　大爷，他刚才带了一匹来。

霍茨波　　一匹什么马？斑色的，短耳朵的，是不是？

仆　人　　正是，大爷。

霍茨波　　那匹斑马将要成为我的王座。好，就要立刻骑在它的背上；叫勃特勒把它牵到院子里来。（仆人下）

潘西夫人　可是听我说，我的老爷。

霍茨波　　你说什么，我的太太？

潘西夫人　你为什么这样紧张兴奋？

霍茨波　　因为我的马在等着我，我的爱人。

潘西夫人　啐，你这疯猴子！谁也不像你这样刚愎任性。真的，亨利，我一定要知道你的事情。我怕我的哥哥摩提默想要争夺他的权力，是他叫你去帮助他起事的。不过要是你去的话——

霍茨波　　要去得太远，我腿就要酸了，爱人。

潘西夫人　得啦，得啦，你这假作痴呆的人儿，直接痛快地回答我的问题吧。真的，亨利，要是你不把一切事情老老实实告诉我，我要把你的小手指头都拗断了。

霍茨波　　走开，走开，你真是烦人！爱？我不爱你，我一点儿都不关心你，凯蒂。这不是一个容许我们花前月下、拥抱接吻的世界；我们必须让鼻子上挂彩，脑袋上开花，还要叫别人陪着我们流血。哎哟！我的马呢？你要我说什么，凯蒂？你要我怎么样？

潘西夫人　你不爱我吗？你真的不爱我吗？好，不爱就不爱；你既然不爱我，我也不愿爱我自己。你不爱我吗？唉，告诉我你说的是假话还是真话。

霍茨波　　来，你要不要看我骑马？我一上了马，就会发誓我是无限地爱你的。可是听着，凯蒂，从此以后，我不准你问我到什么地方去，或是为了什么理由。

我要到什么地方去就到什么地方去。总之一句话，今晚我必须离开你，温柔
的凯蒂。我知道你是个聪明人，可是不论你怎样聪明，你总不过是亨利·潘
西的妻子；我知道你是忠实的，可是你总是一个女人；没有别的女人比你更
能保守秘密了，因为我相信你绝对不会泄露你所不知道的事情，在这一个限
度之内，我是可以完全信任你的，温柔的凯蒂。

潘西夫人　啊！您对我的信任仅限于此吗？

霍茨波　不能再多了。可是听着，凯蒂，我到什么地方去，你也要跟着我到什么
地方去；今天我去了，明天就叫人来接你。这可以使你满意了吧，凯蒂？

潘西夫人　既然必须这样安排，我也只好满意了。（同下）

第四场　依斯特溪泊。野猪头酒店中一室

【亲王及波因斯上。

亲　王　奈特，请你从那间气闷的屋子里出来，陪我笑一会儿吧。

波因斯　你到哪里去了，哈尔？

亲　王　我在七八十只酒桶之间，跟三四个蠢虫在一起。我已经极卑躬屈节之能
事。小子，我跟那批酒保们认了把兄弟啦；我能够叫得出他们的小名，什么
汤姆、狄克和弗兰西斯。他们已经凭着他们灵魂的得救起誓，说我虽然不过
是一个威尔士亲王，却是世上最有礼貌的人。他们坦白地告诉我，我不是一
个像福斯塔夫那样一味摆臭架子的家伙，却是一个文雅风流、有骨气的男儿，
一个好孩子——上帝在上，他们是这样叫我的——要是我做了英国国王，依
斯特溪泊所有的少年都会听从我的号令。他们把喝酒称为红一红面孔；灌下
酒去的时候，要是你透了口气，他们就会嚷一声"哼！"叫你把杯子里的酒
喝干了。总而言之，我在一刻钟之内，跟他们混得烂熟，现在我已经可以陪
着无论哪一个修锅补镬的在一块儿喝酒，用他们自己的语言跟他们谈话了。
我告诉你，奈德，你刚才没跟我在一起真是失去了一个得到荣誉的好机会。
可是，亲爱的奈德——为了让你这名字听上去格外甜蜜起见，我送给你这一
块不值钱的糖，那是一个酒保刚才塞我的手里的，他一生之中，除了"八
先令六便士""您请进来"，再加上这一句尖声的叫喊，"就来，就来，先生！

七号房间一品脱西班牙甜酒记账"诸如此类的话以外，从来不曾说过一句别的话。可是，奈德，现在福斯塔夫还没有回来，为了消磨时间起见，请你到隔壁房间里待一会儿，我要问问我这个小酒保他送给我这块糖是什么意思；你却总在一边不断地叫"弗兰西斯！"让他除了满口"就来，就来"以外，来不及回答我的问话。暂且下去等在一旁，我要做给你瞧瞧。

波因斯　弗兰西斯！

亲　王　好极了。

波因斯　弗兰西斯！（下）

　　　　【弗兰西斯上。

弗兰西斯　就来，就来，先生。劳尔夫，下面"石榴"房间你去照料照料。

亲　王　过来，弗兰西斯。

弗兰西斯　殿下有什么吩咐？

亲　王　你在这儿干活，还得干多久呀，弗兰西斯？

弗兰西斯　不瞒您说，还得五个年头——

波因斯　（在内）弗兰西斯！

弗兰西斯　就来，就来，先生。

亲　王　五个年头！哎哟，干这种提壶倒酒的活儿，这可是一段很长的时间哩。可是，弗兰西斯，难道你不会放大胆子，做一个破坏契约的懦夫，拔起一双脚逃走吗？

弗兰西斯　哎哟，殿下！我可以凭着英国所有的《圣经》起誓，我心里恨不得——

波因斯　（在内）弗兰西斯！

弗兰西斯　就来，先生。

亲　王　你多大年纪啦，弗兰西斯？

弗兰西斯　让我想一想，——到下一个米迦勒节①，我就要——

波因斯　（在内）弗兰西斯！

弗兰西斯　就来，先生。殿下，请您等一等。

亲　王　不，你听着，弗兰西斯。你给我的那块糖，不是一便士买来的吗？

弗兰西斯　哎哟，殿下！我希望它值两便士就好了。

---

① 米迦勒节，九月二十九日，纪念圣米迦勒之节日。

156

亲　王　因为你给我糖，我要给你一千镑钱，你什么时候要，尽管来找我拿好了。

波因斯　（在内）弗兰西斯！

弗兰西斯　就来，就来。

亲　王　就来吗，弗兰西斯？不，弗兰西斯；还是明天来吧，弗兰西斯；或者，弗兰西斯，星期四也好；真的，你随便几时来好了。可是，弗兰西斯。

弗兰西斯　殿下？

亲　王　你愿意去偷那个身披皮马甲、衣缀水晶纽扣、剃着平头、手戴玛瑙戒指、足穿酱色长袜、吊着毛绒袜带、讲起话来软绵绵的、腰边挂着一只西班牙式的钱袋——

弗兰西斯　哎哟，殿下，您说的是什么人呀？

亲　王　啊，那么你只好喝喝棕色的西班牙甜酒啦；因为你瞧，弗兰西斯，你这白帆布紧身衣是很容易沾上污渍的。在巴巴里，朋友，那价钱可不会这样贵。

弗兰西斯　什么，殿下？

波因斯　（在内）弗兰西斯！

亲　王　去吧，你这混蛋！你没有听见他们叫吗？（二人同时呼叫，弗兰西斯不知所措）

　　　　【酒店主上。

店　主　什么！你听见人家这样叫喊，却在这儿待着不动吗？到里边去看看客人们要些什么。（弗兰西斯下）殿下，老约翰爵士带着五六个人在门口，我要不要让他们进来？

亲　王　让他们等一会儿再开门吧。（店主下）波因斯！

　　　　【波因斯上。

波因斯　就来，就来，先生。

亲　王　小子，福斯塔夫和那批贼党都在门口；我们要不要乐一乐？

波因斯　咱们要乐得像蟋蟀一般，我的孩子。可是我说，你对这酒保开这场玩笑，有没有什么其他用意？来，告诉我。

亲　王　我现在充满了自从老祖宗亚当的时代以来直到目前夜半十二点钟为止所有各色各样的奇思异想。（弗兰西斯携酒自台前经过）几点钟了，弗兰西斯？

弗兰西斯　就来，就来，先生。（下）

亲　王　这家伙会讲的话，还不及一只鹦鹉那么多，可是他居然也算是一个妇人的儿子！他的工作就是上楼下楼，他的口才就是算账报账。我还不能抱着像潘西，那北方的霍茨波那样的心理；他会在一顿早餐的时间里杀了七八十个苏格兰人，然后洗了洗他的手，对他的妻子说："这种生活太平静啦！我要的是活动。""啊，我的亲爱的亨利，"她说，"你今天杀了多少人啦？""给我的斑马喝点儿水，"他说，"不过十四个人。"仅仅一个小时后，他又接着说："不算数，不算数。"请你去叫福斯塔夫进来；我要扮演一下潘西，让那该死的肥猪权充他的妻子摩提默夫人。用醉鬼的话说就是"酒来呀！"叫那些瘦肉肥肉一起进来吧。

【福斯塔夫、盖兹希尔、巴道夫、皮多及弗兰西斯上。

波因斯　欢迎，杰克！你从什么地方来？

福斯塔夫　愿一切没胆的懦夫们都给我遭瘟，我说，让天雷劈死他们！嘿，阿门！替我倒一杯酒来，堂倌。日子要是像这样过下去，我要自己缝袜自己补袜自己上袜底哩。愿一切没胆的懦夫们都给我遭瘟！替我倒一杯酒来，混蛋！——世上难道没有勇士了吗？（饮酒）

亲　王　你见过太阳和一盆牛油接吻没有？软心肠的牛油，一听见太阳的花言巧语，就溶化了？要是你见过，那么眼前就正是这个混合物。

福斯塔夫　混蛋，这酒里也掺着石灰水；坏人总不会干好事；可是一个懦夫比一杯掺石灰水的酒更坏，一个刁恶的懦夫！走你自己的路吧，老杰克；愿意什么时候死，你就什么时候死吧。要是在这地面之上，还有人记得什么是男子汉的精神，什么是堂堂大丈夫的气概的话，我就是一条排了卵的鲱鱼。好人都上了绞架了，剩在英国的总共还不到三个，其中的一个已经发了胖，一天老似一天。上帝拯救世人！我说这是一个万恶的世界。我希望我是一个会唱歌的织工；我真想唱唱圣诗，或是干些这一类的事情。愿一切懦夫们都给我遭瘟！我还是这样说。

亲　王　怎么，你这披毛戴发的脓包！你在咕噜些什么？

福斯塔夫　一个国王的儿子！要是我不用一柄木刀把你打出你的国境，像驱逐一群雁子一般把你的臣民一起赶散，我就不是一个须眉男子。你这威尔士亲王！

亲　王　哎哟，你这下流的胖汉，这是怎么一回事？

福斯塔夫　你不是一个懦夫吗？回答我这一个问题。还有这波因斯，他不也是一个懦夫吗？

波因斯　他妈的！你这胖皮囊，你再骂我懦夫，我就用刀子戳死你。

福斯塔夫　我骂你懦夫！我就是眼看着你掉下地狱，也不来骂你懦夫哩；可是我要是逃跑起来两条腿能像你一样快，那么我情愿出一千镑。你是肩直背挺的人，也不怕人家看见你的背；你以为那样便算是做你朋友的后援吗？算了吧，这种见鬼的后援！那些愿意跟我面对面的人，才是我的朋友。替我倒一杯酒来。我今天要是喝过一口酒，我就是个混蛋。

亲　王　哎哟，这家伙！你刚才喝过的酒，还在你的嘴唇上留着残沥，没有擦干哩。

福斯塔夫　那反正一样。（饮酒）愿一切懦夫们都给我遭瘟！我还是这么一句话。

亲　王　这是怎么一回事？

福斯塔夫　怎么一回事？咱们四个人今天早上抢到了一千镑钱。

亲　王　在哪儿，杰克？在哪儿？

福斯塔夫　在哪儿！又给人家抢去了；一百个人把我们四人团团围住。

亲　王　什么，一百个人？

福斯塔夫　我一个人跟他们十二个人短兵相接，足足战了两个时辰，要是我说了假话，我就是个混蛋。我这条性命逃了出来，真算是一件奇迹哩。他们的刀剑八次穿透我的紧身衣，四次穿透我的裤子；我的盾牌上全是洞，我的剑口砍得像一柄手锯一样，瞧！我平生从来不曾打得这样有劲。愿一切懦夫们都给我遭瘟！叫他们说吧，要是他们说的话不符事实，他们就是恶人，魔鬼的儿子。

亲　王　说吧，朋友们；是怎么一回事？

盖兹希尔　咱们四个人向差不多十二个人截击——

福斯塔夫　至少有十六个，我的殿下。

盖兹希尔　还把他们绑了起来。

皮　多　不，不，咱们没有绑住他们。

福斯塔夫　你这混蛋，他们一个个都给咱们绑住的，否则我就是个犹太人，一个希伯来的犹太人。

盖兹希尔　咱们正在分赃的时候，又来了六七个人向咱们攻击——

福斯塔夫　他们替那几个人松了绑，接着又来了一批人。

亲　王　什么，你们跟这许多人对战吗？

福斯塔夫　这许多！我不知道什么叫作这许多。可是我要不曾一个人抵挡了他们五十个，我就是一捆萝卜；要是没有五十二三个人向可怜的老杰克同时攻击，我就不是两条腿的生物。

亲　王　上帝保佑，但愿你不曾杀死他们几个人。

福斯塔夫　哼，求告上帝已经来不及了。他们中间有两个人身受重伤；我相信有
　　两个人已经在我手里送了性命，两个穿麻布衣服的恶汉。我告诉你吧，哈尔，
　　要是我向你说了谎，你可以唾我的脸，骂我是马儿。你知道我的惯用的防势；
　　我把身子伏在这儿，这样挺着我的剑。四个穿麻衣的恶汉向我冲了上来——

亲　王　什么，四个？你刚才说只有两个。

福斯塔夫　四个，哈尔，我对你说四个。

波因斯　嗯，嗯，他是说四个。

福斯塔夫　这四个人迎头跑来，向我全力进攻。我不费吹灰之力，把我的盾牌这
　　么一挡，他们七个剑头便一齐钉住在盾牌上了。

亲　王　七个？咦，刚才还只有四个哩。

福斯塔夫　都是穿麻衣的。

波因斯　嗯，四个穿麻衣的人。

福斯塔夫　凭着这些剑柄起誓，他们一共有七个，否则我就是个坏人。

亲　王　让他去吧；等一会儿我们还要听到更多的人数哩。

福斯塔夫　你在听我说吗，哈尔？

亲　王　嗯，杰克，我正在全神贯注，洗耳恭听。

福斯塔夫　很好，因为这是值得一听的。我刚才告诉你的这九个穿麻衣的人——

亲　王　好，又添了两个了。

福斯塔夫　他们的剑头已经折断——

波因斯　裤子就掉下来了。

福斯塔夫　开始向后退却；可是我紧紧跟着他们，拳脚交加，一下子这十一个人
　　中间就有七个人倒在地上。

亲　王　哎哟，奇事奇事！两个穿麻衣的人，摇身一变就变成十一个了。

福斯塔夫　可是偏偏魔鬼跟我捣蛋，三个穿草绿色衣服的杂种从我的背后跑了过
　　来，向我举刀猛刺；那时候天是这样的黑，哈尔，简直瞧不见你自己的手。

亲　王　这些荒唐怪诞的谎话，正像一只手掩不住一座大山一样，谁也骗不了的。
　　嘿，你这头脑里塞满泥土的胖家伙，你这糊涂的傻瓜，你这下流醒醴、脂油
　　蒙住了心窍的东西——

福斯塔夫　什么，你疯了吗？你疯了吗？事实不就是事实吗？

亲　王　嘿，既然天色黑得瞧不见你自己的手，你怎么知道这些人穿的衣服是草绿色的？来，告诉我们你的理由。你还有什么话说？

波因斯　来，你的理由，杰克，你的理由。

福斯塔夫　什么，这是可以强迫的吗？他妈的！即使你们把我双手反绑吊起来，或是用全世界所有的刑具拷问我，你们也不能从我的嘴里逼出一个理由来。强迫我给你们一个理由！即使理由多得像乌莓子一样，我也不愿在人家的强迫之下给他一个理由。

亲　王　我不愿再背负这蒙蔽事实的罪名了；这满脸红光的懦夫，这睡破床垫、坐断马背的家伙，这庞大的肉山——

福斯塔夫　他妈的！你这饿鬼，你这小妖精的皮，你这干牛舌，你这干了的公牛鸡巴，你这干瘪的腌鱼！啊！我简直说得气都喘不过来了；你这裁缝的码尺，你这刀鞘，你这弓袋，你这倒插的锈剑——

亲　王　好，休息一会儿再说下去吧；等你搬完了这些下贱的比喻以后，听我说这么几句话。

波因斯　听着，杰克。

亲　王　我们两人看见你们四人袭击四个旅客，看见你们把他们捆了，夺下他们的银钱。现在听着，几句简单的话，就可以把你驳倒。那时我们两人就向你们攻击，不消一声吆喝，你们早已吓得抛下了赃物，让我们把它拿去；原赃就在这屋子里，尽可当面验明。福斯塔夫，你抱着你的大肚子跑得才快呢，你还高呼饶命，边走边叫，听着就像一条小公牛似的。好一个不要脸的奴才，自己把剑砍了几个缺口，却说是跟人家激战砍坏了的！现在你还有什么鬼话，什么手段，什么藏身的地窖，可以替你遮盖这场公开的羞辱吗？

波因斯　来，让我们听听吧，杰克；你现在还有什么鬼话？

福斯塔夫　上帝在上，我一眼就认出了你们。嗨，你们听着，朋友们，我是什么人，胆敢杀死当今的亲王？难道我可以向金枝玉叶的亲王行刺吗？嘿，你知道我是像赫剌克利斯一般勇敢的；可是本能可以摧毁一个人的勇气；狮子无论怎样凶狠，也不敢碰伤一个堂堂的亲王。本能是一件很重要的东西，我是因为基于本能而成为一个懦夫的。我将要把这一回事情终身引为自豪，并且因此而格外看重你；我是一头勇敢的狮子，你是一位货真价实的王子。可是，

161

上帝在上，孩子们，我很高兴钱在你们的手里。喂，老板娘，好生看守门户；今晚不要睡觉，明天一早祈祷。好人儿们，孩子们，哥儿们，心如金石的兄弟们，愿你们被人称誉为世间最有义气的朋友！怎样？咱们要不要乐一乐？要不要串演一出即景的戏剧？

亲　王　　很好，就把你的逃走作为主题吧。

福斯塔夫　啊！哈尔，要是你爱我的话，别提起那件事了！

　　　　　【快嘴桂嫂上。

桂　嫂　　耶稣啊！我的亲王爷！

亲　王　　啊，我的店主太太！你有什么话要对我说？

桂　嫂　　呃，我的爷，有一位宫里来的老爷等在门口，要见您说话；他说是您的父王叫他来的。

亲　王　　你就尊他一声老太爷，叫他回到我的娘亲那儿去吧。

福斯塔夫　他是个怎么样的人？

桂　嫂　　一个老头儿。

福斯塔夫　老人家半夜里从床上爬起来干吗呢？要不要我去打发他？

亲　王　　谢谢你，杰克，你去吧。

福斯塔夫　我要叫他滚回去。（下）

亲　王　　列位，凭着圣母起誓，你们打得很好；你也打得不错，皮多；你也打得不错，巴道夫。你们全都是狮子，因为本能的冲动而逃走；你们是不愿意碰伤一位堂堂的王子的。呸！呸！

巴道夫　　不瞒您说，我因为看见别人逃走，所以也跟着逃走了。

亲　王　　现在老实告诉我，福斯塔夫的剑怎么会有这许多缺口？

皮　多　　他用他的刀子把它砍成这个样儿；他说他要发漫天的大誓，把真理撵出英国，非得让您相信它是在激战中砍坏了的不可；他还劝我们学他的样子哩。

巴道夫　　是的，他又叫我们用尖叶草把我们的鼻子擦出血来，涂在我们的衣服上，发誓说那是勇士的热血。我已经七年没有干这种把戏了；听见他这套鬼花样，我的脸也红啦。

亲　王　　啊，混蛋！你在十八年前偷了一杯酒喝，被人当场捉住，从此以后，你的脸就一直是红的。你又有火性又有剑，可是你临阵逃走，这是凭着哪一种本能？

162

巴道夫　（指自己脸）殿下，您看见这些流星似的火点儿了吗？

亲　王　我看见了。

巴道夫　您想它们表示着什么？

亲　王　热辣辣的情欲，冷冰冰的钱袋。

巴道夫　殿下，照理说来，它应该表示一副躁急的脾气。

亲　王　不，照理说来，它应该表示一条绞刑的绳索。

　　　　　【福斯塔夫重上。

亲　王　瘦得只剩一把骨头的杰克来了——啊，我的亲爱的大话博士！杰克，你已经有多长时间看不见你自己的膝盖了？

福斯塔夫　我自己的膝盖！我在像你这样年纪的时候，哈尔，我的腰身还没有鹰爪那么粗；我可以钻进套在无论哪一个议员的大拇指上的指环里去。都是那些该死的叹息忧伤，把一个人吹得像气泡似的膨胀起来！外边消息不大好；刚才来的是约翰·勃莱西爵士，奉着你父亲的命令，叫你明天早上进宫去。那北方的疯子潘西，还有那个曾经用手杖敲过亚迈蒙①的足胫、和路锡福的妻子通奸、凭着一柄弯斧叫魔鬼向他宣誓尽忠的威尔士人——该死的，你们叫他什么名字？

波因斯　奥温·葛兰道厄。

福斯塔夫　奥温，奥温，正是他；还有他的女婿摩提默和诺森伯兰那老头儿；还有那个能够骑马奔上悬崖、矫健的苏格兰英雄魁首道格拉斯。

亲　王　他能够在跃马疾奔的时候，用他的手枪打死一只飞着的麻雀。

福斯塔夫　你说得正是。

亲　王　可是那麻雀并没有被他打中。

福斯塔夫　哦，那家伙有种；他不会见了敌人奔走。

亲　王　咦，那么你为什么刚才还称赞他奔走的本领了不得呢？

福斯塔夫　我说的是他骑在马上的时候，你这呆鸟！可是下了马他就会站住一步也不动。

亲　王　是的，杰克，这也得看本能。

福斯塔夫　我承认那也得看本能。好，他也在那里，还有一个叫作摩代克的和其

_____
①　亚迈蒙，中古时代传说中的一个恶魔。

163

余一千个蓝帽骑士。华斯特已经在今晚溜走！你父亲听见这消息，急得胡须都白了。现在你可以收买土地，像买一条臭青鱼一般便宜。

亲　　王　啊，那么今年要是有一个炎热的夏季，而且这场内战还要继续下去的话，看来我们可以像人家买钉子一般整百整百地买黄花姑娘了。

福斯塔夫　真的，孩子，你说得对；咱们在那方面倒可以做一笔很好的生意，可是告诉我，哈尔，你是不是怕得厉害呢？你是当今的亲王，这世上还能有像那煞神道格拉斯、恶鬼潘西和妖魔葛兰道厄那样的三个敌人吗？你是不是怕得厉害，听了这样的消息，你的全身的血都会沸腾呢？

亲　　王　一点儿不，真的；我没有像你那样的本能。

福斯塔夫　好，你明儿见了你父亲，免不了要挨一顿臭骂；要是你爱我的话，还是练习练习怎样回答吧。

亲　　王　你就权充我的父亲，向我查问我的生活情形。

福斯塔夫　我充你的父亲？很好。这一张椅子算是我的宝座，这一把剑算是我的御杖，这一个垫子算是我的王冠。

亲　　王　你的宝座是一张折凳，你的黄金的御杖是一柄铅剑，你的富丽的王冠是一个寒碜的秃顶！

福斯塔夫　好，要是你还有几分天良的话，现在你将要被感动了。给我一杯酒，让我的眼睛红红的，人家看了会以为我流过眼泪；因为我讲话的时候必须充满情感。（饮酒）我就用《坎拜西斯王》的那种腔调。

亲　　王　好，我在这儿下跪了。（行礼）

福斯塔夫　听我的话。各位贵爵，站在一旁。

桂　　嫂　耶稣啊！这才好玩呢！

福斯塔夫　不要哭，亲爱的王后，因为流泪是徒然的。

桂　　嫂　天父啊！瞧他一本正经的样子！

福斯塔夫　为了上帝的缘故，各位贤卿，请把我的悲哀的王后护送回宫，因为眼泪已经遮住她的眼睛了。

桂　　嫂　耶稣啊！他扮演得活像那些走江湖的戏子。

福斯塔夫　别闹，好酒壶儿！别闹，老白干！亨利，我不知道你在什么地方消磨你的光阴，更不知道有些什么人跟你做伴。虽然紫菀草越被人践踏长得越快，可是青春越是浪费，越容易消失。你是我的儿子，这不但你的母亲这么说，我也这么相信；可是最重要的证据，是你眼睛里有一股狡猾的神气，还有你那垂着下唇的那股傻样子。既然你是我的儿子，那么问题就来了：为什么你做了我的儿子，却要受人家这样指摘？天上光明的太阳会不会变成一个游手好闲之徒，吃起乌莓子来？这是一个不必问的问题。英格兰的亲王会不会做贼，偷起人家的钱袋来？这是一个值得问的问题。有一件东西，亨利，是你常常听到的，说起来大家都知道，它的名字叫作沥青；这沥青据古代著作家们说，一沾上身就会留下揩不掉的污点；你所来往的那帮朋友也是这样。哈利，现在我对你说话，不是喝醉了酒，而是流着眼泪，不是抱着快乐的情绪，而是怀着满腹的悲哀，不是口头的空言，而是内心的忧愁的流露。可是我常常注意到在你的伴侣之中，有一个很有德行的人，我不知道他的名字。

亲　王　请问陛下，他是怎样的一个人？

福斯塔夫　这人长得仪表堂堂，体格魁梧，是个胖胖的汉子；他有一副愉快的容貌，一双有趣的眼睛和一种非常高贵的神采；我想他的年纪约莫有五十来岁，或许快要近六十了；现在我记起来啦，他的名字叫作福斯塔夫。要是那个人也会干那些荒淫放荡的事，那除非是我看错了人，因为，亨利，我从他的脸上可以看出他是一个有德之人。是什么树就会结什么果子，我可以断然说一句，那福斯塔夫是有德行的，你应该跟他多多来往，不要再跟其余的人在一起胡闹。现在告诉我，你这不肖的奴才，告诉我，这一个月来你在什么地方？

亲　王　你说得像一个国王吗？现在你来代表我，让我扮演我的父亲吧。

福斯塔夫　你要把我废黜吗？要是你在言语之间，能够及得上我一半的庄重严肃，我愿意让你把我像一只兔子般倒挂起来。

亲　王　好，我在这儿坐下了。

福斯塔夫　我在这儿站着。各位，请你们评判评判。

亲　王　喂，亨利！你从什么地方来？

福斯塔夫　启禀父王，我从依斯特溪泊来。

亲　王　我听到许多人对你失望不满的怨言。

福斯塔夫　他妈的！陛下，他们都是胡说八道。嘿，我扮演年轻的亲王准保叫你拍手称好！

亲　王　你开口就骂人吗，没有礼貌的孩子？从此以后，再也不要见我。你全然野得不成样子啦；一个魔鬼扮成一个胖老头儿的样子迷住了你；一只人形的大酒桶做了你的伴侣。为什么你要结交那个充满着怪癖的箱子，那个塞满着兽性的柜子，那个水肿的脓包，那个庞大的酒囊，那个堆叠着脏腑的衣袋，那头肚子里填着腊肠的烤牛，那个道貌岸然的恶徒，那个须发苍苍的罪人，那个无赖的老头儿，那个空口说白话的老家伙？他除了辨别酒味和喝酒以外，还有什么擅长的本领？除了用刀子割鸡、把它塞进嘴里去以外，还会干什么精明灵巧的事情？除了阴谋诡计以外，他有些什么聪明？除了为非作歹以外，他有些什么计谋？他干的哪一件不是坏事？哪一件会是好事？

福斯塔夫　我希望陛下让我知道您的意思；陛下说的是什么人？

亲　王　那邪恶而可憎的诱惑青年的福斯塔夫，那白须的老撒旦。

福斯塔夫　陛下，这个人我认识。

亲　王　我知道你认识。

福斯塔夫　可是要是说他比我自己有更多的坏处，那就不是我所知道的了。他老了，这是一件值得惋惜的事情，他的白发可以为他证明，可是恕我这么说，谁要是说他是个放荡的淫棍，那我是要全然否认的。如果喝几杯搀糖的甜酒算是一件过失，愿上帝拯救罪人！如果老年人寻欢作乐是一件罪恶，那么我所认识的许多老人家都要下地狱了；如果胖子是应该被人憎恶的，那么法老王的瘦牛才是应该被人喜爱的了。不，我的好陛下；撵走皮多，撵走巴道夫，撵走波因斯；可是讲到可爱的杰克·福斯塔夫，善良的杰克·福斯塔夫，忠实的杰克·福斯塔夫，勇敢的杰克·福斯塔夫，老当益壮的杰克·福斯塔夫，千万不要让他离开您的亨利的身边；撵走了肥胖的杰克，就是撵走了整个的世界。

亲　王　我偏要撵走他。（敲门声。桂嫂、弗兰西斯、巴道夫同下）

【巴道夫疾奔堂上。

巴道夫　啊！殿下，殿下，郡吏带着一队恶狠狠的警士到门口了。

福斯塔夫　滚出去，你这混蛋！把咱们的戏演下去；我还有许多替那福斯塔夫辩护的话要说哩。

【快嘴桂嫂重上。

桂　嫂　耶稣啊！我的爷，我的爷！

166

亲　王　嗨，嗨！魔鬼腾空而来。什么事情？

桂　嫂　郡吏和全队警士都在门口，他们要到这屋子里来搜查。我要不要让他们
　　　　进来？

福斯塔夫　你听见了吗，哈尔？再不要把一块真金叫作赝物。你根本就是个疯子，
　　　　虽然外表上瞧不出来。

亲　王　你就是个天生的懦夫。

福斯塔夫　我不认同你的论点。要是你愿意拒绝那郡吏，很好；不然的话，就让
　　　　他进来吧。要是我坐在囚车里，比不上别人神气，那我就是白活了这一辈子。
　　　　我希望早一点让一根绳子把我绞死，不要落在别人后面才好。

亲　王　去，躲在那帷幕的背后；其余的人都到楼上去。现在，我的朋友们，装
　　　　出一副正直的面孔和一颗无罪的良心来。

福斯塔夫　这两件东西我本来都有；可是它们现在已经寿终正寝了，所以我只好
　　　　躲藏一下。（除亲王及皮多外均下）

亲　王　叫郡吏进来。

　　　　　【郡吏及脚夫上。

亲　王　啊，郡吏先生，你有什么赐教？

郡　吏　殿下，我先要请您原谅。外边有一群人追捕逃犯，看见他们走进这家酒店。

亲　王　你们要抓什么人？

郡　吏　回殿下的话，其中有一个人是大家熟悉的，一个大胖子。

脚　夫　肥得像一块牛油。

亲　王　我可以确实告诉你，这个人不在这儿，因为我自己刚才叫他干一件事情
　　　　去了。郡吏先生，我愿意向你担保，明天午餐的时候，我一定叫他来见你或
　　　　是无论什么人，答复人家控告他的罪名。现在我要请你离开这屋子。

郡　吏　是，殿下。有两位绅士在这件盗案里失去了三百个马克。

亲　王　也许有这样的事。要是他果真抢劫了这些人的钱，当然是要依法惩办的。
　　　　再见。

郡　吏　晚安，殿下。

亲　王　我想现在已经是早上了，是不是？

郡　吏　真的，殿下，我想现在有两点钟了。（郡吏及脚夫下）

亲　王　这老滑头就跟圣保罗大教堂一样，没有人不知道。去，叫他出来。

皮　多　福斯塔夫！哎哟！他在帷幕后面睡熟了，像一匹马一般打着鼾呢。

亲　王　听，他的呼吸多么沉重。搜搜他衣袋里有些什么东西。（皮多搜福斯塔夫衣袋，得若干纸片）你找到些什么？

皮　多　只有一些纸片，殿下。

亲　王　让我看看上面了写些什么。你读给我听。

皮　多　（读）付阉鸡一只　　　　　二先令二便士

　　　　付酱油　　　　　　　　四便士

　　　　付白葡萄酒二加仑　　　五先令八便士

　　　　付晚餐后鱼、酒　　　　二先令六便士

　　　　付面包　　　　　　　　半便士

亲　王　啊，该死！只有半便士的面包，却要灌下这许多的酒！其余的你替他保藏起来，我们有机会再读吧。让他就在那儿睡到天亮。我一早就要到宫里去。我们大家都要参加战争，你将要得到一个很光荣的岗位。这胖家伙我要设法叫他带领一队步兵；我知道二百几十英里路程的行军，准会把他累死的。这笔钱将要加利归还原主。明天早一点来见我；现在再会吧，皮多。

皮　多　再会，我的好殿下。（各下）

168

第三幕

第一场　班谷。副主教府中一室

【霍茨波、华斯特、摩提默及葛兰道厄上。

摩提默　前途大可乐观，我们的同盟者都是可靠的，在这举事之初，就充满了成
　　功的征兆。

霍茨波　摩提默伯爵，葛兰道厄姻丈，你们都请坐下来；华斯特叔父，您也请坐。
　　该死！我又忘记把地图带来了。

葛兰道厄　不，这儿有。请坐，潘西贤侄，请坐。兰开斯特每次提起您霍茨波的
　　威名时，总是面无人色，长叹一声，恨不得您早早归天。

霍茨波　他每次听见人家说起奥温·葛兰道厄的时候，也恨不得您下地狱。

葛兰道厄　这也怪不得他；在我诞生的时候，天空中充满了一团团的火块，像灯
　　笼火把似的照耀得满天通红；我一下母胎，大地的庞大的基座就像懦夫似的
　　战栗起来。

霍茨波　要是令堂的猫在那时候生产小猫，这现象也同样会发生的，即使世上从
　　来不曾有您这样一个人。

葛兰道厄　我说在我诞生的时候，大地都战栗了。

霍茨波　要是您以为大地是因为惧怕您而战栗的，那么我就要说它的意见并不跟
　　我一致。

葛兰道厄　满天烧着火，大地吓得发抖。

霍茨波　啊！那么大地是因为看见天上着了火而战栗的，不是因为害怕您的诞生。
　　失去常态的大自然，往往会发生奇异的变化；有时怀孕的大地因为顽劣的风

169

儿在她的腹内作怪，像疝痛一般转侧不宁；那风儿只顾自己的解放，把大地老母拼命摇撼，尖塔和高楼都在它的威力之下纷纷倒塌。在您诞生的时候，我们的大地老祖母多半正在害着这种怪病，所以痛苦得战栗起来。

葛兰道厄　贤侄，别人要是这样顶撞我，我是万万不能容忍的。让我再告诉你一次，在我诞生的时候，天空中充满了一团团的火块，出羊从山上逃了下来，牛群发出奇异的叫声，争先恐后地向田野奔窜。这些异常的现象都表明我是非常的人物；我的一生的经历也可以显出我不是一个碌碌的庸才。在那撞击着英格兰、苏格兰和威尔士海岸的怒涛的怀抱之中，哪一个人曾经做过我的老师，教我念过一本书？我的神奇而艰深的法术，哪一个妇人的儿子能够追步我的后尘？

霍茨波　我想您的威尔士语讲得比谁都好。我要吃饭去了。

摩提默　得啦，潘西贤弟！不要激得他发起疯来。

葛兰道厄　我可以召唤地下的幽魂。

霍茨波　啊，这我也会，什么人都会；可是您召唤它们的时候，它们果然会应召而来吗？

葛兰道厄　嘿，老侄，我可以教你怎样驱役魔鬼哩。

霍茨波　老伯，我也可以教您怎样用真理来羞辱魔鬼的方法；魔鬼听见人家说真话，就会羞得无地自容。要是您有召唤魔鬼的法力，叫它到这儿来吧，我可以发誓我有本领把它羞走。啊！一个人活在世上，应该时时刻刻说真话羞辱魔鬼！

摩提默　得啦，得啦；不要再说这种无益的闲话了。

葛兰道厄　亨利·波林勃洛克曾经三次调兵向我进攻，三次都被我从威伊河岸和沙砾铺底的塞汶河边杀得他丢盔弃甲，顶着恶劣的天气狼狈而归。

霍茨波　丢盔弃甲，又赶上恶劣的天气！凭着魔鬼的名义，他怎么没冻得发疟疾呢呢？

葛兰道厄　来，这儿是地图；我们要不要按照我们各人的权利，把它一分为三？

摩提默　副主教已经把它很平均地分为三份了。从特兰特河起直到这儿塞汶河为止，这东南一带的英格兰疆土都归属于我；由此向西，塞汶河岸以外的全部威尔士疆土，以及在那界限以内的所有沃壤，都是奥温·葛兰道厄所有；好兄弟，你所得到的是特兰特河以北的其余的土地。我们三方面的盟约已经写好，今晚就可以各人交换签印。明天，潘西贤弟，你、我，还有我的善良的华斯特伯爵，将要按照约定，动身到索鲁斯伯雷去迎接你的父亲和苏格兰派来的军队。我的岳父葛兰道厄还没有准备完成，我们在这十四天内，也无须他帮助。（向葛兰道厄）在这时间以内，也许您已经把您的佃户们、朋友们和邻近的绅士们征集起来了。

葛兰道厄　各位贵爵，不用那么多的时间，我就会来跟你们相会的；你们两位的夫人都可以由我负责护送，现在你们却必须从她们的身边悄悄溜走，不用向她们告别；因为你们夫妇相别，免不了又要淌一场淌不完的眼泪。

霍茨波　我想你们分给我的勃敦以北这一份土地，讲起大小来是比不上你们那两份的；瞧这条河水打这儿弯了进来，硬生生从我的最好的土地上割去了半月形的一大块。我要把这道河流在这地方填塞起来，让澄澈明净的特兰特河更换一条平平正正的新的水道；我可不能容许它弯进得这么深，使我失去这么一块大好的膏腴之地。

葛兰道厄　不让它弯进去！这可不能由你做主。

摩提默　是的，可是你瞧它的水流的方向，在这一头它也使我遭到同样的损失；它割去了我同样大的一块土地，正像它在那一头割去你的土地一样。

华斯特　是的，可是我们只要稍微花些钱，就可以把河道搬到这儿来，腾出它北岸的这一角土地；然后它就可以顺流直下，不必迂回绕道了。

霍茨波　我一定要这么办；只要稍微花些钱就行了。

葛兰道厄　这件擅改河道的事，我是不能同意的。

霍茨波　您不同意吗？

葛兰道厄　我不同意，我不让你这样干。

霍茨波　谁敢向我说一个不字？

葛兰道厄　嘿，我就要向你说不。

霍茨波　那么不要让我听您的话；您用威尔士语说吧。

葛兰道厄　阁下，我的英语讲得跟你一样好，因为我是在英国宫廷里教养长大的；我在年轻的时候，就会把许多英国的小曲在竖琴上弹奏得十分悦耳，使我的歌喉得到一个美妙的衬托；这一种本领在你身上是找不到的。

霍茨波　呃，谢天谢地，我没有这种本领。我宁愿做一只小猫，向人发出喵喵的叫声；也不愿做这种吟风弄月的卖唱者。我宁愿听一只干燥的车轮在轮轴上吱轧吱轧地摩擦；那些扭扭捏捏的诗歌，是比它更会使我的牙齿发痒的；它

171

正像一匹小马踏着混乱的细步一样装腔作势得可厌。

葛兰道厄　算啦，你就把特兰特河的河道变更一下好了。

霍茨波　我并不真的计较这些事情；我愿意把三倍多的土地送给无论哪一个真正值得我敬爱的朋友；可是您听着，要是真正斤斤计较起来的话，我是连一根头发的九分之一也不肯放松的。盟约已经写下了吗？我们就要出发了吗？

葛兰道厄　今晚月色很好，你们可以乘夜上路。我就去催催书记，叫他把盟书赶紧办好，同时把你们动身的消息通知你们的妻子；我怕我的女儿会发起疯来，她是那样钟情于她的摩提默。（下）

摩提默　哎哟，潘西兄弟！你把我的岳父顶撞得太过分啦！

霍茨波　我也难以自控。有时候他使我大大生气，跟我讲什么鼹鼠蚂蚁、术士梅林和他的预言，还有什么龙，什么没有鳍的鱼，什么剪去翅膀的鹰喙怪兽，什么脱毛的乌鸦，什么蜷伏的狮子，什么咆哮的猫，以及诸如此类荒唐怪诞的无稽之谈。我告诉你吧，昨晚他拉住我至少谈了九个钟头，向我列举一个个为他奔走的魔鬼的名字。我只是嘴里"哼"呀"哈"地答应他，可是一个字也没有听进去。啊！他正像一匹疲乏的马、一个长舌的妻子一般令人厌倦，比一间烟熏的屋子还要闷人。我宁愿住在风磨里吃些干酪大蒜过活，也不愿在无论哪一所贵人的别墅里饱哝着美味的佳肴，听他喋喋不休的谈话。

摩提默　真的，他是一位很可敬的绅士，学问渊博，擅长异术，狮子一般勇敢，对人却又和蔼可亲；他的慷慨可以比得上印度的宝山。要不要我告诉你，兄弟？他非常看重你的高傲的性格，虽然你这样跟他闹别扭，他还是竭力忍住了他的天生的火性，不向你发作出来；真的，他对你是特别容忍的。我告诉你吧，要是别人也是你这样撩拨他，他早就大发雷霆，给他颜色瞧了。可是让我请求你，不要老用这种态度对待他。

华斯特　真的，我的少爷，你太任性了；自从你到此以后，屡次在言语和举动上触犯他，已经到了使人家忍无可忍的地步。你必须设法改正这一种过失，虽然它有时可以表示勇气和魄力——那是人生最高贵的品质——可是往往它会给人粗暴、无礼、躁急、傲慢、顽固的印象；一个贵人如果有了一点点这样的缺点，就会失去人们的信心，在他其余一切美好的德行上留下一个污迹，遮掩了它们值得赞叹的之处。

霍茨波　好，我领教了；愿殷勤的礼貌帮助你们成功！我们的妻子来了，让我们

172

向她们告别吧。

【葛兰道厄率摩提默夫人及潘西夫人重上。

摩提默　这是一件最使我恼恨的事，我的妻子不会说英语，我也不会说威尔士语。

葛兰道厄　我的女儿在哭了；她舍不得和你分别；她也要做一个军人，跟着你上
　　战场去。

摩提默　好岳父，告诉她您不久就可以护送她跟我的姑母潘西夫人来和我们重聚
　　的。（葛兰道厄用威尔士语向摩提默夫人谈话，后者亦以威尔士语作答）

葛兰道厄　她简直在这儿发疯啦；好一个执拗使性的丫头，什么劝告对她都不能
　　发生效力。（摩提默夫人以威尔士语向摩提默谈话）

摩提默　我懂得你的眼光；从这一双泛滥泪珠的眼眶里倾注下来的美妙的威尔士
　　的语言，我能够完全懂得它的意思；倘不是为了怕人笑话，我也要用同样的
　　言语回答你。（摩提默夫人又发言）我懂得你的吻，你也懂得我的吻，那是一场
　　感情的辩论。可是爱人，我一定要做一个发愤的学生，直到我学会你的语言；
　　因为你的妙舌使威尔士语仿佛就像一位美貌的女王在夏日的园亭里弹弄丝
　　弦，用抑扬婉转的音调，歌唱着辞藻雅丽的小曲一般美妙动听。

葛兰道厄　不要这样，如果你也是柔情脉脉，她准得发疯了。（摩提默夫人又发言）

摩提默　啊！我全然不懂你说的话。

葛兰道厄　她叫你躺在软绵绵的茵草上，把你温柔的头靠着她的膝，她要唱一支
　　你所喜爱的歌曲，让睡眠爬上你的眼睑，用舒适的倦怠迷醉你的血液，使你
　　陶然于醒睡之间，充满了朦胧的情调，正像当天马还没有从东方开始它的金
　　色的行程以前那晨光熹微的时辰一样。

摩提默　我满心愿意坐下来听她唱歌。我想我们的盟书到那时候多半已经抄写好
　　了。

葛兰道厄　你坐下吧；在几千英里外云游的空中的乐师，立刻就会到这儿来为你
　　奏乐；坐下来听吧。

霍茨波　来，凯蒂，你睡下的姿势是最好看的；来，快些，快些，让我好把我的
　　头靠在你的膝上。

潘西夫人　去，你这调皮的呆鹅！（葛兰道厄作威尔士语，乐声起）

霍茨波　现在我才知道魔鬼是懂得威尔士语的；无怪他的脾气这么古怪。凭着圣
　　母起誓，他是个很好的音乐家哩。

潘西夫人　那么你也应该精通音乐了，因为你的脾气是最变化莫测的。静静地躺着，你这贼，听那位夫人唱威尔士歌吧。

霍茨波　我宁愿听我的母狗用爱尔兰调子吠叫。

潘西夫人　你要我敲破你的头吗？

霍茨波　不。

潘西夫人　那么不要作声。

霍茨波　我也不愿；那是一个女人的缺点。

潘西夫人　希望，上帝保佑你！

霍茨波　保佑我到那威尔士女人的床上去。

潘西夫人　什么话？

霍茨波　不要出声！她唱了。（摩提默夫人唱威尔士歌）来，凯蒂，我也要听你唱歌。

潘西夫人　我不会，真的不骗你。

霍茨波　你不会，"真的不骗你"！心肝！你从哪一个糖果商人的妻子那学会了这些口头禅？你不会用"真的不骗你""死人才说谎""上帝在我的头上""天日为证"，你总是用这些软绵绵的字句作为你所发的誓，好像你从来没有见过世面似的。凯蒂，你是一个堂堂的贵妇，就应该像一个贵妇的样子，发几个响响亮亮痛痛快快的誓；让那些穿着天鹅绒衬衣的人们和在星期日出风头的市民去说什么"真的"不"真的"，以及这一类胡椒姜糖片似的辣不死人的言语吧。来，唱呀。

潘西夫人　我偏不唱。

霍茨波　其实你满可以做裁缝师傅或是知更鸟的教师。要是盟书已经写好，我在这两小时内就要出发，随你什么时候进来吧。（下）

葛兰道厄　来，来，摩提默伯爵；烈性的潘西火急着要去，你却这样慢腾腾地不想动身。我们的盟书这时候总该写好了，我们只要签印以后，就可以立刻上马。

摩提默　那再好不过啦。（同下）

第二场 伦敦。宫中一室

【亨利王、亲王及众臣上。

亨利王　各位贤卿，请你们退下，亲王跟我要做一次私人的谈话；可是不要走远，因为我即刻就需要你们。（众臣下）我不知道这是不是上帝的意思，因为我干了些使他不快的事情，他才给我这种秘密的处分，使我用自己的血脉培养我的痛苦的祸根；你一生的行事，使我相信你是上天注定惩罚我的过失的灾殃。否则像这种放纵的下流的贪欲，这种卑鄙荒唐、恶劣不堪的行动，这种无聊的娱乐、粗俗的伴侣，怎么会跟你的伟大的血统结合起来，使你尊贵的心成为所有这一切的同侪呢？

亲　　王　请陛下原谅我，我希望我能够用明白的理由解释我的一切过失，我相信我能够替自己洗涤许多人所加在我身上的罪名。让我向您请求这一个恩典：一方面唾斥那些笑脸的佞人和那些无中生有的人们所捏造的谣言，他们是惯爱在大人物的耳边搬弄是非的；一方面接受我的真诚的服罪，原谅我那些无可讳言的少年的错误。

亨利王　上帝宽恕你！可是我不懂，亨利，你的性情为什么和你的祖先们大不相同。你已经大意地失去了你在枢密院里的地位，那位置已经被你的兄弟取而代之了；整个宫廷和王族都把你视同路人；世人对你的希望和期待已经毁灭，每一个人的心里都在预测着你的倾覆。要是我也像你这样不知自爱，因为过度的招摇而引起人们的轻视；要是我也像你这样结交匪类，自贬身价；那帮助我得到这一顶王冠的舆论，一定至今拥戴着旧君，让我在默默无闻的放逐生涯中做一个庸庸碌碌毫无希望的人物。正因为我在平时是深藏自我的，所以不动则已，一有举动，就像一颗彗星一般，受到众人的惊愕；人们会指着我告诉他们的孩子"这就是他"。还有的人会说，"在哪儿？哪一个是波林勃洛克？"然后我就利用一切的礼貌，装出一副非常谦恭的态度，当着他们在位的国王的面前，我从人们的心头取得了他们的臣服，从人们的嘴里博到了他们的欢呼。我用这一种方法，使人们对我留下了一个新鲜的印象；就像一件主教的道袍一般，我每一次露脸的时候，总是受尽人们的注目。这样我维持着自己的尊严，避免和众人做频繁的接触，只有在非常难得的机会，才一度显露我的华贵的仪态，使人们像置身于一席盛筵之中一般，感到由衷的满足。至于那举止轻浮的国王，他总是终日嬉游，无所事事，陪伴他的都是一些浅薄的弄臣和卖弄才情的妄人，他们的机智是像枯木一般易燃易灭的；他把他的君主的尊严作为赌注，自侪于那些嬉戏跳跃的愚人之列，不惜让他的伟大的名字被他们的嘲笑所亵渎，任何的戏谑都可以使他展颜大笑，每一种无聊的辱骂都可以加在他的头上；他常常在市街上游逛，使他自己为民众所狎习；人们的眼睛因为每天饱餍着他，就像吃了太多的蜂蜜一般，对任何的甜味都发生厌恶起来；世间的事情，往往失之毫厘，就会谬之千里。所以当他有什么正式的大典接见臣民的时候，他就像六月里的杜鹃鸟一般，人家都对他抱着听而不闻的态度！他受到的只是一些漠然的眼光，不再像庄严的太阳一样为众目所瞻仰；人们因为厌倦于他的声音笑貌，不是当着他的面前闭目入睡，就是像看见敌人一般颦眉蹙额。亨利，你现在的情形正是这样；因为你自甘下流，已经失去你的王子的身份，谁见了你都生厌，只有我却希望多看见你几面，我的眼睛不由我自己做主，现在已经因为满含着痴心的热泪而昏花了。

亲　王　我的最仁慈的父王，从此以后，我一定痛改前非。

亨利王　如今的你，就像当年我从法国回来，在雷文斯泊登岸那时候的理查一样；那时的我，就像是现在的潘西。凭着我的御杖和我的灵魂起誓，他才有充分的坐上王座的资格，你的继承大位的希望，却怕只是一个幻影；因为他以一个毫无凭借的匹夫，使我们的国土之内充满了铁骑的驰骤，凭着一往无前的锐气，和张牙舞爪的雄狮为敌，虽然他的年纪和你一样轻，年老的贵族们和高龄的主教们都服从他的领导，参加杀人流血的战争。他和素著威名的道格拉斯的鏖战，使他获得了多大的不朽的荣誉！那道格拉斯的英勇战绩和善斗的名声，在所有基督教国家中是被认为并世无敌的。这霍茨波，褓襁中的战神，这乳臭的骑士，却三次击败这伟大的道格拉斯，一次把他捉住了又释放，并和他结为朋友，以进一步表示他的强悍无忌，并且摇撼我的王座的和平与安全。你有什么话说？潘西、诺森伯兰、约克大主教、道格拉斯、摩提默，都联合起来反抗我了。可是我为什么要把这种消息告诉你呢？亨利，你才是我的最亲近最危险的敌人，我何必告诉你我有些什么敌人呢？也许你因为出于卑劣的恐惧、下贱的习性和一时意志的动摇，会去向潘西卖身投靠，帮助他和我作战，追随在他的背后，当他发怒的时候，忙不迭地打躬作揖，表示你已经堕落到怎样的地步。

亲　王　不要这样想；您将会发现事实并不如此。愿上帝恕宥那些煽惑陛下的圣
听、离间我们父子感情的人们！我要在潘西身上赎回我所失去的一切，在一
个光荣的日子结束的时候，我要勇敢地告诉您我是您的儿子；那时候我将要
穿着一件染满了血的战袍，我的脸上涂着一重殷红的脸谱，当我洗清我的血
迹的时候，我的耻辱将要随着它一起洗去；不论这一个日子是远是近，这光
荣和名誉的宠儿，这英勇的霍茨波，这被众人所赞美的骑士，将要在这一天
和您的被人看不起的亨利狭路相逢。但愿他的战盔上顶着无数的荣誉，但愿
我的头上蒙着双倍的耻辱！总有这么一天，我要使这北方的少年用他的英名
来和我的屈辱交换。我的好陛下，潘西不过是在替我挣取光荣的名声；就要
和他算一次账，让他把生平的荣誉全部缴出，即使世人对他最轻微的钦佩也
不在例外，否则我就要直接从他的心头挖取下来。凭着上帝的名义，我立誓
做到这一件事情；要是天赐我这样的机会，请陛下恕免我这一向放浪形骸的
过失；否则生命的终结可以打破一切的约束，我宁愿死十万次，也决不破坏
这誓言中的最微不足道的一部分。

亨利王　你能够下这样的决心，十万个叛徒也将要因此而丧生。你将要独当一面，
受我的充分的信任。

　　　　　【华特·勃伦特爵士上。

亨利王　啊，好勃伦特！你脸上充满了一股急迫的神色。

勃伦特　我现在要来报告的事情，也是同样的急迫。苏格兰的摩提默伯爵已经通
知道格拉斯和英国的叛徒们本月十一日在索鲁斯伯雷会合，要是各方面都能
够践约，这一支叛军的声势是非常雄壮而可怕的。

亨利王　威斯摩兰伯爵今天已经出发，我的儿子约翰·兰开斯特也跟着他同去了；
因为我们在五天以前就得到了这样的消息。亨利，下星期三应该轮到你出发
了；我自己将要在星期四御驾亲征；我们在勃力琪诺斯集合；亨利，你必须
取道葛罗斯特郡进军，这样兼程行进，大概十二天以后，我们的大军便可以
在勃力琪诺斯齐集了。我们现在还有许多事情要办；让我们去吧，因循迟延
的结果，将是徒然替别人造成机会。（同下）

第三场　依斯特溪泊。野猪头酒店中一室

【福斯塔夫及巴道夫上。

福斯塔夫　巴道夫，自从最近干了那桩事以来，我的精力不是大不如前了吗？我不是一天一天消瘦，一天一天憔悴了吗？嘿，我身上的皮肤松弛得就像一件老太太的宽罩衫一样；我的全身皱缩得活像一只干瘪的熟苹果。好，我要忏悔，我要赶紧忏悔，趁着现在还有一些勇气的时候；等不多久，我就要心灰意懒，再也提不起精神来忏悔了。要是我还没有忘记教堂的内部是个什么样儿，我就是一粒胡椒，一匹制酒人的马；教堂的内部！都是那些朋友，那些坏朋友害了我！

巴道夫　约翰爵士，您动不动就发脾气，看来您是活不长久的了。

福斯塔夫　哎，对了。来，唱一支淫荡的歌儿给我听听，让我快活快活。我本来是一个规规矩矩的绅士：难得赌几次咒；一星期顶多也不过掷七回骰子；一年之中，也不过逛三四——百回窑子；借了人家的钱，十次中间有三四次是还清的。那时候我过着很好很有规律的生活，现在却糟成这个样子，简直不像话了。

巴道夫　哎，约翰爵士，您长得这样胖，狭窄的规律怎么束缚得了您呢？

福斯塔夫　你要是能把你的脸改样，我也可以矫正我的生活。你是我们的海军旗舰，在舵楼上高举你的灯笼，可是那灯笼在你的鼻子上；你是我们的"明灯骑士"。

巴道夫　哎，约翰爵士，我的脸可没有妨害您什么呀。

福斯塔夫　没有，我可以发誓；我常常利用它，正像人们利用骷髅警醒痴愚一样；我只要一看见你的脸，就会想起地狱里的烈火，还有那穿着紫袍的财主怎样在烈火中燃烧。假如你是一个好人，我一定会凭着你的脸发誓；我会这样说"凭着这团火，那是上帝的天使"；可是你是一个堕落透顶的人，除了你脸上的光亮以外，全然是黑暗的儿子。那天晚上你奔到盖兹山上去替我捉马的时候，我真把你当作了一团鬼火。啊！你是一把凯旋游行中的不灭的火炬。你在夜里陪着我从这一家酒店走到那一家酒店的时候，曾经省去我一千多马克的灯火费；可是你在我这儿所喝的酒，算起价钱来，即使在全欧洲售价最贵的蜡烛店里，也可以买到几百捆蜡烛哩。这三十二年来，我每天用火喂饱你这一

178

条火蛇，愿上帝褒赏我做的这一件善事！

巴道夫　他妈的！我倒愿意把我的脸放进您的肚子里去。

福斯塔夫　慈悲的上帝！那可要把我的心都烧坏了。

【快嘴桂嫂上。

福斯塔夫　啊，老母鸡太太！你调查了谁掏过我的衣袋没有？

桂　嫂　哎哟，约翰爵士，您在想些什么呀？您以为我的屋子里养着贼吗？我搜
　　也搜过了，问也问过了；我的丈夫也帮着我把每一个人、每一个孩子、每一
　　个仆人都仔细查问过。咱们屋子里是从来不曾失落过半根头发的。

福斯塔夫　你说谎，老板娘。巴道夫曾经在这儿剃过头，失去了好多的头发；而
　　且我可以发誓我的衣袋的的确确给人掏过了。哼，你是个女流之辈，去吧！

桂　嫂　谁？我吗？不，我偏不走。天日在上，从来不曾有人在我自己的屋子里
　　这样骂过我。

福斯塔夫　得啦，我知道你是个什么货色。

桂　嫂　不，约翰爵士；您不知道我，约翰爵士；我才知道您。您欠了我的钱，
　　约翰爵士，现在您又来跟我寻事吵架，想要借此赖债。我曾经给您买过一打
　　衬衫。

福斯塔夫　谁要穿这种肮脏的粗麻布？我早已把它们送给烘面包的女人，让她们
　　拿去筛粉用了。

桂　嫂　凭着我的良心起誓，那些都是八先令一码的上等荷兰麻布。您还欠着这
　　儿的账，约翰爵士，饭钱、酒钱，连借给您的钱，一共是二十四镑。

福斯塔夫　他也有份的；叫他付好了。

桂　嫂　他！唉！他是个穷光蛋；他什么都没有。

福斯塔夫　怎么！穷光蛋？瞧瞧他的脸吧；哪一个有钱人比得上他这样满面红
　　光？让他们拿他的鼻子、拿他的嘴巴去铸钱好啦！我是一个子儿也不付的，
　　嘿！你们把我当作小孩子看待吗？难道我在自己的旅店里也不能舒舒服服地
　　歇息一下，一定要让人家来掏我的衣袋吗？我已经失去一颗我祖父的图章戒
　　指，估起价来要值四十马克哩。

桂　嫂　耶稣啊！我听见亲王不知对他说过多少次，那戒指是铜的。

福斯塔夫　什么话！亲王是个坏家伙鬼东西；他妈的！要是他在这儿向我说这句
　　话，我要像打一条狗似的把他打个半死。

【亲王及波因斯作行军步伐上；福斯塔夫以木棍横举口旁作吹笛状迎接二人。

福斯塔夫　啊，孩子！风在那儿门里吹着吗？咱们大家都要开步走了吗？

巴道夫　是的，两个人一排，就像新门监狱里的囚犯的样子。

桂　嫂　亲王爷，请您听我说。

亲　王　你怎么说，桂嫂？你的丈夫好吗？我很喜欢他，他是个好人。

桂　嫂　我的好亲王爷，听我说。

福斯塔夫　不要理她，听我说。

亲　王　你怎么说，杰克？

福斯塔夫　前天晚上我在这儿帷幕后面睡着了，不料被人把我的口袋掏了个空。
　　　　这一家酒店已经变成窑子啦，他们都是扒手。

亲　王　你不见了什么东西，杰克？

福斯塔夫　你愿意相信我吗，哈尔？三四张钱票，每张票面都是四十镑，还有一
　　　　颗我祖父的图章戒指。

亲　王　一件小小的玩意儿，八便士就可以买到。

桂　嫂　我也是这样告诉他，亲王爷；我说我听见您殿下说过这一句话；可是，
　　　　亲王爷，他就满嘴胡言地骂起您来啦，他说他要把您打个半死。

亲　王　什么！他这样说吗？

桂　嫂　我要是说了谎，我就是个没有信仰、没有良心、不守妇道的女人。

福斯塔夫　你要是有信仰，一颗煮熟的梅子也会有了；你要是有良心，一只出洞
　　　　的狐狸也会有了；你要是懂得妇道，玛利安姑娘①也可以做起副典狱长的妻
　　　　子来了。滚，你这东西，滚！

桂　嫂　你说，什么东西？什么东西？

福斯塔夫　什么东西！嘿，一件可以感谢上帝的东西。

桂　嫂　我不是什么可以感谢上帝的东西，你得放明白点儿，我是一个正经人的
　　　　妻子；把你的骑士身份搁在一边，你这样骂我，你就是个恶棍。

福斯塔夫　把你的女人身份搁在一边，你要是否认你是件下贱的东西，你就是一
　　　　头畜生。

桂　嫂　你说，什么畜生，你这恶棍？

---

① 玛利安姑娘，是往时一种滑稽剧中由男人扮演的荡妇角色。

180

福斯塔夫　什么畜生！嘿，你是一个水獭。

亲　王　水獭，约翰爵士！为什么是一个水獭？

福斯塔夫　为什么？因为她既不是鱼，又不是肉，是一件不可捉摸的东西。

桂　嫂　你这样说我，真太冤枉人啦。你们谁都知道我是个老老实实的女人，从来不会藏头盖脸的，你这恶棍！

亲　王　你说得不错，老板娘；他把你骂得太过分啦。

桂　嫂　他还造您的谣言哪，亲王爷；前天他说您欠他一千镑钱。

亲　王　喂！我欠你一千镑钱吗？

福斯塔夫　一千镑，哈尔！一百万镑；你的友谊是值一百万镑的；你欠我你的友谊哩。

桂　嫂　不，亲王爷，他骂您坏家伙，说要把您打个半死。

福斯塔夫　我说过这样的话吗，巴道夫？

巴道夫　真的，约翰爵士，您说过这样的话。

福斯塔夫　是的，我说要是他说我的戒指是铜的，我就打他。

亲　王　我说它是铜的；现在你有胆量实行你所说的话吗？

福斯塔夫　哎，哈尔，你知道，假如你不过一个平常的人，我当然有这样的胆量！可是因为你是一位王子，我怕你就像怕一头乳狮的叫吼一般。

亲　王　为什么是乳狮？

福斯塔夫　国王本人才是应该像一头老狮子一般被人畏惧的；你想我会怕你像怕你的父亲一样吗？不，要是这样的话，求上帝让我的腰带断了吧！

亲　王　啊！要是它真的断了的话，你的肠子就要掉到你的膝盖下面去了。可是，家伙，在你这胸膛里面，是没有信义、忠诚和正直的地位的；它只是塞满了一腔子的脏腑和横膜。冤枉一个老实女人掏你的衣袋！嘿，你这下流无耻、痴肥臃肿的恶棍！你的衣袋里除了一些酒店的账单、妓院的条子以及一小块给你润喉用的值一便士的糖以外，要是还有什么别的东西，那么我就是个恶人。可是你不肯甘休，你不愿受这样的委屈。你不害臊吗？

福斯塔夫　你愿意听我解释吗，哈尔？你知道在天真纯朴的环境里，亚当也会犯罪堕落；那么在眼前这种人心不古的万恶的时代，可怜的杰克·福斯塔夫还有什么办法呢？你看我的肉体比无论哪一个人都要丰满得多，所以我的意志也比无论哪一个人都要薄弱一些。这样说来，你承认是你掏了我的衣袋吗？

亲　王　照情节看起来，大概是的。

福斯塔夫　老板娘，我宽恕你。快去把早餐预备起来；敬爱你的丈夫，留心你的仆人，好好招待你的客人。我对任何一个正当理由总是心悦诚服的。你看我的气已经平下来了。不要作声！你去吧。（桂嫂下）现在，哈尔，让我们听听宫廷里的消息；关于那件盗案，孩子，你是怎样解决的？

亲　王　啊！我的美味的牛肉，我必须永远做你的保护神；那笔钱现在已经归还失主了。

福斯塔夫　啊！我不赞成还钱；那是双倍的徒劳。

亲　王　我的父亲已经跟我和好了，什么事情我都可以办到。

福斯塔夫　我要你做的第一件事情，就是去抢劫国库，而且要明目张胆地干，别怕弄脏了你自己的手。

巴道夫　干它一下吧，殿下。

亲　王　杰克，我已经替你谋到一个军职，让你带领一队步兵。

福斯塔夫　我希望是骑兵就好了。在什么地方我可以找到一个有本领的偷儿呢？啊！一个二十一二岁左右的机灵的偷儿，那才是我所迫切需要的。好吧，感谢上帝赐给我们这一批叛徒；他们不过得罪了一些正人君子；我赞美他们，我佩服他们。

亲　王　巴道夫！

巴道夫　殿下？

亲　王　把这封信拿去送给约翰·兰开斯特殿下，我的兄弟约翰；这封信送给威斯摩兰伯爵。去，波因斯，上马，上马！你我在中午以前，还有三十英里路要赶哩。杰克，明天下午两点钟，你到圣堂的大厅里来会我；在那里你将要接受你的任命，并且领到配备武装的费用和训令。战火已经燃烧到全国各地；潘西的威风不可一世；不是我们，就是他们，总有一方面要从高处跌落下来。

（亲王及波因斯、巴道夫同下）

福斯塔夫　痛快的话语！壮烈的世界！老板娘，我的早餐呢？来！这个店要是我的战鼓，那该多好！（下）

第四幕

第一场　索鲁斯伯雷附近叛军营地

【霍茨波、华斯特及道格拉斯上。

霍茨波　说得好，高贵的苏格兰人。要是在这吹毛求疵的时代，说老实话不至于被人认为是谄媚，那么在当今武人之中，这种称誉只有道格拉斯才可以受之无愧。上帝在上，我不会说恭维人的话；我顶反对那些阿谀献媚的家伙；可是您的确是我衷心敬爱的唯一的人物。请您吩咐我用事实证明我的诚意吧，将军。

道格拉斯　我也素仰你是个最重视荣誉的好汉。说句不逊的话，世上无论哪一个势力强大的人，我都敢当面捋他的虎须。

霍茨波　那才是英雄的举动。

【一使者持书信上。

霍茨波　你拿着的是什么书信？（向道格拉斯）我对于您的好意只有感谢。

使　者　这封信是您老太爷写来的。

霍茨波　他写来的信！为什么他不自己来？

使　者　他不能来，将军；他病得很厉害。

霍茨波　见鬼！在这样的紧急关头，他怎么有工夫害起病来？那么他的军队归谁指挥？哪一个人带领他们到这儿来？

使　者　将军，他的意思都写在信里，我什么也不知道。

华斯特　请你告诉我，他现在不能起床吗？

使　者　是的，爵爷，在我出发以前，他已经四天不能起床了；当我从那里动身的时候，他的医生对他的病状非常焦虑。

华斯特　我希望我们把事情整个安排好了，然后他再害起病来才好；他的健康再也不会比现在更关紧要。

霍茨波　在现在这种时候害病！这种病是会影响到我们这一番行动的活力的；我们的全军都要受到它的传染。他在这儿写着，他已经病入膏肓；并且说他一时不容易找到可以代替他负责的友人，他以为除了他自己以外，把这样重大而危险的任务委托给无论哪一个人，都不是最妥当的。可是他勇敢地建议我们，联合我们少数的友军努力前进，试一试我们前途的命运；因为据他在信上所写的，现在已经没有退缩的可能，国王毫无疑问地已经完全知道我们的企图了。你们有什么意见？

华斯特　你父亲的病，对于我们是一个极大的打击。

霍茨波　一个危险的伤口，简直就像砍去我们一只手臂一样。可是话又要说回来了，我们现在虽然觉得缺少他的助力是一个巨大的损失，不久也许会发现这损失未必十分严重。把我们全部的实力孤注一掷，这可以算是得策吗？我们应该让这么一支雄厚的主力参与这一场胜负不可知的冒险吗？那不是好办法，因为那样一来，我们的希望和整个的命运就等于翻箱到底、和盘托出了。

道格拉斯　不错，我们现在可以预先留下一部分后备力量，再奋勇向前；万一一战而败，还可以重整旗鼓，把希望寄托于将来。

霍茨波　要是魔鬼和厄运对我们这一次初步的尝试横加压迫，我们多少还有一条退路，一个可以遁迹的巢穴。

华斯特　可是我还是希望你的父亲在我们这儿。我们这一次的壮举是不容许出现内部分裂的现象的。那些不明真相的人们看见他不来，多半会猜想这位伯爵的深谋远虑、他对于国王的忠心以及对于我们的行动所抱的反感，是阻止他参与我们阵线的原因。这一种观念也许会分化我们的军心，使他们对我们的目标发生怀疑，因为你们知道，站在攻势方面的我们，必须避免任何人对我们的批判；我们必须填塞每一个壁孔和隙缝，使理智的眼睛不能窥探我们，你的父亲不来，就等于拉开了一道帐幔，向无知的人们显示了一种他们以前所没有梦想到的可怕的事实。

霍茨波　您太过虑了。我却认为他的缺席倒可以给我们一个机会，使我们这一次伟大的壮举格外增加光彩，博得人们更大的称誉，显出我们更大的勇气；因为人们一定会这样想，要是我们没有他的帮助，尚且能够进攻一个堂堂的王国，那么要是我们得到他的帮助，一定可以把这王国推翻。现在一切都还进行得顺利，我们全身的肢体也都还完好。

道格拉斯　我们还能抱什么奢望呢？在苏格兰是从来没有人提起"恐惧"这两个字的。

【理查·凡农上。

霍茨波　我的表兄凡农！欢迎欢迎！

凡　农　但愿我的消息是值得欢迎的，将军。威斯摩兰伯爵带着七千人马，正向这儿进发；约翰王子也跟他在一起。

霍茨波　不要紧；还有什么消息？

凡　农　我又探听到国王已经亲自出马，就要到这儿来了，他的军力准备得非常雄厚。

霍茨波　我们也同样欢迎他来。他的儿子，那个善于奔走、狂野不羁的威尔士亲王和他的那班放浪形骸的同伴呢？

凡　农　一个个顶盔戴甲、全副武装，就像一群展翅风前羽毛鲜明的鸵鸟，又像一群新浴过后喂得饱饱的猎鹰；他们的战袍上闪耀着金光，就像一尊尊庄严的塑像；他们像五月天一般精神抖擞，像仲夏的太阳一般意态轩昂，像小山羊般放浪，像小公牛般狂荡。我看见年轻的亨利套着面甲，他的腿甲遮住他的两股，全身披戴着壮丽的戎装，有如插翼的墨丘利从地上升起，悠然地跃登马背，仿佛一个从云中下降的天使，驯伏一头倔强的天马，用他超人的骑术眩惑世人的眼目一般。

霍茨波　别说下去了，别说下去了；你这段赞美的话，比三月的太阳更容易引起疟疾。让他们来吧；他们来得就像一批装饰得整整齐齐的献祭的牺牲，我们要叫他们浑身流血，热气腾腾地把他们奉献给战争的火眼女神，戎装的玛斯将要高坐在他的祭坛之上，享受血流成河的汇报。我听见这样重大的战利品近在眼前，却还是可望而不可即，真把我急得像在火上烤似的。来，让我试一试我的马儿，它将要载着我像一个霹雳一般打进那威尔士亲王的胸头；亨利和亨利将要两骑交战，非等两人中的一人坠马殒命，否则绝对不中途停手。啊！要是葛兰道厄来了就好了。

凡　农　还有消息呢。当我骑马经过华斯特郡的时候，我听说他在这十四天之内，还不能把他的军队征集起来。

道格拉斯　那是我听到的最坏的消息。

华斯特　嗯，凭着我的良心发誓，这真是个坏消息。

霍茨波　国王一共有多少军力？

凡　农　三万。

霍茨波　四万也不怕他。我的父亲和葛兰道厄既然都不能来，我们现有的军力尽够应付这一场伟大的决战。来，让我们赶快集合队伍。末日已经近了，大家快快乐乐地面对生死吧。

道格拉斯　不要说这种丧气的话；我在这半年里头是不怕死神的眷顾的。（同下）

第二场　考文垂附近公路

　　　　　　【福斯塔夫及巴道夫上。

福斯塔夫　巴道夫，你先到考文垂去，替我装满一瓶酒。咱们的军队要从那儿开过，今天晚上要到塞登·考菲尔。

巴道夫　您肯不肯给我几个钱，队长？

福斯塔夫　尽管用公款吧，用公款吧。

巴道夫　这么一瓶酒足值一个金币。

福斯塔夫　要是它值这么多钱，就把那钱赏给你吧！要是它值二十个金币，你也可以一起拿了去，那造币的费用都记在我账上好了。叫我的副官皮多在市郊边上会我。

巴道夫　是，队长；再见。（下）

福斯塔夫　要是我见了我的兵士不觉得惭愧，我就是一条干瘪的腌鱼。我把官家的征兵命令任意滥用。我已经用一百五十个兵士换到了三百多镑钱。我在征兵的时候，一味拣那些有身家的人们，小地主的儿子们；到处探问那些已经两次预告结婚的订了婚的单身汉子们；诸如此类的贪生怕死的奴才，他们宁愿听见魔鬼叫，也不愿听战鼓的声音；枪声一响，就会把他们吓得像一只打伤了的野鸭。我一味拣这些吃惯牛油涂面包的家伙，他们的胆子装在他们的肚子里，只有针尖那么大；他们为了避免兵役的缘故，一个个拿出钱来给我。

现在我的队伍里净是些军曹、伍长、副官、小队长之流，衣衫褴褛得活像那些被狗儿舐着疮口的叫花子；他们的的确确从来没有当过兵，无非是些被主人辞歇的不老实的仆人、非嫡出的小儿子、捣乱的酒保、失业的马夫，这一类太平时世的蠹虫病菌。我把这些东西搜罗下来，代替那些出钱免役的人们，人家一定会奇怪我不知从哪儿找来了这一百五十个衣服破烂无家可归的浪子，准以为他们新近还在替人看猪，吃些渣滓皮壳过活。一个疯汉在路上碰见我，对我说我已经把绞架上的死人一起放下来，叫他们当了兵了。谁也没有瞧见过瘦得这么可怜的家伙。我不愿带着他们列队经过考文垂，那是不用说的；他们开步走的时候，两腿左右分开，仿佛戴着脚镣一般，因为说句老实话，他们中间倒有一大半是我从监牢里访寻得来的。在我的整个队伍之中，只有一件半衬衫；那半件是用两块毛巾缝了起来，披在肩上，就像一件没有袖口的传令官的制服；讲到那整件的衬衫，说句老实话，是我从圣奥尔本的那位店主，也许是达文特里的那个红鼻子的旅店老板手里偷来的。可是那没有关系，他们在每一家人家的篱笆里，都可以趁便拿些衣服来穿穿。

【亲王及威斯摩兰上。

亲　王　啊，膨胀的杰克！你好，肉棉絮被子？

福斯塔夫　嘿，哈尔！怎么，疯孩子！见鬼的，你到华列克郡来干吗？我的好威斯摩兰伯爵，恕我失礼了；我以为尊驾已经到索鲁斯伯雷去啦。

威斯摩兰　真的，约翰爵士，我早就应该在那里，您也一样；可是我的军队已经到了那里了。我可以告诉您，王上在盼着我们呢；我们必须连夜出发。

福斯塔夫　咄，您不用担心我；我是像一头偷乳酪的猫儿一般警醒的。

亲　王　你偷的果然是乳酪，因为你的偷窃已经使你变成一堆牛油啦。可是告诉我，杰克，这些跟随在你后面的家伙都是谁的人？

福斯塔夫　我的，哈尔，我的。

亲　王　我从来没有见过这样可怜相的流氓。

福斯塔夫　咄，咄！供枪挑，像这样的人也就行了；都是些炮灰，都是些炮灰；叫他们填填地坑，倒是再好没有的。咄，朋友，人都是要死的，人都是要死的。

威斯摩兰　嗯，可是，约翰爵士，我想他们穷得太不成样子啦，衣服也没有一件好的，可真够受。

福斯塔夫　凭良心说，讲到他们的贫穷，我不知道他们是从什么地方得来的；讲到他们真够"瘦"，那我可以确定他们并没有学我的榜样。

亲　王　一点也不错，我敢发誓，除非肋骨上带着三指厚的肥肉也可以算"瘦"。不过，你这家伙，赶紧点儿吧；潘西已经在战场上了。

福斯塔夫　嘿，国王已经安下营了吗？

威斯摩兰　是的，约翰爵士；我怕我们耽搁得太久了。

福斯塔夫　好，一场战斗的残局，一席盛筵的开始，对于一个懒惰的战士和一个贪馋的宾客是再合适不过的。（同下）

第三场　索鲁斯伯雷附近叛军营地

【霍茨波、华斯特、道格拉斯及凡农上。

霍茨波　我们今天晚上就要跟他交战。

华斯特　那不行。

道格拉斯　这样你们就要给他一个机会了。

凡　农　一点不。

霍茨波　你们为什么这样说？他不是在等待援军吗？

凡　农　我们也是一样。

霍茨波　他的援军是靠得住的，我们的却毫无把握。

华斯特　贤侄，听我的话吧，今晚不要行动。

凡　农　不要行动，将军。

道格拉斯　你们出的不是好主意；你们因为胆怯害怕，所以才这样说的。

凡　农　不要侮辱我，道格拉斯；凭着我的生命起誓，并且我也敢拿我的生命证实：只要是经过缜密的考虑，荣誉吩咐我上前，我也会像将军您或是无论哪一个活着的苏格兰人一样，不把怯弱的恐惧放在心上的。让明天的战争证明我们中间哪一个人胆怯吧。

道格拉斯　好，或者就在今晚。

凡　农　好。

霍茨波　我说是今晚。

凡　农　得啦，得啦，这是不可能的。我不懂像你们两位这样伟大的领袖人物，怎么会看不到有些什么阻碍在牵制着我们的行动。我的一个族兄的几匹马还没有到来；您的叔父华斯特的马今天才到，它们疲乏的精力还没有恢复，因为多赶了路程，它们的勇气再也振作不起来，没有一匹马及得上它平日四分之一的壮健。

霍茨波　敌人的马大部分也是这样的，因为路上辛苦而精神疲弱；我们的马多数已经充分休息过来了。

华斯特　国王的军队人数超过我们；为了上帝的缘故，侄儿，还是等我们的人马到齐了再说吧。（喇叭吹谈判信号）

　　　　【华特·勃伦特上。

勃伦特　要是你们愿意静听我的话，我要向你们宣布王上对你们提出的宽大条件。

霍茨波　欢迎，华特·勃伦特爵士；但愿上帝使您站在我们这一方面！我们中间很多人对您抱着好感；即使那些因为您跟我们意见不合、站在敌对的地位而嫉妒您的伟大的才能和美好的名声的人，也不能不敬爱您的为人。

勃伦特　你们要是逾越你们的名分，反抗上天所膏沐的君王，愿上帝保佑我决不改变我的立场！可是让我传达我的使命吧。王上叫我来请问你们有些什么怨恨，为什么你们要兴起这一场大胆的敌对行为，破坏国内的和平，在他的奉公守法的国土上留下一个狂悖残酷的榜样。王上承认你们对国家有极大的功劳，要是他在什么地方辜负了你们，他吩咐你们把你们的怨恨明白申诉，他就会立刻加倍满足你们的愿望，你们自己和这些被你们导入歧途的人们都可以得到无条件的赦免。

霍茨波　王上果然非常仁慈；我们知道他会在什么时候向人许愿，什么时候履行他的诺言。我的父亲、我的叔父跟我自己合力造就了他现在这一种尊严的地位。当时他的随从还不满二十六个人，他自己受尽世人的冷眼，困苦失意，全然是个被人遗忘的亡命之徒；那时候他偷偷地溜回国内，我的父亲是第一个欢迎他上岸的人；他口口声声向上帝发誓，说他回来的目的，不过是要承袭兰开斯特公爵的勋位，仅仅要求归还他的财产，并且准许他平安地留在国内；他一边流着纯真的眼泪，一边吐露热诚的字句，我的父亲心肠一软，受到他的感动，就宣誓尽力帮助他，并且实行了他的誓言。国内的大臣贵爵们看见诺森伯兰倾心于他，三三两两地都来向他呈献殷勤；他们在市镇、城市和乡村里迎接他，在桥上侍候他，站在小路的旁边等待他的驾临，用礼物陈列在他的面前，向他宣誓效忠，把他们的嗣子送给他做侍童，插身在群众的中间，紧紧地跟随他的背后。如今，他知道自己的地位已经今非昔比，立刻就跨上了一步，不再遵守他失意时在雷文斯泊的岸边向我父亲所立的誓言；他堂而皇之地以改革那些压迫民众的苛法峻令自任，大声疾呼地反对乱政，装出一副为他的祖国所受的屈辱而痛哭流涕的样子；凭着这一副面目，这一副正义公道的假面具，果然被他赢得了他所兢兢求取的全国的人心。于是他更进一步，趁着国王因为亲征爱尔兰而离开国家的当儿，把他留在国内的那些宠臣一个个捉来杀头。

勃伦特　住口，我不是来听这种话的。

霍茨波　那么，我就说到要点上来了。不久以后，他把国王废黜了，接着就谋害了他的性命；等不多时，他就把全国置于他的虐政之下。尤其不应该的，他让他的亲戚马契伯爵出征威尔士，当他战败被俘以后，也不肯出赎金赎他回来；要是每一个人都能够享有合法的主权的话，那么这位马契伯爵照名分说起来应该是他的君王。我好容易打了光荣的胜仗，非但不蒙褒赏，反而受到他的斥辱：他还要设计陷害我，把我的叔父骂了一顿逐出了枢密院，在一场盛怒之中，把我的父亲叱退宫廷。他这样的重重毁誓，层层侮辱，使我们迫不得已，只好采取这种自谋安全的行动；而且他这非分的王位，也已经霸占得太久了，应该腾出来让给别人才是。

勃伦特　我就用这样的回答禀复王上吗？

霍茨波　不，华特爵士；我们还要退下去商议一会儿。您先回去见你们的王上，请他给我们一个人质，作为放我们的使节安全回营的保证，明天一早我的叔父就会来向他说明我们的意思。再会吧。

勃伦特　我希望你们能够接受王上的好意。

霍茨波　也许我们会的。

勃伦特　求上帝，但愿如此！（各下）

第四场 约克。大主教府中一室

【约克大主教及迈克尔爵士上。

约 克 快去，好迈克尔爵士；飞快地把这密封的短简送给司礼大臣；这一封给我的族弟斯克鲁普，其余的都照信面上所写的名字送去。要是你知道它们的性质是多么重要，你一定会赶快把它们送去的。

迈克尔 大主教，我猜得到它们的内容。

约 克 你多半可以猜想得到。明天，好迈克尔爵士，是一万个人的命运将要遭受考验的日子；因为，爵士，照我所确实听到的消息，国王带着他的迅速征集的强大的军队，将要在索鲁斯伯雷和亨利将军相会。我担心的是，迈克尔爵士，诺森伯兰既然因病不能前往——他的军队比较起来是实力最为雄厚的——同样被他们认为重要的中坚分子的奥温·葛兰道厄又因为惑于预言，迟迟不发，所以我怕潘西的军力太薄弱了，抵挡不了王军的优势。

迈克尔 哎，大主教，您不用担心；道格拉斯和摩提默伯爵都在一起哩。

约 克 不，摩提默没有在。

迈克尔 可是还有摩代克、凡农、亨利·潘西将军，还有华斯特伯爵和一群勇敢的英雄，高贵的绅士。

约 克 是的，可国王已经调集了全国卓越的人物；威尔士亲王、约翰·兰开斯特王子、尊贵的威斯摩兰和善战的勃伦特，还有许多声名卓著、武艺超群的战士。

迈克尔 您放心吧，大主教，他们一定会遭逢劲敌的。

约 克 我也这样希望，可是不能不担着几分心事；为了预防万一，迈克尔爵士，请你赶快去。要是这一次潘西将军失败了，国王在遣散他的军队以前，一定会来声讨我的罪名，因为他已经知道我们都是同谋；为了谋划自身的安全，我们必须加强反对他的实力，所以你赶快去吧。我必须再写几封信给别的朋友们。再见，迈克尔爵士。（各下）

第五幕

第一场　索鲁斯伯雷附近国王营地

【亨利王、亲王、约翰·兰开斯特、华特·勃伦特及约翰·福斯塔夫上。

亨利王　太阳开始从那边树木蓊郁的山上升起，露出多么血红的脸色！白昼因为
他的愤怒而吓得面如死灰。

亲　王　南风做了宣告他的意志的号角，他在树叶间吹起了空洞的啸声，预报着
暴风雨的降临和严寒的日子。

亨利王　那么让它向失败者表示同情吧，因为在胜利者的眼中，一切都是可喜的。

（喇叭声）

【华斯特及凡农上。

亨利王　啊，华斯特伯爵！你我今天在这样的情形之下相遇，真是一件不幸的事。
你已经辜负了我的信任，使我脱下了太平时候的轻衫缓带，在我这衰老的筋
骨之上披起了笨重的铁甲。这真是不大好，伯爵；这真是不大好。你怎么说？
你愿意重新解开这可憎的战祸的纽结，归返臣子的正道，做一颗拱卫主曜的
列宿，射放你温和而自然的光辉，不再做一颗出了轨道的流星，使世人见了
你惴惴不安，忧惧着临头的大祸吗？

华斯特　陛下请听我说。以我自己而论，我是很愿意让我的生命的余年在安静的
光阴中间消度过去的；我声明这一次发生这种双方交恶的现象，绝对不是我
的本意。

亨利王　不是你的本意？那么它怎么会发生的？

福斯塔夫　叛乱躺在他的路上，给他找到了。

亲　王　别说话，乌鸦，别说话！

华斯特　陛下不愿意用眷宠的眼光看我和我们一家的人，这是陛下自己的事；可是我必须提醒陛下，我们是您最初的最亲密的朋友。在理查的时候，我为了您的缘故，折弃我的官杖，昼夜兼程地前去迎接您，向您吻手致敬，那时我的地位和势力还比您强得多哩。是我自己、我的兄弟和他的儿子三人拥护您回国，大胆地不顾当时的危险。您向我们发誓，在唐开斯特您立下了那一个誓言，说是您没有危害邦国的图谋，您所要求的只是您的新享的权利——冈特所遗下的兰开斯特公爵的爵位和采地。对于您这一个目的，我们是宣誓尽力给您援助。可是在短短的时间之内，幸运像阵雨一般降临在您的头上，无限的尊荣集于您的一身，一方面靠着我们的助力，一方面趁着国王不在的机会，另一方面为了一个荒淫的时代所留下的疮痍，您自己所遭受的那些表面上的屈辱，以及那一阵把国王久羁在他的不幸的爱尔兰战争中的逆风，使全英国的人民传说他已经死去。您利用这许多大好的机会，把大权一手抓住，忘记您在唐开斯特向我们所发的誓言；受了我们的培植，您却像那凶恶的杜鹃的雏鸟对待抚养它的麻雀一般对待我们。您霸占了我们的窠，您的身体被我们哺养得这样健壮，我们虽然怀着一片爱心，也不敢走近您的面前，因为深恐被您一口吞噬；为了自身的安全，我们只好被迫驾起我们敏捷的翅膀高飞远遁，兴起这一支自卫的军队。是您自己的冷酷寡恩，阴险刻毒，不顾信义地毁弃一切当初您向我们所发的誓言，激起了我们迫不得已的反抗。

亨利王　你们曾经在市集上，在教堂里，振振有词地用这一类的话煽动群众，假借一些美妙的色彩涂染叛逆的外衣，取悦那些心性无常的轻薄小儿和不满现状的失意分子，他们一听见发生了骚乱的变动，就会瞪眼结舌，擦肘相视。叛乱总不会缺少这一类渲染它的宗旨的水彩颜料，也总不会缺少唯恐天下不乱的无赖贱民为它推波助澜。

亲　王　在我们双方的军队里，有不少人将要在这次交战之中付出重大的代价，要是他们一度参加了这场叛乱。请您转告令侄，威尔士亲王钦佩亨利·潘西，正像所有的世人一样；凭着我的希望起誓，如果这一场叛乱不算在他头上，我想在这世上再没有一个比他更勇敢、更矫健、更大胆而豪放的少年壮士，用高贵的行为装点这衰微的末世。讲到我自己，我必须惭愧地承认，我在骑士之中曾经是一个不长进的败类；我听说他也认为我是这样一个人，可是当着我的父王陛下的面前，我要这样告诉他：为了他的伟大的声名，我甘愿自居下风，和他举行一次单独的决战，一试我们的命运，同时也替彼此双方保全一些人力。

亨利王　威尔士亲王，虽然种种重大的顾虑反对你的冒险，可是我敢让你做这一次尝试。不，善良的华斯特，不，我是深爱我的人民的；即使那些误入歧途，帮同你的侄儿作乱的人们，我也同样爱着他们；只要他们愿意接受我的宽大的条件，他、他们、你以及每一个人，都可以重新成为我的朋友，同样我也将要成为他的朋友。这样回去告诉你的侄儿，他做出决定以后，再给我一个回音；可是假如他不肯投降的话，谴责和可怕的惩罚将要为我履行它们的任务。好，去吧；现在我不要再听什么答复，我对你们已经仁至义尽了，不要再执迷不悟了。（华斯特、凡农同下）

亲　　王　凭着我的生命发誓，他们一定不会接受我们的条件。道格拉斯和霍茨波两人在一起，是会深信全世界没人可以和他们为敌的。

亨利王　所以每一个将领快去把他的队伍部署起来吧；我们一得到他们的答复，就立刻向他们进攻；上帝保佑我们，因为我们是为正义而战！（亨利王、勃伦特及约翰·兰开斯特下）

福斯塔夫　哈尔，要是你看见我在战场上负伤倒地，为了保护我，跨在我身上，苦战不舍，论朋友交情本该如此。

亲　　王　只有脚跨海港的大石像才能对你尽那么一份交情。念你自己的祷告去吧，再会。

福斯塔夫　我希望现在是上床睡觉的时间，哈尔，一切平安无事，那就好了。

亲　　王　唉，只有一死你才好向上帝还账哩。（下）

福斯塔夫　这笔账现在还没有到期；我可不愿意在期限未满以前还给他。他既然没有叫到我，我何必那么着急？好，那没有关系，是荣誉鼓励着我上前的。嗯，可是假如当我上前的时候，荣誉把我报销了呢？那便怎么样？荣誉能够替我重装一条腿吗？不。重装一条手臂吗？不。缓解一个伤口的痛楚吗？不。那么荣誉一点不懂得外科的医术吗？不懂。什么是荣誉？两个字。那荣誉两个字又是什么？一阵空气。好聪明的算计！谁得到荣誉？星期三死去的人。他感觉到荣誉没有？不。他听见荣誉没有？不。那么荣誉是不能感觉的吗？嗯，对于死人是不能感觉的。可是它不会和活着的人生存在一起吗？不。为什么？

194

讥笑和毁谤不会容许它的存在。这样说来，我不要什么荣誉；荣誉不过是一块铭旌；我的自问自答，也就这样结束了。（下）

第二场　索鲁斯伯雷附近叛军营地

【华斯特及凡农上。

华斯特　啊，不！理查爵士，我们不能让我的侄儿知道国王这一宽大温和的条件。

凡　农　最好还是让他知道。

华斯特　那么我们都要一起完了。国王不会守约善待我们的，那是不可能的事；他要永远怀疑我们，找到了机会，就会借别的过失来惩罚我们这一次的罪咎。我们将要终身被怀疑的眼光所眈眈注视；因为对于叛逆的人，人家是像对待狐狸一般不能加以信任的，无论它怎样驯良，怎样习于豢养，怎样关锁在笼子里，总不免存留着几分祖传的野性。我们脸上无论流露着悲哀的或是快乐的神情，都会被人家所曲解；我们将要像豢养在棚里的牛一样，越是喂得肥胖，越是接近死亡。我的侄儿的过失也许可以被人忘记，因为人家会原谅他的年轻气盛；而且他素来是出名鲁莽的霍茨波，一切都是任性而行，凭着这一种特权，人家也不会和他过分计较。他的一切过失都要归在我的头上和他父亲的头上，因为他的行动是受了我们的教唆；他既然是被我们诱导坏了的，所以我们是罪魁祸首，应该负一切的责任。所以，贤侄，无论如何不要让亨利知道国王的条件吧。

凡　农　随您怎样说，我都照您的话说就是了。您的侄儿来啦。

【霍茨波及道格拉斯上；军官兵士等随后。

霍茨波　我的叔父回来了；把威斯摩兰伯爵放了。叔父，什么消息？

华斯特　国王要和你立刻开战。

道格拉斯　叫威斯摩兰伯爵回去替我们下战书吧。

霍茨波　道格拉斯将军，就请您去这样告诉他。

道格拉斯　很好，我就去对他说。（下）

华斯特　国王简直连一点表面上的慈悲都没有。

霍茨波　您向他要求慈悲吗？上帝不容许这样的事！

华斯特　我温和地告诉他我们的怨愤不平和他的毁誓背信，他却一味狡赖；他骂我们叛徒奸贼，说是要用强悍的武力痛惩我们这一个可恨的姓氏。

【道格拉斯重上。

道格拉斯　拿起武器来，朋友们！拿起武器来！因为我已经向亨利王做了一次大胆的挑战，抵押在我们这儿的威斯摩兰已经把它带去了；他接到我们的挑战，一定很快就会来向我们进攻的。

华斯特　侄儿，那威尔士亲王曾经站在国王面前，要求和你举行一次单独的决战。

霍茨波　啊！但愿这一场争执是我们两人的事，今天除了我跟亨利·蒙穆斯以外，谁都是壁上旁观的人。告诉我，告诉我，他挑战时候的态度怎样？是不是带着轻蔑的神气？

凡　农　不，凭着我的灵魂起誓；像这样谦恭的挑战，我生平还是第一次听见，除非那是一个弟弟要求他的哥哥举行一次观摩的比武。他像一个堂堂男子似的向您表示竭诚的敬佩，用他尊贵的舌头把您揄扬备至，反复称道您的过人的才艺，说是任何的赞美都不能充分表现您的价值；尤其难得的，他含着羞愧自认他的缺点，那样坦白而真率地咎责他自己的少年放荡，好像他的一身中具备着双重的精神，一方面是一个疾恶如仇的严师，一方面是一个从善如流的学生。此外他没有再说什么话。可是让我告诉世人，要是他能够在这次战争中安然无恙，他就是英国历代以来一个最美妙的希望，同时也是因为他的放浪而受到世人最大的误解的一位少年王子。

霍茨波　老兄，我想你是对他的荒唐着了迷啦；我从来没有听见过哪一个王子像他这样放荡胡闹。可是不管他是怎样一个人，在日暮之前，我要用一个军人的手臂拥抱他，让他在我的礼貌之下消缩枯萎。举起武器来，举起武器来，赶快！同胞们，兵士们，朋友们，我是个没有口才的人，不能用动人的言语鼓起你们的热血，你们还是自己考虑一下你们所应该做的事吧。

【一使者上。

使　者　将军，这封信是给您的。

霍茨波　我现在没有工夫读它们。啊，朋友们！生命的时间是短促的；但是即使生命随着时钟的指针飞驰，到了一小时就要宣告结束，要卑贱地消磨这段短时间却也嫌太长。要是我们活着，我们就该活着把世上的君王们放在我们脚下践踏；要是死了，也要让王子们陪着我们一起死去，那才是勇敢的死！我们举着我们的武器，自问良心，只要我们的目的是正当的，不怕我们的武器不犀利。

【另一使者上。

使　者　将军，准备起来吧；国王的军队马上就要攻过来了。

霍茨波　我谢谢他打断了我的话头，因为我声明过我不会说话。只有这一句话：大家各自尽力。这儿我拔出这一柄剑，准备让它染上今天这一场恶战里我所能遇到的最高贵的血液。好，潘西！前进吧。把所有的军乐大声吹奏起来，在乐声之中，让我们大家拥抱，因为上天下地，我们中间有些人将要永远不再有第二次表示这样亲热的机会了。（喇叭齐鸣；众人拥抱，同下）

第三场　两军营地之间的平原

【双方冲突接战；吹战斗号角；道格拉斯及华特·勃伦特上，相遇。

勃伦特　你叫什么名字，胆敢在战场上这样拦住我的去路？你想要在我的头上得到一些什么荣誉吗？

道格拉斯　告诉你吧，我就叫道格拉斯；我这样在战场上对你追随不舍，因为有人对我说你是一个国王。

勃伦特　他们对你说得一点没错。

道格拉斯　史泰福勋爵因为模样和你相像，今天已经付了重大的代价；因为，亨利王，这一柄剑没有杀死你，却已经把他结果了。你也难免死在我的剑下，除非你束手投降，做我的俘虏。

勃伦特　我不是一个天生下来向人屈服的人，你这骄傲的苏格兰人，你瞧着吧，一个国王将要为史泰福勋爵复仇。（二人交战，勃伦特中剑死）

【霍茨波上。

霍茨波　啊，道格拉斯！要是你在霍美敦也打得这般凶狠，我手下就不会有一个苏格兰败将了。

道格拉斯　大局已定，我们已经大获全胜；国王就在这儿毫无气息地躺着。

霍茨波　在哪儿？

道格拉斯　这儿。

霍茨波　这一个，道格拉斯！不；我很熟悉这一张脸；他是一个勇敢的骑士，他的名字是勃伦特，外貌上装扮得像国王本人一样。

道格拉斯　让愚蠢到处追随着你的灵魂！你已经用太大的代价买到了一个借来的名号；为什么你要对我说你是一个国王呢？

霍茨波　国王手下有许多人都穿着他的衣服临阵应战。

道格拉斯　凭着我的宝剑发誓，我要杀尽他的替身，杀得他的御衣橱里一件不留，直到我遇见那个国王。

霍茨波　来，走吧！我们的兵士今天打仗非常出力。（同下）

　　　　　【号角声。福斯塔夫上。

福斯塔夫　虽然我在伦敦喝酒从来不付账，但在这儿打起仗来可和付账不一样，每一笔都是往你的脑袋上记。且慢！你是谁？华特·勃伦特爵士！您有了荣誉啦！这可不是虚荣！我热得像在炉里熔化的铅块一般，我的身体也像铅块一般重；求上帝不要让铅块打进我的胸膛里！我自己的肚子已经够重了。我带着我这一群叫花子兵上阵，一个个都给枪弹打了下来；一百五十个人中间，留着活命的不满三个，他们这一辈子是要在街头乞食过活的了。可是谁来啦？

　　　　　【亲王上。

亲　王　什么！你在这儿待着吗？把你的剑借我。多少贵人在骄敌的铁蹄之下捐躯，还没有人为他们复仇。请把你的剑借我。

福斯塔夫　啊，哈尔！我求求你，让我喘一口气吧。谁也没有立过像我今天这样的赫赫战功。我已经教训过潘西，送他归天啦。

亲　王　果真；他没有杀你，还不想就这样死呢。请把你的剑借我吧。

福斯塔夫　不，上帝在上，哈尔，要是潘西还没有死，你就不能拿走我的剑；要是你愿意的话，把我的手枪拿去吧。

亲　王　把它给我。嘿！它是在盒子里吗？

福斯塔夫　嗯，哈尔；热得很，热得很；它可以扫荡一座城市哩。（亲王取出一个酒瓶）

亲　王　嘿！现在是开玩笑的时候吗？（掷酒瓶于福斯塔夫前，下）

福斯塔夫　好，要是潘西还没有死，我要一剑刺中他的心窝。要是他碰到了我，很好；要是他碰不到我，可是我偏偏自己送上门去，就让他把我剁成一堆肉酱吧。我不喜欢华特爵士这一种咧着嘴的荣誉。给我生命吧。要是我能够保全生命，很好；要不然的话，荣誉不期而至，那也就算了。（下）

第四场　战场上的另一部分

【号角声；两军冲突。亨利王、亲王、约翰·兰开斯特及威斯摩兰上。

亨利王　亨利，你退下去吧；你流血太多了。约翰·兰开斯特，你陪着他去吧。

兰开斯特　我不去，陛下，除非我也流着同样多的血。

亲　王　请陛下快上前线去，不要让您的朋友们看见您的退却而惊惶。

亨利王　我这就去。威斯摩兰伯爵，你带他回营去吧。

威斯摩兰　来，殿下，让我带着您回到您的营帐里去。

亲　王　带我回去，伯爵？我用不着您的帮助；血污的贵人躺在地上受人践踏，
　　　　叛徒的武器正在肆行屠杀，上帝不容许因为一点小小的擦伤就把威尔士亲王
　　　　逐出战场！

兰开斯特　我们休息得太久了。来，威斯摩兰贤卿，这儿是我们应该走的路；为
　　　　了上帝的缘故，来吧。（约翰·兰开斯特及威斯摩兰下）

亲　王　上帝在上，兰开斯特，我一向错看了你了；想不到你竟有这样的肝胆。
　　　　以前我因为你是我的兄弟而爱你，约翰，现在我却把你当作我的灵魂一般敬
　　　　重你了。

亨利王　虽然他只是一个羽毛未丰的战士，可是我看见他和潘西将军奋勇相持，
　　　　那种坚强的毅力远超过我的预料。

亲　王　啊！这孩子增添了我们每一个人的勇气。（下）

【号角声；道格拉斯上。

道格拉斯　又是一个国王！他们就像千首蛇的头一般生生不绝。我就是道格拉斯，
　　　　穿着你身上这一种装束的人，谁都要死在我的手里。你是什么人，假扮着国
　　　　王的样子？

亨利王　我就是国王本人；我从心底抱歉，道格拉斯，你遇见了这许多国王的影子，
　　　　却还没有和真正的国王会过一面。我有两个孩子，正在战场上到处寻访潘西
　　　　和你的踪迹；可是你既然凑巧遇到了我，我就和你交手一番吧，你可得好好
　　　　保护你自己。

道格拉斯　我怕你又是一个冒牌的；可是说老实话，你的神气倒像是一个国王；
　　　　不管你是谁，你总是我手里的人，瞧我怎样战胜你吧。（二人交战；亨利王陷于险境，
　　　　亲王重上）

亲　王　抬起你的头来，万恶的苏格兰人，否则你就要从此抬不起头了！勇敢的萨立、史泰福和勃伦特的英灵都依附在我的两臂之上；在你面前的是威尔士亲王，他对人答应了的事总是要做到了才算的。（二人交战；道格拉斯逃走）鼓起勇气来，陛下；您安好吗？尼古拉斯·高绥爵士已经派人来求援了，克里福顿也派了人来求援。我马上援助克里福顿去。

亨利王　且慢，休息一会儿。你已经赎回了你失去的名誉，这次你救我脱险，足见你对我的生命还是有几分关切的。

亲　王　上帝啊！那些说我盼望您死的人们真是太可恨啦。要是果然有这样的事，我就该听任道格拉斯的毒手把您伤害，他会很快结果您的生命，就像世上所有的毒药一样，也可以免得您的儿子亲自干那种叛逆的行为。

亨利王　快到克里福顿那儿去；我就去和尼古拉斯·高绥爵士会合。（下）
　　　　　　　【霍茨波上。

霍茨波　要是我没有认错的话，你就是亨利·蒙穆斯。

亲　王　你说得仿佛我会否认自己的名字似的。

霍茨波　我的名字是亨利·潘西。

亲　王　啊，那么我看见一个名叫亨利·潘西的非常英勇的叛徒了。我是威尔士亲王；潘西，你不要再想平分我的光荣了吧：一个轨道上不能有两颗星球同时行动；一个英格兰也不能容纳亨利·潘西和威尔士亲王并峙称雄。

霍茨波　不会有这样的事，亨利；因为我们两人中间有一个人的末日已经到了；但愿你现在也有像我这样伟大的威名！

亲　王　在我离开你以前，我要使我的威名比你更大；我要从你的头顶上剪下荣誉的花葩，替我自己编一个胜利的荣冠。

霍茨波　我再也忍受不住你的狂妄的夸口了。（二人交战）
　　　　　　　【福斯塔夫上。

福斯塔夫　说得好，哈尔！出力，哈尔！哎，这儿可没有儿戏的事情哪，我可以告诉你们。

　　　　　　　【道格拉斯重上，与福斯塔夫交战，福斯塔夫倒地伴死，道格拉斯下。霍茨波受伤倒地。

霍茨波　啊，亨利！你已经夺去我的青春了。我宁愿失去这脆弱易碎的生命，却不能容忍你从我手里赢得了不可一世的声名；它伤害我的思想，甚于你的剑伤害我的肉体。可是思想是生命的奴隶，生命是时间的弄人；俯瞰全世界的

200

时间，总会有它的停顿。啊！倘不是死亡的阴寒的手已经压住我的舌头，我可以预言——不，潘西，你现在是泥土了，你是——（死）

亲　王　蛆虫的食粮，勇敢的潘西。再会吧，伟大的心灵！谬误的野心，你现在显得多么渺小！当这个躯体包藏着一颗灵魂的时候，一个王国对于它还是太小的领域；可是现在几尺污秽的泥土就足够做它的容身之地。在这载着你的尸体的大地之上，再也找不到一个比你更刚强的壮士。要是你还能感觉到别人对你所施的敬礼，我一定不会这样热烈地吐露我的情怀；可是让我用一点纪念品遮住你血污的双颊吧，同时我也代表你感谢我自己，能够向你表示这样温情的敬意。再会，带着你的美誉到天上去吧！你的耻辱陪着你长眠在坟墓里，却不会铭刻在你的墓碑之上！（见福斯塔夫卧于地上）呀！老朋友！在这一大堆肉体之中，却不能保留一丝小小的生命吗？可怜的杰克，再会吧！死了一个比你更好的人，也不会像死了你一样使我老大不忍。啊！假如我真是那么一个耽于游乐的浪子，你的死对于我将是怎样重大的损失！死神在今天的血战中，虽然杀死了许多优秀的战士，却不曾射中一头比你更肥胖的雄鹿。你的脏腑不久将要被鸟兽掏空；现在你且陪着高贵的潘西躺在血泊里吧。（下）

福斯塔夫　（起立）掏空我的脏腑！要是你今天掏空我的脏腑，明天我还要让你把我腌起来吃下去哩。他妈的！幸亏我假扮得好，不然那杀气腾腾的苏格兰恶汉早就把我的生命一笔勾销啦。假扮吗？我说谎，我没有假扮；死了才是假扮，因为他虽然样子像个人，却没有人的生命；活人扮死人却不算是假扮，因为他的的确确是生命的真实而完全的形体。智虑是勇敢的最大裨益，凭着它我才保全了我的生命。他妈的！这火药般的潘西虽然死了，我见了他还是有些害怕；万一他也是诈死，突然立起身来呢？凭良心说，我怕在我们这两个装死的人中间，他要比我强得多呢。所以我还是再戳他一剑，免生意外；对了，我要发誓说他是被我杀死的。为什么他不会像我一般站起来呢？只有亲眼瞧见的人，才可以驳斥我的虚伪，好在这儿一个人也没有；所以，小子，（刺霍茨波）让我在你的大腿上添加一个新的伤口，跟着我来吧。（负霍茨波于背）

【亲王及约翰·兰开斯特重上。

亲　王　来，约翰老弟；你初次出战，已经充分表现了你的勇敢。

兰开斯特　可是且慢！这是什么人？您不是告诉我这胖子已经死了吗？

亲　王　是的，我看见他死了，气息全无，流着血躺在地上。你是活人吗？还是

201

跟我们的眼睛作怪的一个幻象？请你说句话；我们必须听见你的声音，才可以相信我们的眼睛。你不是我们所看见的那样一个东西。

福斯塔夫　那还用说吗？我不是一个两头四臂的人；可是我倘然不是杰克·福斯塔夫，我就是一个浑小子。潘西就在这儿；（将尸体掷下）要是你的父亲愿意给我一些什么封赏，很好；不然的话，请他以后碰到第二个潘西的时候，自己去把他杀死吧。老实告诉你们，我希望我这一回不是晋封伯爵，就是晋封公爵哩。

亲　王　怎么，潘西是我自己杀死的，我也亲眼看见你死了。

福斯塔夫　真的吗？主啊，主啊！世人都是怎样善于说谎！我承认我倒在地上喘不过气来，他也是一样；可是后来我们两人同时立起，恶战了足足一个钟头。要是你们相信我的话，很好；不然的话，让那些论功行赏的人们担负他们自己的罪恶吧。我到死都要说，他这大腿上的伤口是我给他的；要是他活了过来否认这一句话，他妈的！我一定要叫他把我的剑吃下去。

兰开斯特　这是我所听到过的最离奇的故事。

亲　王　这也是一个最离奇的家伙，约翰兄弟。来，把你那件东西勇敢地负在你的背上吧；就我自己来说，要是一句谎话可以使你得到荣誉，我是很愿意用最巧妙的字句替你装点门面的。（吹归营号）喇叭在吹归营号；胜利已经属于我们。来，兄弟，让我们到战场上最高的地方去，看看我们的朋友哪几个还活着，哪几个已经死了。（亲王及约翰·兰开斯特同下）

福斯塔夫　我也要跟上去，正像人家说的，为的是要讨一些封赏。给我重赏的人，愿上帝也重赏他！要是我做起大人物来，我一定要把身体弄得瘦一点儿；因为我要痛改前非，不再喝酒，像一个贵人一般过着清清白白的生活。（下）

第五场　战场上的另一部分

【喇叭齐鸣。亨利王、亲王、约翰·兰开斯特、威斯摩兰及余人等上；华斯特及凡农被俘随上。

亨利王　叛逆总是这样受到它的惩罚。居心不良的华斯特！我不是向你们全体提出仁慈的条件，很慷慨地允许赦免你们的过失吗？你怎么敢伪传我的旨意，

虚词谎报，辜负你侄儿对你的信任？我们这方面今天阵亡了三个骑士、一位
尊贵的伯爵，还有许多卫国的健儿；要是你像一个基督徒似的早早沟通了我
们双方的真意，他们现在还会好好地活着的。

华斯特　我所干的事，都是为我自己的安全打算；我安然忍受这一种命运，因为
它已无可避免地降临到我的头上。

亨利王　把华斯特和凡农两人带出去杀了；其余的罪犯待我斟酌定罪。（卫士押华
斯特、凡农下）战场上情形怎样？

亲　王　那高贵的苏格兰人道格拉斯因为看见战局不利，英勇的潘西已经殒命，
他手下的兵士一个个无心恋战，也只好跟着其余的人一起逃走；谁料一个失
足，从一座山顶上跌了下来，身受重伤，被追兵擒住了。道格拉斯现在就在
我的帐内，请陛下准许我把他随意处置。

亨利王　完全同意。

亲　王　那么，约翰·兰开斯特兄弟，你去执行这一个光荣且慷慨的使命吧。去
把道格拉斯释放了，不要什么赎金；他今天对我们所表现的勇气，已经教导
我们，即使是我们的敌人，像这样英武的精神也是值得尊重的。

兰开斯特　感谢殿下给我这一个荣幸，我就去执行您的意志。

亨利王　那么我们剩下来的工作，就是要对我们的军队进行分工。你，约翰我儿，
跟威斯摩兰贤卿火速到约克去，讨伐诺森伯兰和那主教斯克鲁普，照我们所
听到的消息，他们正在那儿积极备战。我自己和你，亨利我儿，就到威尔士去，
向葛兰道厄和马契伯爵作战。叛逆只要再遇到像今天这样一次重大的打击，
就会在这国土上失掉它的声势；让我们乘着战胜的威风，一鼓作气，继续取
得我们全部的胜利。（同下）

HENRY IV, PART 2
亨利四世第二篇

◈ 一颗好心抵得过黄金。

导 读

《亨利四世第二篇》接续着上篇的剧情，但调子较上部更为冷峻。在击败霍茨波后，亨利王子仍然和福斯塔夫在一起胡闹，大法官不得不以扰乱治安罪将王子送进监狱。与此同时，得知霍茨波在战场被杀的诺森伯兰伯爵悲愤至极，他召集众人，要立刻报仇雪恨。约克大主教准备以死去的国王理查二世的名义，把反叛变成正义，征集强大的军队开始行动。

但在此时，诺森伯兰伯爵由于自己儿子霍茨波之死心灰意冷，听从他人劝言，逃到苏格兰去了，这个消息给了约克大主教以及同党当头一棒。亨利四世的另一个儿子约翰·兰开斯特使用一种背信弃义的诡计把他们全部逮捕并且处死，这样叛乱就被镇压下去了。亨利四世战场受伤后就患了重病，他知道自己不久于世，临终的国王用慈爱的话语劝诫着悔过的儿子，对于他未来的职守给以忠告。

亨利四世病逝后，亨利王子即位成为亨利五世。他牢记父王教导，励精图治，决心同自己过去的放荡生活决裂，专心治理好国家，他继续任用曾把他投入监狱的大法官，帮助处理国政。大法官严正执法，把福斯塔夫及其同伙投入监狱。下篇就此结束。

福斯塔夫是莎士比亚所创造的最难忘的人物之一。

剧中人物

谣　言　致辞者，在楔子中登场

亨利王　亨利四世

亲　王　威尔士亲王，即位后称亨利五世

托马斯　克莱伦斯公爵 ⎫
约翰·兰开斯特 ⎬ 亨利王之子
亨弗雷　葛罗斯特公爵 ⎭

华列克伯爵 ⎫
威斯摩兰伯爵 ⎪
萨立伯爵 ⎪
高　厄 ⎬ 保王党
哈科特 ⎪
勃伦特 ⎭

王家法庭大法官

大法官的仆人

诺森伯兰伯爵 ⎫
理查·斯克鲁普　约克大主教 ⎪
毛勃雷勋爵 ⎪
海司丁斯勋爵 ⎬ 反王党
巴道夫勋爵 ⎪
约翰·科尔维尔爵士 ⎭

特拉佛斯 ⎫
毛　顿 ⎬ 诺森伯兰伯爵的从仆

约翰·福斯塔夫爵士 ⎫
福斯塔夫的侍童 ⎪
巴道夫 ⎬ 惹是生非的混混
毕斯托尔 ⎭

波因斯
皮 多　　　}　惹是生非的混混

夏 禄
赛伦斯　　}　乡村法官

台 维　夏禄之仆

霉老儿
影 子
肉 瘤　　　}　福斯塔夫招募的兵士
弱 汉
小公牛

爪 牙
罗 网　　}　捕役

诺森伯兰夫人

潘西夫人

快嘴桂嫂　野猪头酒店女店主

桃儿·贴席

群臣、侍从、军官、兵士、使者、司阍、酒保、差役、内侍等

跳舞者　致收场白者

地　点

英　国

楔　子

华克渥斯。诺森伯兰城堡前

【谣言上，脸绘多舌。

谣　言　张开你们的耳朵；当谣言高声讲话的时候，你们有谁肯掩住自己的耳朵呢？我从东方到西方，借着天风做我的驿马，到处宣扬这地球上所发生的种种事情；我的舌头永远为诽谤所驾驭，我用每一种语言把它向世间公布，使每个人的耳朵里充满着虚伪的消息。当隐藏的敌意伴装着安全的笑容，在暗中伤害这世界的时候，我却在高谈和平；当人心惶惶的多事之秋、大家恐惧着战祸临头、实际却并没有这么一回事的时候，除了谣言，除了我，还有谁在那儿煽动他们招兵买马，设防备战？谣言是一支凭着推测、猜疑和臆度吹响的笛子，它是那样容易上口，即使那长着无数头颅的鲁莽的怪物，那永不一致的动摇的群众，也可以把它信口吹奏。可是我何必这样向自家人分析我自己呢？谣言为什么来到这里？我的目的是要趁亨利王的捷报没有传到以前，先弄一些玄虚。他在索鲁斯伯雷附近的一个血流遍野的战场上，已经打败了年轻的霍茨波和他的军队，用叛徒的血浇熄了叛逆的火焰。可是我为什么一开始就说真话呢？我的使命是要向世人散播这样的消息：亨利·蒙穆斯已经在尊贵的霍茨波的宝剑的雄威之下殒命，国王当着道格拉斯的盛怒之前，也已经俯下了他的受过膏沐的头，和死亡长眠在一起了。我从索鲁斯伯雷的战场上一路行来，已经把这样的谣言传遍了每一个乡村；现在来到这一座古老的顽石的城堡之前，正就是霍茨波的父亲老诺森伯兰诈病不出的所在。那些报信的使者，一个个拖着疲乏的脚步，他们的消息都是从我这儿探听到的。他们从谣言的嘴里带去了虚伪的喜讯，它将要比真实的噩耗带给人更大的不幸。（下）

209

第一幕

第一场　华克渥斯。诺森伯兰城堡前

【巴道夫上。

巴道夫　看门的是哪一个？喂！（司阍开门）伯爵呢？

司　阍　请问您是什么人？

巴道夫　你去通报伯爵，说巴道夫勋爵在这儿恭候他。

司　阍　爵爷到花园里散步去了；请大人敲那边的园门，他自己会来开门的。

【诺森伯兰上。

巴道夫　伯爵来了。（司阍下）

诺森伯兰　什么消息，巴道夫大人？现在每一分钟都会发生流血的事件。时局这
　　样混乱，斗争就像一匹喂得饱饱的脱缰的怒马，碰见什么都要把它冲倒。

巴道夫　尊贵的伯爵，我报告您一些从索鲁斯伯雷传来的消息。

诺森伯兰　但愿是好消息！

巴道夫　再好没有。国王受伤濒死；令郎马到功成，已经把亨利亲王杀了；两个
　　勃伦特都死在道格拉斯的手里了；小王子约翰和威斯摩兰、史泰福也全逃得
　　不知去向；亨利·蒙穆斯的伙伴，那胖子约翰爵士，做了令郎的俘虏。啊！
　　自从恺撒以来，像这样可以为我们这时代生色的壮烈伟大的胜利，简直还不
　　曾有过。

诺森伯兰　这消息是怎么得到的？您看见战场上的情形了吗？您是从索鲁斯伯雷
　　来的吗？

巴道夫　伯爵，我跟一个刚从那里来的人谈过话；他是一个很有教养名誉很好的

绅士，他爽直地告诉了我这些消息，说是完全确实的。

诺森伯兰　我的仆人特拉佛斯回来了，他是我在星期二差去探听消息的。

巴道夫　伯爵，我的马比他的跑得快，在路上追过了他；他除了从我嘴里偶然听到的一鳞半爪以外，并没有探到什么确实的消息。

【特拉佛斯上。

诺森伯兰　啊，特拉佛斯，你带了些什么好消息来啦？

特拉佛斯　爵爷，我在路上碰见约翰·恩弗莱维尔爵士，他告诉我可喜的消息，我听见了就拨转马头回来；因为他的马比我的好，所以他比我先过去了。接着又有一位绅士加鞭策马而来，因为急于赶路的缘故，显得疲乏不堪；他在我的身旁停了下来，休息休息他那满身浴血的马；他问我到彻斯特去的路，我也问他索鲁斯伯雷那方面的消息。他告诉我叛军已经失利，年轻的亨利·潘西的热血冷了。说了这一句话，等不及我追问下去，他就把缰绳一抖，俯下身去用马刺使劲踢他那匹可怜的喘息未定的马的腹部，直到轮齿都陷进马的皮肉里去了，就这样一溜烟飞奔而去。

诺森伯兰　嘿！再说一遍。他说年轻的亨利·潘西的热血冷了吗？霍茨波死了吗？他说叛军已经失利了吗？

巴道夫　伯爵，我告诉您吧：要是您的公子没有取得胜利，凭着我的荣誉发誓，我愿意把我的爵位交换一个丝带穗。那些话理它做甚！

诺森伯兰　那么特拉佛斯在路上遇见的那个骑马的绅士为什么要说那样令人丧气的话？

巴道夫　谁，他吗？他一定是个什么下贱的家伙，他所骑的那匹马准是偷来的；凭着我的生命发誓，他的话全是信口胡说。瞧，又有人带消息来了。

【毛顿上。

诺森伯兰　嗯，这个人的脸色就像一本书籍的标题页，预示着它的悲惨的内容；当蛮横的潮水从岸边退去，留下一片侵凌过的痕迹的时候，那种凄凉的景况，正和他脸上的神情相仿。说，毛顿，你是从索鲁斯伯雷来的吗？

毛　顿　启禀爵爷，我是从索鲁斯伯雷一路奔来的；可恶的死神戴上他的最狰狞的面具，正在那里向我们的军队大肆淫威。

诺森伯兰　我的儿子和弟弟怎么样了？你在发抖，你脸上惨白的颜色，已经代替你的舌头说明了你的来意。正是这样一个人，这样没精打采，这样垂头丧气，这样脸如死灰，这样满心忧伤，在沉寂的深宵揭开普里阿摩斯的帐子，想要告诉他——他的半个特洛亚已经烧去；可是他还没有开口，普里阿摩斯已经看见火光了；你还没有告诉我你的消息，我已经知道我的潘西死了。你将要这样说，"您的儿子干了这样这样的事；您的弟弟干了这样这样的事；英武的道格拉斯打得怎样怎样勇敢"，用他们壮烈的行为充塞我的贪婪的耳朵；可是到了最后，你要用一声叹息吹去这些赞美，给我的耳朵一记致命的打击，说："您的弟弟、儿子和一切的人，全都死了。"

毛　顿　道格拉斯活着，您的弟弟也没有死；可是公子爷——

诺森伯兰　啊，他死了。瞧，猜疑有一条多么敏捷的舌头！谁只要一担心到他所不愿意知道的事情，就会本能地从别人的眼睛里知道他所忧虑的已成事实。可是说吧，毛顿，告诉你的伯爵，说他的猜测是错误的，我一定乐于引咎，并且因为你指斥我的错误而给你重赏。

毛　顿　我是一个太卑微的人，怎么敢指斥您的错误；您的预感太真实了，您的忧虑已经是太确定的事实。

诺森伯兰　可是，虽然如此，你不要说潘西死了。我看见你眼睛里流露出一种异常的神色，泄露了你所不敢供认的事情；你摇着头，害怕把真话说出，也许你以为那是罪恶。要是他果真死了，老实说吧；报告他的死讯的舌头是无罪的。用虚伪的谰言加在死者的身上才是一件罪恶，说已死的人不在人世，却不是什么过失。可是第一个把不受人欢迎的消息带了来的人，不过干了一件劳而无功的工作；他的舌头将要永远像一具悲哀的丧钟，人家一听见它的声音，就会记得它曾经报告过一个逝世的友人的噩耗。

巴道夫　伯爵，我不能想象令郎会这样死了。

毛　顿　我很抱歉我必须强迫您相信我的眼睛所不愿意看见的事情；可是我亲眼看见他血淋淋地在亨利·蒙穆斯之前力竭身亡，他的敌人的闪电般的威力，打倒了纵横无敌的潘西，从此他魂归泉壤，再也不会挺身而起了。总之，他的烈火般的精神，曾经燃烧起他的军中最冥顽的村夫的心灵，现在他的死讯一经传布，最勇锐的战士也立刻消失了他们的火焰和热力；因为他的军队是借着他的钢铁般的意志团结起来的，一旦失去主脑，就像一块块钝重的顽铅似的，大家各自为政；笨重的东西在巨大的压力之下，会用最大的速度飞射出去，我们的兵士失去霍茨波的指挥，他们的恐惧使他们的腿上生了翅膀，飞行的箭还不及他们从战场上逃得快。接着尊贵的华斯特又被捉了去；那勇猛的苏格兰人，嗜血的道格拉斯，他的所向披靡的宝剑曾经接连杀死了三个假扮国王的将士，这时他的勇气也渐渐不支，跟着其余的人一起转身逃走，在惊惶之中不慎失足，也被敌人捉了去。总结一句话，国王已经得胜，而且，爵爷，他已经派遣一支军队，在年轻的兰开斯特和威斯摩兰的统帅之下，迅速地要来向您进攻了。这就是我所知道的全部消息。

诺森伯兰 我将要有充分的时间为这些消息而悲恸。毒药有时也能治病；在我健康的时候，这些消息也许会使我害起病来；可是因为我现在有病，它们已经把我的病治愈了几分。正像一个害热病的人，他的衰弱无力的筋骨已经像是破落的门枢，勉强撑持着生命的重担，但是在寒热发作的时候，也会像一阵火一般冲出他的看护者的手臂。我的肢体也是因忧伤而衰弱的，现在却因为被忧伤所激怒，平添了三倍的力气。所以，去吧，你纤细的拐杖！现在我的手上必须套起钢甲的臂韝；去吧，你病人的小帽！你是个太轻薄的卫士，不能保护我的头颅，使它避免那些乘着战胜之威的王子们的锋刃。现在让钢铁包住我的额角，让这敌意的时代所能带给我的最恶劣的时辰向愤激的诺森伯兰怒目而视吧！让苍天和大地接吻！让造化的巨手放任洪水泛滥！让秩序归于毁灭！让这世界不要再成为一个相持不下的战场！让该隐的精神统治着全人类的心，使每个人成为嗜血的凶徒，这样也许可以提早结束这残暴的戏剧！让黑暗埋葬了死亡！

特拉佛斯 爵爷，这种过度的悲愤会伤害您的身体的。

巴道夫 好伯爵，不要让智慧离开您的荣誉。

毛 顿 您的一切亲爱的同伴们的生命，都依赖着您的健康；要是您在狂暴的感情冲动之下牺牲了您的健康，他们的生命也将不免于毁灭。我的尊贵的爵爷，您在说"让我们前进吧"以前，曾经考虑过战争的结果和一切可能的意外。您早就预料到公子爷也许会在无情的刀剑之下丧生；您知道他是在一道充满着危险的悬崖的边上行走，多半会在中途失足；您明白他的肉体是会受伤流血的，他的一往直前的精神会驱策他去冒出生入死的危险；可是您还是说："去吧！"这一切有力的顾虑，都不能阻止你们坚决的行动。这以后所发生的种种变化，这次大胆的冒险所招致的结果，哪一桩不是在您的意料之中？

巴道夫 我们准备接受这种损失的人全都知道，我们是在危险的海上航行，我们的生命只有十分之一的把握；可是我们仍然冒险前进，因为想望中的利益使我们不再顾虑可能的祸害；虽然失败了，还是要再接再厉。来，让我们把身体财产一起捐献出来，重振我们的声威吧。

毛　顿　这是刻不容缓的了。我的最尊贵的爵爷，我听到千真万确的消息，善良的约克大主教已经征集了一支优秀的军队，开始行动；他是一个能够用双重的保证约束他的部下的人。在公子爷手下作战的兵士，不过是一些行尸走肉、有影无形的家伙，因为"叛逆"这两个字横亘在他们的心头，就可以使他们的精神和肉体在行动上不能一致；他们勉勉强强上了战场，就像人们在服药的时候一般做出苦脸，他们的武器不过是为我们虚张声势的幌子，可是他们的精神和灵魂像池里的游鱼一般，被这"叛逆"两字冻结了。可是现在这位大主教把叛乱变成了宗教的正义；他的虔诚圣洁为众人所公认，谁都用整个的身心服从他的驱策；他从邦弗雷特的石块上刮下理查王的血，加强他起兵的理由；他声称他的行动是奉着上天的旨意；他告诉他们，他要尽力拯救这一个正在强大的波林勃洛克的压力之下奄奄垂毙的流血的国土；这样一来，已有不少人归附他。

诺森伯兰　这我早就知道了；可是不瞒你们说，当前的悲哀已经把它从我的脑中扫去。跟我进来，大家商量一个最妥当的自卫的计划和复仇的方策。备好几匹快马，赶快写信，尽量罗致我们的友人；现在是我们最孤立、也最需要援助的时候。（同下）

第二场　伦敦。街道

【约翰·福斯塔夫上，其侍童持剑荷盾后随。

福斯塔夫　喂，你这大汉，医生看了我的尿怎么说？

侍　童　他说，爵爷，这尿的本身是很好很健康的尿；可是撒这样尿的人，也许有比他所知道的更多的病症。

福斯塔夫　各式各样的人都把嘲笑我当作一件得意的事情；这一个愚蠢的泥块——人类——虽然长着一颗脑袋，除了我所制造的笑料和在我身上发生的笑料以外，却再也想不出什么别的笑话来；我不但自己聪明，并且还把我的聪明借给别人。这儿我走在你的前面，就像一头胖大的老母猪，把她整窠的小猪一起压死了，只剩一个在她的背后伸头探脑。那亲王叫你来侍候我，倘不是有意把你跟我做一个对比，就算我是个不会料事的人。你这婊子生的人参果，让你跟在我的背后，还不如把你插在我的帽子上。我活了这么大年纪，现在却让一颗玛瑙坠子做起我的跟班来；可是我不愿意用金银把你镶嵌，就要叫你穿了一身污旧的破衣，把你当作一颗珠宝似的送还给你的主人，那个下巴上还没有生毛的小孩子，你那亲王爷。我的手掌里长出一根胡子来，也比他的脸上长出一根须还快一些；可是他偏要说什么他的脸是一副君王之相；上帝也许会把它修改修改，现在它还没有失掉一根毛哩；他可以永远保存这一副君王之相，因为理发匠再也不会从它上面赚六个便士去；可是他自鸣得意，仿佛他的父亲还是一个单身汉的时候他就是一个汉子了。他可以顾影自怜，可是他已经差不多完全失去我的好感了，我可以老实告诉他。唐勃尔顿对于我做短外套和套裤要用的缎子怎么说？

侍　童　他说，爵爷，您应该找一个比巴道夫更靠得住的保人；他不愿意接受你们两人所立的借据；他不满意这一种担保。

福斯塔夫　让他落在饿鬼地狱里！愿他的舌头比饿鬼的舌头还要烫人！一个婊子生的魔鬼！一个嘴里喊着是呀是的恶奴！一个绅士照顾他的生意，他却要什么担保不担保。这种婊子生的油头滑脑的家伙现在都穿起高底靴来，腰带上挂着一串钥匙；谁要是凭信用向他们赊账，他们就向你要担保。与其让他们用担保堵住我的舌头，我宁愿他们把毒耗子的药塞在我的嘴里。凭着我的骑士的人格，我叫他送来二十二码缎子，他却用“担保”两字答复我。好，让他安安稳稳地睡在担保里吧；因为谁也不能担保他的妻子不偷汉子，头上出了角，自己还不知道哩。巴道夫呢？

侍　童　他到史密斯菲尔德去给您老人家买马去了。

福斯塔夫　我从圣保罗教堂那里把他雇来，他又要替我在史密斯菲尔德买一匹马；要是我能够在窑子里再买一个老婆，那么我就跟班、马儿、老婆什么都有了。

　　　　　【大法官及仆人上。

侍　童　爵爷，这儿来的这位贵人，就是把亲王监禁起来的那家伙，因为亲王为了袒护巴道夫而打了他。

福斯塔夫　你别走开；我不要见他。

大法官　走到那边去的是什么人？

仆　人　回大人，他就是福斯塔夫。

大法官　就是犯过盗案嫌疑的那个人吗？

仆　人　正是他，大人；可是后来他在索鲁斯伯雷立了军功，听人家说，现在正要带一支军队到约翰·兰开斯特公爵那儿去。

大法官　什么，到约克去吗？叫他回来。

仆　人　约翰·福斯塔夫爵士！

福斯塔夫　孩子，对他说我是个聋子。

侍　童　您必须大点儿声说，我的主人是个聋子。

大法官　我相信他是个聋子，他的耳朵是从来不听好话的。去，揪他袖子一把，我必须跟他说话。

仆　人　约翰爵士！

福斯塔夫　什么！一个年轻的小子，却做起叫花子来了吗？外边不是在打仗吗？难道你找不到一点事情做？国王不是缺少着子民吗？叛徒们不是需要着兵士吗？虽然跟着人家造反是一件丢脸的事，可是做叫花子比造反还要丢脸得多。

仆　人　爵士，您看错人了。

福斯塔夫　啊，难道我说你是个规规矩矩的好人吗？把我的骑士的身份和军人的资格搁在一旁，要是我果然说过这样的话。我就是撒了个大大的谎。

仆　人　那么，爵士，就请您把您的骑士身份和军人资格搁在一旁，允许我对您说，您的确撒了个大大的谎，因为您说我不是一个规规矩矩的好人。

福斯塔夫　我允许你对我说这样的话！我把我的天生的人格搁在一旁！哼，就是绞死我，也不会允许你。你要想得到我的允许，还是自己去挨绞吧！你这认错了方向的家伙，去！滚开！

仆　人　爵士，我家大人要跟您说话。

大法官　约翰·福斯塔夫爵士，让我跟您说句话。

福斯塔夫　我的好大人！上帝祝福您老人家！我很高兴看见您老人家到外边来走走；我听说您老人家有病；我希望您老人家是听从医生的劝告才到外面来走动走动的。您老人家虽说还没有完全度过青春时代，可是总也算上了点年纪了，有那么点老气横秋的味道。我要恭恭敬敬地劝告您老人家务必多多注意您的健康。

大法官　约翰爵士，在您出发到索鲁斯伯雷去以前，我曾经差人来请过您。

福斯塔夫　不瞒您老人家说，我听说王上这次从威尔士回来，有点儿不大舒服。

大法官　我不跟您讲王上的事。上次我叫人来请您的时候，您不愿意来见我。

福斯塔夫　而且我还听说王上害的正是那种可恶的中风病。

大法官　好，上帝保佑他早早痊愈！请您让我跟您说句话。

福斯塔夫　不瞒大人说，这一种中风病，照我所知道的，是昏睡病的一种，是一种血液麻痹和刺痛的病症。

大法官　您告诉我这些话做什么呢？它是什么病，就让它是什么病吧。

福斯塔夫　它的原因，是过度的忧伤和劳心，头脑方面受到太大的刺激。我曾经从医书上读到他的病源；害这种病的人，他的耳朵也会变聋。

大法官　我想您也害这种病了，因为您听不见我对您说的话。

福斯塔夫　很好，大人，很好。不瞒大人说，我害的是一种听而不闻的病。

大法官　给您的脚跟套上脚镣，就可以把您的耳病治好；我倒很愿意做一次您的医生。

福斯塔夫　我是像约伯①一样穷的，大人，可是不像他那样好耐性。您老人家因为看我是个穷光蛋，也许可以开下您的药方，把我监禁起来；可是我愿不愿意做一个受您诊视的病人，是一个值得聪明人考虑一下的问题。

大法官　我因为您犯着按律应处死刑的罪案嫌疑，所以叫您来跟我谈谈。

福斯塔夫　那时候我因为听从我的有学问的陆军法律顾问的劝告，所以没来见您。

大法官　好，说一句老实话，约翰爵士，您的名誉已经扫地啦。

福斯塔夫　我看我长得这样胖，倒是肚子快扫地啦。

大法官　您的收入虽然微薄，您的花费倒很可观。

福斯塔夫　我希望倒转过来就好了。我希望我的收入很肥，我的腰细一点。

大法官　您把那位年轻的亲王导入歧途。

福斯塔夫　不，是那位年轻的亲王把我导入歧途。我就是那个大肚子的家伙，他是我的狗。

大法官　好，我不愿意重新挑拨一个新愈的痛疮；您在索鲁斯伯雷白天所立的军功，总算把您在盖兹山前黑夜所干的坏事遮盖过去了。您应该感谢这动乱的

---

① 约伯，以忍耐贫穷著称的圣徒，见《圣经·约伯记》。

时世，让您轻轻地逃过了这场官司。

福斯塔夫　大人！

大法官　可是现在既然一切无事，您也安分点儿吧；留心不要惊醒一匹睡着的狼。

福斯塔夫　惊醒一匹狼跟闻到一只狐狸是同样糟糕的事。

大法官　嘿！您就像一支蜡烛，大部分已经烧去了。

福斯塔夫　我是一支狂欢之夜的长明烛，大人，全是脂油做成的。——我说"脂油"一点也不假，我这股胖劲儿就可以证明。

大法官　您头上每一根白发都应该提醒您做一个老成持重的人。

福斯塔夫　它提醒我生命无常，应该多吃吃喝喝。

大法官　您到处跟随那少年的亲王，就像他的恶神一般。

福斯塔夫　您错了，大人；恶神是个轻薄小儿，我希望人家见了我，不用磅秤也可以看出我有多么重。可是我也承认在某些方面我不大吃得开，我也不知道是怎么回事。在这市侩得志的时代，美德是到处受人冷眼的。真正的勇士都变成了管熊的役夫；智慧的才人屈身为酒店的侍者，把他的聪明消耗在算账报账之中；一切属于男子的天赋的才能，都在世人的嫉视之下成为不值分文之物。你们这些年老的人是不会替我们这辈年轻人着想的；你们凭着你们冷酷的性格，评量我们热烈的情欲；我必须承认，我们这些站在青春最边缘的人，也都是天生的荡子哩。

大法官　您的身上已经写满了老年的字样，您还要把您的名字登记在少年人的名单里吗？您不是有一双昏花的眼、一对干瘪的手、一张焦黄的脸、一把斑白的胡须、两条瘦下去的腿、一个胖起来的肚子吗？您的声音不是已经嘎哑，您的呼吸不是已经短促，您的下巴上不是多了一层肉，您的智慧不是一天一天空虚，您的全身每一部分不是都在老朽腐化，您却还要自命为青年吗？啐，啐，啐，约翰爵士！

福斯塔夫　大人，我是在下午三点钟左右出世的，一生下来就有一头白发和一个圆圆的肚子。我的喉咙是因为高声嚷叫和歌唱圣诗而嘎哑的。我不愿再用其他的事实证明我的年轻；说句老实话，只有在识见和智力方面，我才是个老成练达的人。谁要是愿意拿出一千马克来跟我赛跳舞，让他把那笔钱借给我，我一定奉陪。讲到那亲王给您的那记耳光，他打得固然像一个野蛮的王子，您挨他的打，却也不失为一个贤明的大臣。关于那回事情，我已经责备过他了，

218

这头小狮儿也自知后悔；呃，不过他并不穿麻涂灰，却是用新鲜的绸衣和陈年的好酒表示他的忏悔。

大法官　好，愿上帝赐给亲王一个好一点的伙伴！

福斯塔夫　愿上帝赐给那伙伴一个好一点的亲王！我简直没法把他甩开。

大法官　好，王上已经把您和威尔士亲王两下分开了。我听说您正要跟随约翰·兰开斯特公爵去讨伐那大主教和诺森伯兰伯爵。

福斯塔夫　嗯，我谢谢您出这好聪明的主意。可是你们这些坐在家里安享和平的人们，你们应该祷告上天，不要让我们两军在大热的天气交战，因为凭着上帝起誓，我只带了两件衬衫出来，我是不准备流太多的汗的；要是碰着大热的天气，我手里挥舞的不是一个酒瓶，但愿我从此以后再不口吐白沫。只要有什么危险的行动胆敢探出头来，总是把我推上前去。好，我不是能够长生不死的。可是咱们英国人有一种怪脾气，要是他们有了一件好东西，总要使它变得平淡无奇。假如你们一定要说我是个老头子，你们就该让我休息。我但求上帝不要使我的名字在敌人的耳中像现在这样可怕；我宁愿我的筋骨在懒散中生锈而死去，不愿让不断的劳动磨空了我的身体。

大法官　好，做一个规规矩矩的好人；上帝祝福您出征胜利！

福斯塔夫　您老人家肯不肯借我一千镑钱，壮壮我的行色？

大法官　一个子儿也没有，一个子儿也没有。再见；请向我的表兄威斯摩兰代言致意。（大法官及仆人下）

福斯塔夫　要是我会替你代言致意，让三个汉子用大槌把我捣烂吧。老年人总是和贪心分不开的，正像年轻人个个都是色鬼一样；可是一个因为痛风病而愁眉苦脸，一个因为杨梅疮而遍身痛楚，所以我也不用诅咒他们了。孩子！

侍　童　爵爷！

福斯塔夫　我钱袋里还有多少钱？

侍　童　七格罗①二便士。

福斯塔夫　我这钱袋的消瘦病简直无药可医；向人告借，不过使它苟延残喘，那病是再也没有起色的了。把这封信送给兰开斯特公爵；这一封送给亲王；这一封送给威斯摩兰伯爵；这一封送给欧苏拉老太太，自从我发现我的下巴上

_____
①　格罗，英国古银币名，合四便士。

的第一根白须以后，我就每星期发誓要跟她结婚。去吧，你知道什么地方可以找到我。（侍童下）这该死的痛风！这该死的梅毒！不是痛风，就是梅毒，在我的大拇脚趾上作怪。好，我就跛着走也罢；战争可以作为我的掩饰，我拿那笔奖金理由也可以显得格外充足。聪明人善于利用一切；我害了这一身病，非得靠它发一注利市不可。（下）

第三场　约克。大主教府中一室

【约克大主教、海司丁斯、毛勃雷及巴道夫上。

约　克　我们这一次起事的原因，你们各位都已经听见了；我们有多少的人力物力，你们也都已知道了；现在，我最尊贵的朋友们，请你们坦白地发表你们对于我们这次行动前途的意见。首先，司礼大人，您怎么说？

毛勃雷　我承认我们这次起兵的理由非常正义；可是我很希望您给我一个明白的指示：凭着我们这一点实力，我们怎么可以大胆而无畏地挺身迎击国王的声势浩大的军队。

海司丁斯　我们目前已经征集了二万五千名优秀的兵士；我们的后援大部分依靠着尊贵的诺森伯兰，他的胸中正在燃烧着仇恨的怒火。

巴道夫　问题是这样的，海司丁斯勋爵：我们现有的二万五千名兵士，要是没有诺森伯兰的援助，能不能坚持作战？

海司丁斯　有他做我们的后援，我们当然可以坚持作战。

巴道夫　嗯，对了，关键就在这里。可是假如没有他的援助，我们的实力就会过于微弱，那么，照我的意思看来，在他的援助没有到达以前，我们还是不要操之过急的好；因为像这样有关生死存亡的大事，是不能容许对于不确定的援助抱着过分乐观的推测和期待的。

约　克　您说得很对，巴道夫勋爵；因为年轻的霍茨波在索鲁斯伯雷犯的就是这一种错误。

巴道夫　正是，大主教；他用希望增强他自己的勇气，用援助的空言作为他的食粮，想望着一支虚无缥缈的军队，作为他精神上的安慰；这样，他凭着只有疯人才会有的广大的想象力，把他的军队引到死亡的路上，闭着眼睛跳下了毁灭的深渊。

海司丁斯　可是，恕我这样说，把可能的希望列入估计，总不见得会有什么害处。

巴道夫　要是我们把这次战争的运命完全寄托在希望上，那希望对于我们却是无益而有害的，正像我们在早春时候所见的初生的蓓蕾一般，希望不能保证它们开花结果，无情的寒霜却早已摧残了它们的生机。当我们准备建筑房屋的时候，我们第一要测量地基，然后设计图样；打好图样以后，我们还要估计建筑的费用，要是那费用超过我们的财力，就必须把图样重新改绘，设法减省一些人工，或是根本放弃这一项建筑计划。现在我们所进行的这件伟大的工作，简直是推翻一个旧的王国，重新建立一个新的王国，所以我们尤其应该熟察环境，详定方针，确立一个稳固的基础，询问测量师，评估我们自身的力量，是不是能够从事这样的工作，对抗敌人的压迫；否则要是我们徒然在纸上谈兵，把战士的名单代替了实际上阵的战士，那就像一个人打了一幅他的力量所不能建筑的房屋的图样，造了一半就中途停工，丢下那未完成的屋架子，让它去受凄风苦雨的吹淋一般。

海司丁斯　我们的希望现在还是很大的，即使它果真成为泡影，即使我们现有的人数已经是我们所能期待的最大限度的军力，我想凭着这一点力量，也尽可和国王的军队互相匹敌。

巴道夫　什么！国王也只有二万五千个兵士吗？

海司丁斯　来和我们交战的军力不过如此；也许还不满此数哩，巴道夫勋爵。为了应付乱局，他的军队已经分散在三处：一支攻打法国，一支讨伐葛兰道厄，那第三支不用说就是对付我们的。这地位动摇的国王必须三面应敌，他的国库也已经罗掘俱空了。

约　克　他绝不会集合他的分散的兵力，向我们全力进攻，这一点我们是尽可放心的。

海司丁斯　要是他出此一策，他的背后毫无防御，法国人和威尔士人就会乘虚进袭；那是不用担心的。

巴道夫　那他会派什么人带领他的军队到这儿来？

海司丁斯　兰开斯特公爵和威斯摩兰；他自己和亨利·蒙穆斯去打威尔士；可是

我还没有得到确实的消息，不知道进攻法国的军队归哪一个人带领。

约　　克　让我们继续，把我们起兵的理由公开宣布。民众已经厌倦于他们自己所选择的君王；他们过度的热情已经感到逾量的饱足。在群众的好感上建立自己的地位，那基础是易于动摇而不能巩固的。啊，你们这痴愚的群众！当波林勃洛克还不曾得到你所希望于他的今日这一种地位以前，你曾经用怎样的高声喝彩震撼天空，为他祝福；现在你的愿望已经满足，你那饕餮的肠胃里却又容不下他，要把他呕吐出来了。你这下贱的狗，你正是这样把尊贵的理查吐出你的馋腹，现在你又想吞食你呕下的东西，因为找不到它而猖猖吠叫了。在这种覆雨翻云的时世，还有什么信义？那些在理查活着的时候但愿他死去的人们，现在却对他的坟墓迷恋起来；当他跟随着为众人所爱慕的波林勃洛克的背后，长吁短叹地经过繁华的伦敦的时候，你曾经把泥土丢掷在他的庄严的头上，现在你却在高呼：“大地啊！把那个国王还给我们，把这一个拿去吧！”啊，可诅咒的人们的思想！过去和未来都是好的，现在的一切却为他们所憎恶。

毛勃雷　我们要不要就去把军队集合起来，准备出发？

海司丁斯　我们是受时间支配的，时间命令我们立刻前去。（同下）

第二幕

第一场　伦敦。街道

【快嘴桂嫂率爪牙带一童儿上，罗网随后。

桂　嫂　爪牙大爷，您把状纸递上去没有？

爪　牙　递上去了。

桂　嫂　您那伙计呢？他是不是一个强壮的汉子？他不会给人吓退吧？

爪　牙　喂，罗网呢？

桂　嫂　主啊，哦！好罗网大爷！

罗　网　有，有。

爪　牙　罗网，咱们必须把约翰·福斯塔夫爵士逮捕起来。

桂　嫂　是，好罗网大爷；我已经把他和他的同党们一起告下啦。

罗　网　说不定咱们有人要送了性命，因为他会拔出剑来乱刺人的。

桂　嫂　哎哟！你们可得千万小心，他在我自己屋子里也会拔出剑来刺我，全然像一头畜生似的不讲道理。不瞒两位说，他只要一拔出他的剑，什么事情他都干得出来；他会像恶鬼一般逢人乱刺，无论男人、女人、孩子，他都会不留情的。

爪　牙　要是我能够和他交手，我就不怕他的剑有多么厉害。

桂　嫂　我也不怕；我可以在一旁帮您的忙。

爪　牙　我只要能揪住他，把他一把抓住——

桂　嫂　他这一去我就完啦；不瞒两位说，他欠我的账是算也算不清的。好爪牙

223

大爷，把他牢牢抓住；好罗网大爷，别让他逃走。不瞒两位说，他常常到派亚街去买马鞍；那绸缎铺子里的史密斯大爷今天请他在伦勃特街的野人头酒店里吃饭。我的状纸既然已经递上去，这件官司闹得大家都知道了，千万求求两位把他送官究办。一百个马克对于一个孤零零的苦女人是一笔太大的数目，欠了不还，叫人怎么过日子？我已经忍了又忍，忍了又忍；他却今天推明天，明天推后天，一味胡赖，简直不要脸。这个人一点良心都没有；女人又不是驴子，又不是畜生，可以给随便哪一个混蛋欺负的。那边来的就是他；那个酒糟鼻子的恶棍巴道夫也跟他在一起。干你们的公事吧，干你们的公事吧，爪牙大爷和罗网大爷；替我，替我，替我干你们的公事吧。

　　　　　【约翰·福斯塔夫、侍童及巴道夫上。

福斯塔夫　啊！谁家的母马死了？什么事？

爪　牙　约翰爵士，快嘴桂嫂把您告了，我要把您逮捕起来。

福斯塔夫　滚开，奴才！拔出剑来，巴道夫，替我割下那混蛋的头；把这泼妇扔在水沟里。

桂　嫂　把我扔在水沟里！我才要把你扔在水沟里呢。你敢？你敢？你这不要脸的光棍！杀人啦！杀人啦！啊，你这采花蜂！你要杀死上帝和王上的公差吗？啊，你这害人的混蛋！你专会害人，你要男人的命，也要女人的命。

福斯塔夫　别让他们走近，巴道夫。

爪　牙　劫犯人啦！劫犯人啦！

桂　嫂　好人，快劫几个犯人来吧①！你敢？你敢？你敢？你敢？好，好，你这流氓！好，你这杀人犯！

福斯塔夫　滚开，你这贱婆娘！你这烂污货！你这臭花娘！我非掏你后门不可！

　　　　　【大法官率侍从上。

大法官　什么事？喂，不要吵闹！

桂　嫂　我的好老爷，照顾照顾我！我求求您，帮我说句公道话儿！

大法官　啊，约翰爵士！怎么！凭您这样的身份、年纪、职位，却在这儿吵架吗？您早就应该到约克去了。站开，家伙；你为什么拉住他？

桂　嫂　啊，我的大老爷，启禀老爷，我是依斯特溪泊的一个穷苦的寡妇，我已

---

① 桂嫂听不懂"劫犯人"这一法律用语，误以为是"找帮手"，所以说"快劫几个犯人来吧"。

经告了他一状，他们两位是来捉他见官的。

大法官 他欠你多少钱？

桂　嫂 钱倒还是小事，老爷；我的一份家业都给他吃光啦。他把我的全部家私一起装进他那胖肚子里去；可是我一定要问你要回一些来，不然我会像噩梦一般缠住你不放的。

福斯塔夫 要是叫我占了上风，我还得缠住你呢。

大法官 怎么会有这样的事，约翰爵士？哼！哪一个好性子的人受得住这样的叫骂？您把一个可怜的寡妇逼得走投无路，不觉得惭愧吗？

福斯塔夫 我一共欠你多少钱？

桂　嫂 呃，你要是有良心的话，你不但欠我钱，连你自己也是我的。在圣灵降临节①后的星期三那天，你在我的房间里靠着煤炉，坐在那张圆桌子的一旁，曾经凭着一盏金边的酒杯向我起誓；那时候你因为当着亲王的面前说他的父亲像一个在温莎卖唱的人，被他打破了头，我正在替你揩洗伤口，你就向我发誓，说要跟我结婚，叫我做你的夫人。你还赖得了吗？那时候那个屠夫的妻子胖奶奶不是跑了进来，喊我快嘴桂嫂吗？她来问我要点儿醋，说她已经煮好了一盆美味的龙虾；你听了就想分一点儿尝尝，我就告诉你刚受了伤，这些东西还是忌嘴的好；你还记得吗？她下楼以后，你不是叫我不要跟这种下等人这样亲热，说是不久她们就要尊我一声太太吗？你不是搂住我亲了个嘴，叫我拿三十个先令给你吗？现在我要叫你按着《圣经》发誓，看你还能不能抵赖。

福斯塔夫 大人，这是一个可怜的疯婆子；她在市上到处告诉人家，说您像她的大儿子。她本来是个有头有脑的人，不瞒您说，是贫穷把她逼疯啦。至于这两个愚笨的公差，我要请您把他们重重惩处。

大法官 约翰爵士，约翰爵士，您这种颠倒是非的手段，我是素来领教的。一副若无其事的神气，一串厚颜无耻的谎话，都不能使我改变我的公正的立场。照我看来，是您用诡计欺骗了这个容易受骗的女人，一方面拐了她的钱，一方面奸占了她的身体。

桂　嫂 是的，一点没错，老爷。

① 圣灵降临节，复活节后第七个星期日。

大法官　你不要说话——把您欠她的钱还给她，痛痛忏悔您对她所犯的罪恶。

福斯塔夫　大人，我不能默忍这样的辱骂。您把堂堂的直言叫作厚颜无耻；要是有人除了打躬作揖以外，一言不发，那才是一个正直的好人。不，大人，我知道我自己的身份，不敢向您有什么渎请；可是我现在王命在身，急如星火，请您千万叫这两个公差把我放了。

大法官　听您说来，好像您有干坏事的特权似的；可是为了您的名誉起见，还是替这可怜的女人想想办法吧。

福斯塔夫　过来，老板娘。（拉桂嫂至一旁）

　　　　　【高厄上。

大法官　啊，高厄先生！什么消息？

高　厄　大人，王上和亨利亲王就要到来了；其余的话都写在这纸上。（以信授大法官。）

福斯塔夫　凭着我的绅士的身份——

桂　嫂　哎，这些话您都早已说过了。

福斯塔夫　好了，那种事情咱们不用再提啦。

桂　嫂　凭着我脚底下踏着的这块天堂一般的土地起誓，我可非得把我的盘子跟我那餐室里的织锦挂帷一起当掉不可啦。

福斯塔夫　留下几只杯子喝喝酒，也就够了。你的墙壁上要是需要一些点缀，那么一幅水彩的滑稽画，或是浪子回家的故事，或是德国人出猎的图画，尽可以抵得上一千幅这种破床帘和给虫咬过的挂帷。你有本领就去当十镑钱吧。来，倘不是你的脾气太坏，全英国都找不到一个比你更好的娘儿们。去把你的脸洗洗，把你的状纸撤回来吧。来，你不能对我发这样的脾气；你还不知道我吗？来，来，我知道你这回一定是受了人家的撺掇。

桂　嫂　约翰爵士，您还是拿二十个诺勃尔①去吧。不瞒您说，我真舍不得当掉我的盘子呢，上帝保佑我！

福斯塔夫　好吧；我会向别处想办法的。你到底还是一个傻子。

桂　嫂　好，我一定如数给您，即使我必须当掉我的罩衫。我希望您会到我家里来吃晚饭。您会一起还给我吗？

------

① 诺勃尔，英国古金币名。

226

福斯塔夫　我不是死人，会骗你吗？（向巴道夫）跟她去，跟她去；盯紧了，盯紧了。

桂　嫂　晚餐的时候您要不要叫桃儿·贴席来会会您？

福斯塔夫　不必多说；叫她来吧。（桂嫂、巴道夫、捕役及侍童下）

大法官　消息可不大好。

福斯塔夫　什么消息，我的好大人？

大法官　王上昨晚驻跸在什么地方？

高　厄　在巴辛斯多克，大人。

福斯塔夫　大人，我希望一切顺利；您听到什么消息？

大法官　他的军队全部回来了吗？

高　厄　不，一千五百个步兵，还有五百骑兵，已经调到兰开斯特公爵那里，帮
　　　　着打诺森伯兰和那大主教去了。

福斯塔夫　王上从威尔士回来了吗，我的尊贵的大人？

大法官　我不久就把信写好给您。来，陪着我去吧，好高厄先生。

福斯塔夫　大人！

大法官　什么事？

福斯塔夫　高厄先生，我可以请您赏光陪我用一次晚餐吗？

高　厄　我已经跟这位大人有约在先了；谢谢您，好约翰爵士。

大法官　约翰爵士，您在这儿逗留得太久了，您是要带领军队出征去的。

福斯塔夫　您愿意陪我吃一顿晚饭吗，高厄先生？

大法官　约翰爵士，哪一个傻瓜老师教给您这些礼貌？

福斯塔夫　高厄先生，要是这些礼貌不合我的身份，那么教我这些礼貌的人一定
　　　　是个傻瓜。（向大法官）比起剑来就是这个劲儿，大人，一下还一下，谁也不吃亏。

大法官　愿上帝开导你的愚蒙！你是个大大的傻瓜。（各下）

第二场　同前。另一街道

【亲王及波因斯上。

亲　王　当着上帝的面前起誓，我真是疲乏极了。

波因斯　会有那样的事吗，我还以为疲乏不敢侵犯像您这样一位血统高贵的人的。

亲　王　真的，它侵犯到我的身上了，虽然承认这一件事是会损害我的尊严的。要是我现在想喝一点儿淡啤酒，算不算有失身份？

波因斯　一个王子不应该这样自甘下流，想起这种淡而无味的贱物。

亲　王　那么多半我有一副下贱的口味，因为凭良心说，我现在的确想起这贱东西——淡啤酒。可是这种卑贱的思想，真的已经使我厌倦于我的高贵的地位了。记住你的名字，或是到明天还认识你的脸，这对于我是多么丢脸的事！还要记着你有几双丝袜：一双是你现在穿的，还有一双是桃红色的；或者你有几件衬衫：哪一件是穿着出风头的，哪一件是家常穿的！可是那网球场的看守人比我还要明白你的底细，因为你不去打球的日子，他就知道你正在闹着衬衫的恐慌；你的荷兰麻布衬衫已经遭到瓜分，所以你也好久不上网球场去了。天晓得那些裹着你的破衬衫当尿布的小家伙们会不会继承王国；但是接生婆都说不是孩子的过错，这样一来世界人口自然不免增多，子弟们的势力也就越来越大了。

波因斯　您在干了那样辛苦的工作以后，却讲起这些无聊的废话来，真太不伦不类啦！告诉我，您的父亲现在病得这样厉害，有几个孝顺的少年王子会在这种时候像您一样跟人家闲聊天？

亲　王　我要不要告诉你一件事情，波因斯？

波因斯　您说吧，我希望它是一件很好的事情。

亲　王　对你这样低级的头脑来说，就得算不错了。

波因斯　得了，你要讲的不过一句话，我总还招架得住。

亲　王　好，我告诉你，现在我的父亲有病，我是不应该悲哀的；虽然我可以告诉你——因为没有更好的人，我只好把你当作朋友——我不是不会悲哀，而且的的确确是真心的悲哀。

波因斯　为了这样一个题目而悲哀，恐怕未必见得。

亲　王　哼，你以为我也跟你和福斯塔夫一样，立意为非，不知悔改，已经在魔鬼的簿上挂了名，再也没有得救的希望了吗？让结果评定一个人的真正价值吧。告诉你吧，我的心因为我的父亲害着这样的重病，正在悲伤泣血；可是当着你这种下流的伙伴的面前，我只好收起一切悲哀的外貌。

波因斯　请问您的理由？

亲　王　要是我流着眼泪，你会觉得我是一个何等之人？

228

波因斯　我要说您是一个最高贵的伪君子。

亲　王　每一个人都会这样想，你是一个有福的人，能够和众人思想一致；世上再没有人比你更善于随波逐流了。真的谁都要说我是个伪君子。什么理由使你的最可敬的思想中发生这一种想法呢？

波因斯　因为您素来的行为是那么放荡，老是跟福斯塔夫那种家伙在一起。

亲　王　还有你。

波因斯　天日在上，人家对于我的批评倒是很好的，我自己的耳朵还听得见呢；他们所能指出的我的最大的弱点，也不过说我是我的父亲的第二个儿子，而且我是一个能干的汉子；这两点我承认都是我无能为力的。啊，巴道夫来了。

【巴道夫及侍童上。

亲　王　还有我送给福斯塔夫的那个童儿；我把他送去的时候，他还是个基督徒，现在瞧，那胖贼不是把他变成一只小猴子了吗？

巴道夫　上帝保佑殿下！

亲　王　上帝保佑你，最尊贵的巴道夫。

巴道夫　（向侍童）来，你这善良的驴子，你这害羞的傻瓜，干吗又要脸红了？有什么难为情的？你全然变成了个大姑娘般的骑士啦！喝了一口半口酒儿又有什么关系？

侍　童　殿下，他从一扇红格子窗里叫我，我望着窗口，怎么也瞧不清他的脸；好容易才被我发现了他的眼睛，我还以为他在那卖酒婆子新做的红裙上剪了两个窟窿，正从那窟窿往里张望着呢。

亲　王　这孩子不是长进了吗？

巴道夫　去你的，你这婊子养的两只腿站着的兔子，去你的。

侍　童　去你的，你这不成才的阿尔西亚的梦，去你的。

亲　王　给我们说说，孩子；什么梦，孩子？

侍　童　殿下，阿尔西亚不是梦见自己生下火把吗？所以我叫他阿尔西亚的梦。

亲　王　因为你说得好，赏你这一个克朗；拿去，孩子。（以钱给侍童）

波因斯　啊！但愿这朵鲜花不要给毛虫蛀了。好，我也给你六便士。

巴道夫　你们总要叫他有一天陪着你们一起上绞架的。

亲　王　你的主人好吗，巴道夫？

巴道夫　很好，殿下。他听说殿下回来了，有一封信给您。

波因斯 这封信送得很有礼貌。你的肥猪主人好吗？

巴道夫 他的身体很健康，先生。

波因斯 呃，他的灵魂需要一个医生；可是他对于这一点不以为意，灵魂即使有病也不会死的。

亲　王 这一块大肉瘤跟我亲热得就像他是我的狗儿一般；他不忘记他自己的身份，你瞧他怎样写着。

波因斯 （读信）"骑士约翰·福斯塔夫"——他一有机会，就向每一个人卖弄他这一个头衔；正像那些和国王有同宗之谊的人们一样，每一次刺伤了手指，就要说，"又流了一些国王的血了"。你要是假装不懂他的意思，问他为什么，他就会立刻回答你，正像人们要向别人借钱的时候连忙脱帽子一样爽快，"我是王上的不肖的侄子，先生。"

亲　王 可不是吗？那帮人专门要和我们攀亲戚，哪怕得一直往上数到老祖宗雅弗。算了，读信吧。

波因斯 "骑士约翰·福斯塔夫爵士敬问皇太子威尔士亲王亨利安好。"哎哟，这简直是一张证明书。

亲　王 别插嘴！

波因斯 "我要效法罗马人的简洁"——他的意思准是指说话接不上气，不是文章简洁——"我问候您，我赞美您，我向您告别。不要和波因斯太亲热，因为他自恃恩宠，到处向人发誓说您要跟他的妹妹耐儿结婚。有空请自己忏悔忏悔，再会了。您的朋友或者不是您的朋友，那要看您怎样对待他而定，杰克·福斯塔夫——这是我的知交们对我的称呼；约翰——我的兄弟姐妹是这样叫我的；约翰爵士——全欧洲都知道这是我的名号。"殿下，我要把这封信浸在酒里叫他吃下去。

亲　王 他是食言而肥的好手，吃几个字儿是算不了什么的。可是奈德，你也这样对待我吗？我必须跟你的妹妹结婚吗？

波因斯 但愿上帝赐给那丫头这么好的福气！可是我从来没有说过这句话。

亲　王 好，我们不要再像呆子一般尽在这儿浪费时间了，智慧的天使还坐在云端嘲笑我们呢。你的主人就在伦敦吗？

巴道夫 是，殿下。

亲　王 他在什么地方吃晚饭？那老野猪还是钻在他那原来的猪圈里吗？

巴道夫　还在老地方，殿下，依斯特溪泊。

亲　王　有些什么人跟他做伴？

侍　童　几个信仰旧教的酒肉朋友，殿下。

亲　王　有没有什么女人陪他吃饭？

侍　童　没有别人，殿下，只有桂大妈和桃儿·贴席姑娘。

亲　王　那是个什么娼妇？

侍　童　一个良家女子，殿下，她是我的主人的亲戚。

亲　王　正像教区的小母牛跟镇上的老公牛同样的关系。奈德，我们要不要趁他吃晚饭的时候偷偷地跑到他们那里去？

波因斯　我是您的影子，殿下；您到哪儿我就跟到哪儿。

亲　王　喂，孩子，巴道夫，不要对你们主人说我已经到了城里；这是赏给你们的闭口钱。（以钱给巴道夫及侍童）

巴道夫　我是个哑巴，殿下。

侍　童　我管住我的舌头就是了，殿下。

亲　王　再见，去吧。（巴道夫及侍童下）这桃儿·贴席准是个婊子。

波因斯　不瞒您说，她正像圣奥尔本到伦敦之间的公路一般，什么人都跟她有来往的。

亲　王　我们今晚怎样可以看看福斯塔夫的本来面目，而不让他看见我们呢？

波因斯　各人穿一件皮马甲，披一条围裙，我们可以权充酒保，在他的桌子上侍候。

亲　王　从天神变成公牛吗？一个严重的堕落！我现在从王子降为侍者，一个下贱的变化！这正是所谓但问目的，不择手段。跟我来，奈德。（同下）

第三场　华克渥斯。诺森伯兰城堡前

【诺森伯兰、诺森伯兰夫人及潘西夫人上。

诺森伯兰　亲爱的妻子，贤惠的儿媳，请你们安安静静地让我去进行我的危险的任务；不要在你们的脸上反映这时代的骚乱，使我的烦杂的心绪受到更大的搅扰。

诺森伯兰夫人　我已经灰了心，不愿再说什么了。照您的意思干吧；让您的智慧指导您的行动。

诺森伯兰　唉！亲爱的妻子，我的荣誉已经发生动摇，只有奋身前去，才可以把它挽救回来。

潘西夫人　啊！可是为了上帝的缘故，不要去参加这种战争吧。公公，您曾经毁弃过对您自己更有切身关系的诺言；您的亲生的潘西，我那心爱的亨利，曾经好多次引颈北望，盼他的父亲带着援兵到来，可是他终于望了个空。那时候是谁劝您不要出兵的？两重的荣誉已经丧失了，您自己的荣誉和您儿子的荣誉。讲到您自己的荣誉，愿上帝扫清它的雾障吧！他的荣誉却是和他不可分的，正像太阳永远高悬在苍苍的天宇之上一样；全英国的骑士都在他的光辉鼓舞之下，表现了他们英雄的身手。他的确是高贵的青年们的一面立身的明镜；谁不曾学会他的步行的姿态，等于白生了两条腿；说话急速不清本来是他天生的缺点，现在却成为勇士们应有的语调，那些能够用低声而迂缓的调子讲话的人，都宁愿放弃他们自己的特长，模拟他这一种缺点；这样无论在语音上，在步态上，在饮食娱乐上，在性情气质上，在治军作战上，他的一言一动，都是他人效法的规范。然而他，啊，天神一般的他！啊，人类中的奇男子！这盖世无双的他，却得不到您的援助；你竟忍心让他在不利的形势中，面对着狰狞可怖的战神；让他孤军苦战，除了霍茨波的英名之外，再也没有可以抵御敌人的武力；您是这样离弃了他！千万不要，啊！千万不要再给他的亡魂这样的侮辱，把您对于别人的信誉看得比您对于他的信誉更重；让他们去吧。那司礼大臣和那大主教的实力是很强大的；要是我那亲爱的亨利有他们一半的军力，今天也许我可以攀住霍茨波的颈项，听他谈起蒙穆斯的死了。

诺森伯兰　哎哟，贤媳！你用这样悲痛的申诉重新揭发我的往日的过失，使我的心都寸寸碎裂了。可是我必须到那里去和危险面面相对，否则危险将要在更不利的形势之下找到我。

诺森伯兰夫人　啊！逃到苏格兰去，且待这些贵族和武装的民众们一度试验过他们的军力以后，再决定您的行止吧。

潘西夫人　要是他们能够占到国王的上风，您就可以加入他们的阵线，使他们的实力因为得到您这一支铁军的支持而格外坚强；可是为了我们对您的爱心，先让他们自己去试一下吧。您的儿子就是因为轻于尝试而惨遭牺牲，我也因此而成为寡妇；我将要尽我一生的岁月，用我的眼泪浇灌他的遗念，使它发芽怒长，高插云霄，替我那英勇的丈夫永远留下一个记忆。

诺森伯兰　来，来，跟我进去吧。我的心正像涨到顶点的高潮一般，因为极度的冲激，反而形成静止的状态，无法确定行动的方向。我渴想着去和那大主教相会，可是几千种理由阻止我前往。我还是决定到苏格兰去吧；在那里权且栖身，等有利的形势向我招手的时候再做选择。（同下）

第四场　依斯特溪泊。野猪头酒店中一室

【二酒保上。

酒保甲　见鬼的，你拿了些什么来呀？干苹果吗？你知道约翰爵士见了干苹果就会生气的。

酒保乙　哎哟，你说得对。有一次亲王把一盘干苹果放在他面前，对他说又添了五位约翰爵士；他又把帽子脱下，说："现在我要向你们这六位圆圆的干瘪的老骑士告别了。"他听了这话好不生气；可是现在他已经把这回事情忘了。

酒保甲　好，那么铺上桌布，把那些干苹果放下来吧。你再去找找斯尼克的乐队；桃儿姑娘是要听一些音乐的。赶快；他们吃饭的房间太热啦，他们马上就要来的。

酒保乙　喂，亲王和波因斯大爷也就要到这儿来啦；他们要借咱们两件皮马甲和围裙穿在身上，可是不能让约翰爵士知道，巴道夫已经这样吩咐过了。

酒保甲　嘿，咱们又有热闹看啦；这准是一场有趣的恶作剧。

酒保乙　我去瞧瞧能不能把斯尼克找到。（下）

【快嘴桂嫂及桃儿·贴席上。

桂　嫂　真的，心肝，我看你现在身体很好；你的脉搏跳得再称心没有了；你的脸色红得就像一朵玫瑰花；真的，我不骗你！可是我要说句老实话，你还是少喝一点儿卡那利酒的好，那是一种刺激性极强的葡萄酒，你还来不及嚷一声"什么"，它早已通到你全身的血管里去了。你现在好吗？

桃　儿　比从前好一点儿了；呃哼！

桂　嫂　啊，那很好；一颗好心抵得过黄金。瞧！约翰爵士来啦。

【福斯塔夫唱歌上。

福斯塔夫　（唱）

　　　　亚瑟登位坐龙廷，

去把夜壶倒了。（酒保甲下）——

　　　　圣明天子治凡民。

　　啊，桃儿姑娘！

桂　嫂　她闲着没事做，快要闷出病来啦，真的不骗您。

福斯塔夫　她们这一行都是这样；只要一安静下来，就会害病的。

桃　儿　你这肮脏的坏家伙，这就是你给我的安慰吗？

福斯塔夫　咱们这种坏家伙都是被你们弄胖了的，桃儿姑娘。

桃　儿　我把你们弄胖了！谁叫你们自己贪嘴，又不知打哪儿染上了一身恶病，
　　　　弄成这么一副又胖又肿的怪样子；关我什么事！

福斯塔夫　我的馋嘴是给厨子害的，我的病是给你害的，桃儿；这病是你传的，
　　　　我的可怜的名门闺秀，这你可不能否认。

桃　儿　不错，把我的链子首饰全传给你了。

福斯塔夫　（唱）

　　　浑身珠宝遍身疮——

　　　　你也知道，交战要凶，走路就得瘸着腿；在关口冲杀得起劲，长枪就弯了；
　　　完了还得若无其事地去找医生，吃点苦头——

桃　儿　你去上吊吧，你这肮脏的老滑头，你去上吊吧！

桂　嫂　哎哟，你们老是这样子，一见面就要吵；真的，你们两人的火性躁得就
　　　　像两片烘干的面包，谁也容不得谁。这算什么呀！正像人家说的，女人是一
　　　　件柔弱中空的器皿，你应该容忍他几分才是。

桃　儿　一件柔弱中空的器皿容得下这么一只满满的大酒桶吗？他那肚子里的波
　　　　尔多酒可以装满一艘商船呢；无论哪一间船舱里都比不上他那样装得结结实
　　　　实。来，杰克，我愿意跟你做个朋友；你就要打仗去了，咱们以后还有没有
　　　　见面的日子，那是谁也不会关心的。

　　　　【酒保甲重上。

酒保甲　爵爷，毕斯托尔旗官在下边，他要见您说话。

桃　儿　该死的装腔作势的家伙！别让他进来；他是全英国最会说坏话的恶棍。

234

桂　嫂　要是他装腔作势，别让他到这儿来；不，凭着我的良心发誓，我必须跟我的邻居们住在一起，我不能让装腔作势的人走进我的屋子，破坏我的清白的名声。把门关上；什么装腔作势的人都别让他进来。我活了这么大岁数，现在却要让人家在我的面前装腔作势吗？请你把门关了。

福斯塔夫　你听我说，老板娘。

桂　嫂　您不要吵，约翰爵士；装腔作势的人是不能走进这间屋子里来的。

福斯塔夫　你听我说啊；他是我的旗官哩。

桂　嫂　唉，唉！约翰爵士，您不用说话，您那装腔作势的旗官是不能走进我的屋子里来的。前天我碰见典狱长铁锡克大爷，他对我说——那句话说来不远，就在上星期三——"桂大嫂子，"他说，——咱们的牧师邓勃先生那时也在一旁——"桂大嫂子，"他说，"你招待客人的时候，要拣那些文雅点儿的，因为，"他说，"你现在的名气不大好"；他说这句话，我知道是什么缘故；"因为，"他说，"你是一个规规矩矩的女人，大家都很看重你；所以你要留心你所招待的是些什么客人；不要，"他说，"不要让那种装腔作势的家伙走进你的屋子。"我不能让那种家伙到这儿来——听了他的话，才叫人佩服哩。不，我不能让装腔作势的家伙进来。

福斯塔夫　他不是个装腔作势的人，老板娘；凭良心说，他是个不中用的骗子，你可以轻轻地抚拍他，就像他是一只小狗一般。要是一只巴巴里母鸡竖起羽毛，表示反抗的样子，他也不会向它装腔作势。叫他上来，酒保。（酒保甲下）

桂　嫂　您说他是个骗子吗？好人，骗子，我这儿一概来者不拒；可是不瞒你们说，我顶恨的是装腔作势；人家一说起装腔作势来我就受不了。列位瞧吧，我全身都在发抖，真的不骗你们。

桃　儿　你真的在发抖哩，店主太太。

桂　嫂　真的吗？是呀，我的的确确在发抖，就像一片白杨树叶似的；我一听见装腔作势就受不了。

　　　　　【毕斯托尔、巴道夫及侍童上。

毕斯托尔　上帝保佑您，约翰爵士！

福斯塔夫　欢迎，毕斯托尔旗官。来，毕斯托尔，这儿我倒下一杯酒，你去劝那店主太太喝了。

毕斯托尔　我要请她吃两颗子弹哩，约翰爵士。

福斯塔夫　她是不怕子弹的，伙计。她绝对不会在乎。

桂　嫂　哼，我也不要吃子弹，也不要喝酒；我爱喝就喝，不爱喝就不喝，完全
　　　　听我自己的。

毕斯托尔　那么你来，桃儿姑娘；我就向你进攻。

桃　儿　向我进攻！我瞧不起你，你这下流的家伙！嘿！你这穷鬼、贱奴、骗子，
　　　　没有衬衫的光棍！滚开，你这倒霉的无赖！滚开！我是你主人嘴里的肉，你
　　　　不要发昏吧。

毕斯托尔　我认识你就是啦，桃儿姑娘。

桃　儿　滚开，你这扒手！你这醃臢的小贼，滚开！凭着这一杯酒发誓，要是你
　　　　敢对我放肆无礼，我要把我的刀子插进你那倒霉的嘴巴里去。滚开，你这酒
　　　　鬼！你这耍刀弄剑的老江湖骗子，你！从什么时候起你学会这么威风的，大
　　　　爷？天晓得，肩膀上又添了两根带子了，真了不起！

毕斯托尔　我要撕碎你的破领子，上帝不让我活命！

福斯塔夫　别闹了，毕斯托尔，我不准你在这儿闹事。离开我们，毕斯托尔。

桂　嫂　不，好毕斯托尔队长；不要在这儿闹事，好队长。

桃　儿　队长！你这可恶的该死的骗子！你好意思听人家叫你队长吗？队长们要
　　　　是都和我一样的心，他们一定会用军棍把你打出队伍，因为你胆敢冒用他们
　　　　的称呼。你是个队长，你这奴才！你立下什么功劳，做起队长来啦？因为你
　　　　在酒店里扯碎一个可怜的妓女的破领子吗？他是个队长！哼，恶棍！他是靠
　　　　着发霉的煮熟梅子和干面饽饽过活的。一个队长！天哪，这些坏人们是会把
　　　　队长两个字变成和"干事"一样难听。"干事"原来也是正正经经的话，后
　　　　来全让人给用臭了。队长们可得留意点儿才是。

巴道夫　请你下去吧，好旗官。

福斯塔夫　你过来听我说，桃儿姑娘。

毕斯托尔　我不下去；我告诉你吧，巴道夫伍长，我可以把她撕成片片。我一定
　　　　要向她复仇。

侍　童　请你下去吧。

毕斯托尔　我要先看她掉下地狱里去，到那阴司的寒冰湖里，叫她尝尝各种毒刑
　　　　的滋味。抓紧鱼钩和线，我说。下去吧，下去吧，畜生们；下去吧，命运。
　　　　希琳难道不在这儿吗？

236

桂　嫂　好毕斯托尔队长，不要闹；天色已经很晚啦，请您消一消您的怒气吧。

毕斯托尔　好大的脾气，哼！日行三十英里的下乘驽马，都要自命为恺撒、坎尼保①
　　和特洛亚的希腊人了吗？还是让看守地狱的三头恶狗把它们咬死了吧。我们
　　必须为了那些无聊的东西而动武吗？

桂　嫂　真的，队长，您太言重啦。

巴道夫　去吧，好旗官；这样下去准会闹出一场乱子来的。

毕斯托尔　让人们像狗一般死去！让王冠像别针一般可以随便送人！难道希琳不
　　在这儿吗？

桂　嫂　不瞒您说，队长，这儿实在没有这么一个人。真有的话！您想我会不放
　　她进来吗？看在上帝的面上，静一静吧！

毕斯托尔　那么吃吃喝喝，把你自己养得胖胖的，我的好人儿。来，给我点儿酒。
　　"人生不得意，借酒且浇愁。"怕什么排阵的大炮？不，让魔鬼向我们开火吧。
　　给我点儿酒；心肝宝剑，你躺在这儿吧。（将剑放下）事情就这样完了，没有
　　下文吗？

福斯塔夫　毕斯托尔，我看你还是安静点儿吧。

毕斯托尔　亲爱的骑士，我吻你的拳头。嘿！咱们是见过北斗七星的呢。

桃　儿　为了上帝的缘故，把他丢到楼底下去吧！我受不了这种说大话的恶棍。

毕斯托尔　"把他丢到楼底下去！"这小马好大的威风！

福斯塔夫　巴道夫，像滚铜子儿一般把他推下去吧。哼，要是他一味胡说八道，
　　咱们这儿可容不得他。

巴道夫　来，下去下去。

毕斯托尔　什么！咱们非动武不可吗？非流血不可吗？（将剑攫入手中）那么愿死神
　　摇着我安眠，缩短我的悲哀的生命吧！让伤心惨目的创伤解脱命运女神的束
　　缚！来吧，阿特洛波斯②！

桂　嫂　事情闹得越来越大啦！

福斯塔夫　把我的剑给我，孩子。

桃　儿　我求求你，杰克，我求求你，不要拔出剑来。

---

①　毕斯托尔误将罗马大将汉尼拔说成坎尼保，意思变成了"吃人者"。

②　阿特洛波斯，希腊神话中三命运女神之一。

福斯塔夫　给我滚下去。（拔剑）

桂　嫂　好大的一场乱子！我从此以后，再不开什么酒店啦，这样的惊吓我可受
　　　　不了。这一回准要弄出人命来。唉！唉！收起你们的家伙，收起你们的家伙
　　　　吧！（巴道夫、毕斯托尔下）

桃　儿　我求求你，杰克，安静下来吧；那坏东西已经去了。啊！你这婊子生的
　　　　勇敢的小杂种，你！

桂　嫂　您那大腿弯儿里有没有受伤？我好像看见他向您的肚子下面戳了一剑。

　　　　【巴道夫重上。

福斯塔夫　你把他撵到门外去没有？

巴道夫　是，爵爷；那家伙喝醉了。您伤了他的肩部，爵爷。

福斯塔夫　混账东西，当着我面撒起野来！

桃　儿　啊，你这可爱的小流氓，你！唉，可怜的猴子，你流多少汗哪！来，让
　　　　我替你擦干了脸；来呀，你这婊子生的。啊，坏东西！真的，我爱你。你就
　　　　像特洛亚的赫克托尔一般勇敢，抵得上五个阿伽门农，比九大伟人还要胜过
　　　　十倍。啊，坏东西！

福斯塔夫　混账的奴才！我要把他裹在毯子里抛出去。

桃　儿　好的，要是你有这样的胆量；你要是把他裹在毯子里抛出去，我就把你
　　　　裹在被子里卷起来。

　　　　【乐队上。

侍　童　乐队来了，爵爷。

福斯塔夫　叫他们奏起来。列位，奏起来吧。坐在我的膝盖上，桃儿。好一个说
　　　　大话的混账奴才！这恶贼见了我逃得就像水银一般快。

桃　儿　真的，你追赶他却像一座教堂一般动都不动。你这婊子生的漂亮的小野
　　　　猪，什么时候你才白天不吵架，晚上不使剑，收拾起你的老皮囊来归天去呢？

　　　　【亲王及波因斯乔装酒保自后上。

福斯塔夫　闭嘴，好桃儿！不要讲这种丧气话，不要向我提醒我的结局。

桃　儿　喂，那亲王是怎么一副脾气？

福斯塔夫　一个浅薄无聊的好小子；叫他在伙食房里当当差倒很不错，他一定会
　　　　把面包切得好好的。

桃　儿　他们说波因斯有很好的才情。

238

福斯塔夫　他有很好的才情！哼，这猴子！他的才情有一粒芥末子那么大呢。要是他会思想，一根木棒也会思想了。

桃　儿　那么亲王为什么这样喜欢他呢？

福斯塔夫　因为他们两人的腿长得一般粗细；他掷得一手好铁环儿；他爱吃鳗鱼和茴香；他会玩吞火龙的戏法；他会跟孩子们踏跷跷板；他会跳凳子；他会发漂亮的誓；他的靴子擦得很亮，好像替他的腿做招牌似的；讲起那些不雅的故事来，他总是津津不倦；诸如此类的玩意儿，都是他的看家本领，它们表现着一颗孱弱的心灵和一副强壮的身手，因为亲王也正是这样一个人，所以才把他引为同调。把他们两人放在天平上称起来，正是一个半斤，一个八两。

亲　王　这家伙想要叫人家割掉他的耳朵吗？

波因斯　咱们当着他那婊子的面揍他一顿吧。

亲　王　瞧这老头儿心痒难熬，把他的头发都搔得像鹦鹉头上的羽毛似的根根直竖了。

波因斯　一个已经多年不行此道的人，情欲还这样旺盛，这不是很奇怪的事吗？

福斯塔夫　吻我，桃儿。

亲　王　今年土星和金星①双星聚会！历书上怎么说？

波因斯　你看，侍候他的那个火光腾腾的红鼻子的第三颗行星也在跟主人的心腹、记事本和老鸨子说知心话呢。

福斯塔夫　你这样吻我，真使我受宠若惊了。

桃　儿　凭着我的良心发誓，我是用一颗不变的真心吻你的。

福斯塔夫　我老了，我老了。

桃　儿　我爱你胜过无论哪一个没出息的毛头小子。

福斯塔夫　你要用什么料子做裙子？我星期四就可以拿到钱，明天就给你买一顶帽子。唱一支快乐的歌儿！来，天已经很晚，咱们可以上床了。我走了以后，你会忘记我的。

桃　儿　凭着我的良心发誓，你要是说这样的话，我可要哭啦。在你没有回来以前，你瞧我会不会打扮得整整齐齐的。好，咱们日久见人心。

福斯塔夫　拿点儿酒来，弗兰西斯！

---

① 古代认为是相距最远的两颗行星。

亲王、波因斯 （上前）就来，就来，先生。

福斯塔夫 嘿！一个当今王上的私生子？你不是波因斯的兄弟吗？

亲　王 哼，你这满载着罪恶的地球！你在过着什么样的一种生活呀！

福斯塔夫 比你好一点儿；我是个绅士，你是个酒保。

亲　王 好一个绅士！我要揪住你的耳朵拉你出去。

桂　嫂 啊！上帝保佑殿下！凭着我的良心发誓，欢迎你回到伦敦来。上帝祝福你那可爱的小脸儿！耶稣啊！您是从威尔士来的吗？

福斯塔夫 你这下流的疯王子，凭着这一块轻狂淫污的血肉，（指桃儿）我欢迎你。

桃　儿 怎么，你这胖傻瓜！你是什么东西？

波因斯 殿下，要是您不趁此教训他一顿，他会用一副嬉皮笑脸把您的火气消下去，把一切变成一场玩笑的。

亲　王 你这下流的烛油矿，你，你胆敢当着这一位贞洁贤淑、温柔文雅的姑娘面前把我信口滥骂！

桂　嫂 祝福您的好心肠！凭着我的良心发誓，她真的是一位好姑娘哩。

福斯塔夫 我的话都给你听见了吗？

亲　王 是的，而且正像你在盖兹山下逃走的时候一样，你明明知道我在你的背后，却故意用这种话惹我生气。

福斯塔夫 不，不，不，不是这样；我没想到你会听见我的话。

亲　王 那么我要叫你承认存心把我侮辱，我知道怎样处置你。

福斯塔夫 凭着我的荣誉起誓，哈尔，一点没有侮辱的意思，一点没有侮辱的意思。

亲　王 用不堪入耳的话诽谤我，说我是个伙食房里的听差，切面包的侍者，以及诸如此类的谩骂，这还不算侮辱吗？

福斯塔夫 不是侮辱，哈尔。

波因斯 不是侮辱！

福斯塔夫 不是侮辱，奈德；一点也没有侮辱的意思，好奈德。我当着恶人的面前诽谤他，为的是不让那些恶人爱上他，这是尽我一个关切的朋友和忠心的臣下的本分，你的父亲应该因此而感谢我的。不是侮辱，哈尔；不是侮辱，奈德，一点没有侮辱的意思；不，真的，孩子们，一点也没有侮辱的意思。

亲　王 瞧，恐惧和怯懦不是使你为了取得我们的谅解，竟把这位贤淑的姑娘都任意侮蔑起来了吗？难道她也是个恶人吗？难道你这位店主太太也是个恶人吗？你的童儿也是个恶人吗？正直的巴道夫，他的一片赤心在他的鼻子上发着红光，难道他也是个恶人吗？

波因斯　回答吧，你这枯树，回答吧。

福斯塔夫　魔鬼已经选中巴道夫，再也没法挽回了；他的脸是路锡福的私厨，他专爱在那儿烤酒鬼吃。讲到那童儿，他的身边本有一个善良的天使，可是魔鬼也已经出高价把他收买去了。

亲　王　那么这两个女人呢？

福斯塔夫　一个已经在地狱里了，用她的孽火燃烧可怜的灵魂。还有一个我欠着她钱，不知道她会不会因此下地狱。

桂　嫂　不会，您放心吧。

福斯塔夫　不，我想你不会的；我想你干了这件好事，一定可以升入天堂。呃，可是你还有一个罪名，就是违法犯禁，让人家在你屋子里吃肉；为了这一件罪恶，我想你还是免不了要在地狱里号啕痛哭。

桂　嫂　哪一家酒店菜馆不卖肉？四旬斋的时候吃一两片羊肉，又有什么关系？

亲　王　你，姑娘——

桃　儿　殿下怎么说？

福斯塔夫　这位殿下嘴里所说的话，都是跟他肉体上的冲动相反的。（内敲门声）

桂　嫂　谁在那儿把门打得这么响？到门口瞧瞧去，弗兰西斯。

　　　　【皮多上。

亲　王　皮多，怎么啦！有什么消息？

皮　多　您的父王在威斯敏斯特；那边有二十个精疲力竭的急使刚从北方到来；我一路走来的时候，碰见十来个军官光着头，满脸流汗，敲着一家家酒店的门，逢人打听约翰·福斯塔夫的所在。

亲　王　天哪，波因斯，骚乱的狂飙像一阵南方的恶风似的挟着黑雾而来，已经开始降在我们毫无防御的头上了，我真不该这样无聊地浪费着宝贵的时间。把我的剑和外套给我。福斯塔夫，晚安！（亲王、波因斯、皮多及巴道夫同下）

福斯塔夫　现在正是一夜中间最可爱的一段时光，我们却必须辜负这大好的千金一刻。（内敲门声）又有人打门啦！

　　　　【巴道夫重上。

福斯塔夫　啊！什么事？

巴道夫　　爵爷，您必须赶快上宫里去；十几个军官在门口等着您哩。

福斯塔夫　　（向侍童）小子，把乐工们的赏钱发了。再会，老板娘；再会，桃儿！你们瞧，我的好姑娘们，一个有本领的人是怎样的被人所求；庸庸碌碌的家伙可以安心睡觉，干事业的人却连打瞌睡的工夫也没有。再会，好姑娘们。要是他们不叫我马上出发，我在动身以前还会来瞧你们一次的。

桃　儿　　我话都说不出来啦；要是我的心不会立刻碎裂——好，亲爱的杰克，你自己保重吧。

福斯塔夫　　再会，再会！（福斯塔夫及巴道夫下）

桂　嫂　　好，再会吧；到了今年豌豆生荚的时候，我跟你算来也认识了二十九个年头啦；可是比你更老实，更真心的汉子——算了，再会吧！

巴道夫　　（在内）桃儿姑娘！

桂　嫂　　什么事？

巴道夫　　（在内）叫桃儿姑娘出来见我的主人。

桂　嫂　　啊！快跑，桃儿，快跑；快跑，好桃儿。（各下）

第三幕

第一场　威斯敏斯特。宫中一室

【亨利王披寝衣率侍童上。

亨利王　你去叫萨立伯爵和华列克伯爵来；在他们未来之前，先叫他们把这封信读一读，仔细考虑一下。快去。（侍童下）我的几千个最贫贱的人民正在这时候酣然熟睡！睡眠啊！柔和的睡眠啊！大自然的温情的保姆，我怎样惊吓了你，你才不愿再替我闭上我的眼皮，把我的感觉沉浸在忘河之中？为什么，睡眠，你宁愿栖身在烟熏的茅屋里，在不舒适的草堆上伸展你的肢体，让嗡嗡作声的蚊虫催着你入梦，却不愿偃息在香雾氤氲的王侯的深宫之中，在华贵的宝帐之下，让最甜美的乐声把你陶醉？啊，你冥漠的神灵！为什么你在污秽的床上和下贱的愚民同寝，却让国王的卧榻变成一个表盒子或是告变的警钟？在巍峨高耸惊心眩目的桅杆上，你不是会使年轻的水手闭上他的眼睛吗？当天风海浪做他的摇篮，那巨大的浪头被风卷上高高的云端，发出震耳欲聋的喧声，即使死神也会被它从睡梦中惊醒的时候。啊，偏心的睡眠！你能够在那样惊险的时候，把你的安息给予一个风吹浪打的水手，可是在最宁静安谧的晚间，最温暖舒适的环境之中，你不让一个国王享受你的厚惠吗？那么，幸福的卑贱者啊，安睡吧！戴王冠的头是不能安于他的枕席的。

【华列克及萨立上。

华列克　陛下早安！

亨利王　现在是早上了吗，两位贤卿？

华列克　已经敲过一点钟了。

亨利王　啊，那么早安，两位贤卿。你们读过我给你们的信没有？

华列克　我们读过了，陛下。

亨利王　那么你们已经知道我们国内的情形是多么恶劣；这一个王国正在害着多么危险的疾病，那毒气已经逼近它的心脏了。

华列克　它正像一个有病之身，只要遵从医生的劝告，调养得宜，略进药饵，就可以恢复原来的健康。诺森伯兰伯爵虽然参加逆谋，可是他的热度不久就会冷下来的。

亨利王　上帝啊！要是一个人可以展读命运的秘籍，预知时序的变迁那将会使高山夷为平地，使大陆化为沧海！要是他知道时间同样会使环绕大洋的沙滩成为一条宽大的带子，束不紧海神清瘦的腰身！要是他知道机会将要怎样把人玩弄，生命之杯里满注着多少不同的酒液！啊！要是这一切能够预先见到，当他遍阅他自己的一生经历，知道他过去有过什么艰险，将来又要遭遇什么挫折，一个最幸福的青年也会阖上这一本书卷，坐下来安心等死的。不到十年以前，理查和诺森伯兰还是一对很好的朋友，常常在一起饮宴，可两年以后，他们就以兵戎相见；仅仅八年之前，这潘西还是我最亲密的心腹，像一个兄弟一般为我尽瘁效劳，把他的忠爱和生命呈献在我的足下，为了我的缘故，甚至于当着理查的面前向他公然反抗。可是那时候你们两人中间哪一个在场？（向华列克）你，纳维尔贤卿，我记得是你。理查受到诺森伯兰的责骂以后，他含着满眶的眼泪，曾经说过这样的话，现在他的预言已经证实了，"诺森伯兰，"他说，"你是一道阶梯，我的族弟波林勃洛克凭着你爬上我的王座；"虽然那时候上帝知道，我实在没有那样的存心，可是形势上的必要使我不得不接受这一个尊荣的地位。"总有一天，"他接着说，"总有一天卑劣的罪恶将会化脓而溃烂。"这样他继续说下去，预言着今天的局面和我们两人友谊的破裂。

华列克　各人的生命中都有一段历史，观察他以往的行为的性质，便可以用近似的猜测，预断他此后的变化。那变化的萌芽虽然尚未显露，却已经潜伏在它的胚胎之中。凭着这一种观察的方式，理查王也许可以做一个完全正确的推测，因为诺森伯兰既然在那时不忠于他，那奸诈的种子也许会长成更大的奸诈，而您就是他移植他的奸诈的一块仅有的地面。

亨利王　那么这些事实都是必然的吗？让我们就用无畏的态度面对这些必然的事

实吧。他们说那主教和诺森伯兰一共有五万兵力。

华列克　不会的，陛下！谣言会把人们所恐惧的敌方兵力增加一倍，正像回声会把一句话化成两句一样。请陛下还是去安睡一会儿吧。凭着我的灵魂起誓，陛下，您已经派出去的军队，一定可以不费力地克奏肤功。我再向陛下报告一个好消息，我已经得到确讯，葛兰道厄死了。陛下这两星期来御体违和，总是深夜不睡，对于您的病体是很有妨害的。

亨利王　我愿意听从你的劝告。要是这些内战能够平定下来，两位贤卿，我们就可以远征圣地了。（同下）

第二场　葛罗斯特郡。夏禄法官住宅前庭院

【夏禄及赛伦斯自相对方向上；霉老儿、影子、肉瘤、弱汉、小公牛及众仆等随后。

夏　禄　来，来，来，兄弟；把您的手给我，兄弟，把您的手给我，兄弟。凭着十字架起誓，您起来得真早！我的赛伦斯贤弟，近来好吗？

赛伦斯　早安，夏禄老兄。

夏　禄　我那位贤弟妇，您的夫人好吗？您那位漂亮的千金也就是我的干女儿爱伦好吗？

赛伦斯　唉！一只小鸟雀儿，夏禄老兄！

夏　禄　一定的，兄弟，我敢说我的威廉侄儿是个很有学问的人啦。他还是在牛津，不是吗？

赛伦斯　正是，老哥，我在他身上花的钱可不少哪。

夏　禄　那么他一定快要进法学院了。我从前是在克里门学院的，我想他们现在还在那边讲起疯狂的夏禄呢。

赛伦斯　那时候他们是叫您"浪子夏禄"的，老哥。

夏　禄　老实说，我什么绰号都被他们叫过；真的，我哪一件事情不敢干？而且要干就要干得痛快。那时候一个是我，一个是史泰福郡的小约翰·杜易特，一个是黑乔治·巴恩斯，一个是弗兰西斯·匹克篷，还有一个是考兹华德的威尔·斯奎尔，你在所有的法学院里再也找不出这么四个胡闹的朋友来。我可以告诉你，我们知道什么地方有花姑娘，最好的几个都是给我们包定了的。

现在已经成为约翰爵士的杰克·福斯塔夫，那时候还只是一个孩子，在诺福克公爵托马斯·毛勃雷的身边当一名侍童。

赛伦斯　这一位约翰爵士，老哥，就是要到这儿来接洽招兵事情的那个人吗？

夏　禄　正是这个约翰爵士，就是他。我看见他在学院门前打破了史谷根的头，那时候他还是个不满这么高的小顽皮鬼哩；就在那一天，我在葛雷学院的后门跟一个卖水果的参孙·斯多克菲希打架。耶稣！耶稣！我从前过的是多么疯狂的日子！多少的老朋友我亲眼看见他们一个个地死了啦！

赛伦斯　我们大家都要跟上去的，老哥。

夏　禄　正是，一点儿不错；对得很，对得很。正像写诗篇的人说的，人生不免一死，大家都要死的。两头好公牛在斯丹福市集上可以卖多少钱？

赛伦斯　不骗您，老哥，我没有到过那儿。

夏　禄　死是免不了的。贵镇上的老德勃尔现在还活着吗？

赛伦斯　死了，老哥。

夏　禄　耶稣！耶稣！死了！他拉得一手好弓；死了！他射得一手好箭。约翰·冈特非常喜欢他，曾经在他头上下过不少赌注。死了！他能在二百四十步以外射中红心，瞧着才叫人佩服哩。二十头母羊现在要卖多少钱？

赛伦斯　要看情形而定，二十头好母羊也许可以值十镑钱。

夏　禄　老德勃尔死了吗？

赛伦斯　这儿来了两个人，我想是约翰·福斯塔夫爵士差来的。

　　　　【巴道夫及另一人上。

巴道夫　早安，两位正直的绅士；请问哪一位是夏禄法官？

夏　禄　我就是罗伯特·夏禄，本郡一个卑微的乡绅，忝任治安法官之职；尊驾有什么见教？

巴道夫　先生，咱们队长向您致意；咱们队长约翰·福斯塔夫爵士，凭着上天起誓，是个善战的绅士，最勇敢的领袖。

夏　禄　有劳他的下问。我知道他是一位用哨棒的好手。这位好骑士安好吗？我可以问问他的夫人安好吗？

巴道夫　先生，请您原谅，军人志不在家室。

夏　禄　您说得很好，真的，说得很好。"志不在家室！"好得很；真的，那很好；名言佳句，总是值得赞美的。"志不在家室"这是有出典的，称得起是一句名言。

246

巴道夫　恕我直言，先生。我这话也是听来的。您管它叫"名言"吗？老实讲，我不懂得什么名言；可是我要凭我的剑证明那是合乎军人身份的话，是很正确的指挥号令的话。"家室"——这就是说，一个人有了家室，或者不妨认为他有了家室，反正怎么都挺好。

夏　禄　说得很对。

　　　　　　【福斯塔夫上。

夏　禄　瞧，好约翰爵士来啦。把您的尊手给我，把您的尊手给我。不说假话，您的脸色很好，一点不显得苍老。欢迎，好约翰爵士。

福斯塔夫　我很高兴看见您安好，好罗伯特·夏禄先生。这一位是修尔卡德先生吧？

夏　禄　不，约翰爵士；他是我的表弟赛伦斯，也是我的同僚。

福斯塔夫　好赛伦斯先生，失敬失敬，您做治安工作再好不过了。

赛伦斯　贵人光临，欢迎得很。

福斯塔夫　哎呀！这天气好热，两位先生。你们替我找到五六个壮丁没有？

夏　禄　呃，找到了，爵士。您请坐吧。

福斯塔夫　请您让我瞧瞧他们。

夏　禄　名单呢？名单呢？名单呢？让我看，让我看，让我看。嗨，嗨，嗨，嗨，嗨，嗨，嗨；好。拉尔夫·霉老儿！我叫到谁的名字谁就出来，叫到谁的名字谁就出来。让我看，霉老儿在哪里？

霉老儿　有，老爷。

夏　禄　您看怎么样，约翰爵士？一个手脚粗健的汉子；年轻力壮，他的亲友都很靠得住。

福斯塔夫　你的名字就叫霉老儿吗？

霉老儿　回老爷，正是。

福斯塔夫　那么你应该多让人家用用才是。

夏　禄　哈哈哈！好极了！真的！不常用的东西容易发霉；妙不可言。您说得真妙，约翰爵士；说得好极了。

福斯塔夫　取了他。

霉老儿　我已经当过几次兵了，您开开恩，放了我吧。我一去之后，再没有人替我的老娘当家干活了，叫她怎么过日子？您不用取我；比我更掮得起枪杆的人多着呢。

福斯塔夫　得啦，吵些什么，霉老儿！你必须去。也该叫你伸伸腿了。

霉老儿　伸伸腿？

夏　禄　别闹，家伙，别闹！站在一旁。你知道你在什么地方吗？还有几个，约
　　　翰爵士，让我看。影子西蒙！

福斯塔夫　好，他可以让我坐着避避太阳。只怕他当起兵来也是冷冰冰的。

夏　禄　影子在哪里？

影　子　有，老爷。

福斯塔夫　影子，你是什么人的儿子？

影　子　我的母亲的儿子，老爷。

福斯塔夫　你的母亲的儿子！那倒还是事实，而且你是你父亲的影子；女人的儿
　　　子是男人的影子，实在的情形往往是这样的，儿子不过是一个影子，在他身
　　　上找不出他父亲的本质。

夏　禄　您喜欢他吗，约翰爵士？

福斯塔夫　影子在夏天很有用处；取了他，因为在我们的兵员册子上，有不少影
　　　子充着数哩。

夏　禄　肉瘤托马斯！

福斯塔夫　他在哪儿？

肉　瘤　有，老爷。

福斯塔夫　你的名字叫肉瘤吗？

肉　瘤　是，老爷。

福斯塔夫　你是一个很难看的肉瘤。

夏　禄　要不要取他，约翰爵士？

福斯塔夫　不用；队伍里放着像他这样的人，是会有损军容的。

夏　禄　哈哈哈！您说得很好，爵士；您说得很好，佩服，佩服。弱汉弗兰西斯！

弱　汉　有，老爷。

福斯塔夫　你是做什么生意的，弱汉？

弱　汉　女服裁缝，老爷。

夏　禄　要不要取他，爵士？

福斯塔夫　也好。可是他要是个男装裁缝，早就自动找上门来了。你会不会在敌
　　　人的身上戳满窟窿，正像你在一条女裙上所刺的针孔那么多？

弱　汉　我愿意尽我的力，老爷。

福斯塔夫　说得好，好女服裁缝！说得好，勇敢的弱汉！你将要像暴怒的鸽子或是最雄伟的小鼠一般勇猛。把这女服裁缝取了；好，夏禄先生。把他务必取上，夏禄先生。

弱　汉　老爷，我希望您也让肉瘤去吧。

福斯塔夫　我希望你是一个男人的裁缝，可以把他修改得像样点儿。现在他带着臭虫的队伍已经上千上万了，哪里还能派作普通士兵呢？就这样算了吧，勇气勃勃的弱汉！

弱　汉　好吧，算了，老爷！

福斯塔夫　我领情了，可敬的弱汉。底下该谁了？

夏　禄　小公牛彼得！

福斯塔夫　好，让我们瞧瞧小公牛。

小公牛　有，老爷。

福斯塔夫　凭着上帝起誓，好一个汉子！来，把小公牛取了，瞧他会不会叫起来。

小公牛　主啊！我的好队长爷爷——

福斯塔夫　什么！我们还没有牵着你走，你就叫起来了吗？

小公牛　哎哟，老爷！我是一个有病的人。

福斯塔夫　你有什么病？

小公牛　一场倒霉的伤风，老爷，还带着咳嗽。就是在国王加冕那天我去打钟的时候得的，老爷。

福斯塔夫　来，你上战场的时候披上一件袍子就得了；我们一定会把你的伤风赶走。我可以想办法叫你的朋友们给你打钟。全都齐了吗？

夏　禄　这儿已经比您所需要的数目多两个人了，在我们这儿您只要取四个人就够啦，爵士；所以请您跟我进去用餐吧。

福斯塔夫　来，我愿意进去陪您喝杯酒儿，可是我没有时间等候用餐。我很高兴看见您，真的，夏禄先生。

夏　禄　啊，约翰爵士，您还记得我们睡在圣乔治乡下的风车里那一晚吗？

福斯塔夫　别提起那句话了，好夏禄先生，别提起那句话了。

夏　禄　哈！那真是一个有趣的晚上。那个琴·耐特渥克姑娘还活着吗？

福斯塔夫　她还活着，夏禄先生。

夏　禄　她总是想撵我走，可就是办不到。

福斯塔夫　哦，哦，她老是说她受不了夏禄先生的轻薄。

夏　禄　真的，我会逗得她发起怒来。那时候她是一个花姑娘。现在怎么样啦？

福斯塔夫　老了，老了，夏禄先生。

夏　禄　哦，她一定老了；她不能不老，她当然要老的；她跟她的前夫生下罗宾的时候，我还没有进克里门学院哩。

赛伦斯　那是五十五年以前的事了。

夏　禄　哈！赛伦斯兄弟，你才想不到这位骑士跟我当时所经历过的种种事情哩。哈！约翰爵士，我说得对吗？

福斯塔夫　我们曾经听过半夜的钟声，夏禄先生。

夏　禄　正是，正是，正是；真的，约翰爵士，我们曾经听过半夜的钟声。我们的口号是"哼，孩子们！"来，我们用餐去吧；来，我们用餐去吧。耶稣，我们从前过的是些什么日子！来，来。（福斯塔夫、夏禄、赛伦斯同下）

小公牛　好巴道夫伍长大爷，帮帮忙，我送您这四个十先令的法国克朗。不瞒您说，大爷，我宁愿给人吊死，大爷，也不愿去当兵；虽然拿我自己来说，大爷，我倒是满不在乎的；可是因为想着总有些不大愿意，而且拿我自己来说，我也很想跟我的亲友们住在一块儿；要不然的话，大爷，拿我自己来说，我倒是不大在乎的。

巴道夫　好，站在一旁。

霉老儿　好伍长爷爷，看在我那老娘的面上，帮帮忙吧；我一去以后，再也没有人替她做事了；她年纪这么老，一个人怎么过得了日子？我也送给您四十先令，大爷。

巴道夫　好，站在一旁。

弱　汉　凭良心说，我倒并不在乎；死了一次不死第二次，我们谁都欠着上帝一条命。我决不存那种卑劣的心思；死也好，活也好，一切都是命中注定。为王上效劳是每一个人的天职；无论如何，今年死了明年总不会再死。

巴道夫　说得好；你是个好汉子。

弱　汉　真的，我可不存那种卑劣的心思。

　　　　【福斯塔夫及二法官重上。

福斯塔夫　来，先生，我应该带哪几个人去？

夏　禄　四个，您可以随意选择。

巴道夫　（向福斯塔夫）爵爷，跟您说句话。我已经从霉老儿和小公牛那里拿到三镑钱，他们希望您把他们放走。

福斯塔夫　（向巴道夫）好的。

夏　禄　来，约翰爵士，您要哪四个人？

福斯塔夫　您替我选吧。

夏　禄　好，那么，霉老儿，小公牛，弱汉，影子。

福斯塔夫　霉老儿，小公牛，你们两人听着：你，霉老儿，好好住在家里，等过了兵役年龄再说吧；你，小公牛，等你长大起来，够得上兵役年龄的时候再来吧；我不要你们。

夏　禄　约翰爵士，约翰爵士，您别弄错了；他们是您的最适当的兵丁，我希望您手下都是些最好的汉子。

福斯塔夫　夏禄先生，您要告诉我怎样选择一个兵士吗？我会注意那些粗壮的手脚、结实的肌肉、高大的身材、雄伟的躯干和一副庞然巨物的外表吗？我要的是精神，夏禄先生。这儿是肉瘤，您瞧他的样子多么寒碜；可是他向你攻击起来，就会像锡镴匠的锤子一般敏捷，一来一往，比辘轳上的吊桶还快许多。还有这个阴阳怪气的家伙，影子，我要的正是这样的人；他不会被敌人认作目标，敌人再也瞄不准他，正像他们瞄不准一柄裁纸刀的锋口一般。要是在退却的时候，那么这女服裁缝弱汉逃起来一定是多么迅速！啊！给我那些瘦弱的人，我不要高大的汉子。拿一杆枪给肉瘤，巴道夫。

巴道夫　拿着，肉瘤，冲上去；这样，这样，这样。

福斯塔夫　来，把你的枪拿好了。嗯，很好，很好，好得很。啊，给我一个瘦小苍老、皱皮秃发的射手，这才是我所需要的。说得好，真的，肉瘤；你是个好家伙，拿着，这是赏给你的六便士。

夏　禄　他不懂得拿枪的技术，他的姿势完全不对。我记得我在克里门学院的时候，在迈伦德草场上——那时我在亚瑟王的戏剧里扮演着窦谷纳特爵士——有一个小巧活泼的家伙，他会这样举起他的枪，走到这儿，走到那儿；他会这样冲过去，冲过去，嘴里嚷着"啦嗒嗒，砰！砰！"一下子他又去了，一下子他又来了；我再也看不到像他这样一个家伙。

福斯塔夫　这几个人很不错，夏禄先生。上帝保佑您，赛伦斯先生，我知道您不爱说话，所以也不跟您多说了。再会，两位绅士；我谢谢你们；今晚我还要赶十二英里路呢。巴道夫，把军衣发给这几个兵士。

夏　禄　约翰爵士，上帝祝福您，帮助您得胜荣归！上帝赐给我们和平！您回来的时候，请到我们家里来玩玩，重温我们旧日的交情；也许我会跟着您一起上一趟宫廷哩。

福斯塔夫　但愿如此，夏禄先生。

夏　禄　好，那么一言为定。上帝保佑您！

福斯塔夫　再会，善良的绅士们！（夏禄、赛伦斯下）巴道夫，带着这些兵士们前进。（巴道夫及新兵等同下）我回来的时候，一定要把这两个法官收拾一下；我已经看透了这个夏禄法官。主啊，主啊！我们有年纪的人多么容易犯这种说谎的罪恶。这个干瘦的法官一味向我夸称他年轻时候的放荡，每三个字里头就有一个是说谎的，送到人耳朵里比给土耳其苏丹纳贡还要快。我记得他在克里门学院的时候，他的样子活像一个晚餐以后用干酪削成的人形；要是脱光了衣服，他简直是一根有丫杈的萝卜，上面安着一颗用刀子刻的稀奇古怪的头颅。他瘦弱得那样厉害，眼睛近视的人简直瞧不见他的形状。他简直是个饿鬼，可是像猴子一般贪淫。在时髦的事情上他样样落伍；他把从车夫们嘴里学来的歌曲唱给那些老吃鞭子的婆婆奶奶们听，发誓说那是他所中意的曲子。现在这一柄小丑手里的短剑却做起乡绅来了，他提起约翰·冈特，亲密得好像是他的把兄弟一般；我可以发誓说他只在比武场上见过他一次，而且那时候他因为在司礼官的卫士身边挤来挤去，还被他们打破了头哩。我亲眼看见的，还和约翰·冈特说他尽管瘦也还是赶不上夏禄，因为你可以把他连衣服带身体一起塞进一条鳗鲡皮里；一管高音笛的套子对于他就是一所大厦、一座宫殿；现在他居然有田有地，牛羊成群了。好，要是我万一回来，我要跟他结识结识；我要叫他成为我的点金石。既然大鱼可以吞食小鱼，按照自然界的法则，我想不出为什么我不应该抽他几分油水。让时间安排一切吧，我就言止于此。（下）

252

第四幕

第一场　约克郡一森林

【约克大主教，毛勃雷、海司丁斯及余人等上。

约　　克　这座森林叫什么名字？

海司丁斯　这是高尔特里森林，大主教。

约　　克　各位贵爵，让我们就在这儿站住，打发几个探子去探听我们敌人的数目。

海司丁斯　我们早已叫人探听去了。

约　　克　那很好。我的共襄大举的朋友和同志们，我必须告诉你们我已经接到诺
　　　　　森伯兰新近寄出的信，那语气十分冷淡，大意是这样说的：他希望他能够征
　　　　　集一支实力强大的军队，亲自带领到我们这儿来；可是这目的并不能达到，
　　　　　所以他已经退避到苏格兰去，在那里待机而动；最后他诚心祈祷我们能够突
　　　　　破一切危险和敌人的可怕的阻力，实现我们的企图。

毛勃雷　这样说来，我们寄托在他身上的希望，已经破灭了。

　　　　　　　【一使者上。

海司丁斯　有什么消息？

使　　者　在这森林之西不满一英里路以外，军容严整的敌人正在向前推进；根据
　　　　　他们全军所占有的地面计算，我推测他们的人数大约在三万左右。

毛勃雷　那正是我们所估计的数目。让我们迅速前进，和他们在战场上相见。

　　　　　　【威斯摩兰上。

约　　克　哪一位高贵的使臣访问我们来了？

毛勃雷　我想那是威斯摩兰伯爵。

威斯摩兰　我们的主帅兰开斯特公爵约翰王子敬问你们各位安好。

约　克　威斯摩兰伯爵，请您和平地告诉我们您的来意。

威斯摩兰　那么，大主教，我要把您作为我的发言的主要对象。要是叛乱不脱它的本色，不过是一群乌合之众的暴动，在少数嗜杀好乱的少年领导之下，获得那些无赖贱民的拥护；要是它果然以这一种适合于它的本性的面目出现，那么您，可尊敬的神父，以及这几位尊贵的勋爵，绝对不会厕身于他们的行列，用你们的荣誉替卑劣残暴的叛徒丑类张目。您，大主教，您的职位是借着国内的和平而确立的，您的须髯曾经为和平所吹拂，您的学问文章都是受着和平的甄陶，您的白袍象征着纯洁、圣灵与和平的精神，为什么您现在停止您的优美的和平的宣讲，高呼着粗暴喧嚣的战争的口号，把经典换了甲胄，把墨水换了鲜血，把短笔换了长枪，把神圣的辩舌化成了战场上的号角？

约　克　为什么我要采取这样的行动？这是您对我所发的疑问。我的简单的答案是这样的：我们都是害着重病的人；过度的宴乐和荒淫已经使我们遍身像火烧一般发热，我们必须因此而流血；我们的前王理查就是因为染上这一种疾病而不治身亡的。可是，我的最尊贵的威斯摩兰伯爵，我并不以一个医生自任，虽然我现在置身在这些战士们的中间，我并不愿做一个和平的敌人；我的意思不过是暂时借恐怖的战争为手段，强迫被无度的纵乐所糜烂的身心得到一些合理的节制，对那开始扼止我们生命活力的障碍做一番彻底的扫除。再听我说得明白一些：我曾经仔细衡量过我们的武力所能造成的损害和我们自己所身受的损害，发现我们的怨愤比我们的过失更重。我们看见时势的潮流奔赴着哪一个方向，在环境的强力的挟持之下，我们不得不适应大势，离开我们平静安谧的本位。我们已经把我们的不满列为条款；在适当的时间，我们将要把它们公开宣布。这些条款在很久以前，我们曾想呈递给国王，但多方祈求仍不能邀蒙接受。当我们受到侮辱损害，准备申诉我们的怨苦的时候，我们总不能得到面谒国王的机会，而那些阻止我们看见他的人，也正就是给我们最大的侮辱与损害的人。新近过去的危机——它的用血写成的记忆还留着鲜明的印象——以及当前每一分钟所呈现的险象，使我们穿起了这些不合身的武装；我们不是要破坏和平，而是要确立一个名实相符的真正和平。

威斯摩兰　你们的请求什么时候曾经遭到拒绝？王上有什么对不起你们的地方？哪一个贵族曾经把你们排挤倾轧，使你们不得不用神圣的钤印，盖在这一本非法流血的叛逆的书册上，把暴动的残酷的锋刃当作了伸张正义的工具？

约　克　我要解除我的同胞民众在他们自己家国之内所忍受的痛苦与迫害。

威斯摩兰　这一种拯救是不需要的，而且那也不是您的责任。

毛勃雷　这是他，也是我们大家的责任，因为我们都是亲身感觉到往日的创伤，而现今的局面又在用高压的手段剥夺我们每个人的荣誉。

威斯摩兰　啊！我的好毛勃雷勋爵，您只要把这时代中所发生的种种不幸解释为事实上不可避免的结果，您就会说，您所受到的伤害，都是时势所造成，不是国王给予您的。可是照我看来，无论对于王上或是对于当前的时势，您个人都没有任何可以抱怨的理由。您的高贵而遗念尚新的令尊诺福克公爵的采地，不是已经全部归还您了吗？

毛勃雷　我的父亲从来不曾丧失过他的尊荣，有什么必须在我身上恢复的？当初先王对他十分爱重，可是为了不得已的原因把他放逐；那时亨利·波林勃洛克和他都已经跃马横枪，顶盔披甲，他们的眼睛里放射着火光，高声吹响的喇叭催召他们交锋，什么都不能阻止我的父亲把枪尖刺进波林勃洛克的胸中；啊！就在那时候，先王掷下了他的御杖，他自己的生命也就在这一掷之中轻轻断送；他不但抛掷了自己的生命，无数的生命也相继在波林勃洛克的暴力之下牺牲。

威斯摩兰　毛勃雷勋爵，您现在都不知道自己在说些什么了。海瑞福德公爵当时在英国被认为最勇敢的骑士的，谁知道那时候命运会向什么人微笑？可是即使令尊在那次决斗中得到胜利，他也绝不能把他的胜利带出考文垂以外去；因为全国人民都要一致向他怒斥，他们虔诚的祈祷和爱戴的忠诚，完全倾注在海瑞福德的身上，他受到人民的崇拜和祝福远过于那时的国王。可是这些都是题外闲文，和我此来的使命没关系。我奉我们高贵的主帅之命，到这儿来询问你们有什么愤懑不平；他叫我告诉你们，他准备当面接见你们，要是你们的要求在他看来是正当的，他愿意给你们满足，一切敌意的芥蒂都可以置之不问。

毛勃雷　这是他被迫向我们提出的建议，只是出于一时的权谋，并没有真实的诚意。

威斯摩兰　毛勃雷，你抱着这样的见解，未免太过于自负了。这个建议是出于慈悲的仁心，并不是因为恐惧而提出的，瞧！你们一眼望去，就可以看见我们的大军，凭着我的荣誉发誓，他们都抱着无限的自信，绝不会让一丝恐惧的念头进入他们的心中。我们的队伍里拥有着比你们更多的知名人物，我们的兵士受过比你们更完善的训练，我们的甲胄和你们同样坚固，我们的名义是堂堂正正的，那么为什么我们的勇气会不及你们呢？不要说我们是因被迫而向你们提出这样的建议。

毛勃雷　好，我们拒绝谈判，这是我的意思。

威斯摩兰　那不过表明你们罪恶昭彰，因为理屈词穷，才会这样一意孤行。

海司丁斯　约翰王子是不是有充分的权力，可以代表他的父亲对我们所提的条件做完全的决定？

威斯摩兰　凭着主将的身份，他当然有这样的权力。我奇怪您竟会发出这样琐细的问题。

约　克　那么，威斯摩兰伯爵，就烦您把这张单子带去，那上面载明着我们全体的怨愤。照着我们在这儿所提出的每一个条款，给我们适当的补偿；凡是参加我们这次行动的全体人员，不论以往现在，必须用确切可靠的形式，赦免他们的罪名；把我们的愿望立刻付之实行，我们就会重新归返臣下恭顺的本位，集合我们的力量，确保永久的和平。

威斯摩兰　我就把这单子拿去给主将看。请各位大人当着我们两军的阵前跟我们相会；但愿上帝帮助我们缔结和平，否则我们必须用武力解决彼此的争端。

约　克　伯爵，我们一定出场就是了。（威斯摩兰下）

毛勃雷　我的心头有一种感觉告诉我，我们的和平条件是不能成立的。

海司丁斯　那您不用担心；要是我们能够在我们所坚持的那种范围广大的条件上缔结和平，并且努力坚持它们的实现，我们的和平一定可以像山岩一般坚固。

毛勃雷　是的，可是我们绝不会得到信任；今后一切无聊的挑拨和借端寻衅的指控都会使国王回忆起这次事件。即使我们是为王室而殉身的忠臣义士，在暴风的簸扬之下，谷粒和糠粃也将不分轻重，善恶将要混淆无别。

约　克　不，不，大人。注意这一点：国王已经厌倦于这种吹毛求疵的责难，他发现杀死一个他所疑虑的人，反而在活人中间树立了两个更大的敌人；所以他要扫除一切芥蒂，免得不快的记忆揭起他失败的创伤；因为他充分明白他不能凭着一时的猜疑，把国内的敌对势力根除净尽；他的敌人和他的友人是固结而不可分的，拔去一个敌人，也就是使一个友人离心。正像一个被他的凶悍的妻子所激怒的丈夫一样，当他正要动手打她的时候，她却把他的婴儿高高举起，使他不能不存着投鼠忌器的戒心。

海司丁斯　而且，国王最近因为诛锄异己，耗尽了他所有的力量，现在已经连惩罚的工具都没有了；正像一头失去爪牙的雄狮，不再有扑人的能力。

约　克　您说得很对；所以放心吧，我的好司礼大人，要是我们现在能够取得我们满意的补偿，我们的和平一定会像一条重新接合的断肢折臂，反而会因为经过一度的折断而长得格外坚韧。

毛勃雷　但愿如此。威斯摩兰伯爵回来了。

【威斯摩兰重上。

威斯摩兰　王子就在附近专候大驾，请大主教在两军阵地之间和他会面。

毛勃雷　那么凭着上帝的名义，约克大主教，您就去吧。

约　克　请阁下先去向王子殿下致意，我们就来了。（各下）

第二场　森林的另一部分

【毛勃雷、约克大主教、海司丁斯及余人等自一方上；约翰·兰开斯特、威斯摩兰、将校及侍从等自另一方上。

兰开斯特　久违了，毛勃雷贤卿；你好，善良的大主教；你好，海司丁斯勋爵；祝各位日安！约克大主教，当你的信徒们听见钟声的呼召，围绕在你的周围，虔诚地倾听你宣讲经文的时候，谁不敬仰你是一个道高德重的圣徒？现在你却在这儿变成一个武装的战士，用鼓声激励一群乌合的叛徒，把《圣经》换了宝剑，把生命换了死亡，这和你的身份未免太不相称了。那高坐在一个君王的心灵深处，仰沐着他的眷宠的阳光的人，要是一旦和他的君王翻脸为仇，唉！凭借他那种尊荣的地位，他会造成多大的祸乱。对于你，大主教，情形正是这样。谁不曾听人说起你是多么深通上帝的经典？对于我们，你就是上帝的发言人，是用天堂的神圣庄严开启我们愚蒙的导师。啊！谁能相信你竟会误用你的崇高的地位，像一个奸伪的宠人僭窃他君王的名义一般，把上天的意旨作为非法横行的借口？你凭着一副假装对于上帝的热忱，已经煽动了上帝的代理人——我的父亲——的臣民，驱使他们到这儿来破坏上帝和他们的君王的和平。

约　克　我的好兰开斯特公爵，我不是到这儿来破坏你父亲的和平；可是我已经
　　　　对威斯摩兰伯爵说过了，这一种颠倒混乱的时势，使我们为了图谋自身的安
　　　　全，不得不集合群力，采取这种非常的行动。我已经把我们的种种不满，也
　　　　就是酿成这次战事的原因，开列条款，送给殿下看过了，它们都是曾经被朝
　　　　廷所蔑视不顾的；要是我们正当的要求能够邀蒙接受，这一场战祸就可以消
　　　　弭于无形，我们将要回复我们臣下的常道，克尽我们忠诚服从的天职。

毛勃雷　要不然的话，我们准备一试我们的命运，不惜牺牲到最后一人。

海司丁斯　即使我们这一次失败了，我们的后继者将要为了贯彻我们的初衷而再
　　　　接再厉；他们失败了，他们的后继者仍然会追踪他们而崛起；英国民族一天
　　　　存在，这一场祸乱一天不会终止，我们的子子孙孙将要继续为我们的权利而
　　　　力争。

兰开斯特　你这种见解太浅薄了，海司丁斯，未来的演变绝不像你所想象的那样。

威斯摩兰　请殿下直接答复他们，您对于他们的条件有什么意见。

兰开斯特　它们都使我很满意；凭着我的血统的荣誉起誓，我的父亲是受人误会
　　　　了的，他的左右滥窃威权，曲解上意，才会造成这样不幸的后果。大主教，
　　　　你们的不满将会被立刻设法补偿；凭着我的荣誉起誓，它们一定会得到补偿。
　　　　要是这可以使你们认为满意，就请把你们的士卒各自遣还乡里，我们也准备
　　　　采取同样的措施；在这儿两军之间，让我们杯酒言欢，互相拥抱，使他们每
　　　　个人的眼睛里留下我们复归和好的印象，高高兴兴地回到他们的家里去。

约　克　我信任殿下向我们提出的尊贵的诺言。

兰开斯特　我已经答应了你们，决不食言。这一杯酒敬祝阁下健康！

海司丁斯　（向一将佐）去，队长，把这和平的消息传告全军；让他们领到饷银，
　　　　各自回家；我知道他们听见了一定非常高兴。快去，队长。（将佐下）

约　克　这一杯酒祝尊贵的威斯摩兰伯爵健康！

威斯摩兰　我还敬阁下这一杯；要是您知道我曾经受了多少辛苦才促成这一次和
　　　　平，您一定会放怀痛饮；可是我对于您的倾慕之诚，今后可以不用掩饰地向
　　　　您表白出来了。

约　克　我诚心感佩您的厚意。

威斯摩兰　辱蒙见信，欣愧交并。我善良的表弟毛勃雷勋爵，祝您健康！

毛勃雷　您现在祝我健康，真是适当其时；因为我忽然觉得有点不舒服起来。

约　克　人们在遭逢厄运以前，总是兴高采烈；喜事临头的时候，反而感觉到郁郁不快。

威斯摩兰　所以高兴起来吧，老弟；因为突然而至的悲哀，正是喜事临头的预兆。

约　克　相信我，我的精神上非常愉快。

毛勃雷　照您自己的话说来，这就是不祥之兆了。（内欢呼声）

兰开斯特　和平的消息已经宣布；听，他们多么热烈地欢呼着！

毛勃雷　在胜利以后，这样的呼声才是快乐的。

约　克　和平本身就是一种胜利，因为交战的双方都是光荣的屈服者，他们谁也不曾失败。

兰开斯特　去，贵爵，把我们的军队也遣散了。（威斯摩兰下）大主教，如果你同意，我想叫双方军队从这里开过，我们也好看一看贵军的阵容。

约　克　去，好海司丁斯勋爵，在他们没有解散以前，叫他们排齐队伍，巡行一周。

　　　　（海司丁斯下）

兰开斯特　各位大人，我相信我们今晚可以在一处安顿了。

　　　　　　【威斯摩兰重上。

兰开斯特　贤卿，为什么我们的军队站住不动？

威斯摩兰　那些军官们因为奉殿下的命令坚守阵地，必须听到殿下亲口宣谕，才敢离开。

兰开斯特　他们知道他们的本分。

　　　　　　【海司丁斯重上。

海司丁斯　大主教，我们的军队早已解散了；像一群松了轭的小牛，他们向东西南北四散奔走；又像一队放了学的儿童，回家的回家去了，玩耍的玩耍去了，走得一个也不剩。

威斯摩兰　好消息，海司丁斯勋爵；为了你叛国的重罪，反贼，我逮捕你；还有你，大主教阁下，你，毛勃雷勋爵，你们都是叛逆要犯，我把你们两人一起逮捕。

毛勃雷　这是正大光明的手段吗？

威斯摩兰　你们这一伙人的集合是正大光明的吗？

约　克　你愿意这样毁弃你的信义吗？

兰开斯特　我没有用我的信义向你担保。我答应你们设法补偿你们所申诉的种种不满，凭着我的荣誉起誓，我一定尽力办到；可是你们这一群罪在不赦的叛徒，必须受到你们应得的处分。你们愚蠢地遣散你们自己的军队，这正是你们轻举妄动的下场。敲起我们的鼓来！驱逐那些散乱的逃兵；今天并不是我们，而是上帝奠定了这次胜利。来人，把这几个反贼押上刑场，那是叛逆者最后归宿的眠床。（同下）

第三场　森林的另一部分

【号角声；两军冲突。福斯塔夫及科尔维尔上，相遇。

福斯塔夫　尊驾叫什么名字？请问你是个何等之人？出身何处？

科尔维尔　我是个骑士，将军；我的名字叫科尔维尔，出身山谷之间。

福斯塔夫　好，那么科尔维尔是你的名字，骑士是你的品级，你的出身的所在是山谷之间；科尔维尔将要继续做你的名字，叛徒是你新添的头衔，牢狱是你安身的所在，它是像山谷一般幽深的，所以你仍然是山谷里的科尔维尔。

科尔维尔　您不是约翰·福斯塔夫爵士吗？

福斯塔夫　不管我是谁，我是跟他同样的一条好汉。你愿意投降呢，还是一定要我为你而流汗？要是我流起汗来，那是你亲友们的眼泪，悲泣着你的死亡。所以提起你的恐惧来，向我战栗求饶吧。

科尔维尔　我想您是约翰·福斯塔夫爵士，所以我向您投降。

福斯塔夫　我这肚子上长着几百条舌头，每一条舌头都在通报我的名字。要是我有一个平平常常的肚子，我就是全欧洲最活动的人物；都是我这肚子，我这肚子，我这肚子害了我。咱们的主将来啦。

【约翰·兰开斯特、威斯摩兰、勃伦特及余人等上。

兰开斯特　激战已经过去，现在不用再追赶他们了。威斯摩兰贤卿，你去传令各军归队。（威斯摩兰下）福斯塔夫，你这些时候躲在什么地方？等到事情完结，于是你就来了。像你这样玩忽军情，总有一天会有一座绞架被你压坏的。

福斯塔夫　殿下，对您说的这番话，我早就有心理准备；我知道谴责和非难永远是勇敢的报酬。您以为我是一只燕子、一支箭或是一颗弹丸吗？像我这样行动不便的老头子，也会像思想一般飞奔吗？我已经用尽我所有的能力赶到这儿来；我已经坐翻了一两百匹驿马；经历了这样的征途劳苦，我还居然凭着

　　我的纯洁无瑕的勇气，一手擒获了约翰·科尔维尔爵士，一个最凶猛的骑士
　　和勇敢的敌人。可是那算得了什么？他一看见我就吓得投降了；我正可以像
　　那个罗马的鹰勾鼻的家伙一般说着这样的豪语，"我来，我看见，我征服。"

兰开斯特　那多半是他给你的面子，未必是你自己的力量。

福斯塔夫　我不知道。这儿就是他本人，我把他交给您了；请殿下把这件事情写
　　在今天的记功簿上；否则上帝在上，我要把它编成一首歌谣，封面上印着我
　　自己的肖像，科尔维尔跪着吻我的脚。要是我被迫采取这一种办法，你们大
　　家在相形之下，都要变成不值钱的镀金赝币，我要在荣誉的晴空之中用我的
　　光芒掩盖你们，正像一轮满月使众星黯然无光一样；否则你们再不用相信一
　　个高贵的人所说的话。所以让我享受我应得的权利，让有功的人平步青云吧。

兰开斯特　你的身子太重了，我看你爬不上去。

福斯塔夫　那么让我的功劳大放光明吧。

兰开斯特　你的皮太厚了，透不出光明来。

福斯塔夫　无论如何，我的好殿下，让我因此而得到一些好处吧。

兰开斯特　你的名字就叫科尔维尔吗？

科尔维尔　正是，殿下。

兰开斯特　你是一个有名的叛徒，科尔维尔。

福斯塔夫　一个有名的忠臣把他捉住了。

科尔维尔　殿下，我的行动是受比我地位更高的人所支配的；要是他们听从我的
　　指挥，你们这一次未必就会这么容易得到胜利。

福斯塔夫　我不知道他们是怎样出卖了自己的；可是你像一个好心的汉子一般，
　　把你自己白送给了我，我真要谢谢你的厚赐哩。

　　　　　【威斯摩兰重上。

兰开斯特　你已经吩咐他们停止追逐了吗？

威斯摩兰　将士们已经各自归队，因犯们等候着处决。

兰开斯特　把科尔维尔和他的同党一起送到约克去，立刻处死。勃伦特，你把他
　　带走，留心别让他逃了。（勃伦特及余人等押科尔维尔下）现在，各位大人，我们
　　必须赶快到宫廷里去；我听说我的父王病得很重；我们的消息必须在我们未
　　到以前传进他的耳中，贤卿，（向威斯摩兰）烦你先走一步，把这喜讯带去安
　　慰安慰他，我们跟着就可以从从容容地奏凯归朝。

福斯塔夫　殿下，请您准许我取道葛罗斯特郡回去；您一到了宫里，我的好殿下，千万求您替我说两句好话。

兰开斯特　再会，福斯塔夫；我在我的地位上，将要给你超过你所应得的赞扬。（除福斯塔夫外均下）

福斯塔夫　我希望你有一点儿才情；那是比你公爵的地位好得多的。说老实话，这个年轻冷静的孩子对我并没有好感；谁也不能逗他发笑，不过那也不足为奇，因为他是不喝酒的。这种不苟言笑的孩子们从来不会有什么出息；因为淡而无味的饮料冷却了他们的血液，他们平常吃的无非是些鱼类，所以他们都害着一种贫血症；要是他们结起婚来，也只会生下一些女孩子。他们大多是愚人和懦夫；倘不是因为有什么东西燃烧我们的血液，我们中间有些人也免不了要跟他们一样。一杯上好的白葡萄酒有两重的作用。它升上头脑，把包围在头脑四周的一切愚蠢沉闷混浊的乌烟瘴气一起驱散，使它变得敏悟机灵，才思奋发，充满了活泼热烈而有趣的意象，把这种意象形之唇舌，便是绝妙的辞锋。好白葡萄酒的第二重作用，就是使血液温暖；一个人的血液本来是冰冷而静止的，他的肝脏显着苍白的颜色，那正是孱弱和怯懦的标记；可是白葡萄酒会使血液发生热力，使它从内部畅流到全身各处。它会叫一个人的脸上发出光来，那就像一把烽火一样，通知他全身这一个小小的王国里的所有人民武装起来；那时候分散在各部分的群众，无论是适处要冲的或者是深居内地的细民、贱隶，都会集合在他们的主帅心灵的麾下，那主帅拥有这样雄厚的军力，立刻精神百倍，什么勇敢的事情都做得出来；而这一种勇气却是从白葡萄酒得来的。所以武艺要是没有酒，就不算一回事，因为它是靠着酒力才会发挥它的威风的；学问不过是一堆被魔鬼看守着的黄金，只有好酒才可以给它学位，把它拿出来诸之人世。所以亨利亲王是勇敢的；因为他从父亲身上遗传来的天生的冷血，像一块瘦瘠不毛的土地一般，已经被他用极大的努力，喝下很多很好的白葡萄酒，作为灌溉的肥料，把它耕垦过了，所以他才会变得热烈而勇敢。要是我有一千个儿子，我所要教训他们的第一条合乎人情的原则，就是戒绝一切没有味道的淡酒，把白葡萄酒作为他们终身的嗜好。

　　　　【巴道夫上。

福斯塔夫　怎么啦，巴道夫？

262

巴道夫　军队已经解散，全体回去了。

福斯塔夫　让他们去吧。我要经过葛罗斯特郡，拜访拜访那位罗伯特·夏禄先生；我已经可以把他放在我的指掌之间随意搓弄，只消略费工夫，准叫他落进我的圈套。走。（同下）

第四场　威斯敏斯特。耶路撒冷寝宫

【亨利王、克莱伦斯、葛罗斯特、华列克及余人等上。

亨利王　各位贤卿，要是上帝使这一场在我们的门前流着热血的争执得到一个圆满的结果，我一定要领导我们的青年踏上更崇高的战场，让我们的刀剑只为护持圣教而高挥。我们的战舰整装待发，我们的军队集合待命，我离开国家以后的摄政人选也已经确定，一切都符合我的意愿。现在我只需要一点身体上的健康，同时还要等待这些作乱的叛徒们束手就缚的消息。

华列克　我们深信陛下在这两方面不久都可以如愿以偿。

亨利王　亨弗雷，你的亲王哥哥呢？

葛罗斯特　陛下，我想他到温莎打猎去了。

亨利王　哪几个人陪伴着他？

葛罗斯特　我不知道，陛下。

亨利王　他的兄弟托马斯·克莱伦斯不跟他在一起吗？

葛罗斯特　不，陛下；他在这儿。

克莱伦斯　父王有什么吩咐？

亨利王　没有什么，我只希望你好，托马斯·克莱伦斯。你怎么不跟你的亲王哥哥在一起？他爱你，你却这样疏远他，克莱伦斯。你在你的兄弟们中间是他最喜欢的一个，你应该珍重他对你的这番心意，我的孩子，也许我死了以后，你可以在他的尊荣的地位和你的其余的兄弟们之间尽你调和沟通的责任；所以不要疏远他，不要冷淡了他对你的好感，也不要故意漠视他的意志，他的恩眷是不可失去的。只要他的意志被人尊重，他就是一个宽仁慈爱的人，他有为怜悯而流的眼泪，也有济弱扶困的慷慨的手；可是谁要是激怒了他，他就会变成一块燧石，像严冬一般阴沉，像春朝的冰雪一般翻脸无情。所以你必须留心看准他的脾气。当他心里高兴的时候，你可以用诚恳的态度指斥他的过失；可是在他心情恶劣的时候，你就该让他逞意而行，直到他的怒气发泄完毕，正像一条离水的鲸鱼在狂跳怒跃以后，终于颓然倒卧一样。听我的话，托马斯，你将要成为你的友人的庇护者、一道结合你的兄弟们的金箍，这样尽管将来不免会有恶毒的谗言倾注进去，即便如火药或者乌头草一样猛烈，你们骨肉的血液也可以永远汇合在一起，毫无渗漏。

克莱伦斯　我一定尽心尽力尊敬他就是。

亨利王　你为什么不跟他一起到温莎去，托马斯？

克莱伦斯　他今天不在那里；他要在伦敦用午餐。

亨利王　什么人和他做伴？你知道吗？

克莱伦斯　还是波因斯和他那批寸步不离的随从们。

亨利王　最肥沃的土壤上最容易生长莠草；他，我的青春的高贵的影子，是被莠草所掩覆了；所以我不能不为我的身后而忧虑。当我想象我永离人世、和列祖同眠以后，你们将要遇到一些什么混乱荒唐的日子，我的心就不禁悲伤而泣血。因为他的任性的胡闹要是不知检束，一味逞着他的热情和血气，一旦大权在握，可以为所欲为，啊！那时候他将要怎样的张开翅膀，向迎面而来的危险和灭亡飞扑过去。

华列克　陛下，您太过虑了。亲王跟那些人在一起，不过是要观察观察他们的性格行为，正像研究一种外国话一样，为了精通博谙起见，即使最秽亵的字眼也要寻求出它的意义，可是一朝通晓以后，就会把它深恶痛绝，不再需用它，这点陛下当然明白。正像一些粗俗的名词那样，亲王到了适当的时候，一定会摈弃他手下的那些人们；他们的记忆将要成为一种活的标准和量尺，凭着它他可以评断世人的优劣，把以往的过失作为有益的借鉴。

亨利王　蜜蜂把蜂房建造在腐朽的死尸躯体里，恐怕是不会飞开的。

【威斯摩兰上。

亨利王　这是谁？威斯摩兰！

威斯摩兰　敬祝吾王健康，当我把我的喜讯报告陛下以后，愿新的喜事接踵而至！约翰王子敬吻陛下御手。毛勃雷、斯克鲁普主教、海司丁斯和他们的党徒已经全体受到陛下法律的惩治。现在不再有一柄叛徒的剑拔出鞘外，和平女神已经把她的橄榄枝遍插各处。这一次讨乱的经过情形，都详详细细写在这一本奏章上，恭呈御览。

亨利王　啊，威斯摩兰！你是一只报春的候鸟，总是在冬残寒尽的时候，歌唱着
　　　　阳春的消息。

　　　　　　【哈科特上。

亨利王　瞧！又有消息来了。

哈科特　上天保佑陛下不受仇敌的侵凌；当他们向您反抗的时候，愿他们遭到覆
　　　　亡的命运，正像我所要告诉您的那些人们一样！诺森伯兰伯爵和巴道夫勋爵
　　　　带着一支英国人和苏格兰人的大军，图谋不轨，却被约克郡的郡吏一举击败。
　　　　战争的经过情形，都写明在这本奏章上，请陛下御览。

亨利王　为什么这些好消息却使我不舒服呢？难道命运总不会两手挟着幸福而
　　　　来，她的喜讯总是用最恶劣的字句写成的吗？她有时给人很好的胃口，却不
　　　　给他食物，这是她对健康的穷人们所施的恩惠；有时给人美味的盛筵，却使
　　　　他食欲不振，这是富人们的情形，有了充分的福泽不能享受。我现在应该为
　　　　这些快乐的消息而高兴，可是我的眼前一片模糊，我的头脑摇摇欲晕。哎哟！
　　　　你们过来，我可支持不住了。

葛罗斯特　陛下宽心！

克莱伦斯　啊，我的父王！

威斯摩兰　陛下，提起您的精神，抬起您的头来！

华列克　安心吧，各位王子；你们知道这是陛下常有的病象。站开一些，给他一
　　　　些空气，他一会儿就会好的。

克莱伦斯　不，不，他不能把这种痛苦长久支持下去；不断的忧虑和操心把他心
　　　　灵的护墙打击得这样脆弱，他的生命将要突围而出了。

葛罗斯特　民间的流言使我惊心，他们已经看到自然界反常可怖的现象。季候起
　　　　了突变，仿佛一下子跳过了几个月似的。

克莱伦斯　河水三次涨潮，中间并没有退落；那些饱阅沧桑的老年人都说在我们
　　　　的曾祖父爱德华得病去世以前，也发生过这种现象。

华列克　说话轻一些，王子们，王上醒过来了。

葛罗斯特　这一次中风病准会送了他的性命。

亨利王　请你们扶我起来，把我挽到另外一个房间里去。轻轻地。（同下）

第五场　另一寝宫

【亨利王卧床上；克莱伦斯、葛罗斯特、华列克及余人等侍立。

亨利王　不要有什么声音，我的好朋友们；除非有人愿意为我的疲乏的精神轻轻奏一些音乐。

华列克　叫乐工们在隔室奏乐。

亨利王　替我把王冠放在我的枕上。

克莱伦斯　他的眼睛凹陷，他大大变了样了。

华列克　轻点儿声！轻点儿声！

【亲王上。

亲　王　谁看见克莱伦斯公爵了吗？

克莱伦斯　我在这儿，哥哥，心里充满着悲哀。

亲　王　怎么！外边好好的天气，屋里倒下起雨来了？王上怎么样啦？

葛罗斯特　病势非常险恶。

亲　王　他听到好消息没有？告诉他。

葛罗斯特　他听到捷报后人就变了样子。

亲　王　要是他因为乐极而病，一定可以不药而愈。

华列克　不要这样高声谈话，各位王子们。好殿下，说话轻点声；您的父王想睡一会儿。

克莱伦斯　让我们退到隔室里去吧。

华列克　殿下也愿意陪我们同去吗？

亲　王　不，我要坐在王上身边看护他。（除亲王外均下）这一顶王冠为什么放在他的枕上，扰乱他魂梦的安宁？啊，光亮的烦恼！金色的忧虑！你曾经在多少觉醒的夜里，打开了睡眠的门户！现在却和它同枕而卧！可是那些戴着粗劣的睡帽鼾睡通宵的人们，他们的睡眠是要酣畅甜蜜得多了。啊，君主的威严！你是一身富丽的甲胄，在骄阳的逼射之下，灼痛了那披戴你的主人。在他的嘴边有一根轻柔的绒毛，静静地躺着不动；要是他还有呼吸，这绒毛一定会被他的气息所吹动。我的仁慈的主！我的父亲！他真的睡熟了；这一种酣睡曾经使多少的英国国王离弃这一顶金冠。我所要报答你的，啊，亲爱的父亲！是发自天性至情和一片孺爱之心的大量的热泪和沉重的悲哀。你所要交付我的，就是这一顶王冠；因为我是你的最亲近的骨肉，这是我当然的权利。瞧！它戴在我的头上，（以冠戴于头上）上天将要呵护它；即使把全世界所有的力量集合在一支雄伟的巨臂之上，它也不能从我头上夺去这一件世袭的荣誉。你把它传给我，我也要同样把它传给我的子孙。（下）

亨利王　（醒）华列克！葛罗斯特！克莱伦斯！

　　　　【华列克、葛罗斯特、克莱伦斯及余人等重上。

克莱伦斯　王上在叫吗？

华列克　陛下有什么吩咐？您安好吗？

亨利王　你们为什么丢下我一个人在这儿？

克莱伦斯　我们出去的时候，陛下，我的亲王哥哥答应在这儿坐着看护您。

亨利王　亲王！他在哪儿？让我见见他。他不在这儿。

华列克　这扇门开着；他是打这儿出去的。

葛罗斯特　他没有经过我们所在的那个房间。

亨利王　王冠呢？谁把它从我的枕上拿去了？

华列克　我们出去的时候，陛下，它还好好地放在这儿。

亨利王　一定是亲王把它拿去了；快去找他来。难道他这样性急，看见我睡着，就以为我死了吗？找他去，华列克贤卿；把他骂回来。（华列克下）我得了不治的重病，他还要这样气我，这明明是催我快死。瞧，孩子们，你们都是些什么东西！亮晃晃的黄金放在眼前，天性就会很快地变成悖逆了！那些痴心溺爱的父亲们魂思梦想，绞尽脑汁，费尽气力，积蓄下大笔肮脏的家财，供给孩子们读书学武，最后不过落得这样一个下场；正像采蜜的工蜂一样，它们辛辛苦苦地采集百花的精髓，等到满载而归，它们的蜜却给别人享用，它们自己也因此而丧了性命。

　　　　【华列克重上。

亨利王　啊，那个等不及让疾病把我磨死的家伙在什么地方？

华列克　陛下，我看见亲王在隔壁房间里，非常沉痛而悲哀地用他真诚的眼泪浴洗他的善良的面颊，即使杀人不眨眼的暴君，看了他那种样子，也会让温情的泪滴沾上他的刀子的。他就来了。

亨利王　可是他为什么把王冠拿去呢？

　　　　【亲王重上。

267

亨利王　瞧，他来了。到我身边来，亨利。你们都出去，让我们两人在这儿谈谈。

（华列克及余人等下）

亲　　王　我再也想不到还会听见您说话。

亨利王　你因为存着那样的愿望，亨利，所以才会发生那样的思想；我耽搁得太长久，害你等得厌倦了。难道你是那样贪爱着我的空位，所以在时机还没有成熟以前，就要攫取我的尊荣吗？啊，傻孩子！你所追求的尊荣，是会把你压倒的。略微再等一会儿；因为我的尊严就像一片乌云，只有一丝微风把它托住，一下子就会降落下来；我的白昼已经昏暗了。你所偷去的东西，再过几小时就可以名正言顺地归你所有；可是你在我临死的时候，充分证实了我对你的想法。你的平生行事，都可以表明你没有一点爱父之心，现在我离死不远了，你还要向我证实你的不孝。你把一千柄利刃藏在你的思想之中，把它们在你那石块一般的心上磨得雪亮锋快，要来谋刺我的只剩半小时的生命。嘿！难道你不能容忍我再活半小时吗？那么你就去亲手掘下我的坟墓吧；叫那快乐的钟声响起来，报知你加冕的喜讯，而不是我死亡的噩耗。让那应该洒在我的灵柩上的所有的眼泪，都变成涂抹你的头顶的圣油；让我和被遗忘的泥土混合在一起，把那给你生命的人丢给蛆虫吧。贬斥我的官吏，废止我的法令，因为一个无法无天的新时代已经到来了。亨利五世已经加冕为王！起来吧，浮华的淫乐！没落吧，君主的威严！你们一切深谋远虑的老臣，都给我滚开！现在要让四方各处游手好闲之徒聚集在英国的宫廷里了！邻邦啊，把你们的莠民败类淘汰出来吧；你们有没有什么酗酒谩骂、通宵作乐、杀人越货、无所不为的流氓恶棍？放心吧，他不会再来烦扰你们了；英国将要给他无上的光荣，使他官居要职，爵登显秩，手握大权，因为第五代的亨利将要松开奢淫这条野犬的羁勒，让它向每一个无辜的人张牙舞爪了。啊，我的疮痍未复的可怜的王国！我用尽心力，还不能戡定你的祸乱；在朝纲败坏、法纪荡然的时候，你又将怎样呢？啊！你将要重新变成一片荒野，豺狼将要归返它们的故居。

亲　　王　啊！请原谅我，陛下；倘不是因为我的眼泪使我哽咽得说不出话来，我决不会默然倾听您这番沉痛的严训而不加分辩。这儿是您的王冠；但愿永生的上帝保佑您长久享有它！要是我对它怀着私心，并不只是因为它是您的尊荣的标记而珍重它，让我跪在地上，永远站不起来。上帝为我做证，当我

268

进来的时候，看见陛下的嘴里没有一丝气息，我是怎样的寒心！要是我的悲
哀是虚伪的，啊！让我就在我现在这一种荒唐的行为中死去，再没有机会给
世人看看我将要怎样洗心革面，做一个堂堂的人物。我因为进来探望您，看
见您仿佛死了的样子，我自己，主上，也几乎因悲痛而死去，当时我就用这
样的话责骂这顶王冠，就像它是有知觉的一般，我说："追随着你的烦恼已
经把我的父亲杀害了；所以你这最好的黄金却是最坏的黄金；别的黄金虽然
在质地上不如你，却可以炼成祛病延年的药水，比你贵重得多了；可是你这
最纯粹的，最受人尊敬重视的，把你的主人吞噬下去。"我一面这样责骂它，
陛下，一面就把它试戴在我的头上，认为它是当着我的面杀死我的父亲的仇
敌，我作为忠诚的继承者应该要和它算账。可是假如它使我的血液中感染着
欢乐，或是使我的精神上充满着骄傲，假如我的悖逆虚荣的心灵对它抱着丝
毫爱悦的情绪，愿上帝永远不让它加在我头上，使我像一个最微贱的奴隶一
般向着它战栗下跪！

亨利王　啊，我儿！上帝让你把它拿了去，好叫你用这样贤明的辩解，格外博取
你父亲的欢心。过来，亨利，坐在我的床边，听我这垂死之人的最后的遗命。
上帝知道，我儿，我是用怎样诡诈的手段取得这一顶王冠；我自己也十分明
白，它戴在我的头上，给了我多大的烦恼；可是你将要更安静更确定地占有
它，不像我这样遭人嫉视，因为一切篡窃攘夺的污点，都将随着我一起埋葬。
它在人们的心目之中，不过是我用暴力攫取的尊荣；那些帮助我得到它的人
都在指斥我的罪状，他们的怨望每天都在酿成斗争和流血，破坏这粉饰的和
平。你也看见我曾经冒着怎样的危险，应付这些大胆的威胁，我做了这么多
年的国王，不过在反复串演着这一场争杀的武戏。现在我一死之后，情形就
可以改变过来了，因为在我是用非法手段获得的，在你却是合法继承的权利。
可是你的地位虽然可以比我稳定一些，然而人心未服，余憾尚新，你的基础
还没有十分巩固。那些拥护我的人们，也就是你所必须认为朋友的，他们的
锐牙利刺还不过新近拔去；他们用奸险的手段把我扶上高位，我不能不对他
们怀着疑虑，怕他们会用同样的手段把我推翻；为了避免这一种危机，我才
多方剪除他们的势力，并且正在准备把许多人带领到圣地作战，免得他们在
国内闲居无事，又要发生觊觎王座的图谋。所以，我的亨利，你的政策应该
是多多利用对外的战争，使那些心性轻浮的人们有了向外活动的机会，不至

于在国内为非作乱，旧日的不快的回忆也可以因此而消失。我还有许多话要对你说，可是我的肺力不济，再也说不下去了。上帝啊！恕宥我用不正当的手段取得这一项王冠；愿你能够平平安安享有它！

亲　　王　　陛下，您好容易挣来这一项王冠，好容易把它保持下来，现在您把它给了我，我当然对它有合法的所有权；我一定要用超乎一切的努力，不让它从我的手里失去。

　　　　　　　【约翰·兰开斯特上。

亨利王　　瞧，瞧，我的约翰儿来了。

兰开斯特　　祝我的父王健康，平安和快乐！

亨利王　　你带来了快乐和平安，我儿约翰；可是健康，唉，它已经振起青春的羽翼，从我这枯萎的衰躯里飞出去了。现在我看见了你，我在这世上的事情也可以告一段落。华列克伯爵呢？

亲　　王　　华列克伯爵！

　　　　　　　【华列克及余人等重上。

亨利王　　我刚才晕眩过去的那间屋子叫什么名字？

华列克　　那是耶路撒冷寝宫，陛下。

亨利王　　赞美上帝！我必须还在那边等候死亡。多年以前，有人向我预言我将要死在耶路撒冷，我的愚妄的猜想还以为他说的是圣地。可是抬我到那间屋子里去睡吧，亨利必须在耶路撒冷终结他的生命。（同下）

第五幕

第一场　葛罗斯特郡。夏禄家中厅堂

【夏禄、福斯塔夫、巴道夫及侍童上。

夏　禄　凭着鸡肉和面饼起誓，爵士，今晚一定不放您去。喂！台维！

福斯塔夫　您必须原谅我，罗伯特·夏禄先生。

夏　禄　我不能原谅您；您不能得到我的原谅，什么原谅的话我都不要听；一切
　　　　原谅的话都是白说；您不能得到我的原谅。喂，台维！

【台维上。

台　维　有，老爷。

夏　禄　台维，台维，台维，台维，让我想一想，台维；让我想一想。啊，对了，
　　　　你去把那厨子威廉叫来。约翰爵士，您不能得到我的原谅。

台　维　呃，老爷，那几张传票无法送达；还有，老爷，我们要不要在田边的空
　　　　地上种些小麦？

夏　禄　种些赤小麦吧，台维。可是问一声厨子威廉，小鸽子还有没有？

台　维　是，老爷。这儿是铁匠送来的装马蹄铁和打犁头的账单。

夏　禄　算算多少钱，付给他。约翰爵士，您不能得到我的原谅。

台　维　老爷，吊桶上要换一节新的链子；还有，老爷，威廉前天在辛克雷市场
　　　　上失掉一个口袋，您要不要扣减他的工钱？

夏　禄　那是一定要他赔的。台维，告诉厨子威廉，叫他预备几只鸽子、一对矮
　　　　脚母鸡、一大块羊肉，再做几样无论什么可口一点儿的菜。

台　维　那位军爷要在这儿过夜吗，老爷？

夏　禄　是的，台维。我要好好招待他。宫廷里的朋友胜过口袋里的金钱。不要
　　　怠慢了他的跟班，台维，因为他们都是惹不得的坏人，他们会在背后骂人的。

台　维　老爷，我看还是叫他们看看自己的背上吧，他们的衬衫都脏得不成样子。

夏　禄　说得好，台维。干你的事情去吧，台维。

台　维　老爷，关于温科特村的威廉·维泽和山上的克里门·珀克斯涉讼的案件，
　　　请您对维泽多多照应。

夏　禄　我已经接到很多控诉这维泽的呈文，台维；照我所知道的，这维泽是个
　　　大大的坏人。

台　维　老爷说得不错，他是个坏人；可是老爷，一个坏人要是有朋友替他说情，
　　　是应该得到贵人的照应的。一个好人，老爷，可以为他自己辩护，坏人可不能。
　　　我已经忠心侍候您老爷八年了；要是在两三个月里帮一个坏人一两次忙都做
　　　不到，那您老爷真太信不过我啦。这坏人是我的好朋友，老爷，所以请老爷
　　　千万照应照应他。

夏　禄　得啦，我一定不冤屈他就是了。你到各处照料照料。（台维下）您在哪儿，
　　　约翰爵士？来，来，来；脱下您的靴子。把你的手给我，巴道夫朋友。

巴道夫　我很高兴看见您老人家。

夏　禄　多谢多谢，好巴道夫朋友。（向侍童）欢迎，我的高大的汉子。来，约翰爵士。

福斯塔夫　我就来，好罗伯特·夏禄先生。（夏禄下）巴道夫，照料照料我们的马儿。
　　　（巴道夫及侍童下）要是把我的身体一条一条锯解下来，也可以锯成四五十根像
　　　这位夏禄先生一般的叫花棒儿。奇怪的是他的仆人们的性格简直跟他一模一
　　　样；他们因为看惯他的日常的举动，所以都沾上了几分愚蠢的法官的神气；
　　　他因为每天跟他们谈话，受了他们的同化，也已经变成了法官似的奴才。他
　　　们在彼此互相感应之下，他们的精神完全若合符节，正像一群雁子一般，一
　　　只飞到东，大家都跟着飞到东，一只飞到西，大家都跟着飞到西。要是我有
　　　什么事情请托夏禄先生，我只要奉承奉承他的仆人，说他们是他的亲信；要
　　　是我要烦劳他的仆人们替我做事，我只要恭维恭维夏禄先生，说谁也不及他
　　　那样御下有方。正像瘟疫一般，智慧的外表和愚鲁的神情都是会互相传染的，
　　　所以人们必须留心他们的伴侣。我要从这夏禄的身上想出许多新鲜的把戏，
　　　让亨利亲王笑个不停，一直笑到流行的时尚换过了六种花样，——这也就是
　　　说等于法院开庭的四个季度，或者两场官司的时间——并且笑起来要中间没

有间断。啊！用一句无足重轻的誓言撒下的谎，或是一个板起了面孔讲的笑话，对于一个从来不曾害过腰酸背痛的人，多么容易逗得他捧腹大笑。啊！他一定会笑得满脸淌着眼泪，就像一件皱成一团的湿淋淋的外套一般。

夏　　禄　　（在内）约翰爵士！

福斯塔夫　　我来了，夏禄先生；我来了，夏禄先生。（下）

第二场　威斯敏斯特。宫中一室

【华列克及大法官上。

华列克　　啊，法官大人！您到哪儿去？

大法官　　王上怎么样啦？

华列克　　很好，他的烦恼现在已经全都勾销了。

大法官　　我希望他还没有死吧？

华列克　　他已经踏上了人生必经之路；在我们看来，他已经生了。

大法官　　我希望王上临死的时候招呼我一声，好让我跟着他同去；我在他生前尽忠服务，得罪了多少人，现在谁都可以加害于我了。

华列克　　真的，我想新王对您是不满。

大法官　　我知道他不满意我，我已经准备迎接这一种新的环境了，它总不会比我所想象的更为可怕。

【兰开斯特、克莱伦斯、葛罗斯特、威斯摩兰及余人等上。

华列克　　这儿来了已故的亨利的悲哀的后裔；啊！但愿现存的亨利有这三位王子中间脾气最坏的一位王子的性格，那么多少的贵族将要保全他们的位置，不至于向卑贱的人们俯首听命！

大法官　　上帝啊！我怕一切都要推翻了。

兰开斯特　　早安，华列克贤卿，早安。

葛罗斯特、克莱伦斯　　早安，华列克。

兰开斯特　　我们面面相对，就像一班忘记了说话的人们一样。

华列克　　我们并没有忘记；可是我们的话题太伤心了，使我们不忍多言。

兰开斯特　　好，愿那使我们伤心的人魂魄平安！

大法官　愿平安也和我们同在，不要使我们遭逢更大的悲哀！

葛罗斯特　啊！我的好大人，您真的失去一位朋友了；我敢发誓您这满脸的悲哀
　　确实是您真情的流露，不是假装出来的。

兰开斯特　虽然谁也不能确定他自己将要得到怎样的恩眷，您的希望是十分冷淡
　　的。我很为您抱憾，但愿事实不是如此。

克莱伦斯　好，您现在必须奉承奉承约翰·福斯塔夫爵士，这和您的性格当然是
　　格格不入的。

大法官　亲爱的王子们，我所干的事，都是一秉至公，受我的良心的驱使；你们
　　绝不会看见我向人觍颜求怜。要是忠直不能见容，我宁愿追随先王于地下，
　　告诉他是谁驱我前来。

华列克　亲王来了。

　　　　　　【亨利五世率侍从上。

大法官　早安，上帝保佑陛下！

亨利五世　这一件富丽的新衣，国王的尊号，我穿着并不像你们所想象的那样舒
　　服。兄弟们，你们在悲哀之中夹杂着几分恐惧；这是英国，不是土耳其的宫廷，
　　不是阿木拉继承另一个阿木拉①，而是亨利继承亨利。可是悲哀吧，好兄弟们，
　　因为说老实话，那是很适合你们的身份的；你们所表现的崇高的悲感，使我
　　深受感动，我将要在心头陪着你们哀悼。所以悲哀吧，好兄弟们；可是你们
　　应该把这一种悲哀认为我们大家共同的负担，不要独自悲哀过分。凭着上天
　　起誓，我要你们相信我将要同时做你们的父亲和长兄；让我享有你们的爱，
　　我愿意为你们任劳任苦。为亨利的死而痛哭吧，我也要一挥我的热泪；可是
　　活着的亨利将要把每一滴眼泪变成一个幸福的时辰。

兰开斯特　这正是我们所希望于陛下的。

亨利五世　你们大家都用异样的神情望着我；（向大法官）尤其是你，我想你一定
　　以为我对你很不满。

大法官　要是我能得到公正评断，陛下是没有理由恨我的。

亨利五世　没有！像我这样以堂堂亲王之尊，受到你那样重大的侮辱，难道是可
　　以轻易忘记的吗？嘿！你申斥辱骂我不算，竟敢把英国的储君送下监狱！这

---

①　阿木拉，土耳其皇帝，一五九五年登位时，数兄弟都被绞死。

274

是一件小事，可以用忘河之水把它洗涤忘却的吗？

大法官　那时候我是运用着您父王所赋予我的权力，代表您父王本人；陛下在我秉公执法的时候，忘记我所处的地位，公然蔑视法律的尊严和公道的力量，凌辱朝廷的命官，在我的审判的公座上把我殴打；我因为陛下犯了对您父王大不敬的重罪，所以大胆执行我的权力，把您监禁起来。要是我在这一件事情上做错了，那么请陛下想一想，陛下现在继登大位，假如陛下也有一个儿子，把陛下的律令视若弁髦，把陛下的法官拖下公座，违法乱纪，破坏治安，蔑视陛下神圣的威权，陛下能不能对他默然容忍？请陛下设身处地，假定您自己是有这样一个儿子的父亲，听见您自己的尊严受到这样的亵渎，看见您神圣的法律受到这样的轻蔑，您自己的儿子公然对您这样侮慢，然后再请陛下想象我为了尽忠于陛下的缘故，运用您的权力，给您儿子的暴行以温和的制裁；在这样冷静的思考以后，请给我一个公正的判决，凭着您的君王的身份，告诉我我在什么地方犯了渎职欺君的罪恶。

亨利五世　你说得有理，法官；你能够衡量国法私情的轻重，所以继续执行你的秉持公道、挫折强梁的职务吧；但愿你的荣誉日增月进，直到有一天你看见我的一个儿子因为冒犯了你而向你服罪，正像我对你一样。那时候我也可以像我父亲一样说："我何幸而有这样勇敢的一个臣子，敢把我的亲生的儿子依法定罪；我又何幸而有这样一个儿子，甘于放弃他的尊贵的身份，服从法律的制裁。"因为你曾经把我下狱监禁，所以我仍旧把你一向佩带着的无瑕的宝剑交在你的手里，愿你继续保持你的勇敢公正而无私的精神，正像你过去对待我一样。这儿是我的手；你将要成为我的青春的严父，我愿意依照你的提示发号施令，我愿意诚恳服从你的贤明的指导。各位王弟们，请你们相信我，我的狂放的感情已经随着我的父亲同时下葬，他的不死的精神却继续存留在我的身上，我要一反世人的期待，推翻一切的预料，把人们凭着我的外表所加于我的诽谤扫荡一空。今日以前，我的热血的浪潮是轻浮而躁进的；现在它已经退归大海，和浩浩的巨浸合流，从此以后，它的动荡起伏，都要按着正大庄严的节奏。现在我们要召集最高议会，让我们选择几个老成谋国的枢辅，使我们这伟大的国家可以和并世朝政清明的列邦媲美，无论战时平时，都可以应付裕如；你，老人家，将要受到我最大的倚重。加冕典礼举行

过以后，我就要大集臣僚，临朝视政；愿上帝鉴察我的诚意，不让一个王裔贵族找到任何理由，诅咒亨利早离人世。（同下）

第三场　葛罗斯特郡。夏禄家中的花园

【福斯塔夫、夏禄、赛伦斯、巴道夫、侍童及台维上。

夏　禄　不，您必须瞧瞧我的园子，我们可以在那儿的一座凉亭里吃几个我去年亲手种的苹果，另外再随便吃些香菜子之类的东西；来吧，赛伦斯兄弟；吃了再去睡觉。

福斯塔夫　上帝在上，您有一所很富丽的屋子哩。

夏　禄　简陋得很，简陋得很，简陋得很；我们都是穷人，我们都是穷人，约翰爵士。啊，多好的空气！铺起桌子来，台维；铺起桌子来，台维。好，台维。

福斯塔夫　这个台维对您很有用处；他是您的仆人，也给您照管田地。

夏　禄　一个好仆人，一个好仆人，一个很好的仆人，约翰爵士。真的，我在晚餐的时候酒喝得太多啦；一个好仆人。现在请坐，请坐。来，兄弟。

赛伦斯　啊，好小子！我们要（唱）

　　　　一天到晚吃喝玩笑，

　　　　感谢上帝，无愁无恼；

　　　　佳人难得，美肴易求，

　　　　青春年少随处嬉游。

　　　　快乐吧，

　　　　永远地快乐吧。

福斯塔夫　好一个快乐的人！好赛伦斯先生，等会儿我一定要敬您一杯哩。

夏　禄　台维，给巴道夫大哥倒一些酒。

台　维　好大哥，请坐；我去一下就来；最亲爱的大哥，请坐。小兄弟，好兄弟，您也请坐。请！请！虽然没有美肴，酒是尽你们喝的；请你们莫嫌怠慢，接受我的一片诚心。（下）

夏　禄　快乐吧，巴道夫大哥；还有我那位小军人，你也快乐吧。

赛伦斯　（唱）

　　　　　　家有悍妻，且寻快活；

　　　　　　哪个女人不是长舌！

　　　　　　良友相逢，摇头摆脑，

　　　　　　满室生春，一堂欢笑。

　　　　　　快乐吧，

　　　　　　快乐吧，快乐吧。

福斯塔夫　我想不到赛伦斯先生也会有这样的豪情逸兴。

赛伦斯　谁，我吗？我以前也曾快乐过一两次哩。

　　　　　　【台维重上。

台　维　请您尝尝这一盆粗皮苹果。（以盆置巴道夫前）

夏　禄　台维！

台　维　老爷！——我一会儿就来奉陪——您要一杯酒吗，老爷？

赛伦斯　（唱）

　　　　　　一杯好酒浓烈清香，

　　　　　　奉祝情人永驻韶光；

　　　　　　何以长年？大笑千场。

福斯塔夫　说得好，赛伦斯先生。

赛伦斯　现在正是良宵美景，我们应该痛痛快快乐一番。

福斯塔夫　祝您长生健康，赛伦斯先生！

赛伦斯　（唱）

　　　　　　斟满酒杯递过来，

　　　　　　让我喝个满开怀。

夏　禄　好巴道夫，欢迎！你要是需要什么东西，尽管开口好了。（向侍童）欢迎，
　　　　　　我的小贼，欢迎欢迎！我要向巴道夫大哥和一切伦敦的好汉们奉敬一杯。

台　维　我希望在未死之前见一见伦敦。

巴道夫　也许咱们可以在伦敦会面，台维——

夏　禄　啊，你们一定会在一块儿痛饮一场的；哈！不是吗，巴道夫大哥？

巴道夫　是呀，老爷，我们要用大杯子喝个痛快哩。

夏　禄　那好极了。这家伙一定会一步也不离开你，那是我可以向你保证的；他
　　　　　　不会丢弃他的朋友，他的心肠是很忠实的。

巴道夫　我也不愿离开他，老爷。

夏　禄　啊，那真像是一个国王说的话。随便请用吧，不要客气。（内敲门声）瞧
　　　瞧谁在门口。喂！谁打门呀？（台维下）

福斯塔夫　（向赛伦斯）好，真有你的，这才喝得痛快。

赛伦斯　（唱）

　　　　愿得醉乡封骑士，

　　　　不羡他人万户侯。

　　　　您说可不是吗？

福斯塔夫　正是。

赛伦斯　是吗？那么您可以说，我这老头儿还不肯示弱哩。

　　　　【台维重上。

台　维　禀老爷，有一个叫作毕斯托尔的，从宫廷里带了消息来。

福斯塔夫　从宫廷里来！让他进来。

　　　　【毕斯托尔上。

福斯塔夫　啊，毕斯托尔！

毕斯托尔　约翰爵士，上帝保佑您！

福斯塔夫　什么风把你吹到这儿来了，毕斯托尔？

毕斯托尔　不是拔山倒树的狂风，也不是伤人害畜的瘴风。亲爱的骑士，你现在
　　　是国内最伟大的一个人物了。

赛伦斯　凭着圣母起誓，我想除了庄稼汉泼夫，他的确可以算最肥大的了。

毕斯托尔　泼夫！呸，你这卑怯的下贱的懦夫！约翰爵士，我是你的毕斯托尔，
　　　你的朋友，我急急忙忙地骑马而来，带给你非常的消息、幸运的欢乐、黄金
　　　的时代和无价的喜讯。

福斯塔夫　请你用世人听得懂的语言把它们说出来吧。

毕斯托尔　哼，我才瞧不起下贱的世人哩！我说的是非洲的宝山和黄金的欢乐。

福斯塔夫　啊，下贱的亚述骑士，有什么消息？请对考菲秋国王细讲一番。

赛伦斯　（唱）罗宾汉、约翰和红衣。

毕斯托尔　粪堆上的野狗敢和诗神赌赛吗？传达好消息要受到扰乱吗？好，毕斯
　　　托尔，该你发火的时候了。

夏　禄　老兄，我不知道您的来历。

毕斯托尔　那该你自怨命蹇。

夏　禄　对不起，您这位大哥，要是您从宫廷里带了消息来，那么照我的愚见，您只有两个办法，不是把消息宣布出来，就是把它隐瞒起来。不瞒您说，我在王上手下也是有几分权力的。

毕斯托尔　在哪一个王上手下，老奴？说出来，不然就让你死。

夏　禄　在亨利王手下。

毕斯托尔　亨利四世还是亨利五世？

夏　禄　亨利四世。

毕斯托尔　呸，谁稀罕你这过时的官儿！约翰爵士，你那小羔羊儿现在做了国王啦；亨利五世是当今的王上。我说的是真话；要是毕斯托尔撒了谎，你们把我当作吹牛的西班牙人一般取笑吧。

福斯塔夫　什么！老王死了吗？

毕斯托尔　死得直挺挺的，就像门上的钉子一般；我说的话都是真的。

福斯塔夫　去，巴道夫！把我的马儿备好。罗伯特·夏禄先生，拣选你自己的官职吧，一切包在我身上。毕斯托尔，我要给你双倍的尊荣。

巴道夫　啊，快活的日子！我才不高兴做一个骑士哩。

毕斯托尔　嘿！我带来的不是好消息吗？

福斯塔夫　把赛伦斯先生搀到床上去。夏禄先生，我的夏禄大人，你可以随心所欲，命运女神请我做她的管家去了。穿上你的靴子；咱们要骑着马赶整夜的路呢。啊，亲爱的毕斯托尔！去，巴道夫！（巴道夫下）来，毕斯托尔，告诉我更多的事情；仔细想一想你自己希望得到些什么好处。穿起靴子来，穿起靴子来，夏禄先生；我知道那小王正在想我想得好苦呢。不管是谁的马，咱们骑了就走；英国的法律都在我的支配之下。那些跟我要好的人有福了，咱们那位大法官老爷这回却要大倒其霉了！

毕斯托尔　让饿鹰把他的肺抓了去吧！人家说："我以往所过的那种生活呢？"嗒，它就在这儿。欢迎这些快乐的日子！（同下）

第四场　伦敦。街道

【差役等拉快嘴桂嫂及桃儿·贴席上。

桂　嫂　不，你这恶人；我但愿自己死了，好让你抵我的命；你把我的肩胛骨都拉断了。

差役甲　巡官们把她交给了我，她少不了要挨一顿鞭子，最近有一两个人为她送了命呢。

桃　儿　差人，差人，你说谎！来，我告诉你吧，你这该死的丑鬼，要是我这肚里的孩子小产下来，那可比打你自己的母亲还要罪孽深重哩，你这纸糊面孔的坏人！

桂　嫂　主啊！但愿约翰爵士来了就好了；他今天要是在场，一定会叫什么人流血的。但愿上帝能让她肚里的孩子小产下来。

差役甲　要是小产下来，你就可以凑起一打枕头了，这会儿才不过十一个。来，我命令你们两人跟着我去；因为被你们和毕斯托尔殴打的那个人已经死了。

桃　儿　我告诉你吧，你这刻在香炉脚下的枯瘦的人像，我一定会让你知道点厉害，叫你挨一顿痛打的，你这青衣的恶汉！你这饿鬼般的肮脏的刽子手！要是你逃得过这一顿打，我也从此以后不穿短裙了。

差役甲　来，来，你这雌儿骑士，来。

桂　嫂　啊！公理竟会压倒强权吗？好，做人总要吃些苦，才会有舒服的日子过。

桃　儿　来，你这恶汉，来；带我去见官吧。

桂　嫂　嗯，来吧，你这凶恶的饿狗！

桃　儿　死鬼！枯骨！

桂　嫂　你这没有皮肉的尸骸，你！

桃　儿　来，你这瘦东西；来，你这坏人！

差役甲　很好。（同下）

280

第五场　威斯敏斯特寺附近广场

【二内侍上，以蔺草铺地。

内侍甲　再拿些蔺草来，再拿些蔺草来。

内侍乙　喇叭已经吹过两次了。

内侍甲　等他们加冕典礼完毕以后出来，总要过两点钟了。赶快，赶快。（同下）

【福斯塔夫、夏禄、毕斯托尔、巴道夫及侍童上。

福斯塔夫　站在我的一旁，罗伯特·夏禄先生；我要叫王上赐给您大大的恩宠。
　　当他走近的时候，我要向他使一个眼色；留心看他会给我怎样一副面孔。

毕斯托尔　上帝祝福你，好骑士！

福斯塔夫　过来，毕斯托尔，站在我的背后。啊！要是我有时间做几套新的制服，
　　我一定会把您借给我的一千镑钱花在衣服上面的。可是那没有关系；还是这
　　样好，衣服虽然破旧，更可以显出我急于看见他的一片热忱。

夏　禄　正是。

福斯塔夫　那可以表现我的爱慕的诚意。

夏　禄　正是。

福斯塔夫　我的忠心。

夏　禄　正是，正是，正是。

福斯塔夫　为了瞻望他的龙颜，不分昼夜地策马驱驰，不曾想到，不曾记起，也
　　根本没有余暇更换我的装束。

夏　禄　一点没错。

福斯塔夫　征尘污面、汗流遍体的我，站在这儿一心一意恭候着他，把世间万
　　事一齐置于脑后，仿佛除了瞻望他以外，再没有什么应该做的事情。

毕斯托尔　正所谓念兹在兹，不知其他；那便是一切的一切。

夏　禄　正是，正是。

毕斯托尔　我的骑士，我要煽起您的高贵的肝火，使您勃然大怒。您的桃儿，你
　　那高贵的心灵中的美人，被他们监禁在污秽恶臭的牢狱里了；最下贱而龌龊
　　的手把她抓了去。从幽暗的洞府里唤醒那手持毒蛇的复仇女神吧，因为桃儿
　　被他们抓去了。毕斯托尔说的完全是真话。

福斯塔夫　我会叫他们释放她出来。（内欢呼及喇叭声）

毕斯托尔　海水在那儿咆哮，喇叭吹奏出嘹亮的声音。

【亨利五世率扈从上，大法官亦在其内。

福斯塔夫　上帝保佑陛下，哈尔吾王！我的庄严的哈尔！

毕斯托尔　上天呵护你照顾你，最尊荣高贵的小子！

福斯塔夫　上帝保佑你，我的好孩子！

亨利五世　大法官，你去对那狂妄的家伙说话。

大法官　你疯了吗？你知道你自己在说些什么话？

福斯塔夫　我的王上！我的天神！我在对你说话，我的心肝！

亨利五世　我不认识你，老头儿。跪下来向上天祈祷吧；苍苍的白发罩在一个弄人小丑的头上，是多么不称它的庄严！我长久梦见这样一个人，这样肠肥脑满，这样年老而邪恶；可是现在觉醒过来，我就憎恶我自己所做的梦。从此以后，不要尽让你的身体肥胖，多多勤修你的德行吧；不要贪图口腹之欲，你要知道坟墓张着三倍大的阔口在等候着你。现在你也不要用无聊的谐谑回答我；不要以为我还跟从前一样，因为上帝知道，世人也将要明白，我已经丢弃了过去的我，我也要同样丢弃过去跟我在一起的那些伴侣。当你听见我重新回复了我原来的本色的时候，你再来见我吧，你将要仍旧和从前一样，成为我的放荡行为的教师和向导；在那一天没有到来以前，你必须像其他引导我为非作歹的人们一样，接受我的放逐的宣判，凡是距离我所在的地方十英里之内，不准你停留驻足，倘敢妄越一步，一经发觉，就把你处死。我可以供给你相当限度的生活费用，以免手头没钱驱使你去为非作歹。要是我听见你果然悔过自新，我也可以按照你的能力和资格，把你特加拔擢。贤卿，就请你负责执行我的命令。去吧！（亨利五世及扈从下）

福斯塔夫　夏禄先生，我欠您一千镑钱。

夏　禄　嗯，正是，约翰爵士；请您现在还给我，让我带回去吧。

福斯塔夫　那可办不到，夏禄先生。您不用因此懊恼；他就会暗地里叫我去见他的。您瞧，他必须故意装出这一副样子，遮掩世人的耳目。您的升官晋爵是不成问题的；我一定可以叫您做一个大人物。

夏　禄　我不知道我怎么大得起来，除非您把您那件紧身衣借给我穿上，再用些稻草塞在里面。约翰爵士，请您先还我五百镑吧。

福斯塔夫　老兄，我的话不会有错；您刚才所听见的话，不过是一种烟幕。

夏　禄　我怕您会死在这种烟幕里面，约翰爵士。

福斯塔夫　不用害怕烟幕；陪我吃饭去吧。来，毕斯托尔副官；来，巴道夫。今晚我一定就会被召进宫。

　　　　　【约翰·兰开斯特及大法官重上，警吏等随上。

大法官　来，把约翰·福斯塔夫爵士送到弗利特监狱里去；把他同伙的那班人也一起抓起来。

福斯塔夫　大人，大人！

大法官　现在我不能跟你说话；等会儿再听你说吧。把他们带下去。

毕斯托尔　人生不得意，借酒且浇愁。（福斯塔夫、夏禄、毕斯托尔、巴道夫、侍童及警吏等同下）

兰开斯特　我很满意王上这一次贤明的处置。他本来的意思是要使他的旧日的同伴们个个得到充分的赡养；可是现在他决定把他们一起放逐，直到他们一反过去的言行，自知检束为止。

大法官　正是这样。

兰开斯特　王上已经召集议会了，大人。

大法官　正是。

兰开斯特　我可以打赌，在这一年终结以前，我们将要把国内的刀剑和民族的战火带到法国去。我听见一只小鸟这样歌唱，它的歌声仿佛使王上听了十分快乐。来，请吧。（同下）

收场白

【一跳舞者登场致辞。

第一，我的忧虑；第二，我的敬礼；最后，我的致辞。我的忧虑是怕各位看过了这出戏会生气；我的敬礼是我的应尽的礼貌；我的致辞是要请各位原谅。要是你们现在等着听一段漂亮的话，那可难为了我啦；因为我所要说的话，都是我自己杜撰出来的，我怕它会叫我遭到一场大大的没趣。可是闲话少说，我就冒这么一次险吧。奉告各位——虽然是明人不必细说——我在不久之前赶上了一出枯燥无味的戏剧的结局，当时我请求各位多多包涵，还答应你们再编一出好一点儿的给你们看。我的原意是就用这出戏抵账了。如果这笔买卖也赔钱了，我当然是破产了，你们，我的好心肠的债主们，也要大失所望。可是我既然答应在这儿露面，所以我在这儿愿意把我这一身悉听各位的处置；要是你们慈悲为怀，肯对我略加宽恕，那么我也可以打个折扣偿还你们，并且像大多数的借债人一样，给你们无穷无尽的允诺。

要是我的舌头不能请求你们宽恕我，那么你们肯不肯命令我用我的双腿向你们乞恕？虽然世上没有用跳舞偿还债务这样容易的事，可是只要在良心上并不亏负人家，什么事情都是可以通融的，我也就这么办吧。这儿在座的各位夫人小姐都已经宽恕我了；要是在座的各位先生不肯饶我，那么各位先生就是和各位夫人小姐意见不合，在这样的嘉宾盛会之中，这一种怪事是未之前闻的。

我还要请各位耐心听我说一句话。要是你们的胃口还没有对肥肉生厌，我们的卑微的著者将要把本剧的故事继续写下去，让约翰爵士继续登场，还要贡献给你们一位有趣的角色，法国的美貌的凯瑟琳公主。据我所知，福斯塔夫将要出汗而死，除非你们无情的批判早已把他杀死；因为欧尔卡苏[①]是为宗教而殉身的，我们演的不是他。我的舌头已经疲乏了；等我的腿儿也跳得不能动弹的时候，我要敬祝各位晚安。现在我就长跪在你们的面前，为我们的女王陛下祈祷康宁。

---

① 欧尔卡苏，十五世纪英国罗拉教派的领袖，亨利五世早年的伴侣，福斯塔夫的性格据说是依据他塑造的。